Katy Birchall

Undercover Bridesmaid – Das perfekte Durcheinander

Katy Birchall

UNDERCOVER BRIDESMAID

Das perfekte Durcheinander

ROMAN

Aus dem Englischen von
Sonja Rebernik-Heidegger

PIPER

Mehr über unsere Autorinnen, Autoren und Bücher:
www.piper.de

Wenn Ihnen dieser Roman gefallen hat, schreiben Sie uns unter Nennung des Titels »Undercover Bridesmaid – Das perfekte Durcheinander« an *empfehlungen@piper.de*, und wir empfehlen Ihnen gerne vergleichbare Bücher.

Unser Versprechen für mehr Nachhaltigkeit
Klimaneutrales Produkt
FSC®-zertifiziertes Papier
Hergestellt in Europa

FSC
www.fsc.org
MIX
Papier aus verantwortungsvollen Quellen
FSC® C083411

ISBN 978-3-492-06234-3
2. Auflage 2022

Titel der englischen Originalausgabe: »The Secret Bridesmaid«
bei Hodder & Stoughton Ltd., London, 2021

Redaktion: Constanze Neumann
Illustrationen: Designed by photographeeasia / Freepik,
Designed by rawpixel.com / Freepik
Satz: Uhl + Massopust, Aalen
Gesetzt aus der FreightText
Druck und Bindung: CPI Books GmbH, Leck
Printed in the EU

Für Lauren G und Lauren F,
die mir das Selbstvertrauen gaben,
dieses Buch zu schreiben

Einladung zur Hochzeit von

Harrison Oliver Hodges und
Michelle Emily Ace

18. September 2021

Notizen

WICHTIG! Harrison bekommt maximal EIN Bier vor der Zeremonie und EINEN Mut-Whisky vor seiner Rede.
Betrunken
a) macht er sich gerne aus dem Staub
b) tanzt wie ein Roboter
c) lässt die Schuhe an den Schnürsenkeln um den Kopf kreisen

WICHTIG! Michelle bekommt maximal EIN Glas Champagner vor der Zeremonie und EINEN Mut-Gin-Tonic vor ihrer Rede.
Betrunken
a) beginnt sie zu lallen
b) rappt spontan los
c) ruft ihren Boss an und gibt sich als Kermit der Frosch aus

GANZ WICHTIG! Dem Vikar einen Zettel mit den Namen des Brautpaars auf den Tisch legen. Bei der Probe zeigte er sich hocherfreut über die Hochzeit von *Harriet* und *Michael*.

Nicht vergessen: Die Großmutter des Bräutigams höflich darauf hinweisen, dass sie nicht jedes Mal über den flachen Hintern des Trauzeugen lästern soll, wenn er an ihr vorbeigeht.

Nicht vergessen: Onkel Adrian UNBEDINGT von Tante Sascha fernhalten. Seit sie ihm bei der letzten Hochzeit mit einer Bratpfanne eine übergezogen hat, verstehen sie sich nicht mehr sonderlich gut.

Nicht vergessen: Noch einmal überprüfen, ob die Alpakas wirklich *pinkfarbene* Schleifen für das Brautfoto tragen und KEINE APRIKOTFARBENEN.

»Was macht er da?«, jammert Michelle. »Er macht alles kaputt!«

Ich werfe einen Blick auf die Tanzfläche. Harrison verteilt gerade mit einer Hand die dritte Flasche Whisky auf dem Boden, während er mit der anderen Hand ein Plastikfeuerzeug schwenkt. Seine Schuhe sind bereits vorhin bei »Don't Stop Me Now« an den Schnürsenkeln um seinen Kopf gekreist.

»GLEICH STEHT DIE TANZFLÄCHE IN FLAMMEN, BABY!«, hat er vor wenigen Augenblicken über das DJ-Mikrofon verkündet.

Normalerweise folgt solchen Ankündigungen eine Reihe von abgefahrenen Dance-Moves, in diesem Fall scheint Harrison die Tanzfläche allerdings *wirklich* in Flammen setzen zu wollen.

Die Gäste sind begeistert von der bizarren Wende der Hochzeitsfeierlichkeiten. Die Braut weniger.

Die größte Überraschung ist allerdings die vierundachtzigjährige Großmutter des Bräutigams, die in der ersten Reihe steht und ihn lautstark anfeuert: »Ja, lass es krachen, Harrison! Gib alles!«

Jetzt ist schnelles Handeln gefragt.

Ich wende mich wieder an Michelle und sehe ihr fest in die feuchten Augen. »Alles wird gut, Michelle. Ich will, dass du zwei Dinge für mich tust. Erstens musst du dich daran erinnern, dass du an Harrison vor allem seine Spontanität, seinen Abenteuersinn und seine Risikobereitschaft liebst.«

Ihr Blick springt panisch zu ihrem frisch angetrauten Ehemann, der gemeinsam mit den Gästen »Feuer! Feuer!« skandiert und dabei noch mehr Whisky auf der Tanzfläche verteilt.

»Zweitens gehst du rüber an die Bar und bestellst zehn flambierte Sambuca. Der Barkeeper soll sie auf dem Tresen aufreihen, aber sie erst auf mein Zeichen hin anzünden. Verstanden? Und jetzt lauf! Los!«

Sie hebt den Rock ihres elfenbeinfarbenen Spitzenkleids und hastet im Slalom an den Tischen vorbei in Richtung Bar, wobei sie beinahe ihre Großtante umstößt, die sich gerade über die exquisite Crème brûlée hermacht und von den Mätzchen des Bräutigams nichts mitbekommt.

Ich mache auf dem Absatz kehrt, eile zum DJ und reiße ihm das Mikro aus der Hand, sodass seine Anfeuerungsrufe abrupt verstummen. Er wirkt zutiefst beleidigt, bis ich ihm einen für diese Situationen eigens einstudierten, überaus missbilligenden Blick zuwerfe.

»Sorry«, flüstert er. »Es hat mich mitgerissen.«

»Ja, das sehe ich, DJ Arnold«, zische ich. »*Das sehe ich.*«

Er zuckt zusammen und verzieht sich unauffällig.

Der Bräutigam hat mittlerweile auch die letzte Whiskyflasche geleert. Er streckt das Feuerzeug in die Höhe und drückt. Doch nichts passiert. Er ist zu betrunken, und das Feuerzeug ist zu feucht und glitschig. Er versucht es immer wieder mit konzentriert gerunzelter Stirn. Das ist *mein* Moment!

»Ladys und Gentlemen!«, rufe ich ins Mikrofon. Sämtliche Köpfe drehen sich in meine Richtung. »Ich bitte um Applaus für die Braut! Michelle wartet an der Bar auf ihren Ehemann und die Hochzeitsgesellschaft!« Ich deute in Richtung Tresen. Alle drehen sich zu Michelle, die ihren Gästen fröhlich zuwinkt.

»Lass es krachen, Michelle!« Ich strahle sie an. Die Gäste jubeln.

Während sich alle in Michelles Richtung bewegen, steht Harrison noch immer auf der Tanzfläche. »Moment! Was wollte ich eigentlich?« Verwirrt betrachtet er den Whisky-See zu seinen Füßen. »Ach ja, jetzt weiß ich es wieder!«

»Vergesst den Bräutigam nicht, Leute!«, rufe ich eilig. Eine Handvoll Gäste reißt Harrison aus seinen Gedanken und nimmt ihn mit zu seiner Frau.

Ich senke das Mikro und wende mich an DJ Arnold. »Legen Sie ›Livin' La Vida Loca‹ von Ricky Martin auf. Und keine Ausrutscher mehr, das ist die letzte Warnung.«

Nachdem ich die Caterer höflich ersucht habe, die Tanzfläche vom Whisky zu befreien, lehne ich mich gegen eine Stuhllehne und beobachte aus der Ferne, wie Michelle und Harrison anstoßen, ihre Drinks kippen und ihre Mütter dazu auffordern, es ihnen gleichzutun.

Als die Brautmutter das leere Glas auf die Bar knallt, grölen die Gäste vor Begeisterung.

»Gut gemacht!«, meint eine Stimme am Nebentisch. »Die Sache wäre beinahe eskaliert. Ich bin beeindruckt, wie Sie alles wieder hinbekommen haben.«

Ich schenke der Großtante der Braut ein Lächeln. Sie hat ihren Nachtisch mittlerweile aufgegessen und mustert mich neugierig. Offenbar hat sie alles ganz genau mitbekommen.

»Das war nicht der Rede wert«, versichere ich ihr.

»Michelle kann von Glück reden, eine so fantastische Brautjungfer zu haben. Ihr scheint euch sehr nahezustehen. Woher kennt ihr euch noch mal?«

»Aus der Grundschule. Wir sind jetzt seit sechsundzwanzig Jahren befreundet. Ich hätte mir das hier auf keinen Fall entgehen lassen«, antworte ich und muss grinsen, als Harrison Michelle hochhebt und durch die Luft wirbelt. Ich deute mit dem Kopf auf die leere Dessertschale. »Die Crème brûlée war köstlich, nicht wahr?«

Nicht alles, was ich gerade gesagt habe, entsprach der Wahrheit.

Ich kenne Michelle erst seit sieben Monaten, zwei Wochen und drei Tagen. Und sie bezahlt mich dafür, dass ich hier bin.

Die Crème brûlée war allerdings wirklich köstlich.

Kapitel 1

Mein Name ist Sophie Breeze, und ich bin professionelle Brautjungfer.

Ja, so etwas gibt es wirklich.

Moment, ich erkläre es Ihnen:

Die Idee nahm vor etwas mehr als zwei Jahren Gestalt an, als ich meiner Cousine Cara als Brautjungfer zur Seite stand. Cara ist Wirtschaftsanwältin in einer Kanzlei in London. Sie ist überaus intelligent, arbeitet hart und begegnet Stress mit trockenem Humor. Bloß die Hochzeitsvorbereitungen trieben sie unbemerkt an den Rand eines Nervenzusammenbruchs, weil sie nicht die Zeit fand, alles zu organisieren. Drei Monate vor dem großen Tag rief sie mich um drei Uhr morgens an.

»Sophie? Sophie, bist du da?«

»Ja, klar.« Ich gähnte laut. »Wie spät ist es? Ist was passiert? Geht es dir gut?«

»Nein, mir geht es *nicht* gut«, wimmerte sie. Es klang, als würde sie weinen.

Ich richtete mich auf. So hatte ich sie noch nie gehört. Wir waren praktisch zusammen aufgewachsen, und sie hatte nie geweint. Nicht als kleines Mädchen, nachdem sie vom Rad gefallen und in einen Brombeerstrauch samt darunter wachsender Brennnessel gestürzt war. Nicht als Teenager, als sie nicht nach Cambridge durfte, obwohl sie ihr Leben lang davon geträumt hatte. Nicht als Erwachsene, nachdem sie herausgefunden hatte, dass ihr Versager-Ex Geoff sie betrogen hatte. Ja, nicht einmal, als sie aus Versehen einen extrascharfen Jalapeño gegessen hatte und so tun musste, als wäre er gar nicht scharf, weil sie ihrem Vorgesetzten gegenübersaß.

»Cara, was ist los?« Ich versuchte, nicht in Panik zu geraten, während ich das Licht anmachte. »Ist etwas mit Mike? Hatte er einen Unfall?«

»Nein, Mike geht es gut.« Sie schniefte. »Er liegt oben und schläft seelenruhig. Der Mistkerl.«

»O Gott, habt ihr euch gestritten?«

»Nein, nein. Ach, Sophie. Es ist die Hochzeeeiiiit!«

»Die Hochzeit?«

»*Ja!* Die Hochzeit. Es sind nur noch *drei Monate*! Und ich habe noch nichts organisiert! Das wird eine Katastrophe! *Was soll ich bloß tun?* Es tut mir leid, dass ich dich mitten in der Nacht anrufe, aber ich konnte nicht schlafen, und du bist die Einzige, die mir jetzt noch helfen kann.«

Ich stieß ein erleichtertes Seufzen aus, sank in die Kissen zurück und rieb mir lächelnd den Schlaf aus den Augen. Es war nicht das erste Mal, dass ich einen derartigen Anruf von einer Braut oder einem Bräutigam erhielt. Ich war schon oft Brautjungfer gewesen, und es gibt immer einen Moment der Panik, wenn scheinbar nichts richtig klappt und das Datum mit einem Mal sehr viel näher scheint als noch vor einem Tag.

Und es ist durchaus nachvollziehbar. Immerhin sollen die Braut und der Bräutigam eine Feier für die Leute organisieren, die ihnen auf dieser Welt am allermeisten bedeuten. Da bekommt es jeder mit der Angst zu tun. Ich verstehe das nur zu gut. Glücklicherweise hatte ich damals bei Caras Anruf bereits genug Erfahrung, um mit solchen Panikattacken umzugehen.

Zuallererst gilt: *Beruhige die Braut oder den Bräutigam.* »Cara, ich will jetzt erst mal, dass du tief ein- und ausatmest.«

»Aber die Arbeit macht mich zurzeit total fertig, und ich habe mir noch nicht einmal die Menüvorschläge des Caterers angesehen. Außerdem habe ich der Floristin möglicherweise gesagt, dass Lilien in Ordnung sind, und du weißt ja, was Mikes Mum von Lilien hält. Keine Ahnung, was ich mir dabei gedacht habe. Und wir müssen unbedingt einen DJ auftreiben, aber inzwischen hat vermutlich ohnehin niemand mehr Zeit und…«

»Tief ein- und ausatmen«, unterbrach ich sie sanft. »Mach es mir nach. Tief einatmen. Tief ausatmen. Tief einatmen. Tief ausatmen. Genau so. Und noch einmal. Du machst das toll.«

Nächster Schritt: *Mach ihnen klar, dass Panik in dieser Situation nichts Außergewöhnliches ist.* »Atme einfach weiter. Wunderbar! Und jetzt hör mir zu, Cara: Solche Gedanken sind vollkommen normal. Jeder erlebt den Moment der Verzweiflung, je näher die Hochzeit rückt. Es kann sich überwältigend anfühlen. Als hätte man nie mehr Zeit, um alles auf die Reihe zu bekommen.«

Danach folgt die *Besinnung auf die Realität:* »Ich verstehe vollkommen, dass drei Monate sich nicht sehr lange anhören, aber die meisten Dinge, über die du dir Sorgen machst, können innerhalb weniger Minuten geklärt werden. Maximal in ein paar Stunden. Und du hast noch *neunzig Tage* Zeit. Das ist mehr als genug.«

Dabei geht es vor allem darum, sachlich zu bleiben und dem Gegenüber das *Gefühl der Kontrolle* wiederzugeben. »Wir machen jetzt Folgendes: Wir erstellen eine Liste mit den Dingen, die noch erledigt werden müssen, dann wird es übersichtlicher. Deine Gedanken fahren gerade Achterbahn, und das Chaos macht dir Angst. Sobald du alles aufgeschrieben hast, fühlst du dich besser.«

»Was denkst du von mir – eine Liste habe ich natürlich«, erwiderte sie fast beleidigt. »Es ist nur noch kein einziger Punkt abgehakt. Aber die Liste, die steht.«

»Perfekt. Schick sie mir doch gleich mal, wenn du magst. Oder morgen früh.«

Nun wird es Zeit, die *Aufmerksamkeit auf das Netzwerk an Unterstützern zu lenken.* »Du steckst da nicht allein drin, Cara.

Wozu gibt es deiner Meinung nach Brautjungfern und die Freunde des Bräutigams? Wir sind da, um euch zu helfen. Egal womit. Scheu dich nicht, uns zu fragen oder Aufgaben zu delegieren. Wie wär's, wenn ich morgen auf einen Kaffee zu dir ins Büro komme und wir die Liste durchgehen? Dann können wir gemeinsam überlegen, wer was erledigen kann.«

»Das würdest du tun?«

»Klar! Kannst du deine Mittagspause erübrigen?«

»Ich glaube schon.«

»Ich werde da sein. Ich kenne einige DJs aus der Nähe, die ich schon auf anderen Hochzeiten gehört habe, und wir können gleich morgen Anfragen rausschicken. Außerdem hast du mehr als genug Zeit, um die Bestellung bei der Floristin zu ändern. Wenn du willst, erledige ich das für dich.«

Und am Ende steht eine *sanfte Überleitung zu dem, worum es wirklich geht*: »Ehrlich, Cara, es wird der schönste Tag deines Lebens, ganz egal, was passiert. Einfach deshalb, weil alle da sein werden, um zu feiern, dass Mike und du den Bund der Ehe schließt. Alles andere ist unwichtig.«

»Ja, wahrscheinlich. Der Druck, dass alles perfekt läuft, ist nur wahnsinnig groß.«

Das Wesentliche ist, das *Gespräch mit einem Lachen zu beenden.* »Es wird perfekt! Sogar wenn der DJ scheiße ist, weil wir keinen anderen mehr bekommen haben und wir am Ende Onkel Fred bitten müssen, den Brauttanz mit seiner verfluchten irischen Flöte zu begleiten.«

Sie kicherte los. »O mein Gott, erinnerst du dich daran, wie er sie zu Weihnachten bekommen hat?«

»Wie könnte ich das je vergessen! Ich werde es Mum niemals verzeihen. Eine Flöte als nettes Souvenir aus Dublin!«

»Es war schrecklich. Ich glaube nicht, dass sich meine Ohren je wieder vollständig erholen werden.«

»Das war doch die Zeit, als Granny plötzlich taub wurde. Ich kann mir nicht vorstellen, dass das Zufall war. Nach dem zweiten Weihnachtsfest, bei dem er für uns alles spielen wollte, hat Dad die Flöte auf Nimmerwiedersehen verschwinden lassen.«

»Und ich gerate wegen so unwichtiger Details wie Lilien als Blumenschmuck in Panik, obwohl ich mich eigentlich auf die Suche nach der irischen Flöte machen sollte, damit Onkel Fred während der Abgabe der Unterschriften ein Solo zum Besten geben kann!«, kicherte Cara und seufzte tief. »Danke, Sophie. Das Lachen hat gutgetan. Und du hast wie immer recht. Alles wird gut. Ich war einfach einen Moment lang überwältigt.«

»Das wäre doch jeder! Du musst mir nicht danken. Morgen bringen wir die Sache auf die Schiene. Es wird perfekt, du wirst schon sehen. Und jetzt schlaf ein bisschen.«

»Du bist wirklich die Beste. Hey, weißt du, was, Sophie?«, meinte sie gähnend. »Du solltest das beruflich machen!«

»Was? Mich mitten in der Nacht anrufen lassen?«

»Nein! Den Brautjungfernjob. Du warst schon auf einer Million Hochzeiten und weißt, worauf es ankommt. Außerdem liebst du diese Dinge und wärst mit Leidenschaft dabei. Ehrlich, mir tut jede Braut leid, der du nicht als Brautjungfer zur Seite stehst. Du könntest es zu einem Vollzeitjob ausbauen. Als professionelle Brautjungfer.«

»Was? So etwas gibt es doch gar nicht!«

»Aber es wäre möglich.«

Ich schnaubte. »Okay, na klar, Cara. Ich werde demnächst professionelle Brautjungfer.«

»Warum denn nicht? Es wäre wie das, was du jetzt machst, nur dass du nicht Manager betreust, sondern als persönliche Assistentin der Braut fungierst.«

»Schlafmangel führt offenbar doch zu Gedächtnisverlust. So etwas gibt es bereits! Schon mal was von Hochzeitsplanerinnen gehört?«

»Ja, schon klar, aber viele Leute brauchen keine Hochzeitsplanerin, weil sie selbst etwas auf die Beine stellen möchten. Ich würde keine Hochzeitsplanerin engagieren, obwohl ich dringend Hilfe brauche! Eine professionelle Brautjungfer würde die Braut hingegen lediglich unterstützen und ihr bei der Planung helfen, damit sie auf dem Weg zur Hochzeit nicht den Verstand verliert. Das ist viel entspannter. Du solltest unbedingt darüber nachdenken.«

»Okay, du verrücktes Huhn. Aber jetzt schlaf erst mal. Bitte.«

»Gute Nacht, Sophie. Und *danke.*«

Ich legte auf, kuschelte mich in meine Kissen und freute mich auf ein paar Stunden Schlaf, bevor ich wieder ins Büro musste. Doch am nächsten Tag ging mir die Idee nicht mehr aus dem Kopf. Eine professionelle Brautjungfer? Das war total absurd.

Oder?

Am Montagmorgen nach Michelles und Harrisons Hochzeit schlendere ich in mein Büro (okay, es ist nicht wirklich ein *Büro*, nur eine kleine, fensterlose Kammer ähnlich einem Wandschrank in meiner Wohnung in Südlondon, in die ich einen Schreibtisch gestellt habe, aber egal) und mache meinen Laptop an. Ich habe 534 neue E-Mails bekommen, seit ich gestern Abend zum letzten Mal online war.

Das ist nicht ungewöhnlich. Ich halte nicht nur Kontakt zur Braut und zum Bräutigam der jeweiligen Hochzeit, sondern auch zu verschiedenen Familienmitgliedern, Zulieferern und Locations.

Trotzdem brauche ich zuerst einen Becher Kaffee.

Ich gehe von meinem Büro (okay, na gut, von meinem *Wandschrank*) in die Küche und mache den Wasserkocher an. Während ich darauf warte, dass das Wasser zu blubbern beginnt, streiche ich die pinkfarbene Bluse glatt, die ich heute zur Arbeit trage. Obwohl ich mein eigener Boss bin, beginnt mein Tag genau wie damals, als ich noch als persönliche Assistentin in der City gearbeitet habe. Ich stehe um sechs Uhr auf, dusche, lege Make-up auf und wähle ein bürotaugliches Outfit aus.

Cara macht sich deshalb ständig über mich lustig – »Warum sitzt du nicht im Schlafanzug im Homeoffice, wie normale Menschen?« –, aber immerhin weiß ich nie, ob ich nicht im nächsten Moment zu einer Notfallsitzung ausrücken muss. Neulich wollte ich zum Beispiel gerade ein idyllisches Cottage auf dem Land für einen Junggesellinnenabschied buchen, als ich einen verzweifelten Anruf von einer Braut erhielt. Ich sollte zu ihr kommen und mit ihrem Vater sprechen, mit dem sie sich gerade wegen der Gästeliste in die Haare geraten war. Ich musste sofort los, bevor die Situation eskalierte. Ich habe erlebt, wie ganze Familien an der Erstellung der Gästeliste zerbrachen, und in solch einem Fall ist es essenziell, vor Ort zu sein, bevor jemand etwas sagt, das er später bereut.

Glücklicherweise schaffte ich es rechtzeitig, konnte die Situation entschärfen und einen Kompromiss erzielen. Nick und Sarah – die Nachbarn des Brautvaters – wurden eingeladen, obwohl die Braut die beiden nicht kannte, dafür würde ihr Vater auf eine Einladung seines gesamten Wein-Clubs verzichten. Dessen Mitglieder wurden stattdessen zu dem Grillfest am Sonntag nach der Hochzeit eingeladen.

Vater und Braut verstehen sich wieder und reden sogar miteinander.

Was vielleicht nicht der Fall wäre, wenn ich fünf Minuten später eingetroffen wäre, weil ich mich vorher noch umziehen musste.

Cara ist die Einzige, die weiß, was ich wirklich beruflich mache. Abgesehen von meinen Eltern und meinen Klienten natürlich. Alle anderen glauben, ich würde als persönliche Assistentin in einer Finanzkanzlei in der City arbeiten. Ich kann nicht riskieren, dass jemand meine wahre Identität errät, denn damit würde ich eines meiner wesentlichen Verkaufsargumente verlieren: Niemand braucht zu wissen, dass ich dafür bezahlt werde, an der Hochzeit teilzunehmen. Das ist seltsamerweise ein wesentlicher Punkt für viele Bräute und deren Familien. Sie wollen nicht den Eindruck erwecken, dass sie ihren großen Tag nicht alleine organisieren konnten.

Ein wesentlicher Teil meines Jobs besteht darin, so viel wie möglich über die Braut in Erfahrung zu bringen, um die Gäste und – oft – auch die anderen Brautjungfern davon zu überzeugen, dass wir beste Freundinnen sind und es einen guten Grund gibt, warum sie bis jetzt noch nichts von mir gehört haben. Weil ich zum Beispiel die letzten fünf Jahre im Regenwald von Guatemala gelebt habe. Oder weil ich im Zeugenschutzprogramm bin.

Ja, ich weiß. Manchmal muss man eben kreativ sein.

Das Wasser kocht, und ich mache Kaffee, während ich darüber nachdenke, was heute alles zu tun ist. Unter anderem muss ich das Streichquartett anrufen, das auf der Hochzeit am kommenden Wochenende spielt, und sie bitten, Kanye Wests »Gold Digger« von der Setlist zu streichen (ehrlich, Jungs, was habt ihr euch bloß dabei gedacht?). Ich rühre gerade Milch in meinen Kaffee, als ich die Post durch den Briefschlitz fallen höre, und nehme meinen Becher mit zur Tür, um sie zu holen und alles in mein Büro zu bringen. Ich lasse die Briefe auf meinen Schreibtisch und mich selbst auf den Stuhl fallen und will gerade mit der Beantwortung der E-Mails beginnen, als einer der Briefe meine Aufmerksamkeit erregt.

Es ist ein teuer aussehender, dicker, cremefarbener Umschlag, auf dem in eleganter Handschrift mein Name steht.

Wenn jemand eine Hochzeitseinladung auf den ersten Blick erkennen kann, dann bin ich das.

Es ist nur so, dass ich von allen Paaren, mit denen ich privat befreundet bin und bei denen eine Hochzeit wahrscheinlich wäre, bereits Einladungen erhalten habe. Ich kenne niemanden sonst, der bald heiraten wird. Ich greife neugierig nach dem Umschlag und bewundere den exquisiten Stil und das elegante Wachssiegel an der Rückseite. Mein Herz macht einen kleinen Sprung, so schön ist diese Einladung.

Oh-oh. Erregt mich der Anblick dieser teuren Einladung etwa?

»Ich brauche endlich mal wieder ein Date«, erkläre ich laut, auch wenn mich niemand hören kann.

Ich öffne den Umschlag und ziehe die in Gold gefasste Einladung heraus. Als ich die Namen des glücklichen Brautpaars lese, verpuffen sämtliche Glücksgefühle, die ich beim Aufwachen noch gespürt haben mag.

Von: info@allaboardpartytours.co.uk
An: Sophie.Breeze@zapmail.co.uk
Betreff: Junggesellinnenabschied Juni 2022

Hi Sophie,
danke für Ihre Anfrage zu unserem Junggesellinnen-Special am 4. Juni 2022 für 20 Personen.
Es steht euch eine vergnügliche Fahrt auf dem Kanal mit unserem eigenen Partyboot bevor. Jede der Freundinnen bekommt eine Flasche Prosecco gratis… und die Braut gleich zwei!
Möchten Sie auch das Stripper-Paket dazu buchen?
Herzliche Grüße
Tina

Von: Sophie.Breeze@zapmail.co.uk
An: info@allaboardpartytours.co.uk
Betreff: AW: Junggesellinnenabschied Juni 2022

Hi Tina,
super, danke für die Rückmeldung.
Was genau ist das Stripper-Paket?
Herzliche Grüße
Sophie

Betreff: AW: AW: Junggesellinnenabschied Juni 2022

Hi Sophie,
Sie, die Braut und alle Freundinnen werden unser Junggesellinnen-Special inkl. Stripper-Paket lieben!
Gegen einen kleinen Aufpreis steht euch eine vergnügliche Fahrt auf dem Kanal mit unserem eigenen Partyboot bevor. Jede der Freundinnen bekommt eine Flasche Prosecco gratis... und die Braut gleich zwei!
Und dazu einen Stripper!
Möchten Sie das Upgrade buchen?
Herzliche Grüße
Tina

Betreff: AW: AW: AW: Junggesellinnenabschied Juni 2022

Hi Tina,
wow. Danke für die zusätzliche Info.
Können wir den Stripper aussuchen?
Herzliche Grüße
Sophie

Betreff: AW: AW: AW: AW: Junggesellinnenabschied Juni 2022

Hi Sophie,
natürlich! Ich sende Ihnen zeitnah Fotos der zur Auswahl stehenden Stripper, und Sie können den heißesten für Ihr Junggesellinnen-Special inkl. Stripper-Paket aussuchen*!
*Leider können wir nicht garantieren, dass der gewünschte Stripper auch an dem gewählten Tag auf dem Boot auftreten wird.
Herzliche Grüße
Tina

Betreff: AW: AW: AW: AW: AW: Junggesellinnenabschied Juni 2022

Hi Tina,
ich bespreche das Angebot mit der Braut und melde mich wieder.
Herzliche Grüße
Sophie

Betreff: AW: AW: AW: AW: AW: AW: Junggesellinnenabschied Juni 2022

Hi Sophie,
denken Sie doch bitte auch an unser Junggesellinnen-Special inkl. Stripper-Premium-Paket!
Gegen einen kleinen Aufpreis steht euch eine vergnügliche Fahrt auf dem Kanal mit unserem eigenen Partyboot bevor. Jede der Freundinnen bekommt eine Flasche Prosecco gratis… und die Braut gleich zwei!
Und dazu einen Stripper… der Zirkuskunststücke vorführt*!
*Wir können nicht garantieren, dass der gewünschte Stripper auch an dem gewählten Tag auf dem Boot auftreten wird.
Herzliche Grüße
Tina

Kapitel 2

»Daniel hat dich zu seiner Hochzeit eingeladen?«, kreischt Cara und starrt die Einladung an, die ich ihr gerade gegeben habe. »Hat er den Verstand verloren?«

Ich zucke mit den Schultern und nehme einen großen Schluck Wein. »Vielleicht ist es eine Geste.«

»Was für eine *Geste* soll das denn sein?«

»Ich weiß auch nicht... eine Geste des guten Willens?«

»Der Kerl ist so ein *Arsch.*«

Ich trinke noch mehr Wein. Cara holt tief Luft, mustert mich eingehend und schiebt die Einladung über den Tisch zu mir zurück. Wir sitzen in einer schicken, fast leeren Bar ein paar Häuser von ihrem Büro entfernt. Wir landen immer hier, wenn etwas Herausragendes passiert. Wie zum Beispiel an dem Tag nach Caras Hochzeits-Nervenzusammenbruch. Oder damals, nachdem ich meinen ersten Auftrag als professionelle Brautjungfer an Land gezogen hatte. Oder eben heute, nachdem mich mein Ex-Freund zu seiner Hochzeit eingeladen hat.

»Was hast du jetzt vor?«, fragt Cara und verschränkt die Arme.

»Was meinst du?«

»Willst du antworten?«

»Natürlich.« Ich runzle die Stirn und stecke die Einladung in meine Tasche, damit ich sie nicht mehr sehen muss. »Es ist eine Hochzeit. Es wäre inakzeptabel, nicht auf die Einladung zu reagieren.«

Cara schnaubt. »Aber es ist okay, dass er dich überhaupt eingeladen hat…«

Ich zucke erneut mit den Schultern und schenke mir das nächste Glas ein.

Ihr Gesichtsausdruck wird weicher. »Geht es dir gut?«

»Klar«, erwidere ich so überzeugend wie möglich. »Alles okay.«

»Immerhin ist es ja noch nicht lange her, seit ihr euch getrennt habt, und…« Sie bricht ab.

Ich weiß auch so, was sie sagen will. Das wissen alle. Daniel war die Liebe meines Lebens. Er hat mir das Herz gebrochen. Ich habe seitdem niemanden kennengelernt. Ich war auf keinem einzigen Date. Er hingegen wird bald heiraten. Und zwar Francesca, die er im letzten Juni kennengelernt hat. Nur zwei Monate, nachdem er mit mir Schluss gemacht hat.

O Gott, ich brauche einen Tequila.

»Wir brauchen Tequila«, spricht Cara mir aus der Seele und macht sich auf den Weg zur Bar.

Daniel und ich haben uns im ersten Uni-Jahr kennengelernt. Wir wohnten im selben Wohnheim und waren eng befreundet – genau wie alle anderen aus unserem Haus. Er gestand mir seine Liebe während einer Verkleidungsparty im zweiten Semester. Ich war als Grashüpfer verkleidet, er als Schinken-Käse-Sandwich. Wir standen draußen und unterhielten uns mit ein paar Freunden, die sich mit der Zeit alle verzogen, sodass am Ende nur noch wir beide übrig blieben. Wir redeten gerade über den zweiten Teil von *High School Musical,* als er plötzlich mit seinen Gefühlen für mich herausplatzte. Ich war so überrascht, dass ich erst mal gar nichts sagte und ihn nur anstarrte. In diesem Moment torkelte eine Freundin aus der Bar, übergab sich in einen Blumentopf neben der Tür, und ich musste sie nach Hause bringen.

Danach ist ewig nichts passiert. Unsere Freunde redeten andauernd darüber. Sie versicherten mir immer wieder, dass Daniel mich wirklich mochte, aber ich hatte Zweifel. Wir waren so verschieden. Er war beliebt, witzig und aufgeschlossen. Sein Leben war eine einzige Party, und er tat ständig urkomische und verrückte Dinge. Ich hingegen war so vernünftig und verlässlich, dass mich die Direktorin der Junior High gefragt hatte, ob ich nicht Sprecherin der Mädchen *und* der Jungs sein wollte. Weshalb ich am Ende zur ersten geschlechterübergreifenden Schulsprecherin unserer Schule ernannt wurde.

Doch Daniel und ich waren nicht nur grundverschieden, ich hatte auch Angst. Ich war glücklich damit, mit ihm befreundet zu sein, und wollte unsere Freundschaft nicht gefährden. Ich wollte nicht, dass sich an unserer Truppe etwas ändert.

Eines Abends gestand ich meinen Freunden nach zu vielen Wodkas, dass ich Daniel irgendwie doch mochte. Am selben Abend küsste er ein anderes Mädchen aus unserer Truppe.

»Seht ihr?«, meinte ich zu meinen zwei Mitbewohnerinnen, nachdem wir nach Hause gekommen waren und ich mich für ein tiefschürfendes Gespräch in die leere Badewanne gesetzt hatte. »Er mag mich nicht *wirklich*. Nicht ernsthaft.«

Die verwirrende Lieben-wir-uns-oder-lieben-wir-uns-nicht-Geschichte zog sich bis ins dritte Studienjahr, als wir beide – in Caras Worten – »uns endlich überwanden« und richtig miteinander ausgingen. Und es war perfekt. Wir kannten einander so gut und waren so lange gute Freunde gewesen, dass die Beziehung mühelos war. Daniel und Sophie. Sophie und Daniel. Alle wussten, dass es passieren würde. Es war Bestimmung. Und auch in unserem Freundeskreis änderte sich nichts, außer dass es noch mehr Spaß machte, miteinander auszugehen, weil Daniel und ich nicht von irrationaler Eifersucht geplagt wurden oder so tun mussten, als wollten wir nicht ständig in der Nähe des anderen sein. Als wir nach der Uni alle nach London zogen, nahmen wir uns nicht sofort eine gemeinsame Wohnung, denn das wäre nicht vernünftig gewesen. Allerdings verbrachten wir so viel Zeit zusammen, dass es bald nicht mehr vernünftig war, *nicht* zusammenzuwohnen.

Ich konnte nicht glauben, dass ich das Glück gehabt hatte, jemanden wie ihn zu finden. Er war der EINE. Er brachte mich zum Lachen. Und ich hatte ein schlechtes Gewissen, wenn meine Freundinnen mir von ihren Dates erzählten und davon, wie schwierig es war, jemanden kennenzulernen. Ich hatte das Gefühl, als hätte ich dieses große Glück nicht verdient.

Doch dann, acht Jahre nachdem wir uns überwunden hatten und zusammengekommen waren, hatte er mich überwunden.

Ich sah es nicht kommen. Das ist das Demütigendste an der ganzen Geschichte. Ich hatte keine Ahnung. Keinen Verdacht – bis er mich eines Abends bat, mich zu ihm aufs Sofa zu setzen, weil er mit mir reden müsste. Ich war vollkommen ahnungslos. Ich war so dämlich und selbstzufrieden, dass ich dachte, wir wären *beide* glücklich in unserer Beziehung.

Er meinte, er würde mich nicht mehr lieben. Und dass es ihm schrecklich leidtäte.

»So, hier ist der Tequila«, ruft Cara und stellt das Glas mit der Zitronenscheibe vor mir ab, bevor sie ihres hebt, um anzustoßen.

Wir stürzen den Tequila hinunter, und ich verziehe das Gesicht, als er meine Kehle hinunterbrennt und kurz darauf von der Säure der Zitrone abgelöst wird.

»Wusstest du von der Verlobung?«, frage ich, während Cara sich setzt. »Hat Jen oder irgendjemand dir davon erzählt?«

Cara und ich stehen uns so nahe, dass sie zum Ehrenmitglied unserer Truppe ernannt wurde, nachdem sie mich einige Male an der Uni besucht und ich sie zur Unterstützung auf zahllose Partys mitgeschleppt hatte. Sie war ein zentrales Mitglied unserer Truppe, das unabkömmlich für mich wurde, nachdem Daniel mit mir Schluss gemacht hatte und ich ihm immer wieder bei einem Treffen im Pub mit unseren gemeinsamen Freunden begegnete. Während andere, wie etwa Jen, neutral bleiben mussten, war Cara zu hundert Prozent auf meiner Seite.

»Sophie, natürlich wusste ich es nicht«, antwortet sie sanft. »Sonst hätte ich es dir erzählt.«

»Sie müssen schon einige Zeit verlobt sein. Oder sie heiraten superschnell. Allerdings glaube ich nicht, dass sie kurzfristig einen Termin auf Belmond Manor bekommen haben. Es ist eine der begehrtesten Hochzeits-Locations. Andererseits heiraten sie im Februar, also nicht in der Hochsaison. Du solltest Belmond Manor mal googeln, wenn du Zeit hast. Es ist bezaubernd und…« Ich verstumme.

»Aber jetzt mal im Ernst, warum hat er dich eingeladen?«, fragt Cara immer noch verwirrt. »Das ergibt doch keinen Sinn.«

»Vielleicht fand er es unfair, die ganze Uni-Truppe einzuladen und mich nicht. Vielleicht will er nicht, dass ich mich ausgeschlossen fühle. Er war immer schon sehr umsichtig.«

»Ach komm schon! Ihr beide seid einunddreißig! Wir sind doch hier nicht auf dem Schulhof!«

»Das ist der einzige Grund, der mir einfällt. Wir haben uns immer gut verstanden. Und die Uni-Truppe ist nicht mehr dieselbe, seit wir uns getrennt haben. Es war allen unangenehm. Vielleicht will er das ändern und uns einander wieder näherbringen. Vielleicht will er, dass wir… Freunde werden.«

»Indem er dich zu seiner *Hochzeit* einlädt? Sophie, wenn er wieder dein Kumpel sein möchte, hätte er dich zu einem verdammten Abendessen im Pizzaladen eingeladen oder so. Außerdem hätte er nicht nur zwei Monate nach eurer Trennung und dem Ende eurer achtjährigen Beziehung etwas mit einer anderen angefangen und ihr nach nur einem Jahr einen Antrag gemacht, wenn er dein Freund sein möchte.« Cara schüttelt den Kopf und spitzt die Lippen. »Ich hoffe, ich laufe ihm bald mal über den Weg, damit ich ihm eine reinhauen kann.«

Ich lache. »Dann hoffe ich, dass du ihm *nicht* über den Weg läufst. Er hat nie etwas falsch gemacht.«

»Ha!«

»Technisch gesehen nicht! Ja, es ging alles sehr schnell, aber er hat mich nicht betrogen. Hör mal, Cara, ich weiß, du machst dir Sorgen, aber ich komme schon klar. Bestimmt. Es ist nur…

nachdem ich den Umschlag aufgemacht habe, war es, als würde der ganze Schmerz erneut auf mich einprasseln. Ich habe acht Jahre meines Lebens an jemanden verschwendet, der einer anderen nach nur einem Jahr einen Antrag gemacht hat. Während ich zu Hause sitze und mich von dicken Umschlägen aus exquisitem Papier in zartem Eierschalenweiß angezogen fühle. *Argh.*« Ich lege den Kopf auf die Tischplatte. »Ich bin eine Katastrophe.«

»Nein, bist du nicht«, erwidert Cara und tätschelt meinen Kopf. »Auch wenn wir über die Sache mit dem Umschlag noch einmal reden müssen.«

»Was *stimmt* bloß nicht mit mir?«

Ich hebe den Kopf vom Tisch und sehe sie an. Ein Bierdeckel klebt in meinem Gesicht. Na super!

»Herrgott noch mal!«, kreische ich, während Cara die Hand ausstreckt und danach greift. »Siehst du? Ich bin ein Wrack. Jemand, der am Montagabend Tequila in sich hineinstürzt und mit einem Bierdeckel im Gesicht herumläuft!«

»Das ist leicht übertrieben, und normalerweise trinkst du montags keinen Tequila. Du bist die vernünftigste Person, die ich kenne, und hast immer alles unter Kontrolle. Niemand würde dich jemals als Wrack bezeichnen«, versichert Cara mir, während sie dem Barkeeper ein Zeichen gibt, dass wir noch zwei Tequila brauchen. »Die Einladung war ein grausamer Schock. Antworte ihm und vergiss es. Konzentriere dich auf deine Karriere. Du hast so viel am Laufen! Daniel hat dich nie unterstützt! Erinnerst du dich, wie er dich immer wegen deiner Vorliebe für Hochzeiten aufgezogen hat? Und nicht auf nette Art, sondern herablassend? Und jetzt sieh dich an! Du bist ihn los, und plötzlich hast du deine Leidenschaft zum Beruf gemacht.«

Ich nicke langsam. »Du hast recht.«

»Selbstverständlich habe ich recht! Lass dich von Daniels Hochzeitseinladung nicht aus der Bahn werfen. Du bist jetzt viel glücklicher als damals mit ihm.«

Der Barkeeper bringt die Gläser und die Zitronenscheiben. Wir stoßen an, stürzen den Tequila hinunter und knallen die Gläser auf den Tisch.

»Ja, ich sollte mich besser auf meine Arbeit als auf mein katastrophales Privatleben konzentrieren. Ich brauche die Bräute, und die Bräute brauchen mich.«

»Auf alle Fälle. Hast du im Moment gerade etwas besonders Tolles am Start?«

»Alle Hochzeiten sind auf ihre Art toll«, erkläre ich, und Cara verdreht die Augen. »Aber ein neuer Großauftrag wäre super.«

»Ich dachte, du bist absurd beschäftigt.«

»Langsam geht die Hochzeitssaison zu Ende. Ich habe in den kommenden Monaten einige Hochzeiten, aber viele sind es nicht. Und da ich jetzt sämtliche Gedanken an Daniel und seine Nobelhochzeit verdrängen muss, wäre es super, wenn ich keine Zeit zum Denken hätte«, verkünde ich fest entschlossen.

»Du könntest es ja mit ... ähm ... Dating versuchen?«, schlägt Cara mit einem verschlagenen Lächeln vor. »Du warst schon ewig nicht mehr auf einem Date. Es nimmt eine Menge Zeit in Anspruch und ist eine hervorragende Ablenkung.«

»Da helfe ich lieber anderen Leuten dabei, die richtige Serviettenfarbe auszusuchen, die ihre Identität als Paar widerspiegelt.«

»Wann hattest du das letzte Mal Sex?«

Ich beschäftige mich eingehend mit der Getränkekarte.

»Sophie?« Cara lässt nicht locker. »Hattest du Sex, seit mit Daniel Schluss ist?«

»Ich war sehr beschäftigt und ...«

»Dann ist es also über ein Jahr her ...«

»Hey! So schlimm ist das nicht!«, rufe ich und werfe den Bierdeckel nach ihr. »Ich hatte zu tun. Und wir waren acht Jahre zusammen! Es ist nicht so einfach, weiterzuziehen und mit einem anderen ins Bett zu springen. Wobei ... *er* hatte damit offenbar keine Probleme.«

»Mike hat einen Kollegen, mit dem du vielleicht zusammenpassen könntest«, meint sie und wirft den Bierdeckel wieder zurück. »Er sieht gut aus und liebt Hunde.«

»Was will frau mehr? Ich denke darüber nach, aber ehrlich: Im Moment geht es mir gut, so wie es ist.«

»Na gut.« Sie hebt ihr Glas. »Auf uns. Und dass es uns im Moment gut geht.«

Ich stoße mit ihr an. »Cheers.«

»Und weißt du, was?«, ruft sie etwas zu laut. »Scheiß auf Daniel und seine Eierschalen-Einladung oder was auch immer du vorhin gesagt hast. Seine Stimme war viel zu dröhnend, und die Haare waren eine Katastrophe.«

Ich lache auf. Wir bleiben noch eine Stunde, trinken Wein und reden über Daniels Fehler, bis uns klar wird, dass es Montag ist und wir nach Hause gehen sollten. Ich umarme Cara innig, bevor ich in die U-Bahn in Richtung Balham steige, und danke ihr, dass sie immer da ist, wenn ich sie brauche.

»Kein Problem, Lieblingscousine«, lallt sie und macht sich auf den Weg zur Central Line. »Und denk daran: Gib dir einen Moment, um niedergeschlagen zu sein, dann lehne die Einladung dankend ab und vergiss die Sache. Im Moment geht es dir gut, vergiss das nicht.«

Das ist ein vernünftiger Rat. Ich werde meiner Niedergeschlagenheit heute Abend freien Lauf lassen und morgen mit meinem Leben weitermachen. Ich werde auf die Einladung antworten und die Sache anschließend vergessen.

Ich fahre nach Hause, sinke auf das Sofa und scrolle durch die verschiedenen Playlists auf meinem Handy, bis ich den Song finde, nach dem ich suche. Ich drücke auf *Play*. Katy Perrys »The One That Got Away« dröhnt aus meinen Bluetooth-Lautsprechern. Ich stoße ein lautes »Ha!« aus. Cara fände es sicher witzig, dass ich aus all den wunderbaren Liedern über Liebe und Verlust ausgerechnet dieses ausgesucht habe.

Anschließend ziehe ich die Einladung aus meiner Tasche,

presse sie an meine Brust und schließe die Augen, als die Tränen zu fließen beginnen.

Dienstag, 8:00 morgens. Das Telefon klingelt.

ICH: Hallo?
TIMMY: Sophie? Hier ist Timmy. Warum klingt deine Stimme so kratzig?
ICH: Tut mir leid, harte Nacht.
TIMMY: Die Arbeit?
ICH: Mhm.
TIMMY: Hast du kurz Zeit? Ich brauche einen Rat.
ICH: Ich habe immer Zeit. Ich bin deine Brautjungfer! Dafür bin ich da. Wie kann ich helfen?
TIMMY: Ich habe mir Gedanken über die Stühle gemacht.
ICH: Welche Stühle? Bei der Trauung? Oder beim Empfang?
TIMMY: Bei der Trauung. Ich habe mir da etwas überlegt.
ICH: Schieß los!
TIMMY: Stell dir vor… Grau. Chiffon. Schärpen.
(Pause)
TIMMY: Also, was denkst du?
ICH: Brillant.
TIMMY: Wirklich?
ICH: Ja. Perfekt. Und an welche Art Stuhl hast du gedacht?
TIMMY: Es gibt mehr als eine Stuhlart?
ICH: Ja, und du kannst sie alle haben. Die Location hat eine große Auswahl im Angebot. Darf ich einen Vorschlag machen?
TIMMY: Klar.
ICH: *Chiavari*. Traditionell, elegant, ein wenig rustikal, aber mit einer grauen Schärpe sehr exklusiv.
TIMMY: Moment, ich google es mal… bleib kurz dran…
(Pause)
TIMMY: O mein Gott, die sind der Hammer!

ICH: Sie passen zu dir. Und zu dem Vibe, den du dir wünschst.

TIMMY: Du bist ein Genie.

ICH: Nö, ich mache nur meinen Job.

TIMMY: *Chiavari*, hm? Wer hätte gedacht, dass Stühle so wichtig sind. Du bist die Beste. Ich melde mich bald wieder wegen der Gastgeschenke.

ICH: Ich freue mich auf deinen Anruf. Hab einen schönen Tag!

TIMMY: Du auch. Ach, und Sophie?

ICH: Ja?

TIMMY: Starker Kaffee, Ibuprofen und Salzgebäck, Schätzchen. Dann ist der Kater zu Mittag weg.

ICH: Aber ich habe keinen…

TUUUUUUT

Kapitel 3

Timmy hat gerade aufgelegt, da klingelt es an der Tür.

Ich stöhne und ziehe mir die Decke über den Kopf. Wahrscheinlich ist es der Postbote mit einem Paket, und hoffentlich lässt er es bei einem meiner Nachbarn, dann kann ich es später abholen. Warum musste ich an einem Montagabend bloß so viel trinken? Was habe ich mir nur dabei gedacht? Und dann auch noch *Tequila*. Ich werde Cara umbringen. Wir sind doch keine zwanzig mehr! Das war total überflüssig! Warum haben wir überhaupt …?

Ach ja, Daniels Hochzeitseinladung. Deshalb.

Ich glaube, ich muss mich übergeben.

Sekunden später klingelt es erneut, und als ich immer noch nicht reagiere, klingelt es Sturm. Als mir klar wird, dass es nur eine verzweifelte Braut kurz vor dem Nervenzusammenbruch sein kann, hieve ich die Beine aus dem Bett, dann meinen Körper und wische mir die zerzausten Haare aus der Stirn. Ich nehme meinen Morgenmantel vom Haken an der Tür und schlüpfe hinein, während ich mir schnell eine Ausrede einfallen lasse, warum ich aussehe, wie ich aussehe. Ich werde behaupten, ich sei krank, und hoffen, dass die Braut vor meiner Tür mich nicht als ausgesprochen unprofessionell abstempelt.

»Hallo?«, krächze ich in die Gegensprechanlage.

»Sophie? Bist du das? Was ist mit deiner Stimme passiert? Du klingst *grauenhaft*! – Hast du etwa einen Kater? An einem Dienstag? Ich dachte schon, du bist vielleicht tot!«

Ich schließe die Augen, und meine Kopfschmerzen steigern sich schlagartig. »Mum. Hi.«

»Lässt du mich nicht rein?«

»Habe ich denn eine Wahl?«, murmle ich, drücke den Türöffner und öffne die Wohnungstür. Dann schlurfe ich in die Küche und fülle den Wasserkocher auf. Ich höre meine Mutter reden, während sie die Treppe hochsteigt, obwohl sie noch nicht einmal in der Nähe der Wohnung ist. Ihre Stimme hallt von den Wänden wider. Ich stelle den Kocher beiseite. Eine Schmerztablette ist jetzt wichtiger.

»Warum sind die Wände so verkommen? Und der Teppich müsste auch mal gereinigt werden. Wohnt hier etwa ein Hund im Haus? Überall Haare! Und was ist das für ein Geruch? Wie fauliges Seegras.«

Sie eilt in die Wohnung und sieht mich in der Küche mit einer Paracetamol in der Hand. »Was ist passiert?«, fragt sie, und ihre Augen weiten sich, während sie ihren Mantel und die Handtasche auf den Haken im Flur hängt. »Wurdest du überfallen?«

»Was?« Ich nehme die Paracetamol mit einem großen Schluck Wasser. »Wie kommst du darauf, dass ich überfallen wurde? Hier sieht es doch gar nicht danach aus.«

»Nein, aber du siehst schrecklich aus!«

»Und das bringt dich sofort zu der Annahme, dass ich überfallen wurde.«

»Nun, irgendetwas muss passiert sein, Sophie. Es ist Dienstag, und du schluckst hier Pillen, als gäbe es kein Morgen! Ich hoffe, du machst das nicht jeden Tag?«

Ich massiere mir die Schläfen. »Ich habe bloß eine Tablette gegen Kopfschmerzen genommen, Mum. Da ist man für gewöhnlich noch nicht drogenabhängig.«

Sie kommt in die Küche, übernimmt das Anstellen des Wasserkochers und holt zwei Becher aus dem Schrank. »Dann bist du also verkatert?«

»Ich bin krank.«

Sie hebt die Augenbrauen und wirft mir einen Blick zu, wie es nur Eltern können. Selbst wenn man schon über dreißig ist. »Wirklich?«

»Genau genommen ja.«

»Vom Alkohol?«

»Spielen die Details denn eine Rolle? Ich bin krank, mehr gibt es dazu nicht zu sagen.«

»Hattest du ein Date?«, fragt sie und hängt die Teebeutel fein säuberlich in die Becher. Meine Mum macht alles *fein säuberlich*, selbst so alltägliche Dinge wie Tee kochen.

»Sozusagen. Es war ein Date mit Cara.«

»Warum gehst du an einem Montagabend mit Cara aus?«

»Moment mal. Warum bist du hier?«

»Sehr nett, danke vielmals!«

»Du weißt, was ich meine«, erwidere ich und verdrehe die Augen, was ziemlich schmerzhaft ist. »Es ist schön, dich zu sehen, Mum. Aber was machst du an einem Dienstagmorgen bei mir in der Wohnung?«

»Du hast unseren Brunch vergessen.«

Ich runzle die Stirn und stapfe an ihr vorbei ins Schlafzimmer, um einen Blick in meinen Handykalender zu werfen. Sie hat natürlich recht. Wir wollten uns heute zum Brunch treffen, um mal wieder ausgiebig zu quatschen. Ich gehe zurück und bleibe in der Küchentür stehen. »Mum, es ist halb neun.«

»Ja und?« Sie gießt das kochende Wasser in unsere Becher.

»Du weißt aber schon, was *Brunch* bedeutet, oder? Es ist eine Kombination aus Frühstück und Mittagessen.«

»Ganz genau.«

Ich sehe sie an. »Und warum bist du dann jetzt schon hier?«, frage ich und hoffe, dass die Paracetamol bald Wirkung zeigt.

Sie holt stirnrunzelnd die Milch aus dem Kühlschrank. »Du sagtest, wir würden uns zum Brunch treffen. Und hier bin ich.«

Wenn mein Kopf nicht ohnehin schon explodieren würde, hätte ich ihn spätestens jetzt gegen die Wand geschlagen.

»Wunderbar! Aber zum Brunch trifft man sich nicht um halb neun! Dann wäre es ja ein Frühstück!«

»Das ist aber verwirrend«, entgegnet sie mit einem übertriebenen Seufzen und gibt mir meinen Tee. »Aber egal, jedenfalls bin ich jetzt hier.«

Es hat keinen Sinn, die Diskussion fortzuführen. Ich habe bereits verloren. Das hier ist so typisch für Mum, dass ich es eigentlich hätte besser wissen sollen. Mein Organisationstalent kommt ganz klar von ihrer Seite der Familie. Mein Dad ist das komplette Gegenteil. Er ist ständig mit den Gedanken woanders, verliert alles und weiß die meiste Zeit nicht, wo er gerade sein sollte, hat aber immer Spaß an der Sache. Meine Mum hingegen hat mehrere, farblich verschiedenen Themen zugeordnete Kalender und gibt sich große Mühe, nie pünktlich zu sein. Stattdessen kommt sie immer zu früh. In diesem Fall mehrere Stunden.

Bevor sie vor einem Jahr in Rente ging, arbeitete Mum als PR-Betreuerin mehrerer Fernsehstars und war so gewöhnt daran, sämtliche Konsequenzen schlechter Presse bravourös aus der Welt zu schaffen, dass sie seit jeher eine Meisterin darin ist, für jegliche Probleme des täglichen Lebens eine Lösung zu finden oder sie in Chancen zu verwandeln. Sie ist klug, arbeitsam und pragmatisch und wirkt immer irgendwie nachdenklich, als würde sie bereits nach dem besten Weg suchen, den nächsten Stein wegzuräumen, bevor er überhaupt in Sichtweite ist. Eine derart vernünftige Mutter ist toll, vor allem, wenn etwas schiefgeht und sie einen wieder auf Schiene bringt, aber es kann auch ziemlich anstrengend sein.

Nach einem Gespräch mit ihr fühle ich mich jedes Mal erschöpft.

»Also, beantwortest du jetzt meine Frage?«, ruft sie, während sie ins Wohnzimmer geht und sich auf das Sofa setzt.

Gott sei Dank habe ich gestern Staub gesaugt, sonst hätte sie sicher gemeckert. Ihr Haus in Putney ist immer makellos sauber, und alles ist dort, wo es sein sollte. Dad lässt gerne Untersetzer umherwandern, nur um ihre Reaktion zu testen. »Hier, mein Schatz, eine schöne Tasse T... – Moment! Wo ist der Untersetzer, der sonst immer auf diesem Tisch liegt? Ich weiß nicht, wie das immer... Oh! Das ist er ja. Auf dem Tisch dort drüben! Wie ist denn das passiert? Ich muss ihn aus Versehen falsch hingelegt haben. Egal, hier, mein Schatz, eine schöne Tasse Tee auf dem richtigen Untersetzer.«

Er macht es mindestens zwei Mal die Woche, und sie hat immer noch keine Ahnung, was mit ihren Untersetzern los ist.

»Welche Frage noch gleich?«, hake ich nach.

»Warum du und Cara euch an einem Montagabend volllaufen lasst? Das sieht euch nicht ähnlich.«

Ich muss es ihr irgendwann sagen. Ich sehe mich nach der Einladung um und entdecke sie in einer Sofaritze hinter Mum. Ach ja, ich habe sie mir gestern Abend an die Brust gedrückt, während ich traurige Songs gehört habe. Gott, wie erbärmlich!

»Deswegen.« Ich strecke ihr die Einladung entgegen. »Ich werde jetzt erst einmal duschen. Ich habe heute Vormittag noch tausend Dinge zu erledigen.«

»O Sophie«, seufzt sie traurig, während sie die Einladung liest.

»Es geht mir gut. Ehrlich«, erkläre ich so fröhlich, wie ich kann, und gehe zum Badezimmer. »Ich musste mich gestern bloß abreagieren, und jetzt bin ich bereit, es zu vergessen.«

Ich versperre die Badezimmertür hinter mir und erhasche einen Blick auf mein Spiegelbild. Ich sehe grauenhaft aus, und mit einem Mal schäme ich mich für mich selbst. Ich schäme mich und bin gleichzeitig auch wütend, dass ich zugelassen habe, dass Daniel einen solchen Effekt auf mich hat, obwohl ich eigentlich über ihn hinweg bin. Dass ich wegen ihm den Wecker nicht gehört und verschlafen habe und außerdem gestern Abend viel zu viel getrunken habe, obwohl es so viel zu tun gibt. Dass er mir das Gefühl gibt, ich hätte mein Leben nicht im

Griff und wäre eine Versagerin, obwohl ich weiß, dass das nicht stimmt.

Ich werfe einen neuerlichen Blick in den Spiegel und sehe, dass ich gestern nur ein Auge abgeschminkt habe. Ich habe wohl vergessen, dass es noch ein zweites in meinem Gesicht gibt.

»Reiß dich zusammen«, befehle ich mir und mache die Dusche an. »Das hast du nicht nötig.«

Ich werde auf die Einladung antworten, sie anschließend sofort vergessen und mit meinem Leben weitermachen. Ja. Genau so werde ich es machen. Du wirst schon sehen, Daniel. Ich werde sicher nicht zu deiner dämlichen Hochzeit mit den dämlich perfekten Einladungen, der dämlichen Traum-Location und dem dämlichen exquisiten Vier-Gänge-Menü kommen. Ich mache stattdessen etwas total *Großartiges*. Etwas, das Daniel nie von mir erwarten würde. Etwas Unfassbares. Etwas Gewagtes, Außergewöhnliches. Etwas vollkommen Verrücktes. Etwas Beeindruckendes, bei dem alle nur noch »Wow!« sagen werden.

Etwas wie... Fallschirmspringen! – Warum nicht? Ich werfe mich aus einem Flugzeug. Das schaffe ich! Und ich werde es genau an Daniels Hochzeitstag tun.

Und wenn er dann unsere gemeinsamen Freunde fragt, warum ich nicht gekommen bin, würden sie sagen: »Sophie? Ach, die ist gerade beim Fallschirmspringen.«

WUMM. Das wird ihn umhauen.

Daniel: »Was? Sophie ist beim Fallschirmspringen? Das ist so mutig, verrückt und unglaublich! Ich habe ihr unrecht getan. Ich hatte sie gar nicht verdient. Sie will mich sicher nicht zurück.«

Und unsere Freunde: »Nö, Kumpel, ganz sicher nicht.«

Als ich in die Dusche trete, fühle ich mich besser. Ich bin bereit, mein Selbstmitleid zu begraben und an die Arbeit zu gehen.

»Willst du darüber reden?«, fragt Mum vorsichtig, als ich angezogen und meine Mails checkend aus meinem Schlafzimmer komme.

»Worüber?«

»Über die Einladung.«

»Danke, Mum, aber ich habe schon viel zu viel drüber geredet. Ich antworte später darauf. Wo ist sie denn?«

»Mhm.« Sie nickt langsam und gibt mir den Umschlag.

Ich nehme ihn lächelnd entgegen. »Ist schon okay, Mum. Ich werde nicht hingehen.«

»Ah.« Sie entspannt sich sichtlich. »Das ist sicher die richtige Entscheidung. Er hätte dich nicht einladen dürfen. Das war grausam von ihm.«

»Ich glaube nicht, dass er grausam sein wollte.« Ich lache auf. »Ich glaube, er wollte nett sein.«

»Lass dich nicht davon runterziehen. Du bist ohne ihn besser dran.«

»Das glaube ich auch.«

»Du hast ein ausgefülltes Leben. Keine Zeit, um dir über die Vergangenheit Gedanken zu machen.«

»Ganz genau.«

»Er hat dich ausgesaugt. War von dir abhängig. Dad und ich konnten ihn von Anfang an nicht leiden.«

»Klar.«

»Weißt du, was du brauchst?«

»Eine Bloody Mary?«

»Jemanden, der dich verwöhnt! Jemanden, der dich in Aufregung versetzt! Du arbeitest so hart, und auch wenn ich dich uneingeschränkt in deiner Karriereauswahl unterstützt habe«, betont sie, »befürchte ich, dass es nicht gesund ist, wenn du ständig auf Hochzeiten bist. Und jetzt steht auch noch Daniels bevor...«

»Das ist okay, Mum«, versichere ich ihr. »Ich sehe das anders. Hochzeiten sind mein Job.«

»Ich habe neulich von einer Agentur gelesen, die Dates für Gruppen und nicht nur für Paare organisiert. So kannst du einen netten Abend unter Gleichgesinnten verbringen und Spaß haben, auch wenn dir keiner der Männer gefällt.«

»Mum«, stöhne ich. »Bitte keine Dating-Ratschläge.«

»Das würde ich *niemals* tun!«, ruft sie schockiert. »Ich meine doch nur, dass du einen lustigen Abend mit einem gut aussehenden jungen Mann verdient hast, der dich verwöhnt.«

Meine Eltern sind tatsächlich ziemlich cool, was meine Beziehungen zu Männern angeht. Mum interessierte sich immer schon mehr für meine Karriere und meine finanzielle Unabhängigkeit, und es war nicht gerade einfach für sie, als ich ihr nach mehreren Jahren als persönliche Assistentin sagte, dass ich von nun an professionelle Brautjungfer sein wollte. Dass ich mit dreißig plötzlich wieder Single war, war meinen Eltern im Vergleich dazu egal.

»Ich verstehe Daniels Vorgehensweise einfach nicht«, fährt Mum fort. »Aber vielleicht können wir etwas Positives daraus ziehen. Vielleicht gibt es dir die Motivation, wieder unter Leute zu gehen. Selbstverständlich nur, wenn du dazu bereit bist. Du weißt schon, mal sehen, was so alles auf dem Markt ist.«

Ich muss unwillkürlich lächeln. »Danke, Mum. Ich werde darüber nachdenken. Und nachdem wir dieses unangenehme Gespräch nun zu einem guten Abschluss gebracht haben, muss ich noch einige Anrufe erledigen und E-Mails checken, bevor wir uns auf den Weg machen.«

Sie hebt die Hände. »Ich lass dich in Ruhe. Ich kann ja…«, sie sieht sich um, und ihr Blick bleibt an einem Stapel Hochzeitsmagazine auf dem Couchtisch hängen, »…ein bisschen lesen. Vielleicht kann ich dir bei einer deiner Hochzeiten unter die Arme greifen.«

Als ich in mein Büro (meinen Wandschrank) gehe, blättert sie bereits vergnügt in einem der Magazine. Ich beantworte gerade eine E-Mail über Stoffmuster, als Mum hinter mir auftaucht.

»Sag nicht, dass du dich jetzt schon langweilst. Ehrlich, Mum, man kann frühestens um zehn zum Brunch!«

»Sieh dir mal das an!«, erwidert sie und hält mir das Magazin vor die Nase. Mein Blick fällt auf die Verlobungsanzeigen.

»Die Tochter der Marquise von Meade hat sich verlobt.«

»Ja, Lady Cordelia, ich weiß.« Ich betrachte das Foto des zukünftigen Brautpaars auf irgendeinem schicken Londoner Event und den riesigen Diamanten, der an Cordelias Finger prangt. »Das habe ich letzte Woche schon gesehen.«

»Kaum zu glauben, dass ich nichts davon gewusst habe!«

So sehr es nervt, dass meine Mum mich beim Arbeiten stört, um mir zu erzählen, dass eine weitere Promi-Hochzeit bevorsteht, verstehe ich natürlich, warum sie so aufgeregt ist.

Lady Cordelia Swann ist eine dieser Berühmtheiten, die jeder kennt, von den Großeltern bis zum Teenager. Sie ist die einzige Tochter einer der ältesten, adeligsten und – nicht zu vergessen – reichsten Familien in Großbritannien und war bereits mit zwei Jahren auf den Gesellschaftsseiten vertreten. Die Mädchen in meiner Klasse waren besessen von ihr und ihrer besten Freundin Lady Annabel Porthouse. Die beiden waren in unserem Alter und immer auf den coolsten Partys unterwegs, hatten berühmte Freunde und trugen die angesagtesten Designerklamotten. Lady Cordelias Mum hatte in den 1960ern als Model gearbeitet und war ein richtiges Partygirl, bevor sie den Marquess heiratete. In den letzten Jahren hat sich Lady Cordelia zwar ein wenig aus dem öffentlichen Leben zurückgezogen, doch die Familie Swann ist immer noch sehr bekannt.

Es gibt sogar einen Fernsehfilm über Lady Cordelias Leben, der sich vor allem auf die Zeit konzentriert, als sie mit Mitte zwanzig in ihrem Stadthaus in Chelsea mit einem berühmten Rockstar zusammenlebte. Der Film heißt: *Lady Cordelia Swann – Die wilden Jahre* und ist in etwa so gut, wie der Titel vermuten lässt.

»Das wird die Hochzeit des Jahrzehnts«, fährt Mum fort und wirft mir einen hoffnungsvollen Blick zu. »Deshalb dachte ich, es würde dich vielleicht interessieren. Du solltest Lady Cordelia Swann schreiben und ihr deine Dienste anbieten.«

»Was? Sei nicht albern! Sie wird sich die teuersten Hochzeitsplanerinnen im ganzen Land sichern.«

»Nun, dann ist sie eine Idiotin. Du bist die Beste für diesen Job.«

»Das sagen doch alle Mütter.« Ich schenke ihr ein Lächeln. »Aber danke trotzdem.«

Sie nimmt das Magazin wieder an sich und seufzt. »Schade. Stell dir nur mal vor, bei so einer Hochzeit mitzuarbeiten.«

»Ja«, murmle ich und wende mich wieder meiner E-Mail zu. »Stell dir das mal vor.«

WhatsApp-Gruppe »Clares Junggesellinnenparty«

Hallo, alle zusammen! Ich freue mich schon supertoll darauf, mit euch in ein paar Wochen Clares Junggesellinnenabschied zu feiern. Wenn ihr einen Moment Zeit habt, klickt bitte auf den unten stehenden Link und gebt eure Menüauswahl und mögliche Sonderwünsche für das Essen am Samstagabend ein. Danke! Zur Erinnerung: Clare hat sich für das Motto RAVE entschieden, also nehmt leuchtend bunte Klamotten mit, und ich sorge für die Leuchtstäbe und jede Menge Neon-Make-up! Danke euch allen! Küsschen! http://marcosrestaurantbrighton.co.uk/

Jessica
Das ist so aufregend!!!!! Ich habe eine Glutenunverträglichkeit, hoffe das ist ok!

Aber klar doch!

Gib es einfach in der Spalte mit den Sonderwünschen ein ☺.

Corinne
OMG ich kann es kaum ERWARTEN!
Gibt's auch was für Veganer?

Natürlich! Klick auf den Link, dann erhältst du die verschiedenen Optionen.

Rachel
YIIIIPIIIEEE! Ich freue mich tierisch! Darf ich fragen, ob es einen Dresscode gibt? Brauchen wir besondere Klamotten?

Ich freue mich auch! Ja, das Thema ist RAVE, also bitte bunte Klamotten mitbringen! ☺

Fran
Wie TOLL! OMG! Soll ich Neon-Make-up besorgen?

Wie nett, dass du fragst, aber keine Sorge. Das Neon-Make-up liegt schon bereit!!

Rachel
Wir brauchen UNBEDINGT Leuchtstäbe!!

Super Idee!! Ich habe schon welche organisiert.

Sarah
YESSS! Ich bin schon so aufgeregt! Ich esse keine Meeresfrüchte, wenn das okay ist.

Klar, kein Problem. Schreib es bitte in die Spalte mit den Sonderwünschen, nachdem du dem Link gefolgt bist.

Sarah
Ich bin nicht allergisch oder so. Ich mag die Dinger nur nicht.

Ah, kein Problem! Es gibt mehr als genug Auswahlmöglichkeiten und nur eine Meeresfrüchtevariante, soviel ich weiß. Klick auf den Link und sieh es dir an.

Mandy
Das wird so COOOL! Ich hätte gerne das Steak mit den Fritten.

Geht klar. Wenn du es bitte noch ins Formular einträgst, das du unter dem eigens eingerichteten Link abrufen kannst? ☺

Naomi
Ich habe es gerade ausgefüllt, danke fürs Organisieren! Was sollen wir denn zum Essen anziehen? Abendkleid?

Danke fürs Ausfüllen! Das Thema für Samstag ist RAVE, also kommt bitte in bunten Klamotten.

Holly
Ich kann es kaum erwarten, in der Arbeit geht es gerade rund, da kommt eine Auszeit genau richtig! Tolles Thema, soll ich Neon-Make-up oder so was mitbringen? Oder passt das nicht?

Danke, das ist lieb. Ich habe bereits Neon-Make-up besorgt!

Jenna
Tut mir leid, falls ich zu kompliziert bin, aber ich bin seit einiger Zeit Vegetarierin und laktoseintolerant!! SORRY!!

Kein Problem! Wähle ein vegetarisches Gericht und schreib in die Spalte »Sonderwünsche«, dass du keine Laktose verträgst.

Anna
Ich kann es gar nicht mehr ERWARTEN!!
Du meintest bunte Klamotten – geht ein gelbes Kleid? Was anderes hab ich nicht!

Klingt doch toll! Ein gelbes Kleid ist perfekt!

Carey
Hey, tut mir leid, dass ich mich so spät einklinkte. Ich hab wohl einiges verpasst!
Also, gibt es ein Motto für den Abend?

Kapitel 4

Einladung zur Hochzeit von

Nisha Sharma
und Luke Forde

25. September 2021

»Verdammt«, murmelt Nisha und betrachtet eingehend die komplizierten Henna-Muster auf ihren Händen und Unterarmen. »Ich kann sie nirgendwo finden.«

»Was denn?«, frage ich und überprüfe noch einmal, ob mein Sari meine Schulter ordnungsgemäß bedeckt und nicht im nächsten Moment nach unten rutscht.

»Lukes Initialen.« Sie inspiziert ihre Hände. »Sie sollten irgendwo in den Mustern versteckt sein.«

»Aber dann ist es doch besser, wenn du sie nicht findest.« Ich bewundere die verschnörkelten Muster auf ihrer Haut.

»Schon.« Sie hebt seufzend die Arme und sucht an den Ellbogen weiter. »Aber es ist Tradition, dass sich der Ehemann in der Hochzeitsnacht auf die Suche danach begibt. Wenn er sie nicht findet, werde ich der Überlieferung nach die Oberhand in unserer Ehe haben.« Sie grinst verschmitzt. »Ich will wissen, wo sie sind, damit ich sie so gut wie möglich vor ihm verstecken kann. Ich will nicht, dass er mit dem Glauben in die Ehe geht, das Schicksal hätte gewollt, dass er die Zügel in der Hand hält.«

Ich schüttle lachend den Kopf. »Vielleicht sind sie in den Mustern auf deinen Füßen versteckt.«

»Nein, sie sind ganz sicher an den Händen oder Armen«, erwidert sie bestimmt und senkt die Arme, sodass die unzähligen Armreifen klirren. »Ich hoffe, er findet sie nicht vor mir. Sonst bin ich stinksauer.«

Die Arbeit mit Nisha war eine der schönsten beruflichen Erfahrungen meiner bisherigen Karriere. Sie plante eine anglo-indische Hochzeit – einschließlich einer hinduistischen Zeremonie in einem eleganten Hotel in Kent – und ist vor wenigen Monaten auf meine Website gestoßen. Damals war sie einem Nervenzusammenbruch nahe, weil der Druck, die wichtigsten Traditionen beider Kulturen zu kombinieren, zu groß geworden war und sie gleichzeitig fest entschlossen war, die Kontrolle zu behalten und sich nicht von den Familien übervorteilen zu lassen. Ihr Verlobter Luke ist wundervoll, aber schüchtern und desorganisiert und hatte nicht wirklich etwas beizutragen, sodass Nisha als schwer beschäftigte Ärztin den Großteil der Planung allein erledigen musste.

Bei unserem ersten Treffen erklärte sie mir, dass sie zwar ein paar enge Freundinnen aus ihrer Zeit an der Uni hatte, doch zwei davon lebten im Ausland, und die dritte war Allgemeinärztin mit eigener Praxis und hatte außerdem zwei Kinder, weshalb Nisha sie nicht mit den Hochzeitsvorbereitungen belasten wollte. Sie engagierte mich, und ich wurde zu Louise, einer guten Freundin und Arbeitskollegin, die als Sekretärin im Krankenhaus arbeitet. Zusammen nahmen wir ihre To-do-Liste in Angriff und konnten letztlich alles erledigen.

Die Feierlichkeiten begannen gestern in Nishas Elternhaus

mit einer Mehndi-Party, wo eine Henna-Künstlerin wunderschöne Muster für die Braut und die weiblichen Gäste kreierte. Ich verbrachte Stunden damit, Nisha und ihrer Familie beim Dekorieren des Hauses mit funkelnden Lichterketten und farbenfrohen Blumenarrangements zu helfen. Auf den gemusterten Teppichen im Wohnzimmer lagen neonfarbene Kissen verstreut, und ich hatte mit ihrer Mum Tücher in leuchtendem Pink, Violett und Blau an den Wänden und vor den Fenstern drapiert. Meine Arme waren zerstochen, nachdem ich unzählige Traumfänger und Gläser mit Teelichtern im Garten an die Bäume gehängt hatte, aber es sah spektakulär aus.

Als die Gäste schließlich eintrafen, gab es Musik, ein Unterhaltungsprogramm und jede Menge zu essen. Alles lief perfekt, außer dass Nisha die Henna-Künstlerin verärgerte. Die Braut muss still sitzen, während die kunstvollen und symbolträchtigen Muster mit Henna auf ihre Haut gemalt werden, doch Nisha wollte ständig aufspringen und die Neuankömmlinge begrüßen.

Am Abend fand schließlich das sogenannte *Sangeet* statt, eine ausgelassene Vorfeier, bei der alle tanzten und sangen und es sogar einen Flashmob gab. Alle aus Nishas Familie hatten denselben Tanz gelernt, und sogar ihre Großmutter schwang die Hüften und Arme im Takt.

Heute sieht Nisha sogar noch schöner aus als ohnehin schon. Sie trägt eine bestickte Hochzeits-Lehenga in Rot und Gold und ist von Kopf bis Fuß mit schimmerndem Goldschmuck geschmückt. Sie wusste von Anfang an, dass sie in einem traditionellen, rot-goldenen Hochzeitskleid heiraten will, doch wir mussten elf Läden abklappern, um endlich ihr Traumoutfit zu finden.

Um sechs Uhr heute Morgen nahm sie mich zur Seite und überreichte mir ein Paar wunderschöne goldene Ohrhänger. Ich erklärte ihr, dass sie mir nichts schenken musste und es mein Job wäre, hier zu sein, doch sie sah mich an, nahm meine Hände und meinte: »Sophie, ich brauche dich heute jede Sekunde an meiner Seite, und ich bin dir jetzt schon unendlich dankbar. Weil ich nämlich den schlimmsten Kater meines Lebens habe.«

Ich lachte, verstummte allerdings abrupt. Sie sah plötzlich aus, als müsste sie sich übergeben. So schnell wie möglich zog ich sie ins Badezimmer. Umso überraschter war ich, dass sie die Haldi-Zeremonie überstand, die um sieben Uhr morgens begann und bei der Luke und Nisha von Familie und Freunden mit Kurkumapaste eingerieben wurden.

»Sie wirkt so ernst«, erklärte eine ihrer Tanten gerührt, während jemand die Paste auf Nishas Wangenknochen verteilte. »Ruhig und nachdenklich, in die Vorbereitung auf ihre Ehe versunken.«

Ich nickte und beschloss, ihr nicht zu sagen, dass Nisha so in sich gekehrt war, weil sie sich immer noch darauf konzentrierte, den Rest des Weins vom Vorabend bei sich zu behalten.

Luke sah mich erschrocken an, als die Gäste die Paste auf seinem Gesicht und dem Oberkörper verteilten. »Brennt das?«, flüsterte er mir zu, als auch sein Bauch nicht verschont blieb.

Ich beobachte Nisha, wie sie ein letztes Mal ihr aufsehenerregendes Augen-Make-up überprüft, bevor die Zeremonie losgeht. Niemand, der sie sieht, würde ahnen, dass sie mich noch vor ein paar Stunden angefleht hat, die Hochzeit zu verschieben, damit sie sich mit einer Tasse Tee unter der Bettdecke zusammenrollen und sich alte Folgen von *Grey's Anatomy* ansehen kann.

Nishas Bruder tritt durch die Tür. »Der Buggy ist da!« Er winkt uns mit sich. »Kommt schon!«

Nisha wirft mir einen Blick zu, und ich muss unwillkürlich lachen.

Während der Hochzeitsvorbereitungen hat sie oft höllisch witzige Kommentare darüber zum Besten gegeben, dass sie mit einem Golf-Buggy zu ihrer Hochzeit kutschiert werden würde – »Nicht etwa mit einem Bentley, Sophie, oder mit einem Rolls-Royce. Es ist nicht einmal ein *Auto*. Ich fahre in einem Buggy vor, dessen Maximalgeschwindigkeit fünfundzwanzig verdammte Stundenkilometer beträgt!« –, und die Fahrt mit dem Buggy wurde dadurch seltsamerweise zu dem Teil der Hochzeit, auf den ich mich am allermeisten freue.

Als wir durch die Tür treten und unser Blick auf den geschmückten Buggy fällt, greift Nisha nach meiner Hand, und ein Grinsen breitet sich auf ihrem Gesicht aus. »Ich finde, es gibt nichts Schöneres.«

Und ich muss ihr zustimmen. Es ist das coolste Transportmittel, das ich je gesehen habe. Ich will auch einen Buggy.

Wir halten vor dem Hotel, in dem die Zeremonie stattfinden soll, und ich frage mich, wie Luke mit dem weißen Pferd zurechtkommt, das ihn hierher bringen soll. Er hat noch nie auf einem Pferd gesessen und wirkte wie erstarrt, als wir zum ersten Mal darüber sprachen.

»Keine Sorge, das schaffst du schon«, meinte Nishas Vater zu ihm und klopfte ihm auf den Rücken. »Ich bin auf einem Elefanten zu meiner Hochzeit geritten, und ich sage dir eines: Elefanten sind *wirklich* groß. Viel größer als Pferde.«

»Schade, dass wir keinen Tiger auftreiben konnten, der den Bräutigam begleitet«, lamentierte Nishas Mum.

»Ich habe dir doch gesagt, dass es nirgendwo Tiger gibt!«, erwiderte Nishas Dad einigermaßen genervt.

»Das Pferd ist vollkommen in Ordnung«, stammelte Luke mit geweiteten Augen und schluckte. »Ich reite sehr gerne auf einem Pferd.«

Tatsächlich verrät die geräuschvolle Parade aus singenden Familienmitgliedern, die auf uns zukommt, dass der Bräutigam bald eintreffen wird. Als wir ihn sehen, wirkt Luke sehr entspannt auf dem schönen weißen Pferd, und es sieht aus, als würde er jeden Moment seines großen Auftritts genießen. Es dauert, bis wir ihn überredet haben, endlich abzusteigen, doch dann schwingt er sich souverän vom Rücken des Pferds und tätschelt dem edlen Ross den Hals. »Danke, alter Freund.«

Ich sehe lachend zu, wie er auf uns zukommt und dabei von einem Ohr zum anderen grinst, während seine zukünftige Schwiegermutter die Parade vor ihm anführt.

Ein paar Stunden später schmerzen meine Füße vom Tanzen und mein Mund vom ständigen Lächeln. Ich habe noch nie im Leben so gelacht wie vorhin, als Lukes irischer Cousin Hugh, der eigens aus Dublin eingeflogen wurde, Nishas Dad zu einem Tanzduell herausforderte und dieser zur Freude der dreihundert Gäste sofort zustimmte. Das, was sich danach in der Mitte der brodelnden Tanzfläche abspielte, war ein Schauspiel der besonderen Art, denn Hugh versuchte sich an einem irischen Jig zur indischen Musik, und Nishas Dad vollführte den traditionellen Tanz mit solcher Leidenschaft, dass seine Frau ihm zubrüllte: »Wage es ja nicht, dir auf der Hochzeit deiner Tochter die Hüfte zu brechen! Ich warne dich!«

Ich beschließe, eine kurze Tanzpause einzulegen, und ziehe mich zurück, um mein Handy zu checken: Ein verpasster Anruf von Leslie Thompson, der Mutter einer Klientin, die im vergangenen Sommer geheiratet hat. Sie bittet mich um Rückruf, also gehe ich nach draußen. Ich bin zu neugierig und zu besorgt, um erst am Morgen zu erfahren, warum sie angerufen hat.

Bella Thompsons Hochzeit war eine der aufwendigsten, die ich je betreuen durfte, und hatte das bisher größte Budget. Leslie ist eine unglaublich erfolgreiche Unternehmerin und absolut Furcht einflößend. Bella engagierte mich, um ihr ihre Mutter vom Hals zu schaffen. Leslie hatte Bella wiederholt aufgefordert, sich eine Hochzeitsplanerin zu suchen, doch Bella wollte die Zügel nicht aus der Hand geben. Ich war ein guter Kompromiss.

Warum ruft mich Bellas Mutter einige Monate nach der Hochzeit an? Habe ich etwas vergessen, und sie haben es erst jetzt bemerkt? Will sie sich beschweren? Ich gehe eilig alle Möglichkeiten durch, doch mir fällt nichts ein. Die Hochzeit war perfekt, wenn ich das so sagen darf.

»Sophie, hallo.« Leslie hebt nach dem zweiten Klingeln ab. »Danke für den Rückruf. Wie geht es Ihnen?«

Ich versuche, an ihrer Stimme abzuschätzen, ob sie verärgert ist, aber sie klingt vollkommen neutral. »Gut, danke. Alles in Ordnung bei Ihnen und Ihrer Familie?«

»Ja, danke. Ich weiß, heute ist Samstag und Sie arbeiten vermutlich, also möchte ich Sie nicht lange aufhalten. Ich habe mich gefragt, ob Sie vielleicht kommenden Montag Zeit hätten? Ich würde Sie gerne einer Freundin vorstellen. Sie steckt mitten in den Hochzeitsplanungen für ihre Tochter und braucht Hilfe. Ich glaube, Sie wären die Richtige für den Job. Ich habe ihr erzählt, dass Bellas Hochzeit nur wegen Ihnen so wunderschön und stressfrei ablief.«

»Wow!« Ich bin erleichtert und fühle mich extrem geschmeichelt. »Das ist sehr nett von Ihnen. An welche Uhrzeit haben Sie gedacht?«

»Würde Ihnen drei Uhr passen?«

»Gerne. Wo treffen wir uns?«

»Sie können sich hier bei uns mit ihr treffen. Sie kommt am Montag zum Tee.«

»Perfekt. Ich freue mich darauf.«

Sie lacht leise, als hätte ich etwas Witziges gesagt. »Ja, nun… Wir sehen uns. Danke, Sophie.«

Sie legt auf, und ein Hochgefühl erfasst mich. Eine Empfehlung ist das schönste Kompliment, das es gibt, und Leslie war damals schwer einzuschätzen. Meine Priorität liegt immer bei der Braut, und mir ist klar, dass Bella superhappy mit ihrer Hochzeit war, aber es ist ein Extrabonus, wenn auch der Rest der Familie zufrieden ist. Ich trage den Termin in meinem Kalender ein.

»Da bist du ja!« Nisha streckt ihren Kopf aus der Tür. »Komm, wir tanzen!«

»Ich komme!«, lache ich und folge ihr. »Geht es dir gut?«

»So gut wie noch nie, danke!«, ruft sie fröhlich und deutet

auf ihren frisch angetrauten Ehemann, der über die Tanzfläche groovt. »Und ich bin nicht die Einzige.«

Ich greife nach ihrer Hand. »Wollen wir zu ihm?«

»Unbedingt«, erwidert sie lachend. »Komm!«

Kapitel 5

»Aua!« Ich reibe mir die Stirn. Offenbar hat jemand etwas nach mir geworfen. Ich hebe den Gegenstand auf und drehe mich mit zusammengekniffenen Augen zu Cara um. »Hast du mir gerade eine Milchpumpe an den Kopf geworfen?« Ich sehe mich in dem Laden um, ob es auch niemand bemerkt hat.

»Ja, ganz genau«, erwidert sie. »Und ich habe gut gezielt.«

»Du kannst doch nicht einfach mit Milchpumpen um dich werfen. Die gehen leicht kaputt, und dann müssen wir sie bezahlen«, murre ich und stelle die Pumpe zurück ins Regal.

»Na ja, vielleicht hätte ich erst gar nicht das Bedürfnis, Leute mit Milchpumpen zu bewerfen, wenn diese Leute mir zuhören würden, anstatt ständig am Handy zu hängen.«

Ich verdrehe die Augen und stecke mein Telefon zurück in meine Tasche. »Tut mir leid. Ich versuche, kurzfristig eine Brassband für eine bevorstehende Hochzeit zu organisieren, und habe gerade ein Angebot bekommen.«

»Wir sollen hier ein Geschenk für eine Babyparty aussuchen, die in etwa zehn Minuten losgeht«, ermahnt mich Cara und deutet ratlos auf die gut gefüllten Regale. »Ich brauche deine Hilfe.«

»Du hast recht. – Wie wär's mit einer Bauchzeit-Kuschel-Matte für das Baby und ein paar tolle Öle für Jen?«

Cara sieht mich mit großen Augen an. »Was zum Teufel ist eine Bauchzeit-Kuschel-Matte?«

»Ich habe vergangenes Jahr eine für eine andere Babyparty

gekauft. Die sind echt süß. Die Matte sieht aus wie ein Kissen, auf das man das Baby legt, und soll sich toll für Bauchzeitübungen eigenen.«

»Es ist, als würdest du eine fremde Sprache sprechen.« Cara seufzt und fährt sich mit der Hand durch die Haare. »Bauchzeitübungen?«

»Sie helfen dem Baby, sich zu bewegen. Außerdem sind die Matten auch angenehm weich und kuschelig.«

»Gibt es solche Bauchzeit-Kuschel-Matten auch für Erwachsene? Klingt, als würde ich genau das brauchen.«

Ich lache und schiebe sie vor das entsprechende Regal. »Hier, bitte.« Ich reiche ihr stolz eine Matte in Form eines Elefanten mit einer angenähten Rassel. »Süß, oder?«

»Wann sind wir so alt geworden, dass wir unsere Wochenenden nur noch auf Hochzeiten oder Babypartys verbringen?«, fragt Cara, greift nach einer Flasche Brustwarzencreme und schüttelt sich. »Erinnerst du dich an die Zeit, als wir nichts zu tun hatten und am Wochenende einfach zusammen abhingen? Das klingt mittlerweile total verrückt. Ich kann mir gar nicht mehr vorstellen, wie das ist.«

»Es wird sicher schön, Jen und die anderen noch einmal zu sehen, bevor das Baby da ist«, erinnere ich sie.

»Das Baby kommt erst im Dezember.«

»Ich habe Jen geraten, die Babyparty lieber früher einzuplanen. In den Wochen vor der Entbindung wird sie immer müder und will sicher nicht eine Horde Frauen in ihrer Wohnung verköstigen«, erkläre ich, dann merke ich, was Cara vorhat. »Cara! Du kannst nicht einfach die Brustwarzencreme aufmachen! Dann musst du sie kaufen!«

Sie legt sie widerwillig beiseite. »Ich wollte sie mir doch nur mal ansehen, du Spielverderberin.«

Wir suchen noch ein paar Geschenke für Jen, dann verlassen wir den Laden und machen uns auf den Weg zur U-Bahn. Cara beschwert sich die ganze Fahrt über, wie unfair es ist, dass die

Brustwarzen einer Frau nach der Geburt derart leiden, während die des Mannes nichts mitbekommen. Wir ernten einige seltsame Blicke, aber daran gewöhnt man sich, wenn man mit Cara unterwegs ist. Ihre Stimme ist nicht zu überhören.

»Übrigens, wie war die Hochzeit gestern?«, fragt Cara und schwankt ein wenig, als die U-Bahn durch einen Tunnel holpert.

»Unglaublich.« Ich grinse. »So bunt und voller Leben.«

»Ich wette, das Essen war himmlisch«, meint sie neidisch.

»Ja, es war sagenhaft. Ich habe so viel gegessen, dass ich mich erst zehn Minuten nach dem Abräumen der Tische wieder bewegen konnte.«

»Gibt's Tratsch und Klatsch? Komm schon, da gab's doch sicher etwas, oder? Auf Hochzeiten passieren immer die schrägsten Sachen. Da verlieren die Leute gerne ihren Verstand.«

»Es gab einen Streit zwischen einem Pärchen, der ein bisschen aus dem Ruder gelaufen ist. Die Frau hat dem Mann nach dem Essen einen Bellini ins Gesicht geschüttet. Aber ich habe dafür gesorgt, dass die beiden nach draußen gehen und die Brautleute nichts mitbekommen. Und ein Onkel der Braut war so betrunken, dass er sich mit einer Statue im Garten unterhielt, bis ich ihm erklärt habe, dass es sich um keinen Gast handelt. Ich habe ihn umgehend in ein Taxi gesetzt und nach Hause geschickt. Oh, und es gab etwa fünfzehn Ansprachen, weil jeder nach dem Mikro griff und auch noch etwas sagen wollte.« Ich zucke mit den Schultern. »Aber sonst war es ruhig.«

Cara legt den Kopf in den Nacken und lacht, woraufhin sich der gesamte Waggon zu ihr umdreht. »Siehst du? Auf Hochzeiten werden alle irre. Als würden sie vergessen, wer sie sind und wie sie sich zu benehmen haben. Wie hältst du das bloß aus?«

»Ich finde es nett«, erwidere ich, gerade als die Türen aufgehen und wir aussteigen. »Einen Abend lang können alle ihre Probleme vergessen und denken nicht an die Arbeit, die ihnen über den Kopf wächst. Sie kommen zusammen, haben Spaß und feiern die Leute, die sie lieben.«

»Ja, klar, und deshalb werden sämtliche Regeln über Bord geworfen, und es ist plötzlich nichts dabei, mit dem Onkel deines Freundes auf Teufel komm raus zu twerken«, meint sie und steigt hinter mir in den Aufzug.

»Was? Du hast schon mal mit Mikes Onkel getwerkt?«

»Natürlich nicht! Das war nur ein Beispiel dafür, was auf einer Hochzeit passieren könnte! Absolut aus der Luft gegriffen.«

»Ach ja?«

»Apropos Hochzeiten, hast du Daniel schon geantwortet?«

»Ein klassischer Themenwechsel, um nicht auf meine Frage antworten zu müssen. Erzähl mir von dem Twerk-Vorfall!« Ich zücke meine Fahrkarte, bevor wir zu den Drehkreuzen kommen.

»Du hast ihm noch nicht geantwortet, oder?«

»Ich hatte keine Zeit.«

»Sophie!«

»Was?« Ich sehe auf dem Handy nach, wie wir am besten zu Jen kommen. »Ich hatte wirklich keine Zeit. Ich erledige es gleich heute Abend, wenn ich zu Hause bin.«

»Bitte sag mir, dass du nicht überlegst, auf die Hochzeit deines Ex-Freundes zu gehen«, drängt sie und trabt neben mir her.

»Selbstverständlich nicht! Warum sollte ich so etwas tun?«

Sie wirft mir einen vielsagenden Blick zu. »Ich kenne dich doch. Du würdest Ja sagen, weil du denkst, es ist das Richtige. Und du hasst es, Hochzeitseinladungen auszuschlagen. Das kannst du gar nicht.«

Cara irrt sich. Ich habe nicht darüber nachgedacht, Daniel zuzusagen. Tatsächlich habe ich *mein Bestes* gegeben, nicht darüber nachzudenken.

»Du musst… verwegen werden«, fährt Cara fort.

»Ich kann sehr wohl verwegen sein!«, widerspreche ich. »Erst heute Morgen habe ich Nein gesagt, als eine Klientin mich gebeten hat, den Cheddar für die fünfschichtige Käsetorte abzuholen. Ich habe ihr erklärt, dass ich zur Babyparty einer Freundin eingeladen bin und es erst morgen erledigen werde. Sie war ziemlich sauer, aber ich bin standhaft geblieben.«

»Wow.« Cara spitzt die Lippen und versucht, nicht loszulachen. »Ja, das war wirklich ausgesprochen verwegen.«

»Hey, du verstehst das nicht! Es war echt schwer, einen Cheddar in der gewünschten Farbe aufzutreiben. Ich hoffe, er ist morgen noch da.« Ich beiße mir auf die Lippe. »Vielleicht sollte ich nachher auf dem Heimweg noch in dem Laden vorbeischauen.«

»Solange du danach auf Daniels Einladung antwortest und ablehnst. Sonst komme ich zu dir und erledige das für dich.«

Ich stoße ein Seufzen aus, als wir vor Jens Haus treten. »Na gut. Ich verspreche, dass ich es heute noch erledige, okay?«

»Gut.« Cara marschiert auf Jens Tür zu und klingelt. »Ach, und übrigens: Wenn Jen das Babypartyspiel machen will, bei dem man geschmolzene Schokolade aus einer Windel leckt, springe ich aus dem Fenster.«

Die Tür geht auf, und Jen kreischt auf, als sie uns sieht.

»Hey, Mummy in spe!« Cara umarmt sie innig und tritt ins Haus. »Schnappt euch die Brustwarzencreme, Ladys! Jetzt kann die Party losgehen!«

Als ich mich am nächsten Tag auf den Weg zu Leslie Thompson mache, bin ich ungewöhnlich nervös. Das erste Zusammentreffen mit ihr verlief zwar gut, aber es war nicht gerade eine angenehme Erfahrung. Ich halte mich für eine Expertin im Umgang mit Eltern, deren Kinder in Kürze heiraten werden, und habe schon mehr als genug mit Stress beladene Situationen gemeistert, doch Leslie Thompson spielte in einer anderen Liga. Sie feuerte eine Frage nach der anderen ab und wirkte dabei so erbittert, dass meine Hände schweißnass waren.

»Du meine Güte, Mum«, unterbrach Bella sie, als sie mich wegen des Budgets Rede und Antwort stehen ließ. »Das ist keine deiner Aufsichtsratssitzungen. Lass es etwas ruhiger angehen, okay?«

Ich schätze, dass Bella heute nicht dabei sein wird, nachdem es um die Hochzeit einer anderen geht, und ich hoffe, dass Leslies Freundin entspannter ist als sie damals. Andererseits hat Leslie gelacht, als ich meinte, ich würde mich auf das Treffen freuen.

Was vermutlich kein gutes Zeichen war.

»Ich wusste, dass Sie ein paar Minuten zu früh kommen würden«, meint Leslie, die die Tür öffnet, bevor ich klingeln kann. »Kommen Sie rein, Sophie.«

Ich wische meine Schuhe sorgfältig an der Fußmatte sauber, bevor ich Leslies makelloses Haus betrete. Ich war schon einige Male hier, aber es beeindruckt mich jedes Mal. Der Eingangsbereich ist sehr modern in seiner Schlichtheit. Alles ist in Weiß gehalten und äußerst sauber, von dem glänzenden Marmorfußboden bis hin zu den riesigen Spiegeln an der einen und dem schwarzen Steintisch mit den goldenen Beinen auf der anderen Seite, auf dem lediglich eine elegante Kristallvase mit einem riesigen Blumenstrauß steht. Überall im Haus herrschen scharfe Kanten und exquisite architektonische Details vor.

»Die Blumen sind herrlich«, erkläre ich. »Ich liebe Rittersporn.«

»Er gehört zu meinen Lieblingsblumen.« Sie winkt mich ins Wohnzimmer. »Meine Freundin ist noch nicht da. Warten wir doch so lange hier auf sie.«

»Wow!«, meine ich staunend, als mein Blick auf die unglaubliche Auswahl an Teekuchen, Macarons und Mini-Sandwiches auf dem steinernen Couchtisch in der Mitte des kargen Raums fällt.

»Es ist ein wenig übertrieben«, gibt Leslie mit einem entschuldigenden Lächeln zu und zeigt damit eine sanftere Seite, die ich erst nach einigen Monaten in ihrer Gegenwart entdecken durfte. »Aber Sie werden es verstehen, wenn Sie meine Freundin erst kennengelernt haben.«

»Ist sie ein riesiger Macaron-Fan oder so?«

»Sie ist etwas... ungewöhnlich. Sie legt großen Wert auf Tradition.«

»Alles klar.« Ich lasse mich auf den Rand des Sofas sinken und achte darauf, das Gesamtbild nicht zu stören. »Danke für die Weiterempfehlung. Ich fühle mich geehrt.«

»Ich würde mich an Ihrer Stelle noch nicht dafür bedanken.« Sie setzt sich mir gegenüber. »Hatten Sie ein schönes Wochenende? Waren Sie auf einer Hochzeit?«

»Am Samstag. Es lief sehr gut.«

»Wo fand sie denn statt?«

»In Kent.« Ich verändere dezent meine Sitzposition. »Gibt es irgendetwas, das ich wissen sollte, bevor Ihre Freundin kommt?«

»Sie ist einigermaßen selbsterklärend, würde ich meinen, und um ehrlich zu sein, kennen wir uns noch nicht lange, weshalb ich womöglich keine große Hilfe sein werde«, antwortet Leslie und wischt meine Frage mit einem Wink beiseite. »Erzählen Sie mir lieber, wo in Kent die Hochzeit stattgefunden hat.«

Kurz nach drei klingelt es, und unser Plausch findet ein jähes Ende. Wir erheben uns, und ich warte, während Leslie an die Tür geht. Die beiden Frauen begrüßen einander herzlich, und ich überprüfe in der Zwischenzeit nervös mein Outfit, streiche die Bluse glatt und fahre mir über die Haare.

Ich setze ein strahlendes Lächeln auf, als Leslie zurückkehrt.

»Komm herein, Victoria. Darf ich dir Sophie Breeze, die Undercover-Brautjungfer, vorstellen?«

Leslie macht einen Schritt zur Seite, und eine große, elegante Frau erscheint. Mein Lächeln gefriert zu Eis.

»Sophie, das ist meine Freundin«, erklärt Leslie. »Die Marquise von Meade.«

Kapitel 6

Okay, es gibt jetzt folgendes Problem: Ich habe keine Ahnung, wie man eine Marquise begrüßt.

Nein, ehrlich. Ich habe noch nie eine kennengelernt. Macht man einen Knicks? Schüttelt man ihr die Hand? Oder vielleicht beides? *Niemand bringt einem bei, wie man eine Marquise begrüßt.*

Ich bin zur Salzsäule erstarrt, überwältigt von der Wende, die der Nachmittag genommen hat. Lady Meade trägt ein blassblaues Kleid mit passender Jacke, und an ihrem Handgelenk baumelt eine Designerhandtasche. Ihre dicken schwarzen Haare sind zu einer eleganten Hochsteckfrisur frisiert, die ihre tropfenförmigen Perlenohrringe zur Geltung bringt, und sie ist eine der Frauen, die scheinbar niemals altern, denn ihre Haut strahlt auf unglaubliche Weise, und kaum ein Fältchen ist zu sehen. Ihre bemerkenswerten kastanienbraunen Augen werden von präzise geschminkten, kräftigen Augenbrauen betont, dazu trägt sie einen dezenten hautfarbenen Lippenstift.

»Ähm... Hi, Lady Meade, wie schön, Sie kennenzulernen«, platze ich heraus, nachdem mein Gehirn endlich wieder die Arbeit aufgenommen hat.

Ich stolpere auf sie zu. Sie lächelt nachsichtig und streckt mir die Hand entgegen. Ich schüttle sie, während ich instinktiv einen kaum ersichtlichen, ungeschickten Knicks vollführe.

»Geht es Ihnen gut?«, fragt sie, umfasst meine Hand fester und zieht mich nach oben. »Was ist denn los?«

Mein Knicks war so plump, dass sie nicht erkannt hat, was ich vorhatte. Das ist kein guter Start.

»Ja!«, erwidere ich eilig und lasse ihre Hand los. »Alles bestens! Ich… ähm… ich hatte nur… einen Krampf im Fuß! Bitte entschuldigen Sie!«

»Ich habe mich schon gewundert…«, meint sie und gleitet wie schwerelos auf eines der Sofas zu.

»Ich hole Tee«, erklärt Leslie mit einem irritierten Lächeln und verschwindet in der Küche.

Ich kehre zu meinem Platz zurück und lasse mich schweigend gegenüber der Marquise nieder. Mein Auftritt ist mir peinlich. Und ich bin mehr als wütend auf Leslie Thompson, dass sie mich nicht vorgewarnt hat. Die Marquise von Meade? Abgesehen vom Königshaus gehört sie zur adeligsten Familie *auf diesem Planeten.* Und Leslie fand es nicht nötig, mir das zu sagen?

Es ist wie ein verrückter Traum. Und total schräg. Denn wenn Leslie annimmt, dass Lady Meade mich vielleicht engagiert, bedeutet das, dass ich für ihre Tochter Lady Cordelia arbeiten werde. Für Lady Cordelia Swann!

»Haben Sie des Öfteren Krämpfe in den Füßen?«, fragt Lady Meade und bricht damit das Schweigen.

Es ist so peinlich.

»Nein«, antworte ich so ruhig und gefasst wie möglich. »Nur… manchmal.«

»Seltsam. Vielleicht sind Ihre Schuhe zu eng.«

»Ja.« Ich nicke. »Vielleicht.«

O Gott, das ist das schrägste Gespräch *aller Zeiten.* Schnell, Sophie, wechsle das Thema! Denk nach! Ich sehe mich auf der Suche nach einer Inspiration um. »Mögen Sie Macarons?«

Sie sieht mich ungläubig an. »Wie bitte?«

»Macarons«, wiederhole ich und deute auf die süßen Leckereien.

Sie zögert. »Ja.«

»Ich auch. Macarons sind toll.«

Macarons sind toll? Weißt du eigentlich, was du da redest?

Bitte, jemand soll mich auf der Stelle erschießen!

»Hätten Sie gerne eine Makrone, Sophie?«, fragt Lady Meade höflich und scheinbar unbeeindruckt von der seltsamen Wendung, die unser Gespräch genommen hat.

»Nein, danke. Sie vielleicht?«

»Im Moment nicht, danke.«

»Hier ist der Tee«, verkündet Leslie und tritt mit einer eleganten, schwarz-goldenen Teekanne und passenden Tassen ins Zimmer. »Milch für alle?«

Ich stoße erleichtert die Luft aus, dass sie wieder da ist. Offensichtlich ist mir nicht zuzutrauen, mich ohne fremde Hilfe mit einer Marquise zu unterhalten. Während ich meine Tasse von Leslie entgegennehme, spreche ich mir selbst Mut zu.

Ich schaffe das. Ich habe bis jetzt immer alles geschafft. Es besteht kein Grund, die Nerven zu verlieren, bloß weil mir eine Berühmtheit gegenübersitzt. Ich muss sie wie jede andere angehende Klientin behandeln. Ich schaffe das. Ich schaffe das auf jeden Fall. – Hoffentlich.

»Also, da sind wir nun.« Leslie setzt sich neben ihre Freundin. »Am besten, wir fangen gleich an. Wie ich dir bereits erzählt habe, Victoria, bietet Sophie einen sehr diskreten und effizienten Brautjungfernservice an. Sie hat Bella bei allen Entscheidungen hilfreich zur Seite gestanden, hat ihr geholfen, plötzlich auftretende Probleme zu lösen, und hatte immer alles im Blick. Sie war eine wunderbare Unterstützung.« Sie wendet sich an mich. »Und ich bin Ihnen dafür sehr dankbar, Sophie.«

»Danke! Es war mir eine Freude«, sage ich eifrig und werde rot.

»Als du mir die ... Situation ... geschildert hast, Victoria, dachte ich sofort an Sophie.« Sie hält inne, greift nach ihrer Tasse und nippt daran. »Keiner der Gäste wusste, dass Sophie eine professionelle Brautjungfer ist. Sie hielten sie für eine von Bellas Freundinnen.«

»Faszinierend«, meint Lady Meade. »Ich wusste nicht, dass es professionelle Brautjungfern gibt.«

»Das wusste ich auch nicht, bis ich eine wurde.« Ich lache nervös. »Und hier bin ich nun!«

»Erzähl doch Sophie, woran ihr gedacht habt, und dann sehen wir, ob sie euch behilflich sein kann?«, schlägt Leslie vor.

Die Marquise räuspert sich, und ihr Gesicht wirkt mit einem Mal ernst. »Es ist von äußerster Wichtigkeit, dass dieses Treffen und sämtliche darauffolgenden Zusammenkünfte hundertprozentig vertraulich behandelt werden. Wie Sie vielleicht bereits bemerkt haben, Miss Breeze, zeigt die Presse ein großes Interesse an der Verlobung meiner Tochter, und sollte herauskommen, dass ich mit einer professionellen Brautjungfer Kontakt hatte… nun, ich möchte jedenfalls alles so privat wie möglich gestalten.«

Ich schlucke den Kloß in meinem Hals hinunter.

»Sollte ich das Gefühl haben, dass Sie der Aufgabe gewachsen sind«, fährt sie fort, »und sollten Sie die Herausforderung annehmen, meiner Tochter bei der Gestaltung ihrer Hochzeit zur Seite zu stehen, müssen Sie eine Geheimhaltungsvereinbarung unterzeichnen. Das ist schrecklich, ich weiß, aber leider notwendig. Können Sie damit leben?«

»Kein Problem«, japse ich.

»In Ordnung.« Sie atmet tief ein. »Meine Tochter Cordelia hat sich mit Jonathan Farlow verlobt und wird ihn im Mai heiraten.«

»Im Mai«, wiederhole ich. »Sie meinen, im Mai 2022?«

»Ja. Ist das ein Problem?«

»Nein! Natürlich nicht. Das ist machbar. Acht Monate sind meeeehr als genug Zeit. An wie viele Gäste haben Sie gedacht?«

»Etwa vierhundert. Maximal vierhundertfünfzig.« Sie wirft Leslie einen vielsagenden Blick zu. »Es gibt da einige Cousinen und Cousins, die wir hoffentlich streichen können.«

Leslie nickt verständnisvoll.

»Vierhundertfünfzig Gäste«, krächze ich und ringe mir ein Lächeln ab. »Wunderbar.«

Mein Gott, meine Hände sind so feucht wie beim Auftritt von Andy Murray beim Wimbledon-Finale. Acht Monate für eine derart große Hochzeit? Ist sie *verrückt*?

Ganz ruhig, Sophie. Ganz. Ruhig.

»Die Hochzeit soll in unserem Haus in Derbyshire stattfinden, und um ehrlich zu sein, Sophie, werde ich mich um den Großteil der Logistik selbst kümmern. Eine Hochzeitsplanerin kommt für mich nicht infrage. Diese Frauen neigen dazu, das Ruder an sich zu reißen, und die Vorstellung, dass mir jemand in meinem eigenen Haus sagt, was zu tun ist, gefällt mir nicht. Allerdings hätte ich gerne jemanden, der mir bei den Details hilft. Jemanden, der dem Fest eine persönliche Note verleiht, die die Hochzeit erst einzigartig und besonders macht.« Sie zögert. »Und dann ist da noch die Sache mit Cordelia.«

»Sie möchte die Planung selbst in die Hand nehmen. Wie Bella«, springt Leslie ein.

»Das ist verständlich und auch der Grund, warum ich begonnen habe, meine Dienste anzubieten«, versichere ich den beiden Frauen. »Als professionelle Brautjungfer helfe ich der Braut lediglich, ihre Vision des schönsten Tages in ihrem Leben wahr werden zu lassen, und biete ihr eine unterstützende Hand. Ich möchte nicht die Kontrolle übernehmen, sondern der Braut vielmehr das Gefühl geben, dass *sie* alles unter Kontrolle hat.«

Lady Meade wirkt zufrieden.

Gut gemacht, Sophie. VIEL besser als der Plausch über Macarons.

»Ich werde bei jedem einzelnen Schritt für Cordelia da sein«, fahre ich fort, denn ich habe gerade einen Lauf. »Ich gehe mit ihr zu Terminen – wenn sie mich dabeihaben will –, ich übernehme Erledigungen, für die sie keine Zeit hat, und seien sie auch noch so eigenartig, ich unterstütze sie bei allen wichtigen Entscheidungen und bin auch am großen Tag an ihrer Seite. Und ich kann jede beliebige Rolle übernehmen.

Eine alte Freundin, eine neue Freundin, eine entfernte Cousine. Ich werde alles lernen, was es über Cordelia zu wissen gibt, und bereit für sämtliche Fragen sein, die mir gestellt werden. So können Sie sicher sein, dass niemand erfährt, wer ich wirklich bin.«

Sie runzelt die Stirn. »Sie wollen alles über Cordelia wissen?«

»Selbstverständlich nur Dinge, die ich wissen muss, um als Freundin durchzugehen«, erwidere ich.

Sie nickt, und Schweigen senkt sich über uns, während sie meinen Pitch auf sich wirken lässt.

»Nun, das klingt exakt nach der Art von Übereinkunft, an die ich gedacht habe«, erklärt Lady Meade schließlich. »Danke, Leslie.«

»Sophie zu engagieren war Bellas Idee – und zwar eine ihrer besseren, wie ich sagen muss«, erwidert Leslie, bevor sie erschöpft hinzufügt: »Im Gegensatz zu der Idee, sich in Thailand ein Tattoo stechen zu lassen.«

»Wenn Sie mit allem einverstanden sind, Sophie, dann würde ich Ihnen gerne Cordelia vorstellen.«

»Ja, sehr gerne!«

Lady Meade hebt die Hand. »Ich muss Sie vorwarnen, meine Tochter ist nicht einfach. Es wird eine Herausforderung, sie an Bord zu holen.«

»Keine Sorge«, erwidere ich zuversichtlich. »Die Dienste einer professionellen Brautjungfer in Anspruch zu nehmen ist nicht alltäglich. Ich habe schon einige … zögerliche Bräute getroffen, aber am Ende waren sie alle begeistert.«

»Da haben Sie Cordelia noch nicht kennengelernt«, erwidert ihre Mutter und hält meinen Blick fest. »Glauben Sie mir, es wird nicht einfach werden. Cordelia hat die Angewohnheit, alle von sich zu stoßen, einschließlich ihrer eigenen Familie. Deshalb brauche ich jemanden, der sie … während der Hochzeitsvorbereitungen im Auge behält. Natürlich ohne dass sie es merkt. Egal, jetzt, da die grundlegenden Dinge besprochen sind, sollten wir die Details mit Cordelia besprechen. Hätten Sie diese Woche noch einmal Zeit?«

»Sagen Sie mir einfach, wann es für Sie beide am besten passt, und ich werde da sein.« Ich fische eine Visitenkarte aus meiner Tasche und gebe sie ihr. »Hier stehen alle Kontaktdaten.«

»Wunderbar. Wir hören uns.« Lady Meade streckt mir die Hand entgegen. Mir wird klar, dass sie erwartet, dass ich gehe. Vermutlich, um unser Gespräch mit Leslie zu analysieren. Ich greife nach meiner Tasche. »Auf Wiedersehen, Sophie.«

»Auf Wiedersehen, Lady Meade.«

»Ich bringe Sie zur Tür.« Leslie führt mich zum Eingang.

Ich bin immer noch wie betäubt, als sie mir meine Jacke reicht.

»Gut gemacht«, meint sie leise und öffnet die Tür.

»Ich danke Ihnen so sehr. Keine Ahnung, wie ich mich jemals für diese Gelegenheit revanchieren kann.«

»Ach, Sophie, wie schon gesagt: Ich würde mich an Ihrer Stelle noch nicht bedanken.« Sie wirft einen schnellen Blick über die Schulter. »Warten wir, bis Sie Cordelia kennengelernt haben.«

Café, London Bridge, Dienstag, 13:00 Uhr

CAROLYN: Danke, dass du gekommen bist! Die Woche ist echt stressig, und ein Treffen in der Mittagspause war die einzige Möglichkeit.

ICH: Kein Problem! Schön, dich zu sehen. Du wolltest dringend mit mir reden?

CAROLYN: Du weißt ja, dass Darren und ich uns Gedanken über das Motto unserer Hochzeit gemacht haben.

ICH: Ja! Das ist echt aufregend.

CAROLYN: Ich weiß! Und wir haben endlich eine Entscheidung getroffen. Bist du bereit?

ICH: Ich bin bereit. Schieß los!

CAROLYN: Das Motto ist… *Star Wars*! Was hältst du davon?

ICH: Das ist brillant!

CAROLYN: Wirklich?

ICH: Wirklich! Es ist… es passt einfach perfekt zu euch beiden!

CAROLYN: Das dachten wir auch! Meine Eltern sind nicht gerade begeistert, aber du weißt ja: Darren und ich sind die größten *Star Wars*-Fans *aller Zeiten.*

ICH: Ihr habt euch auf einer *Star Wars Convention* kennengelernt, ihr habt sämtliche Fanartikel, die man sich nur vorstellen kann. Und hattest du nicht auch eine *Star Wars*-Party zu deinem einundzwanzigsten Geburtstag?

CAROLYN: *Ja!* Und zu meinem achtzehnten und dreißigsten Geburtstag auch! Also habe ich meinen Eltern klargemacht, dass wir es nun mal so wollen und dass ich hoffe, sie unterstützen mich dabei.

ICH: Du sollst tun, was dich glücklich macht. Es ist *dein* großer Tag. Falls du Hilfe mit deinen Eltern brauchst, gib mir Bescheid.

CAROLYN: Danke, Sophie. Du bist die Beste!

ICH: Es gibt so viele tolle Dinge, die wir zu dem Motto auf die Beine stellen können. Ich habe schon Unmengen an Ideen!

CAROLYN: Ja, nicht wahr? Aber heute wollte ich dich vor allem sehen, um über die Outfits zu reden. Also, ich werde als Prinzessin Leia zur Hochzeit kommen und Darren als Han Solo.

ICH: Perfekt.

CAROLYN: Darrens Freunde gehen als Trooper.

Und meine kleine Nichte, das Blumenmädchen, soll aussehen wie R2-D2.

ICH: Etwas Süßeres gibt es nicht!

CAROLYN: Und dann bist da noch du… Du bist ein unglaublich wichtiger Teil unserer Hochzeit, ohne dich hätten wir gar nichts auf die Reihe bekommen. Deshalb *musst* du eine Hauptrolle übernehmen.

ICH: Das ist so lieb von dir.

CAROLYN: Sophie, es ist mir eine Ehre, dich zu fragen, ob du mein… Chewbacca sein willst!?

(Pause)

ICH: Chewbacca? Der große pelzige Kerl?

CAROLYN: Ja! Der Wookiee! Was meinst du dazu?

ICH: Also, das ist… toll! Echt toll! Ich wäre liebend gerne euer Chewbacca.

CAROLYN: Ich wusste, dass es dir gefallen wird. Wir können ein unglaublich realistisches Chewbacca-Kostüm für dich ausleihen, und vielleicht kannst du auch noch dieses Geräusch einstudieren, das er immer macht. Du weißt schon, dieses ROAAAAAAAGHH!

ICH: Klar doch. Ich werde so lange üben, bis ihr glaubt, der echte Chewbacca steht neben euch, wenn ihr euch das Eheversprechen gebt.

CAROLYN: O mein Gott, ich muss gleich heulen.

ICH: Ich auch, Carolyn. Ich auch.

Kapitel 7

Das Londoner Stadthaus des Marquess und der Marquise von Meade sieht aus wie das Haus in *Mary Poppins*. Als ich den Grosvenor Crescent entlanggehe, erwarte ich beinahe, dass Mary höchstselbst mit den Banks-Kindern im Schlepptau und einem Hut auf dem Kopf aus einer der glänzenden Türen tritt und ein lustiges Liedchen über Drachen trällert.

»Du meine Güte«, flüstere ich und schlucke, während mein Blick die weißen Säulen neben der Eingangstür emporwandert.

Ich habe mir bereits unter der Dusche Mut zugesprochen und mich daran erinnert, dass heute der wichtigste Tag in meiner Karriere ist (nur für den Fall, dass ich es vergesse). Wenn ich den Auftrag der Familie Swann erhalte, winken mir zweifellos zahllose weitere Aufträge von Klienten mit wahnwitzigen Budgets. Ich muss Lady Cordelia für mich gewinnen und dafür sorgen, dass die Hochzeit ein voller Erfolg wird. Deshalb habe ich letzte Nacht sämtliche Artikel verschlungen, die ich über die Swanns finden konnte, um möglichst gut vorbereitet zu sein.

Das Problem ist, dass es in letzter Zeit kaum Neues über Lady Cordelia Swann zu berichten gab. Ich weiß so gut wie alles über ihr Leben als Teenager, aber viele Leute ändern sich in den Zwanzigern, und der letzte interessante Artikel über Cordelia war sieben oder acht Jahre alt. Seitdem ist sie nur hin und wieder auf einigen Partys aufgetaucht und wurde bei dem einen oder anderen exklusiven Event fotografiert, aber im Großen und

Ganzen sieht es aus, als hätte sie sich schon seit einiger Zeit aus der Öffentlichkeit zurückgezogen. Sie betreibt ein erfolgreiches Schmuck-Label namens *Swann&Co*, das sie vor einigen Jahren gegründet hat, als sich alles, auf dem ihr Name stand, in Sekundenschnelle verkaufte. Ihre Kollektionen sind nach wie vor erfolgreich, und so viel ich anhand der Website herausfinden konnte, führt sie das Unternehmen immer noch in wirtschaftlichen und auch in künstlerischen Belangen.

Über ihren Verlobten, Jonathan Farlow, gibt es online sogar noch weniger zu erfahren. Er wurde erst durch die Verlobung für die Presse interessant, doch wenn die Reporter auf anrüchige Geschichten gehofft hatten, wurden sie schwer enttäuscht. Jonathan wuchs im ländlichen Norfolk auf und arbeitet auf dem Finanzsektor. Er hat keine Social-Media-Accounts, und man findet auch sonst kaum Informationen über ihn. Ich habe nur einen interessanten Artikel gefunden, in dem ein Journalist einen höflichen, zurückhaltenden jungen Mann beschreibt, den er auf einer Galerieeröffnung als Lady Cordelias Verlobten kennengelernt hatte.

Jonathan scheint so gar nicht Cordelias Typ zu sein. Sie wurde früher ständig in Verbindung mit trendigen Musikern oder Schauspielern gebracht, die aussahen, als hätten sie sich schon einige Zeit nicht mehr gewaschen. Einmal datete sie einen aufstrebenden Künstler, doch die Beziehung endete nach einigen Wochen, nachdem er wegen Betrugs verhaftet worden war. Jonathan hingegen ist offenbar ganz normal.

Ich will gerade klingeln, als mein Handy vibriert. Ich werfe einen Blick auf das Display. Es ist eine Firma, die mobile Toiletten vermietet. Ich habe den ganzen gestrigen Tag und den Gutteil des heutigen Vormittags mit dem Versuch verbracht, dort jemanden zu erreichen. Ich bin ein paar Minuten zu früh, also steige ich die Eingangstreppe wieder nach unten und nehme den Anruf am Bürgersteig entgegen.

»Hi, Russell, danke, dass Sie zurückrufen.« Ich versuche,

nicht so große Augen zu machen, als ein Maserati an mir vorbeirollt und ein Stück die Straße hoch anhält.

»Wir haben ein riesiges Problem, Sophie. Wir haben am nächsten Wochenende eine Doppelbuchung.«

»Was soll das heißen?«

»Wir können die Delgado-Hochzeit nicht beliefern.«

»Sie machen Witze.«

»Nein. Mein dämlicher Angestellter hat die Wochenenden verwechselt. Wir sollen nächstes Wochenende die Toiletten für eine riesige Firmenveranstaltung zur Verfügung stellen, aber im Kalender war der Termin an *diesem* Wochenende eingetragen. Das Problem ist, dass wir den Auftrag nicht stornieren können. Die Leute haben alle unsere Luxuskabinen gebucht.«

»Russell, bitten sagen Sie, dass das ein Scherz ist! Die Delgado-Hochzeit ist in weniger als zwei Wochen!«, rufe ich panisch.

Normalerweise reagiere ich ruhig auf derartige Last-Minute-Komplikationen, aber Toiletten sind nun einmal essenziell, und es ist nicht einfach, genau die richtigen Toiletten zu finden, die der jeweiligen Hochzeit entsprechen. Rosemary Delgado ist eine überaus elegante, anspruchsvolle und aufmerksamkeitsintensive Braut, was auch ihre Hochzeit widerspiegelt – und die luxuriösen mobilen Toiletten, die wir bestellt haben.

»Sie wissen, dass so etwas sonst nie vorkommt, Sophie«, erklärt Russell nervös. »Es tut mir schrecklich leid.«

»Ich habe meiner Klientin ein Familienunternehmen versprochen, das die besten Luxus-Toiletten in ganz Essex zur Verfügung stellt! Was soll ich jetzt machen?«

»Ich helfe Ihnen, einen anderen Anbieter zu finden…«

»Welche Firma, die Luxus-Toiletten anbietet, hat nächstes Wochenende noch Kapazitäten frei?« Ich brülle praktisch ins Telefon.

»Vielleicht finden wir jemanden, es ist immerhin schon Oktober! Ich verspreche, ich werde helfen, so gut ich kann, und selbstverständlich bekommen Sie die Anzahlung zurück.«

»Ich kann nicht glauben, dass das gerade echt passiert.«

»Es tut mir schrecklich leid. Ich hoffe, wir können das Problem lösen und es wird nicht zu schwierig, einen Ersatz zu finden.«

»Zu schwierig? Das ist eine Katastrophe, Russell!« Ich reiße entrüstet die freie Hand hoch. »Eine Toilettenkatastrophe erster Güte!«

Gerade als ich erneut ins Telefon brülle, öffnet sich die Tür der Meads und ein Mann tritt heraus. Er zuckt zusammen, als er mich toben sieht. Ich erkenne ihn sofort. Es ist Lady Cordelias Bruder Thomas, der Viscount von Dashwell. Ich habe gestern Nacht einige Zeit damit verbracht, die Adelstitel innerhalb der Familie auswendig zu lernen.

Es ist SEHR verwirrend.

Er hält auf der Treppe inne und mustert mich verwundert.

Mist.

»Russell«, kiekse ich ins Telefon und spüre, wie ich rot werde. »Ich rufe Sie später noch einmal an.«

Ich lege auf, stecke das Handy in meine Tasche und versuche mich an einem entschuldigenden Lächeln.

»Sie können unsere Toilette benutzen, wenn Sie möchten.« Der Viscount deutet auf das Haus.

»Nein, das war nicht... ähm... Das klang gerade echt schräg, aber es geht nicht um mich. Sondern um jemand anderen«, erkläre ich hastig. »Um die Toilettenkatastrophe von jemand anderem.«

»Okay.«

Das war nicht gerade der beste Einstieg. Vielleicht sogar schlimmer als der Macarons-sind-toll-Kommentar gegenüber seiner Mutter. Ich habe das Gefühl, es ihm erklären zu müssen.

»Es geht um mobile Toiletten. Sozusagen um eine Mobile-Toilettenkatastrophe. Meine Freundin ist völlig aus dem Häuschen. Sie hat für nächstes Wochenende mehrere Toiletten gebucht, aber die Firma hatte eine Doppelbuchung, weil einer der Angestellten die Tage verwechselt hat und... und... Warum erzähle ich Ihnen das eigentlich?«

»Weil die Situation äußerst angespannt erscheint.« Seine Mundwinkel zucken, während er sich ein Lachen verkneift. »Sie müssen mir irgendwann erzählen, wie alles ausgegangen ist.« Er deutet auf das Haus. »Wollten Sie zu uns?«

»Ja! Ja, das wollte ich. Ich möchte Cordelia besuchen. Meine Freundin. Cordelia ist meine Freundin.«

Du meine Güte, Sophie!

Ich weiß ehrlich nicht, was mit mir los ist. Warum rede ich, als wäre ich nicht ganz dicht? Keine Ahnung, ob es die Nerven sind oder sonst etwas, aber wenn ich den Job haben will, muss ich mich am Riemen reißen.

»Ah ja, Mum hat gesagt, dass Cordelia eine Freundin erwartet.« Er mustert mich misstrauisch. »Seltsam. Ich wusste gar nicht, dass Cordelia Freunde hat.«

Ich lache.

Er nicht. »Oh! Das war... kein Scherz.« Er schüttelt den Kopf, dann streckt er lächelnd die Hand aus. »Wir kennen uns noch gar nicht. Ich bin Tom, Cordelias Bruder.«

Es ist seltsam, einer Person gegenüberzustehen, über die man die ganze Nacht lang Informationen gesammelt und eine mit Aufzählungspunkten versehene Liste in der Tasche hat.

- Thomas, Lord Dashwell
- Fünfunddreißig
- Cordelias älterer Bruder und einziges Geschwisterkind
- Trägt als ältester Sohn und Erbe den Adelstitel Viscount von Dashwell.
- War in Eton und hat an der Bristol University Englische Literatur studiert.
- Arbeitet in einem kleinen Verlag als leitender Lektor im Non-Fiction-Bereich.
- Hat ein Haus in Chelsea.

- Wohnt allein – sein Mitbewohner und Uni-Freund Leo ist vor einem Jahr ausgezogen.
- War in den Zwanzigern ein allseits bekannter Playboy und hatte mehrere prominente Partnerinnen.
- Derzeit Single. Die letzte längere Partnerschaft – eine sechzehnmonatige Beziehung mit einer Modedesignerin – ist mehr als drei Jahre her.
- Hat sich wie seine Schwester in den letzten Jahren aus der Öffentlichkeit und dem sozialen Leben zurückgezogen.
- Hat einmal zugegeben, dass er am liebsten Caipirinhas trinkt.
- Hasst kochen, möchte seine Fähigkeiten aber verbessern.

Nachdem ich ihn nun persönlich kenne, kann ich folgende Punkte zu meiner Liste hinzufügen:

- Hat freundliche braune Augen, um die sich kleine Fältchen bilden, wenn er lacht. Wie zum Beispiel jetzt gerade.
- Hat zerzauste Haare, die aussehen, als würde er sie nicht allzu oft kämmen.
- Hat mehr Bartstoppeln im Gesicht als auf den Bildern im Internet.

»Hallo, ich bin Emily«, lüge ich, schüttle seine Hand und bemühe mich, ruhig und entspannt auszusehen und nicht wie eine Frau, die ständig wegen einer Toilettenkatastrophe die Nerven verliert. »Nett, Sie kennenzulernen ... ähm ... Lord Dashwell.«

»Tom, bitte«, korrigiert er. »Ebenfalls hocherfreut, Emily.«

Lady Meade hat mir nach unserem ersten Treffen eine E-Mail mit dem Terminvorschlag für das Kennenlernen mit ihrer Tochter geschickt. Darin hat sie mich auch gebeten, ihr den Namen mitzuteilen, unter dem ich auftreten werde, und noch einmal betont, wie wichtig es ist, dass meine Rolle geheim bleibt. Nicht einmal ihr Mann weiß Bescheid (und wäre ob meiner wahren Identität entsetzt, wie sie mir versicherte). Nur

Leslie Thompson, Lady Meade, Lady Cordelia und ich sind eingeweiht.

Gemeinsam haben wir uns auf den Namen Emily Taylor geeinigt. Ein ungewöhnlicherer Name hätte womöglich für Verwunderung gesorgt, und die Gäste hätten sich gefragt, warum sie noch nie von mir gehört haben. Eine Emily hat Cordelia mit Sicherheit irgendwann in ihrem Leben getroffen und vielleicht sogar von ihr erzählt, und so wird der Name den Gästen vermutlich irgendwie bekannt vorkommen.

Die mit Lady Meade vereinbarte Geschichte ist folgende: Ich habe Cordelia vor ein paar Jahren in einer Kunstgalerie kennengelernt, wo wir beide dasselbe Bild bewundert haben. Wir blieben in Verbindung, und es entwickelte sich eine enge Freundschaft. Meine Eltern sind im Ruhestand nach Australien ausgewandert, ich habe keine Geschwister, und nachdem ich zahllose Jobs ausprobiert habe, plane ich nun interne Firmenevents, gehe selbst aber kaum aus.

Einfach, glaubwürdig und – am wichtigsten – nicht besonders interessant. Die Leute stellen weniger Fragen, wenn sie bereits das langweilt, was man freiwillig preisgibt.

»Also, Emily, dann geht es bei Ihrem Besuch vermutlich um die Hochzeit, oder?«, fragt Tom, und seine dunkelbraunen Augen mustern mich eingehend.

»Ja, ich bin schon so aufgeregt!«

»Lassen Sie sich nicht von meiner Schwester herumkommandieren«, rät er mit einem wissenden Lächeln. »Und erinnern Sie sie daran, dass eine Hochzeit *Spaß* machen soll. Aus irgendeinem Grund hatte sie heute früh schlechte Laune, obwohl das Familienabendessen gestern Abend wirklich nett war. Also verziehe ich mich ins Büro, auch wenn ich eigentlich von zu Hause aus arbeiten und hierbleiben wollte.«

»Ihnen wurde geraten, das Weite zu suchen, stimmt's?«, frage ich leise kichernd.

»Der genaue Wortlaut war wohl eher: ›Verpiss dich.‹«

»Ah! Okay.«

»Ich hoffe, sie hat Sie nicht gezwungen, sich eigens einen Tag freizunehmen, um mit ihr über die Hochzeit zu reden«, fährt er fort. »Obwohl ich es ihr zutrauen würde.«

»Solange ich erreichbar bin, ist alles gut.«

»Na, dann möchte ich Sie nicht länger aufhalten. Cordelia freut sich sicher schon, Sie zu sehen.« Er tritt beiseite, damit ich die Treppe hochsteigen kann. »Wir sehen uns auf der Verlobungsparty. Falls Jonathan die Hochzeit wirklich durchziehen will. Der arme Tropf.«

Er wirft mir ein Lächeln zu, dann steckt er die Hände in die Hosentaschen und macht sich auf den Weg. Ich sehe ihm einen Augenblick nach. Er ist überhaupt nicht so, wie ich ihn mir vorgestellt habe. Er wirkt entspannt und warmherzig, das Gegenteil seiner Furcht einflößenden, beherrschten Mutter. Selbst die Fotos in den Magazinen passen nicht im Geringsten zu dem Mann, den ich gerade kennengelernt habe. Dort sieht man ihn auf luxuriösen Events, in schicken Anzügen und mit ernstem Gesicht, doch gerade eben hat er mich entspannt angelächelt. Außerdem trägt er Jeans und ein loses T-Shirt. Ich schätze, nur weil er der Sohn eines Marquess ist, muss er noch lange nicht täglich in einem dreiteiligen Anzug mit Monokel herumlaufen.

»Emily?«

Ich fahre herum, und mein Blick fällt auf Lady Meade, die in der Tür wartet.

»Lady Meade, hi!«, begrüße ich sie eilig und hoffe inständig, dass sie nicht glaubt, ich hätte ihrem Sohn nachgeglotzt.

»Kommen Sie herein.« Sie hält mir die Tür auf. »Jetzt, da Tom fort ist, sind nur Cordelia und ich im Haus, aber ich gewöhne mich lieber gleich daran, Sie Emily zu nennen.«

»Gute Idee«, erwidere ich, und meine Augen weiten sich, als ich den Eingangsbereich des Hauses sehe.

Ich habe mich eigens hübsch angezogen, trage mein schickstes schwarzes Kleid und habe viel zu viel Zeit vor dem Spiegel mit meinem Make-up verbracht, aber trotzdem fühle ich mich an einem Ort wie diesem schmuddelig. Der polierte Holzboden glänzt in dem Licht des gewaltigen Kronleuchters aus Kristallglas, der über unseren Köpfen von der hohen Decke strahlt. Geradeaus führt eine mit rotem Teppich bezogene Treppe nach oben, und an den Wänden daneben hängen Porträts in schweren Goldrahmen mit wichtig aussehenden Leuten mit Perücken und in Ballkleidung. Auf dem antiken Tisch neben der Tür stehen eine Vase mit weißen Rosen und eine kunstvolle goldene Tischlampe, und daneben liegt ein in schwarzes Leder gebundenes Gästebuch. Ich fühle mich wie auf dem Londoner-Set von *Downtown Abbey.*

»Cordelia ist in der Küche«, erklärte Lady Meade einigermaßen angespannt. »Bitte kommen Sie.«

Ich folge ihr durch den Eingangsbereich, und das Klappern ihrer Schuhe hallt durch das ruhige Haus. Wir betreten eine geräumige, strahlend saubere Küche, deren offen stehende Verandatüren in einen geschmackvollen, gepflegten Garten führen. Lady Cordelia sitzt an der Kücheninsel in der Mitte und blättert in einem Magazin. Sie sieht auf, als ich eintrete, und unsere Blicke treffen sich.

Wenn Blicke töten könnten, würde ich sofort tot umfallen.

Sie hat dunkle Haare, wie der Rest der Familie, und wurde mit langen, dicken Locken gesegnet, die im starken Gegensatz zu meinen schlaffen, mausbraunen Haaren stehen. Sie hat die Model-Figur und die scharfen Wangenknochen ihrer Mutter geerbt, und auch die kräftigen Augenbrauen scheinen in der Familie zu liegen. Sie trägt einen marineblauen Schlafanzug aus Seide und hat ihre Haarpracht zur Hälfte zu einem losen, unordentlichen Knoten hochgedreht. Ich wünschte, ich würde nach dem Aufstehen auch so gut aussehen.

Es ist seltsam, auf einmal der Lady Cordelia Swann gegenüberzustehen, deren Poster ich als Teenager an meiner Wand hatte, weil ich unbedingt so sein wollte wie sie. Ich wollte ein genauso perfektes Leben führen und ständig Designerklamotten und riesige Sonnenbrillen tragen. Und hier ist sie nun, direkt vor mir. Ein echter Mensch. Es ist mir peinlich, dass ich so viel über sie weiß, obwohl ich ihr gerade zum ersten Mal gegenüberstehe.

Ich wünschte, ich könnte Cara nachher davon erzählen.

»Cordelia«, beginnt ihre Mutter vorsichtig. »Das ist Sophie, von der ich dir erzählt habe. Oder Emily, wie wir sie nennen werden. Emily, bitte entschuldigen Sie Cordelias Aufzug. Ich habe ihr natürlich gesagt, dass wir Besuch bekommen, aber sie scheint nur zu hören, was sie hören möchte.«

»Hi!«, begrüße ich sie, stelle meine Tasche auf dem Boden ab und trete selbstbewusst mit ausgestreckter Hand auf sie zu. »Es ist schön, Sie kennenzulernen.«

Sie ignoriert meine Hand, scheinbar irritiert, dass ich einfach so auf sie zugekommen bin. Ich lasse die Hand sinken. Ich war auf eine kühle Begrüßung vorbereitet und spreche mir Mut zu. Ich werde mich nicht von ihrer offensichtlichen Unhöflichkeit aus dem Konzept bringen lassen.

»Ich gratuliere zur Verlobung«, beginne ich fröhlich. »Ich dachte, Sie könnten mir erst einmal ein wenig über Ihre Hochzeit erzählen, und dann erkläre ich Ihnen, welche Rolle ich dabei spielen werde, und beantworte Ihre Fragen. Anschließend können wir …«

»Ihnen erzähle ich gar nichts«, unterbricht mich Cordelia und mustert mich von oben bis unten. »Ihre Dienste werden nicht benötigt. Sie können jetzt gehen.«

»Cordelia!«, faucht Lady Meade. »Bitte!«

»Das …«, erklärt ihre Tochter und deutet mit dem Finger auf mich, »… ist lächerlich. Ich kann nicht glauben, dass du jemanden dafür bezahlen willst, dass er meine Freundin ist. Das ist demütigend und idiotisch.«

»Ich werde nicht dafür bezahlt, Ihre Freundin zu sein«, mische ich mich ein. »Ich bin Ihre Brautjungfer.«

»Ich brauche keine Brautjungfer.«

»In diesem Fall sehen Sie mich einfach als jemanden, der Ihnen mit der Hochzeit zur Hand geht.«

»Ich brauche auch keine Hilfe.« Sie verschränkt die Arme, lehnt sich zurück und grinst höhnisch. »Und selbst wenn, würde ich sicher nicht *Sie* darum bitten.«

Ich hatte bereits mit widerwilligen Bräuten zu tun, und mir ist klar, dass der Umgang mit Cordelia ähnlich schwierig werden wird wie mit einem trotzigen Kleinkind. Ich muss ruhig bleiben und darf nicht auf ihre bissigen Kommentare reagieren. Denn genau auf eine solche Reaktion legt sie es an.

»Sie werden vermutlich erkennen, dass die Organisation einer derart großen Hochzeit einen manchmal überfordern kann. Es gibt viel zu tun, und bis Mai ist es nicht mehr allzu lange«, gebe ich gelassen zu bedenken. »Sie können mir Besorgungen übertragen, alles, wofür Sie keine Zeit oder keine Lust haben. Sie können mich anrufen, wenn Ihnen etwas Sorgen bereitet oder wenn Sie sich abreagieren wollen. Wenn etwas nicht ganz richtig oder vollkommen falsch läuft, helfe ich Ihnen bei der Suche nach einer Lösung. Das Wichtigste ist, dass Ihnen klar ist, dass ich immer für Sie da bin.«

Als ich fertig bin, herrscht einen Augenblick lang Stille, dann legt Cordelia den Kopf in den Nacken und lacht übertrieben. »Ist das Ihr *Ernst*?« Sie klappt ihr Magazin zu, gleitet vom Stuhl und geht um den hinteren Teil der Kücheninsel herum in Richtung Tür.

»Cordelia, wo willst du hin?«, fragt Lady Meade streng.

»Fort.« Sie schnaubt und wirft mir einen angewiderten Blick zu. »Diese Brautjungfernsache ist einfach nur peinlich. Ich ertrage es nicht, noch länger in einem Raum mit dieser Person zu sein.«

»Cordelia...«

»Mum, von mir kommt dazu ein dickes, fettes NEIN, verstanden? Gut. Ich fahre jetzt in meine Wohnung, und du kannst die da inzwischen in Ruhe vor die Tür setzen.«

»Du verlässt das Haus im Schlafanzug?«, fragt Lady Meade entsetzt. »Zieh dich wenigstens um, Cordelia.«

»Na schön, Mum.« Sie seufzt. »Ich will dich durch meine Anstandslosigkeit nicht in Verlegenheit bringen.«

Sie verschwindet im Flur, und ich höre, wie sie die Treppe nach oben stampft. Kaum zu glauben, dass das Mädchen, das ich als Teenager verehrt habe, so grauenhaft ist. Außerdem ist es seltsam, dass sie mit sechzehn wie eine niveauvolle Dreißigjährige wirkte, und jetzt, mit dreißig, eher an eine verwöhnte, versnobte Teenagergöre erinnert, die ihren Willen nicht durchsetzen kann. Ich greife enttäuscht nach meiner Tasche. Die Hochzeit wäre eine einmalige Gelegenheit gewesen, und ich wollte unbedingt ein Teil davon sein.

»Es tut mir leid, Lady Meade. Danke für Ihre Zeit.«

Sie runzelt die Stirn. »Kündigen Sie etwa? Ich habe Ihnen ja gesagt, dass es nicht einfach wird. Und Sie haben meines Wissens erwidert, dass Sie sich der Herausforderung stellen.«

»Das will ich auch«, erkläre ich verwirrt. »Aber es klang, als hätte Lady Cordelia mich gerade gefeuert.«

»Cordelia hat nicht das Recht, Sie zu feuern. Sie hat Sie nicht engagiert. Das war ich.«

»Ich weiß. Aber mein Job ist es, die Braut zu unterstützen, und wenn sie absolut nicht möchte, dass...«

»Cordelia war schon immer stur«, unterbricht mich Lady Meade. »Sie wird sich irgendwann mit der Vorstellung anfreunden. Sie braucht Sie. Sophie... ähm, tut mir leid. *Emily.* Sie braucht Sie, Emily. Da bin ich mir sicher. Ich kann sie nicht damit allein lassen. Ich werde nicht zulassen, dass sie das alleine durchzieht.«

Sie wirkt plötzlich verändert. Fest entschlossen, aber irgendwie abwesend. Der Moment ist so schnell vorüber, wie er gekommen ist. Als sie den Blick hebt, ist er hart, und sie wirkt wieder ruhig und kontrolliert. »Gut, nachdem das geklärt und das erste Treffen erledigt ist, sehen wir uns morgen Abend auf der Verlobungsparty«, erklärt sie und bringt mich zur Tür. »Ich schicke Ihnen alle notwendigen Informationen. Es gibt einen Dresscode, ich hoffe also, dass Sie ein angemessenes Abendkleid besitzen. Falls nicht, lassen Sie es mich wissen. Ich kann Ihnen einige Läden empfehlen und werde selbstverständlich für die Kosten aufkommen. Und bitte kommen Sie nicht zu spät.«

»Aber ich…«

»Ich werde Ihnen die Anzahlung für Ihre Tätigkeit sofort überweisen, dann ist unser Vertrag verbindlich.« Sie öffnet die Haustür. »Die Verlobungsparty ist die perfekte Gelegenheit, Emily.«

»Die perfekte Gelegenheit wofür?«, frage ich und trete aus dem Haus.

»Um Cordelia davon zu überzeugen, dass jede Braut eine Brautjungfer braucht«, antwortet sie. »Oder nicht?«

Doch bevor ich antworten kann, schlägt sie mir die Tür vor der Nase zu.

Von: Sophie.breeze@zapmail.co.uk
An: customerservice@whizztshirts.co.uk
Betreff: Bestellung L5782

Hallo,
ich habe versucht, bezüglich meiner Bestellung L5782 bei der Kundenhotline anzurufen, aber niemanden erreicht.
Die 20 personalisierten T-Shirts wurden geliefert, aber es gibt ein Problem mit der Aufschrift.
Ich kann sie retournieren, aber wir brauchen dringend eine neue Lieferung der 20 T-Shirts mit der korrekten Aufschrift wie in meiner ursprünglichen Bestellung beschrieben. Der Junggesellinnenabschied steht vor der Tür. Anbei erhalten Sie eine Kopie der ursprünglichen Bestellung.
Beste Grüße
Sophie

Von: customerservice@whizzshirts.co.uk
An: Sophie.Breeze@zapmail.co.uk
Betreff: AW: Bestellung L5782
Hi Sophie,
wir danken für Ihre Mail und bitten um Entschuldigung, dass es Probleme mit der Hotline gab. Es tut mir leid, dass wir Sie mit unseren Produkten nicht begeistern konnten, und wir werden alles tun, um den Fehler zu beseitigen.
Könnten Sie mir das Problem mit den T-Shirts bitte genau beschreiben?
Freundliche Grüße
Meg

Betreff: AW: AW: Bestellung L5782

Hi Meg,
danke für die Rückmeldung.
Die T-Shirts Ihrer Lieferung haben auf dem Rücken den Schriftzug: SCHWARZ-POLIZEI.
Wie in der ursprünglichen Bestellung ersichtlich, lautet der gewünschte Text: SCHWANZ-POLIZEI.
Dies ist der ausdrückliche Wunsch der Braut! Bitte entschuldigen Sie die Ausdrucksweise.
Beste Grüße
Sophie

Betreff: AW: AW: AW: Bestellung L5782

Hi Sophie,
danke für Ihre E-Mail. Ich werde die Bestellung noch einmal an die Produktion schicken und sicherstellen, dass die Schreibweise korrekt ist.
Ich bitte Sie, die folgenden Daten zu bestätigen:
20 T-Shirts (pink)

Aufschrift Rückseite: SCHWAN-POLIZEI
Freundliche Grüße
Meg

Betreff: AW: AW: AW: AW: Bestellung L5782

Hi Meg,
nein, das ist nicht korrekt. Die Bestellung lautet wie folgt:
20 T-Shirts (pink)
Aufschrift Rückseite: SCHWANZ-POLIZEI
Beste Grüße
Sophie

Betreff: AW: AW: AW: AW: AW: Bestellung L5782

Hi Sophie,
es tut mir schrecklich leid, aber wo ist der Unterschied?
Freundliche Grüße
Meg

Betreff: AW: AW: AW: AW: AW: AW: Bestellung L5782

Hi Meg,
ich will SCHWÄNZE. Nicht SCHWÄNE.
Beste Grüße
Sophie

Betreff: AW: AW: AW: AW: AW: AW: AW: Bestellung L5782

Hi Sophie,
bitte entschuldigen Sie das Missverständnis. Ich habe Ihre E-Mails zu schnell gelesen. Hier geht es gerade ziemlich rund! Klingt nach einem lustigen Junggesellinnenabschied! Ich bestätige hiermit, folgende Bestellung weitergeleitet zu haben:

20 T-Shirts (pink)
Aufschrift Rückseite: ICH WILL SCHWÄNZE
Danke für Ihre Bestellung – wir würden uns freuen, Ihnen auch in Zukunft mit personalisierten Produkten den Tag zu verschönern.
Freundliche Grüße
Meg

Kapitel 8

Ich habe so eine Ahnung, dass mir diese Verlobungsparty keinen großen Spaß machen wird. Erstens hasst mich die Braut, und zweitens ist meine Figur formende Unterwäsche so eng, dass ich kaum Luft bekomme. Andererseits hilft sie mir, mich in dem lächerlich teuren Kleid wohlzufühlen, das ich heute erst gekauft habe. Lady Meade hat mir die Einladung zur Verlobungsparty per E-Mail geschickt und sich gleichzeitig entschuldigt, dass sie mir keine formelle Einladung in Papierform zukommen lassen konnte. Die Party beginnt um neunzehn Uhr im großen Ballsaal des Fünf-Sterne-Luxushotels Rosewood in London, Dresscode *Black Tie,* also Smoking und Abendkleid.

Ich war schon auf einigen exklusiven Events, bei denen Abendgarderobe Voraussetzung war – unter anderem auch auf mehreren Hochzeiten –, weshalb ich durchaus einige Kleider zur Auswahl hatte, aber ich hatte das Gefühl, dass ich zu diesem Anlass aufs Ganze gehen musste. Sobald ich heute Morgen meine E-Mails abgearbeitet hatte, rief ich Cara an und bat sie, mit mir in ihrer Mittagspause shoppen zu gehen.

»Also, warum brauchst du unbedingt ein neues Kleid für diese Verlobungsparty?«, fragte sie mich, während sie vor der Kabine der viel zu teuren Boutique wartete, die sie mir empfohlen hatte. »Du warst doch schon auf Hunderten solcher Partys.«

»Das kann man nicht mit der heutigen Party vergleichen«,

antwortete ich, stieg in das glitzernde Paillettenkleid und schloss den Reißverschluss. »Die Klientin ist ein großer Fisch.«

Ich wünschte, ich könnte Cara erzählen, dass es sich um Lady Cordelia Swann handelt, aber ich habe eine Geheimhaltungsvereinbarung unterschrieben. Cara würde ausflippen, wenn sie es erfahren würde. Mit sechzehn versuchte sie einmal, Cordelia und Lady Annabel zu kopieren, die sich in Ascot mit frisch gefärbten roten Haaren präsentiert hatten. Sie kaufte eine Packung Haarfarbe, und kurz darauf waren ihre Haare Neon-Orange. »Aber auf der Packung steht doch ROT«, jammerte sie.

Ich lächle bei der Erinnerung daran und überlege, wie Cara darauf reagieren würde, dass ich Lady Cordelia Swann mittlerweile persönlich kenne und sie der letzte Mensch auf der Welt ist, dem man nacheifern sollte.

»Was meinst du dazu?«, fragte ich und trat aus der Kabine.

Cara fuhr zusammen. »Verdammt noch mal! Ich wäre fast erblindet!«

»Durch meine Schönheit?«

»Von den scheißvielen Pailletten! Zieh das Ding aus, bevor ich einen bleibenden Schaden davontrage. Und dann versuch das Schwarze mit dem hochgeschlossenen Kragen«, befahl sie.

»Ich schätze, das hier ist wirklich zu auffällig«, stimmte ich ihr zu und verschwand hinter dem Vorhang.

Ein paar Minuten später trat ich in dem Kleid aus der Kabine, das Cara vorgeschlagen hatte, und ihr Gesicht hellte sich auf. Wir fanden beide, dass ich hiermit das perfekte Kleid gefunden hatte. Es war klassisch, elegant und einfach genug, um nicht weiter aufzufallen. Ich kombinierte es mit einem Paar High Heels, die ich bereits besaß (das Kleid ist bodenlang, weshalb man die Schuhe ohnehin nicht sieht), einer schwarz-goldenen Clutch und den goldenen Hängeohrringen, die Nisha mir geschenkt hat. Anschließend buchte ich einen Last-Minute-Termin beim Friseur und verbrachte beinahe eine Stunde damit, meinen Eyeliner zu perfektionieren.

Gerade als ich mich zum Gehen bereit machte, klingelte mein Telefon.

»Hi, Mum.« Ich betrachtete den Rücken des Kleids im Spiegel und stellte sicher, dass die Figur formende Unterhose (die beinahe bis zu meinen Brüsten reicht) nicht zu sehen war.

»Hi, Schatz, ich wollt nur mal hören, wie es dir geht! Alles okay?«

»Ich bin gerade auf dem Weg zu einer Party. Kann ich dich morgen zurückrufen?«

»Ach, wie schön! Eine Party! Ich bin froh, dass du unter Leute kommst. Du hast dir etwas Spaß verdient!«

»Was soll das denn heißen?«, fragte ich und griff nach meiner Clutch.

»Na ja, nach Daniels Hochzeitseinladung...«

»Ach, das.« Ich warf einen Blick in mein Büro (in den Wandschrank) und sah die Einladung noch unbeantwortet auf meinem Schreibtisch liegen. »Ist schon okay.«

»Dein Dad ist außer sich. Er sagt, es war grausam, dass er dich eingeladen hat. Und dass du ohne ihn besser dran bist.«

»Sag Dad Danke. Wie auch immer, mein Taxi ist da, ich muss los!«

»Viel Spaß!«, flötete sie. »Man weiß nie, wen man kennenlernt!«

Inzwischen nähert sich das Taxi bereits dem Rosewood, und ich überprüfe erneut mein Kleid, atme einige Male tief durch und werfe durch das Fenster einen Blick auf das wunderschöne Hotel. Und da sehe ich sie: Eine Horde Reporter kämpft an den Eisengittern vor dem gewölbten Hoteleingang um den besten Platz. Offenbar sind Uhrzeit und Ort der Party durchgesickert.

»Moment!«, rufe ich, als der Taxifahrer immer näher heranrollt. »Fahren Sie weiter. Ich muss zum Hintereingang.«

Ich darf auf keinen Fall im Vorfeld der Hochzeit fotografiert werden. Wenn ich mit Lady Cordelia auf einem Foto auftauche oder auf dem Weg zur Party abgelichtet werde, geht das Bild online, und die Chance ist groß, dass mich jemand erkennt und sich fragt, warum ich plötzlich Emily Taylor heiße.

»Zum Hintereingang?«, fragt der Fahrer und wirft einen stirnrunzelnden Blick in den Rückspiegel.

»Ja.«

»Wieso nicht der Haupteingang?«

»Ich darf nicht von den Fotografen gesehen werden, also muss ich einen anderen Weg ins Hotel finden.«

Er hebt die Augenbrauen, doch wir fahren am Hotel vorbei und biegen nach links ab, um an die Rückseite zu gelangen. »Sind Sie berühmt oder so?«

»Nein!«

»Schon klar.« Er tippt sich an die Nase. »Keine Sorge, Sie können mir vertrauen. Sind Sie die aus dem Film mit dem Hund?«

»Nein«, erwidere ich abwesend, denn ich suche gerade nach der Hintertür.

»Jetzt weiß ich es! Sie waren in dem Film mit diesem einen Schauspieler, der auf dieser Farm spielte!« Seine Augen weiten sich vor Aufregung. »Ihr Akzent war echt gut!«

»Danke. Ich springe hier raus«, erwidere ich eilig. Ich habe eine Ladebucht gesehen, in die gerade ein Van rückwärts einparkt.

»Tut mir leid, dass die Ehe mit diesem alten Sack nicht funktioniert hat«, meint der Taxifahrer, während ich versuche, trotz des Kleids so elegant wie möglich aus dem Wagen zu steigen. »Beim nächsten Mal dann, was?«

Ich werfe ihm ein nachsichtiges Lächeln zu, schließe die Autotür und nehme mir vor, gleich morgen nach Filmen zu suchen, die auf einer Farm spielen, um herauszufinden, mit wem er mich verwechselt hat. Dann stöckle ich den Bürgersteig entlang zur Ladebucht und hebe vorsichtig mein Kleid an.

»Guten Abend! Beachten Sie mich gar nicht!«, rufe ich fröhlich und winke mit meiner Clutch, als der Fahrer, der anfangen will, Kisten aus dem Van zu laden, mir einen seltsamen Blick zuwirft. »Ah! Moment, lassen Sie die Tür offen!«, rufe ich.

Der Page, der gerade einen gewaltigen Kofferwagen aus dem Hotel bringt, wirft mir einen überraschten Blick zu, doch dann schiebt er den Wagen beiseite und hält mir die Tür auf. Ich weiche den auf dem abgeschrägten Betonboden verstreuten Abfällen und einzelnen Salatblättern aus und schaffe es unfallfrei zu ihm.

»Sie wissen aber schon, dass der Haupteingang auf der anderen Seite ist, oder?«, bemerkt er, als ich mich bei ihm bedanke.

»Tatsächlich? Na ja, da ich schon mal hier bin, nehme ich jetzt diesen hier. Danke noch mal!«

Ich höre ihn leise lachen, bevor sich die Tür hinter mir schließt, und mache mich auf den Weg den Korridor entlang. Er wird lediglich von Lichtbändern erleuchtet, und die zahlreichen Türen führen vermutlich in Lager- und Wäscheräume. Am Ende kann ich entweder nach links oder rechts abbiegen oder durch eine Doppelflügeltür geradeaus gehen. Ich überlege kurz, dann entscheide ich mich für die mittlere Tür.

»Achtung!«

Ich drücke mich eilig gegen die Tür, durch die ich eben gekommen bin, und kann im letzten Augenblick einem Mann mit einem vollen Tablett ausweichen. Ich bin in der Küche gelandet.

Ich atme tief durch. Kaum auszudenken, was hätte passieren können. Es hätte sicher kein gutes Bild abgegeben, voller Speisereste auf Lady Cordelias Verlobungsparty aufzukreuzen.

»Entschuldigen Sie, haben Sie sich verirrt?«

Eine junge Köchin, die gerade Kräuter hackt, mustert mich belustigt. Ich lächle entschuldigend.

»Ja! Ich sollte eigentlich nach oben ins Hotel.«

»Das dachte ich mir. Für die Küche sind Sie falsch angezogen.« Sie deutet mit dem Kopf auf eine Tür auf der anderen

Seite des Raums, wischt sich die Hände an der Schürze ab und bahnt mir einen Weg durchs Gewimmel.

»Wer hat Sie denn hierhergebracht?«

»Ich bin allein unterwegs.« Ich versuche, mich nicht von den Arbeiten ablenken zu lassen, die um mich herum verrichtet werden. Ich brauche meine gesamte Willenskraft, um der jungen Köchin zu folgen und nicht dem Konditor, der mit einem Tablett Pudding-Tartes an uns vorbeigeht.

Am Ausgang angekommen, wirft sie mir einen Blick zu. »Gut, dann wünsche ich noch einen entspannten Abend! Gehen Sie durch diese Tür hier und die Treppe hoch, dann kommen Sie direkt ins Speisezimmer.«

Ich danke ihr und steige die Treppe hoch. Der Unterschied zwischen der lauten, geschäftigen Küche und dem ruhigen, festlichen Speisezimmer mit der leisen Klaviermusik ist beträchtlich. Ich gehe zwischen den Tischen hindurch und an der Bar vorbei und tue, als würde ich genau wissen, wo ich hinmuss. Wenn ich den Weg in den großen Ballsaal nicht bald finde, komme ich zu spät. Dabei hat Lady Meade eigens betont, dass ich pünktlich sein soll.

Ich lege einen Zahn zu, stürze aus dem Speisezimmer und knalle gegen den Rücken eines Mannes, der abrupt nach vorn taumelt.

»Es tut mir schrecklich leid!«, keuche ich, während er sich umdreht, um nachzusehen, wer ihm beinahe das Champagnerglas aus der Hand geschlagen hätte. Er fährt zurück.

»Emily?«

»Lord Dashwell! O Gott. Hi!«

Natürlich *muss* ich ausgerechnet ihn umlaufen. Es *muss* der heiße Bruder der Braut sein, der einmal das halbe Land erbt. Es kann nicht einfach irgendein Fremder sein, der zufällig im Hotel wohnt und den ich nie wiedersehen werde.

»Es tut mir leid«, entschuldige ich mich erneut, und meine Wangen brennen. »Geht es Ihnen gut?«

»Ich werde es überleben«, erwidert er. »Aber nennen Sie mich bitte nicht Lord Dashwell. Das klingt, als wäre ich zweihundert. Nennen Sie mich Tom.«

»Ach ja, tut mir leid. Tom.«

»Schön, Sie wiederzusehen. Sie sehen toll aus.«

»Danke. Sie auch.«

Was natürlich stimmt. Seine Haare sind noch immer zerzaust, aber auf gewollte Art, und in einem Smoking sieht jeder Mann gut aus. (Abgesehen von meinem Schulkollegen Kem, der in einem viel zu kleinen Smoking zum Abschlussball kam. Einer der Knöpfe sprang während »Summer Lovin« mitten auf der Tanzfläche von seinem Hemd und traf ein Mädchen am Auge.)

»Waren Sie vor der Party essen?«, fragt Tom und wirft einen Blick über meine Schulter ins Hotelrestaurant. »Oder haben Sie einen Drink genossen, bevor es losgeht? Die Ruhe vor dem Sturm, sozusagen?«

»Es war der Drink«, antworte ich eilig und danke ihm im Stillen für die perfekte Antwort. »Ich musste noch ein paar berufliche Dinge erledigen und wollte während der Party nicht ständig am Handy sein.«

Er lacht. »Ich schätze, Sie kennen die Geschichte, als Cordelia das Handy eines Kerls aus dem Fenster geworfen hat, weil er ihr nicht zuhörte. Die Gans auf dem Rasen darunter hatte Glück, dass es sie verfehlt hat. Es hätte ihr vermutlich das Leben gekostet.«

»Ja, klar.« Ich stimme in sein Lachen mit ein. »Die Geschichte ist wirklich lustig. Cordelia ist so witzig.« *Ich muss mein Handy unbedingt in der Tasche lassen. Cordelia ist IRRE.* »Wie auch immer, ich schätze, wir sollten jetzt zur Party. Wissen Sie zufällig, wie man zum großen Saal kommt?«, frage ich. »Oder warten Sie auf jemanden?«

»Ich habe versucht, eine Freundin zu erreichen, und wollte wissen, wo sie bleibt«, erklärt er und hält das Handy in die Höhe. »Sie kommt gerne zu spät.«

»Ach so.« Ich lächle und wende mich ab. »Dann sehen wir uns auf der Party.«

»Ich kann mit Ihnen kommen und Ihnen den Weg zeigen«, schlägt er vor, steckt das Handy ein und tritt an meine Seite.

»Nein, machen Sie sich bitte keine Gedanken über mich! Warten Sie lieber auf Ihr Date. Ich finde den Weg sicher auch allein.«

»Schon gut.« Er zuckt mit den Schultern und öffnet eine Doppelflügeltür, die uns in einen weiteren Korridor führt. »Nicht dass Cordelia noch denkt, ich hätte mich aus dem Staub gemacht. Und die Frau ist nicht mein Date. Apropos, wie sieht denn Ihre Toilettensituation aus?«

»*Wie bitte?*«, frage ich entsetzt.

»Na, die Mobile-Toiletten-Katastrophe.« Er lacht. »Erinnern Sie sich noch? Ihr Telefonat vor dem Haus meiner Eltern.«

»Ach ja, genau!« Ich werde rot. »Ich glaube, meine Freundin hat das Problem mittlerweile gelöst.«

Das stimmt nur zur Hälfte. Ich möchte mir die neuen Toiletten zuerst noch ansehen, bevor ich Rosemary etwas unterschreiben lasse, aber es sieht gut aus.

»Freut mich zu hören. Ah, da sind wir ja. Der große Saal.«

Eine groß gewachsene Frau mit einem akkuraten Bob, leuchtend rotem Lippenstift, einem schicken schwarzen Hosenanzug und einem Headset steht zusammen mit zwei Hotelpagen und zwei Sicherheitsbeamten vor der Tür. Sie begrüßt Tom und fragt mich nach meinem Namen. Nachdem sie ihn mittels iPad überprüft hat, schenkt sie mir ein freundliches Lächeln. »Herzlich willkommen, Miss Taylor, bitte treten Sie ein.«

Die Türen gehen auf, und im nächsten Moment stehe ich Lady Cordelia gegenüber, die gemeinsam mit Jonathan die Gäste am Eingang begrüßt.

»Sieh mal, wenn ich gefunden habe, Cordelia«, meint Tom, nimmt ein Glas Champagner von einem Kellner entgegen und reicht es an mich weiter. Cordelias zorniges Gesicht bemerkt er dabei nicht. »Vielleicht kannst du die Party jetzt doch genießen, nachdem endlich jemand hier ist, den du wirklich magst.«

Ihre Augen verengen sich zu Schlitzen, während ich lächle und einen großen Schluck Champagner nehme.

Normalerweise trinke ich nicht, wenn ich arbeite, aber heute werde ich es brauchen.

Kapitel 9

»Was zum Teufel machst du hier?«

Cordelias Stimme hallt durch die Toilette, und ich erschrecke so sehr, dass ich während des Pinkelns innehalte.

Während des Pinkelns. So Furcht einflößend ist sie.

Wenigstens duzt sie mich mittlerweile, alles andere hätte seltsam ausgesehen.

Ich sitze in einer Kabine und habe bis gerade eben einen kurzen Moment der Ruhe abseits der Party genossen, wo ich den ganzen Abend wie die Grinsekatze auftreten musste. Ich hatte vor allem vor dem ersten Treffen mit Cordelias und Toms Vater, dem Marquess von Meade, Angst. Er sieht genauso aus, wie man sich einen Marquess vorstellt: groß, stattlich, mit dichten, dunklen Haaren, die an den Schläfen langsam grau werden, einem kantigen Kinn und einem schmalen Mund. Allerdings hat er dieselben freundlichen, dunklen Augen wie sein Sohn. Ich hatte nur kurz die Gelegenheit, mit ihm zu sprechen, nachdem Lady Meade uns einander vorgestellt hatte. Er war sehr höflich, doch dann kam der Hotelmanager und hatte eine Frage zu den Kanapees, und ich überließ die beiden dem Geschäftlichen.

Danach versuchte ich redlich, mich unter die Gäste zu mischen, die offenbar alle den Gesellschaftsseiten diverser Magazine entsprungen sind, bevor ich schließlich auf der Toilette verschwand.

Cordelia muss mich dabei beobachtet haben.

»Ich weiß, dass du hier drin bist«, ruft sie und klopft an meine Kabinentür. »*Emily.*«

»Ich komme in einer Sekunde zu dir«, quieke ich.

Stille senkt sich über die Toilette. Ich versuche, mein Geschäft zu Ende zu bringen, doch Cordelia hat mich derart aus der Fassung gebracht, dass ich nicht mehr kann. Irgendwie schaffe ich es dann doch, und nachdem ich fertig bin, zerre ich die Figur formende Unterhose nach oben, lasse mein Kleid nach unten gleiten und atme tief durch, bevor ich mit ruhigem, freundlichem Gesicht die Tür öffne.

»Genießt du deine Party?«

Sie spitzt irritiert die Lippen. Sie sieht verdammt gut aus in ihrem engen roten Kleid mit dem passenden Lippenstift. Ihre Haare fallen offen in sanften Wellen über eine Schulter, und sie trägt goldene Tropfenohrringe und ein dazugehöriges Armband, die ich beide aus ihrer aktuellen Kollektion kenne. Sie hätte ohne Weiteres in eine Casino-Szene mit James Bond gepasst. Ich trete vor das Waschbecken und wasche mir die Hände, während ich ihren grimmigen Blick auf mir spüre.

»Wage es nicht, mich zu ignorieren, ich habe dir eine Frage gestellt«, zischt sie. »Warum bist du *hier*? Ich habe dich doch gefeuert.«

»Hör mal, ich will nicht, dass du etwas auf der Party versäumst, also warum gehen wir nicht …«

»Was? Warum gehen wir nicht hinaus und tun so, als wären wir die allerbesten Freundinnen?«, spottet sie. »Ich dachte wirklich, meine Mutter könnte mich nicht noch mehr in Verlegenheit bringen als damals, als sie an meinem sechzehnten Geburtstag Cha-Cha tanzte. Aber dann zieht sie los und engagiert *dich.*«

Ihre Worte triefen vor Hass, und es fällt mir schwer, den Blick nicht zu senken. Doch dann rufe ich mir in Erinnerung, dass Cordelia mich überhaupt nicht kennt. Das hier ist nichts Persönliches.

»Warum bringt dich meine Anwesenheit in Verlegenheit?«,

frage ich, werfe das Papiertuch zum Abtrocknen in den Weidenkorb neben dem Waschbecken und nehme etwas von der exquisiten Handcreme. »Mein Job ist, dir bei den Hochzeitsvorbereitungen zu helfen, mehr nicht. Ich arbeite mit Bräuten im ganzen Land zusammen. Daran ist nichts Peinliches. Die Planung einer Hochzeit ist für jeden eine wunderschöne, aber auch sehr stressige Zeit, und in Anbetracht der Anzahl der Gäste, die du einlädst, ist es ...«

»*Würg.*« Sie tut, als würde sie sich den Finger in den Hals stecken. »Erspar mir das Geschwafel. Ich habe dir doch gesagt, dass ich keine Hilfe brauche.«

»Woher willst du das wissen? Vielleicht kommt das noch, je näher der Termin rückt.«

»Ich habe die besten Connections, die du dir vorstellen kannst«, erklärt sie mit einem höhnischen Grinsen und verschränkt die Arme. »Warum sollte ich da jemanden wie *dich* brauchen?«

»Weil dir selbst die besten Connections nichts bringen, wenn du jemanden zum Reden brauchst.«

»Verdammt noch mal, hör auf, die Nette zu spielen!« Sie wirft entnervt die Arme hoch. »Ich brauche niemanden ›zum Reden‹. Ich bin kein kleines Kind. Fallen alle deine Klientinnen auf diesen Mist rein?«

Ich atme tief durch. *Das ist nichts Persönliches. Nichts Persönliches. Nichts ...* »Cordelia ...«

»Ich will, dass du von hier verschwindest«, unterbricht sie mich. »Ich kenne solche Leute wie dich und weiß genau, was du vorhast. Du hast vielleicht meine Mum hinters Licht geführt, aber mich nicht.«

»Ich führe niemanden hinters Licht!«

»Sagt die Frau, die für Geld lügt.« Sie neigt den Kopf und lächelt triumphierend, als ich schließlich doch noch den Blick senke. »Wie schon gesagt, für dich gibt es hier nichts mehr zu tun. Geh bitte. Und sieh zu, dass du keinem Reporter vor die

Linse läufst. Ich will nicht, dass irgendjemand auf die Idee kommt, ich würde mich mit Leuten wie dir abgeben.«

»Was glaubst du denn, wer ich bin?«, frage ich, balle die Fäuste und versuche, nicht die Stimme zu erheben. »Du sagst ›Leute wie ich‹. Was heißt das überhaupt?«

»Leute, die alles dafür tun, um nach oben zu gelangen«, antwortet sie rundheraus. »Es ist so offensichtlich und abstoßend. Du hast eine Gelegenheit gerochen und sie beim Schopf gepackt. Ich habe das alles schon mal erlebt.«

»Lady Meade ist auf *mich* zugekommen«, stelle ich so ruhig wie möglich klar. »Sie will, dass ich dich unterstütze. Ich habe sie nicht darum gebeten.«

»Meinst du wirklich, dass Jonathan dir geglaubt hat, als du dich als meine Freundin vorgestellt hast? Meinst du, irgendjemand wird dir glauben? Niemand hat je von dir gehört, und in unseren Kreisen kennt jeder jeden.«

»Dein Jonathan wirkte durchaus überzeugt«, erwidere ich wahrheitsgemäß.

Auch wenn er anfangs verwundert aussah, nachdem ich mich als Cordelias Freundin und Brautjungfer vorgestellt und ihm erklärt hatte, wie sehr ich mich freue, Teil ihrer Hochzeit zu sein.

»Du hast mir gar nicht gesagt, dass du eine Brautjungfer gefunden hast!«, meinte er glücklich zu seiner Verlobten und drückte mir einen Kuss auf beide Wangen. Cordelia ignorierte mich. »Ich dachte, du wolltest keine haben!«

»Ja, ich auch«, murmelte Cordelia leise. Glücklicherweise hörten sie weder Tom noch Jonathan, und Jonathan freute sich offenbar so sehr, mich kennenzulernen, dass ihm gar nicht auffiel, noch nie von mir gehört zu haben.

»Ihr habt euch in einer Kunstgalerie kennengelernt? Cordelia, ich kann nicht glauben, dass du mir nichts davon erzählt hast! Sie hat ein richtiges Geheimnis aus Ihnen gemacht, Emily.« Er lachte leise, dann musterte er mich misstrauisch. »Moment! Haben wir uns vielleicht auf dem Oster-Ball gesehen? Ich glaube, ich kann mich erinnern. Sie müssen mir verzeihen, ich habe an dem Abend ein wenig zu viel getrunken, und alles ist irgendwie verschwommen.« In diesem Moment entdeckte er jemanden hinter mir und begann zu strahlen. »Ah! Meine Cousine ist da! Ich sage besser mal hi. War wirklich nett, Sie kennenzulernen, Emily. Es freut mich, dass Cordelia jemanden hat, der ein wenig auf sie achtgibt.«

Ich trat beiseite, damit er die nächsten Gäste begrüßen konnte, und war begeistert, wie gut das Kennenlernen verlaufen war. Der Verlobte ist immer eine große Hürde. Die Vorstellung, dass sie eine Freundin ihrer Partnerin nicht kennen – noch dazu eine, die wichtig genug ist, um Brautjungfer zu werden –, ist für viele ein Grund, misstrauisch zu werden.

Glücklicherweise schämen sich die meisten Männer zu sehr dafür, dass sie sich nicht an meinen Namen oder an ein vergangenes Treffen erinnern, dass sie lieber mit der Ungewissheit leben, als es anzusprechen.

Wie schon zu Beginn meiner Recherchen über das Paar habe ich immer noch den Eindruck, dass Jonathan und Cordelia nicht zusammenpassen. Er ist warmherzig, freundlich und fröhlich, hat bezaubernde Grübchen an den Wangen, wenn er lacht, und einen aufmerksamen, interessierten Blick. Cordelia wirkt verschlossen, doch er ist ein offenes Buch – die Art von Person, gegen die man gerne Poker spielt. Cordelia hingegen ist unmöglich einzuschätzen, und wenn man einmal zu ihr durchgedrungen ist, wünscht man sich vermutlich sofort, so weit weg wie möglich von ihr zu sein.

»Jonathan mag vielleicht im ersten Moment überzeugt gewesen sein, aber du kannst die Fassade unmöglich bis zum Schluss aufrechterhalten«, erklärt Cordelia. »Die Leute werden dich durchschauen.«

»Sie werden nichts finden. Sie kennen lediglich Emily Taylor. Das Geheimnis ist sicher. Die Leute sind vertrauensseliger, als du glaubst.«

»Du überstehst keine Minute. Jeder wird sofort wissen, was hier gespielt wird.«

»Cordelia, ich akzeptiere, dass das hier nicht deine Idee war«, lenke ich ein, denn ich werde mich auf keinen Fall auf einen Streit mit ihr einlassen. »Ich verstehe, dass du keine Hilfe und auch keine Freundin brauchst, das ist vollkommen okay. Aber ich verspreche dir, dass ich es durchziehe, wenn du es zulässt. Ich mache das ständig. Es ist mein Job, und ich habe vor, ihn ordentlich zu erledigen. Ich wurde engagiert, um dir mit der Hochzeit zu helfen, und das war's dann. Danach siehst du mich nie wieder. Lady Meade besteht darauf, dass ich bleibe. Ich bin deine Angestellte und werde tun, was auch immer du verlangst. Wir müssen uns nicht anfreunden. Gib der Sache einfach eine Chance. Wenn es nicht funktioniert, funktioniert es eben nicht. Aber du solltest es zumindest versuchen.«

»Und wenn es nicht funktioniert, kündigst du?«, fragt sie hoffnungsvoll.

»Es funktioniert immer«, erwidere ich überzeugt.

»Aber wenn nicht«, wiederholt sie, macht ein paar Schritte auf mich zu und treibt mich mehr oder weniger in die Enge. »Dann kündigst du.«

Es ist keine Option, sondern ein Befehl. Ich habe einen Kloß im Hals, während sie über mir aufragt und mit erbittertem, festem Blick auf mich hinunterstarrt. Aber ich darf ihr nicht zeigen, dass ich Angst habe. Das würde ihr zweifellos gefallen. Ich verstehe nicht, wie eine derart kalte, kalkulierende Person eine unglaublich erfolgreiche Kollektion an Haargummis mit Einhörnern und Regenbögen entwerfen konnte. »Ich mache das, was für dich und die Hochzeit das Beste ist«, erkläre ich und halte ihrem Blick stand. »Wenn meine Arbeit deinen Plänen oder deinem Glück im Weg steht, ziehe ich mich selbstverständlich zurück. Aber das wird nicht passieren. Ich habe noch nie einen Job abgebrochen, und ich habe nicht vor, jetzt damit anzufangen.«

Sie tritt einen Schritt zurück und wirft sich die Haare über die Schulter. »Gut. Dann versuchen wir es.«

»Super«, erwidere ich mit einem warmherzigen Lächeln.

»Und wir sind uns einig, dass du kündigst, wenn es nicht klappt.«

»Ich werde nicht kündigen.«

»O doch, das wirst du.« Sie macht auf dem Absatz kehrt, stolziert zur Tür und wirft noch einmal einen Blick über die Schulter. »Darauf kannst du dich verlassen.«

Ich warte ein paar Minuten, bevor ich auf die Party zurückkehre, sammle mich und werfe einen prüfenden Blick in den Spiegel. Ich bin ein wenig enttäuscht, dass es in einer derart schicken Toilette nicht irgendwo einen kleinen Korb mit Deodorant gibt. Das wäre sicher praktisch für all die gesellschaftlichen Dramen, die sich in Toiletten wie dieser abspielen. Zumindest mir hat mein »Plausch« mit Lady Cordelia den Schweiß aus den Poren getrieben.

Ich hatte bereits mit einigen schwierigen Bräuten zu tun, die mir nicht von vornherein offen begegnet sind, und es ist auf jeden Fall ungewöhnlich, von den Eltern engagiert zu werden (das kam bisher nur ein paarmal vor). Ich verstehe sogar, dass mein Beruf manche Leute irritiert oder verwirrt – er ist immerhin nicht alltäglich. Aber einer solchen Feindseligkeit und Grobheit bin ich bisher noch nicht begegnet. Ich muss mir für diese Hochzeit eine dicke Haut zulegen. Cordelia wird es mir nicht leicht machen.

»Ich muss langfristig denken«, erkläre ich meinem Spiegelbild. »Diese Hochzeit bringt meine Karriere einen großen Schritt weiter. Ich schaffe das.«

Ich öffne meine Clutch, ziehe meinen Lippenstift nach und trete dann mit durchgedrückten Schultern und hoch erhobenem Kopf aus der Tür. *Ich schaffe das.*

»Das sind Sie ja«, sagt Lady Meade und tritt neben mich. »Wo ist Cordelia? Haben Sie sie gesehen?«

»Ja, wir hatten gerade ein sehr nettes Gespräch. Sie sollte hier irgendwo in der Nähe sein. Soll ich sie suchen?«

»Es wäre toll, wenn Sie sie im Auge behalten könnten«, erwidert sie und schenkt den vorbeikommenden Gästen ein huldvolles Lächeln. »Sie hatte noch nie viel für große Events übrig.«

»Gott sei Dank wird ihre Hochzeit nicht allzu groß«, bemerke ich.

Doch Lady Meade teilt meinen Sinn für Humor offenbar nicht, sondern wirft mir lediglich einen besorgten Blick zu. »Hören Sie, ich würde vorschlagen, dass Sie sich unter die Gäste mischen und sich vorstellen, bevor Cordelia die Gelegenheit dazu bekommt.«

»Wie meinen Sie das?«

»Ich habe gehört, wie sie meiner Freundin Clarissa erzählt hat, Sie seien eine Pantomimin, die ungeladen hier aufgekreuzt ist«, antwortet sie müde. »Sie hofft offensichtlich, Sie derart in Verlegenheit zu bringen, dass Sie den Job hinwerfen.«

»Danke für die Warnung.«

»Ich kümmere mich jetzt besser wieder um die Gäste.« Sie legt mir kurz die zarte Hand auf die Schulter. »Alles Gute.«

Ich warte, bis sie fort ist, und stürze dann den Rest meines Champagners hinunter. Anschließend stelle ich das leere Glas auf das Tablett eines vorbeikommenden Kellners, werfe mich ins Getümmel und schließe mich der ersten Gesprächsrunde an, auf die ich stoße. Eine Blondine erzählt gerade einer Gruppe von Gästen von einem katastrophalen Date, das sie hatte, und ich stelle mich neben einen großen jungen Mann mit Schnurrbart, der bereitwillig zur Seite rückt, um mir Platz zu machen.

»Er führte mich in eine Bar voller Neonlichter, und ich dachte noch, dass es irgendwie stillos ist, nachdem wir uns beim ersten Date in einem total netten, kuscheligen Pub getroffen hatten«, erklärt die Blondine, und alle nicken. »Aber dann verstummte die Hintergrundmusik, und es stellte sich heraus, dass wir in einer Karaokebar waren.«

Der Mann mit dem Schnurrbart schnappt nach Luft. »Oje.«

»Ich verstehe durchaus, dass es manchen Leuten gefällt und es unter Freunden Spaß machen kann«, erklärt die Blondine, was den Schnurrbartträger offenbar nicht überzeugt. »Also versuchte ich, es mit Humor zu nehmen, und unterhielt mich mit ihm, während eine Frau eine grauenhafte Version eines Hits von Leona Lewis zum Besten gab.«

»Ihr Stimmumfang ist definitiv eine Herausforderung«, meint jemand, und es ertönt zustimmendes Gemurmel.

»Plötzlich stand er auf, entschuldigte sich und verschwand auf der Toilette.« Die Blondine schließt gequält die Augen, als sie daran denkt, was als Nächstes passiert ist. »Wenig später erschien er auf der Bühne und widmete mir das nächste Lied.«

»O nein!«, keuche ich anteilnehmend. »Welcher Song?«

»›Truly Madly Deeply‹ von Savage Garden.«

Die Meinung der Gruppe ist einstimmig: Was für ein Fehler!

»Dann hat er es also nicht bis zum dritten Date geschafft, nehme ich an?«, fragt der Schnurrbartträger grinsend.

»Nein«, bestätigt die Blondine, nippt an ihrem Champagner und mustert mich neugierig. »Sind Sie nicht mit Tom gekommen?«

»Ich dachte, er wäre mit dieser Schauspielerin hier? Savannah Reed?«, überlegt der Schnurrbartträger laut, ehe ich etwas erwidern kann. »Er meinte vorhin, er müsste mal nachsehen, wo sie bleibt.«

»Ach, die beiden sind schon ewig befreundet«, erklärt ein anderer mit einem wissenden Lächeln. »Sie waren irgendwann mal zusammen. Ich habe gehört, sie ist mittlerweile hinter Christopher her. Ihr wisst schon, Dashwells Schulfreund, der immer denselben Witz über die Forelle erzählt.«

Die anderen murmeln zustimmend.

»Tut mir leid, in diesen Kreisen ist es schwer, nicht den Überblick zu verlieren, wer wen datet«, meint die Blondine zu mir.

»Ich bin mit niemandem hier«, stelle ich klar. »Ich bin eine Freundin von Cordelia.«

Sie lässt beinahe ihr Glas fallen. Der Schnurrbartträger und auch der Rest der Gruppe mustern mich interessiert von oben bis unten, als hätte ich etwas Ungeheuerliches gesagt.

»Eine Freundin von Cordelia?«, wiederholt die Blondine erstaunt. »Wirklich?«

»Ja.«

»Moment«, meint der Schnurrbartträger aufgeregt. »Sind Sie die Brautjungfer?«

»Ja, genau«, bestätige ich lächelnd.

»Die Brautjungfer! Richtig! Wir haben schon von Ihnen gehört«, erklärt ein weiterer Mann mit einem schiefen Grinsen.

»Stimmen die Gerüchte?«, fragt der Schnurrbartträger und wackelt mit den Augenbrauen. »Über Ihren Job? Uns können Sie es ruhig erzählen.«

O nein. Panik steigt in mir hoch. Geheimhaltung war ein wesentlicher Punkt für Lady Meade. Wenn alle hier Bescheid wissen, ist das Spiel aus.

»Sie wissen von meinem Job?«

»Ja.« Die Blondine nickt eifrig und senkt die Stimme. »Sind Sie wirklich eine Escort-Lady?«

WIE BITTE? Ich verschlucke mich beinahe vor Schreck. Der Schnurrbartträger tätschelt mir sanft auf den Rücken.

»Cordelia hat gegenüber unserem Freund Lex etwas angedeutet«, erklärt die Blondine und zeigt dezent auf einen der Gäste. »Sie meinte, es wäre ein großes Geheimnis, aber es macht Ihnen doch nichts aus, wenn wir fragen, oder? Wir verurteilen Sie auch nicht.«

»Wie ist das so?«, fragt jemand. »Ist es wie in diesem Buch? *Geständnisse einer Edelhure*?«

»Die Fernsehserie war toll! Sie sollten auch ein Buch über

Ihre Erfahrungen schreiben«, rät mir ein anderer Gast. »Die Leute würden es Ihnen aus der Hand reißen.«

»Ja, unbedingt!« Die Blondine nickt und grinst verschmitzt. »Da gibt es doch sicher *unglaubliche* Geschichten zu erzählen.«

»Ich… ich bin nicht…«, stammle ich, und meine Wangen brennen vor Verlegenheit.

»Keine Sorge, es wissen nur ganz wenige hier Bescheid«, beruhigt mich der Schnurrbartträger und zwinkert mir zu. »Und wir versprechen, es niemandem weiterzuerzählen.«

WhatsApp-Gruppe »Clares Junggesellinnenparty«

Carey, wo bist du? Du bist vor einer Stunde an die Bar gegangen! Ist alles ok? Wir sind immer noch im VIP-Bereich im ersten Stock.

Hey Carey, wir gehen tanzen. Melde dich bitte! Ist alles ok?

Hat jemand Carey gesehen?

Jessica
Hey, wir sind im Raucher-Bereich. HOLEN WIR WAS ZU TRINKEN!

Jess, ist Carey bei euch?

Jessica
Ja!

Naomi
Nein, Jess, ICH bin mit dir im Raucher-Bereich. Mein Name ist Naomi. Tut mir leid, aber Carey ist nicht hier!

Jessica
Ups, sorry, Naomi!

Hat jemand Carey gesehen? Sie ist schon eine Weile weg.

Rachel
Ist sie mit Clare unterwegs?

Fran
Nö, ich inb bie Clare.

Rachel
Clare ist bei dir, Fran?? Sag ihr, sie soll TANZEN kommen!
Wir brauchen die Braut, GIRLS!

Fran
Ght nit sind xi

Rachel
???

Fran und Clare sind im Taxi auf dem Weg zurück ins Hotel ☺.

Fran
Ich kotzt, Auto

Rachel
O nein!

Fran
Fahrer wütend, Aaarsch

Mandy
OMG LADYS! Ratet, wo wir sind?!?! – Beim DJ!

Anna
Ahhhhhhh, COOL!!

Jenna
HAHA!! Ich sehe euch!!

Mandy
Das ist der beste Abend meines Lebens!

Super!! Ist Carey bei euch?

Holly
Jetzt weiß ich es wieder!! Carey ist vorhin mit dem Stripper durchgebrannt!!

Mandy
WAS? WIR HABEN DEN STRIPPER VERPASST? AHHHHH! SHIT!

Jenna
Wo ist der Stripper??????

Rachel
Ich dachte, Clare wollte keinen Stripper! COOL, WAS HIER ALLES PASSIERT!

Jenna
ICH WILL AUCH ZU DEM STRIPPER!
WO IST ER?

Fran
Ich will zum STRIPPERRRRRRRRR!
Taxi umdrehen! Kommen zurück! STRIPERRR!

Wie hieß noch mal der Club?

Es gibt keinen Stripper! Wir haben keinen Stripper gebucht!
Fran, du musst nicht zurückkommen!
Du bringst Clare ins Hotel, ok?

Fran
Ich liebe Stripper! Strippppppper

Jenna
Ich kann nicht glauben, dass Carey mit dem Stripper durchgebrannt ist!!

Es gibt wirklich keinen Stripper.
Glaubt ihr, es ist alles ok bei ihr??

Jessica
Jaaaaa, Carey! Lass es krachen!

Anna
Cool, Carey!!!! Her mit den Details!

Carey
Moment mal, was ist denn los? Hi, ich bin hier!
Wow, so viele Nachrichten!

Mandy
Erzähl uns von dem StripperDDDDDDD-DDDDDDD

Naomi
Ist er heiß??

Carey
Wer ist heiß?

Naomi
DER STRIPPER!

Carey
Es gibt einen Stripper??? WO??

Holly
Du bist doch gerade bei ihm!!

Carey
Wo ist hier ein Stripper??

Holly
Du hast doch gesagt, du machst dich mit dem Nackten aus dem Staub!

Carey
Ich habe gesagt, dass ich Nuggets hole!!

Anna
Hä?

Mandy
Du holst Nackte?! WIE VIELE?!

Carey
6

Jenna
Verdammt, Carey!! 6 Männer?!
Du Luder!

Fran
STRIPPERRRRRRR

Carey
Hä? Welche Männer?

Naomi
6 nackte Männer!

Carey
Verdammt noch mal! Ich hole NUGGETS! Im Fast-Food-Laden nebenan! Will noch jemand welche?

Fran
Fran & die Braut sind BACK IN THE CLUUUUUUB!
Wo ist der Stripper?

Kapitel 10

»Guten Morgen, Cordelia! Wie war dein Wochenende?«

Sie zuckt zusammen, verdreht übertrieben die Augen und sieht sofort wieder geradeaus, ohne ihr Work-out auf dem Crosstrainer zu verlangsamen. Fitnesscenter machen mich ohnehin nervös, weil dort alle so extrem sportlich sind und anstrengende Trance-Music gespielt wird, doch dank Cordelia ist es noch einschüchternder als sonst. Trotzdem gebe ich mich so unbeeindruckt wie möglich, als würde ich ständig dort hingehen und mich unter den futuristischen Geräten wie zu Hause fühlen.

»Verfolgst du mich jetzt schon, oder was?«

»Deine Mum hat gesagt, dass ich dich nach der ersten Morgenbesprechung sicher hier finden werde, also dachte ich, ich schaue mal vorbei und frage, ob du nachher Zeit zum Kaffeetrinken hast«, erkläre ich, während sie weiter trainiert. »Wir könnten uns über das Kleid Gedanken machen. Lady Meade meinte, du hättest dich noch für keinen Designer entschieden. Da wäre eine Brainstorming-Session hilfreich.«

»Gibt es denn keine andere Braut, der du auf die Nerven gehen kannst?«, blafft sie.

»Heute hast du Priorität«, erwidere ich.

»Ich dachte, der Deal wäre, dass du für mich da bist, wenn ich dich brauche. Und ich brauche dich nicht. Du kannst also gehen.« Sie drückt ein paar Knöpfe auf dem Display, um das Work-out zu intensivieren, und hält den Blick auf ihr Spiegelbild an der gegenüberliegenden Wand gerichtet. »Ich muss nachher unbedingt mit den Leuten am Empfang reden. Die können doch nicht jeden in ihren angeblich ach so exklusiven Laden lassen.«

»Deine Mum hat mich angekündigt. Und theoretisch hast du recht, aber ich könnte mir vorstellen, dass du vielleicht vergisst, mich anzurufen, wenn du etwas brauchst. Oft fällt es nicht leicht, um Hilfe zu bitten«, erwidere ich fröhlich und fest entschlossen, jeden Einwand ins Positive zu kehren. »Also dachte ich, ich bleibe in deiner Nähe. Bloß für den Fall.«

»Ich will dich aber nicht in meiner Nähe haben.«

»Das kann ich verstehen. Du wirkst außerordentlich konzentriert. Immer schön hoch die Knie, haha! Soll ich draußen warten, bis du fertig bist?«

Sie wirft mir einen seltsamen Blick zu und wird langsamer, bis sie schließlich ganz innehält. Sie steigt vom Crosstrainer, und ich reiche ihr das Handtuch, das über den Handgriffen hängt.

»Du gibst nie auf, oder?«, fragt sie und tupft sich mit dem Handtuch das Gesicht ab.

»Warum sollte ich?«

»Also erstens«, beginnt sie und hebt die Stimme, sodass alle im Raum sie hören, »halten dich die Hochzeitsgäste entweder für eine Edelnutte, eine uneingeladene Pantomimin oder eine Panflötenlehrerin, die versuchte, einen Auftritt auf der Hochzeit an Land zu ziehen.«

»Das mit der Panflöte kannte ich noch gar nicht. Klingt cool.«

»Und zweitens«, fährt sie fort, ohne auf meinen Einwurf zu achten, »habe ich vor, dir das Leben zur Hölle zu machen, bis du freiwillig gehst. Es wäre also einfacher für uns beide, wenn du gleich verschwindest.«

Ein winziger Teil in mir denkt: *Da hat sie recht.* Wir stehen noch ganz am Anfang, und bis jetzt war es die absolut schlimmste berufliche Erfahrung meines Lebens. Ich musste mich bereits mit anspruchsvollen Bräuten und noch viel anspruchsvolleren Bräutigamen, mit desorganisierten Brautjungfern und ungehobelten Trauzeugen herumschlagen, im letzten Moment zerrissene Kleider flicken, Frisurkatastrophen abwenden und überdrehte Kinder beruhigen, die während der Zeremonie oder des Empfangs Amok liefen. Ganz zu schweigen von diversen Vorfällen mit tierischen Gästen.

Ich darf gar nicht an die eine Hochzeit denken, auf der die Ziegen plötzlich ausgebrochen sind und wir sie schließlich auf den bereits für das Frühstück am nächsten Tag gedeckten Tischen wiederfanden, wo sie sich die Deko schmecken ließen.

Allerdings war ich noch nie in einer Situation, in der mich die Braut bei jeder Gelegenheit auf persönlichem Level angriff.

Trotzdem werde ich nicht nachgeben.

Lady Cordelia Swann ist meine bisher größte Herausforderung, und ich werde mich ihr stellen. Wenn ich sie für mich gewinnen kann, kann ich *alle* für mich gewinnen, und ehe ich mich versehe, organisiere ich High-Society-Hochzeiten im ganzen Land und habe Kontakte zu den besten Ausstattern und Dienstleistern Großbritanniens.

Dieses Wissen treibt mich an. Und genau das muss ich mir immer wieder in Erinnerung rufen.

»Ich werde nicht aufgeben«, erkläre ich schulterzuckend.

»Es war kein Witz, dass ich dir das Leben zur Hölle machen werde«, droht sie.

»Und es war auch kein Witz, dass ich draußen auf dich warte, bis du so weit bist. Ich hole dir auch frisches Wasser. Genieße den Rest des Work-outs.«

Ich drehe mich auf dem Absatz um und marschiere davon, wobei mein Abgang davon ruiniert wird, dass ich an einer dieser dämlichen Fitnessmatten hängen bleibe, auf der gerade eine Kundin ihre Dehnübungen macht. Ich stoße die Luft aus und steuere auf den Mann hinter dem Empfangstresen zu.

»Wie viele Ausgänge gibt es aus der Damenumkleide?«

»Ähm ... einen.«

»Sind Sie sich sicher? Nur einen? Es gibt keinen Notausgang?«

»Doch. Es gibt eine Brandschutztür, aber nur für den Notfall.«

»Und wohin führt diese Brandschutztür?«

»Ixworth Place«, erwidert er, eindeutig neugierig geworden.

»Super, danke.«

Ich hole eine Flasche Wasser aus dem Automaten, verlasse das Gebäude und biege um die Ecke auf den Ixworth Place. Ich lehne mich neben dem Notausgang an die Wand, hole mein Handy heraus und beginne, E-Mails von heute Morgen zu beantworten.

Die neue Verleihfirma für mobile Toiletten hat meine Inspektion mit wehenden Fahnen bestanden und die Ausstattung der Delgado-Hochzeit am Wochenende bestätigt. Ich leite die Mail lächelnd an die Braut weiter.

Nach etwa zwanzig Minuten schwingt die Tür auf, und Cordelia tritt frisch geduscht und umgezogen heraus. Sie trägt ein blau-weiß gestreiftes Shirt, das sie in ihre schwarze Skinny-Jeans gesteckt hat, und dazu schwarze Stiefel mit Absatz, eine riesige Sonnenbrille und eine Designer-Sporttasche über der Schulter.

Ich warte, bis sie draußen ist, bevor ich aus dem Schatten trete.

»Super Timing«, rufe ich, und sie fährt so überrascht zusammen, dass ihr beinahe die Sonnenbrille von der Nase rutscht.

Sie beißt die Zähne zusammen und schiebt die Brille wieder hoch. »Wegen dir hätte ich fast einen Herzinfarkt bekommen!«

»Wirklich? Aber ich habe doch gesagt, dass ich draußen auf dich warte«, erwidere ich munter. »Also, kennst du irgendwelche netten Cafés in der Gegend?«

»Mit dir gehe ich nirgendwohin«, zischt sie und holt ihren Autoschlüssel aus der Tasche. »Und wenn du mich weiter verfolgst, rufe ich die Polizei.«

»Lady Meade meinte, du hättest Schwierigkeiten, was den Stil des Hochzeitskleids betrifft. Ich habe ein Moodboard voller Ideen für ein maßgeschneidertes Hochzeitskleid vorbereitet. Es enthält all deine Lieblingsdesigner und auch noch ein paar andere, an die du vielleicht nicht gedacht hast. Schenk mir fünf Minuten. Ich lade dich auf einen Kiwi-Limetten-Smoothie ein.«

Sie seufzt. »Okay. Dann kennst du also mein Lieblingsgetränk. Hat meine Mutter dir auch mein Tagebuch zu lesen gegeben, während sie dir meine Vorlieben, meinen Tagesablauf und schmutzige Details meines Lebens auf die Nase gebunden hat?«

»Du magst Kiwi-Limetten-Smoothies auch so gern wie ich?« Ich tue überrascht. »Das ist ja seltsam!«

»Ja, nicht wahr?«

»Nur fünf Minuten. Dann lasse ich dich in Frieden.«

»Für immer?«

»Für heute.«

Sie windet sich, dann stößt sie ein Seufzen aus. »Fünf Minuten.«

Ich recke in Gedanken die Faust in die Luft und trabe neben ihr her zu der Smoothie-Bar die Straße hinunter. Ich behalte sie lieber im Auge, während ich die Getränke bestelle. Nicht dass sie sich aus dem Staub macht, sobald ich ihr den Rücken zukehre. Glücklicherweise bleibt sie. Sie entscheidet sich für einen kleinen runden Tisch am Fenster und lässt ihre Tasche zu Boden fallen. Während der Mixer surrt und ich bezahle, telefoniert sie – vermutlich mit Jonathan, denn sie sieht für einige Minuten weniger mürrisch aus. Schließlich legt sie auf, nimmt die Sonnenbrille ab und legt sie sorgfältig auf den Tisch.

»Bitte sehr.« Ich stelle den Smoothie vor ihr ab und nippe an meinem Glas, während ich mich ihr gegenüber niederlasse.

Ich hole mein Handy heraus, logge mich in ein privates Moodboard auf Pinterest ein und drehe das Telefon, sodass es in ihre Richtung zeigt. Doch sie sieht nicht auf das Telefon, sondern hält den Blick auf mich gerichtet.

»Das sind einige Vorschläge, von denen ich basierend auf deinem Stil annehme, dass sie dir gefallen. Vielleicht sind sie hilfreich, vielleicht auch nicht. Hast du dir denn schon Gedanken gemacht oder etwas gesehen, was dir gefällt?«

Sie antwortet immer noch nicht, sondern mustert mich weiterhin. Ich beschließe, einfach weiterzureden.

»Gibt es jemanden, mit dem du dich treffen möchtest, oder einen Showroom, in dem du gerne einen Termin vereinbaren möchtest? Du brauchst es mir nur zu sagen, dann erledige ich das für dich. Und ich kann mitkommen, wenn du...«

»Ist das hier echt dein Beruf?«, unterbricht sie mich und hebt die Augenbrauen. »Du folgst den Bräuten wie ein Schaf überallhin und tust, was sie dir befehlen?«

»Na ja, also, ich sehe das nicht ganz so. Es ist ein wenig... anspruchsvoller«, entgegne ich. »Und ich würde mich nicht als Schaf bezeichnen. Eher als Assistentin und rechte Hand. Wie Robin für Batman, wenn du so willst.«

Sie verzieht spöttisch das Gesicht. »Warum sollte irgendjemand *Robin* sein wollen?«

»Weil... ähm... Okay, wir weichen vom Thema ab. Es geht nicht um mich, sondern um *dich* und darum, was *du* dir von deiner Hochzeit erwartest. Gibt es irgendetwas, womit ich dir helfen kann?«

»Du hilfst mir mit *allem*? Mit allem, was ich will?«

Ich nicke. »Ja. Ich bin deine Assistentin. Ich werde dir nicht im Weg stehen, sondern dir nur das geben, was du brauchst.«

Sie betrachtet mich eine Weile schweigend, dann lehnt sie sich über den Tisch und faltet die Hände. »Gut, na dann. Ich habe mir Gedanken über die Band gemacht.«

»Super!«, rufe ich begeistert und halte den Stift bereit. »Hast du an eine bestimmte Band gedacht? Ich könnte nachfragen, ob sie verfügbar ist.«

»Ja. Oasis.«

Ich hebe den Blick von meinem Notizbuch. »Oasis. Du meinst die Rockband Oasis?«

»Ja.«

»Die Rockband der Gallagher-Brüder? *Dieses* Oasis?«

»Ja.«

»Die berühmte Band, die sich vor einigen Jahren getrennt und geschworen hat, nie wieder zusammen auf einer Bühne zu stehen? Du willst, dass diese Band auf deiner Hochzeit spielt?«

»Wäre das nicht cool?« Cordelia dreht ihren Strohhalm. »Sie würden perfekt zur Umrahmung des Champagnerempfangs passen, findest du nicht auch?«

»Cordelia, ich...«

»Da wir gerade vom Champagnerempfang sprechen. Der Boden in der Eingangshalle muss komplett erneuert werden. Ich möchte nicht, dass meine Gäste über diese schrecklichen alten Steinfliesen gehen müssen. Du musst mit Daddy darüber reden.«

»Ich soll den Marquess von Meade bitten, den Boden in der Eingangshalle von Dashwell Hall zu erneuern?«, frage ich und bekomme beinahe keine Luft mehr. »Das ist ein Scherz, oder?«

Sie sieht mich überrascht an. »Warum sollte ich scherzen? Ach ja, und wir müssen unbedingt über die Schwäne reden. Sie sind ein sehr wichtiger Punkt auf meiner Liste.«

»Schwäne.«

»Ich habe immer schon davon geträumt, von Schwänen zum Altar geführt zu werden.«

»Du willst Schwäne auf deiner Hochzeit. In der Kirche.«

»Nichts für ungut, Sophie, aber bist du sicher, dass du die Brautjungfernsache wirklich draufhast?«, fragt sie unschuldig. »Du wiederholst alles, was ich sage, aber du hast dir kaum Notizen gemacht. Ich will deine Leistungen nicht schmälern, aber ist es nicht dein Job, alles zu tun, was ich will, und keine Fragen zu stellen?«

Ich räuspere mich und konzentriere mich wieder auf meine Notizen. Ich kritzle »Oasis-Wiedervereinigung«, »neuer Boden im Haus« und »Schwäne« aufs Papier. Sie stellt mir unlösbare Aufgaben, damit ich aufgebe.

»Wie gesagt, eine Schar Schwäne soll vor mir den Mittelgang zum Altar entlanggehen. Wäre das nicht traumhaft? Es wird vielleicht ein wenig schwierig, die Schwäne zu trainieren, aber ich bin mir sicher, dass dir für deine allerbeste Freundin nichts zu kompliziert ist.« Sie tätschelt meine Hand. »Was mich zur Beschaffung des Diadems bringt. Besonderer Schmuck ist am Hochzeitstag immens wichtig, finde ich. Deshalb will ich Queen Alexandras Kokoshnik-Diadem. Davon hast du doch sicher schon gehört, nicht wahr?«

Ich schüttle den Kopf.

»Seltsam.« Sie gibt ein missbilligendes Schnauben von sich. »Du bist mit deinen Recherchen wohl nicht up to date. Das Diadem ist sehr bekannt. Queen Alexandra hat es zu ihrem fünfundzwanzigsten Hochzeitstag bekommen, und ich denke, es würde mir hervorragend stehen. Würdest du es mir bitte als Leihgabe besorgen? Es schreibt sich K-o-k-o-s-h-n-ik.«

»Und von wem genau soll ich das Diadem ausleihen?«, frage ich nervös und schreibe den Namen nieder.

»Na, von der Queen, du Dummerchen.« Sie lacht. »Wer sollte es sonst haben? Es ist eines ihrer Lieblingsstücke. Ach ja, und eine Sache noch, bevor ich losmuss. Ist mir gerade eingefallen. Ich würde gerne bunte Pfaue über uns fliegen lassen, während die Gäste und ich unser Essen einnehmen. Einhundert müssten reichen, damit es auch wirklich toll aussieht, oder? Natürlich müsstest du dir etwas einfallen lassen, dass die armen Dinger auch in der Luft bleiben, während wir essen, damit wir zu ihnen hochsehen können. Vielleicht funktioniert es mit Glasplatten. Oder mit Glaskäfigen an den Kronleuchtern? Keine Ahnung, ich kenne mich mit diesen Dingen nicht aus, aber du findest sicher die perfekte Lösung.«

»Cordelia.« Ich senke den Stift. »Das kann nicht dein…«

»Und ich will zehn Fotografen. Es müssen berühmte Fotografen sein, nicht irgendwer. Außerdem habe ich irgendwo gelesen, dass eine Braut auf ihrer Hochzeit zweitausend Kerzen entzünden ließ. Das ist mickrig! Ich brauche mindestens viertausend. Schreib es lieber auf, damit du es nicht vergisst.«

Sie steht auf, schwingt sich die Sporttasche über die Schulter und sieht lächelnd auf mich herab. »Ich danke dir, meine liebe Sophie. Ups, ich meinte *Emily*. Du bist meine Rettung. Mir ist klar, dass das bis jetzt nur Kleinigkeiten sind, aber keine Sorge, ich werde dir schon bald weitere Aufträge schicken.«

Sie wendet sich ab und stößt mit der Sporttasche ihr immer noch randvolles Glas um. Der Smoothie landet direkt auf mir. Ich schreie auf. Mein wertvolles Notizbuch, mein Handy und meine Klamotten sind mit grünem Schleim überzogen. Ich greife eilig nach meinem Telefon und versuche verzweifelt, es mit Tischservietten trocken zu tupfen.

»Ups.« Cordelia kichert und winkt mir mit den Fingerspitzen zu. »Bis ba-ald.«

Während ich den Rest des Smoothies von meinem Handy wische und dankbar einen frischen Stapel Servietten von der jungen Frau hinter dem Tresen entgegennehme, geht Cordelia grinsend zu ihrem Wagen.

Dienstag, 18:00, das Telefon klingelt.

ROSEMARY: Hi, Sophie, hast du Zeit?

ICH: Klar! Wie geht es dir? Bald ist es so weit!

ROSEMARY: Ich weiß! Kaum zu glauben, dass es schon dieses Wochenende sein soll!

ICH: Geht es dir gut? Gibt es etwas, das ich noch schnell für dich erledigen soll?

ROSEMARY: Mir geht es fantastisch, und das habe ich vor allem dir zu verdanken. Danke für alles, besonders für die rasche Lösung des Toilettenproblems. Was für ein Albtraum!

ICH: Dafür bin ich ja da.

ROSEMARY: Ich würde dich allerdings tatsächlich gern um einen

Gefallen bitten. Aber ich fürchte, dass du mich hassen wirst!

ICH: Aber nicht doch, frag einfach!

ROSEMARY: Ich habe mir überlegt... du kennst doch meine beiden anderen Brautjungfern...

ICH: Ja, deine umwerfenden Cousinen Ava und Jo.

ROSEMARY: Es ist so toll, dass beide rote Haare haben.

ICH: Das ist wirklich außergewöhnlich.

ROSEMARY: Ich habe mir vorhin ein paar Fotos von uns angesehen und mir gedacht, wie großartig es aussieht, wenn ich als Dunkelhaarige neben den beiden Rothaarigen stehe. Ich... ich steche heraus, wenn du weißt, was ich meine.

ICH: Natürlich.

ROSEMARY: Und an meinem Hochzeitstag möchte ich auch herausstechen. Vor allem auf den Fotos.

ICH: Auf alle Fälle!

ROSEMARY: Ich komme mir albern vor, dass ich dich das frage, aber... könntest du dir vorstellen, dir für die Hochzeit die Haare zu färben?

ICH: Wie bitte?

ROSEMARY: Ich weiß, es klingt verrückt, aber die Idee geht mir nicht mehr aus dem Kopf. Wenn ihr alle rote Haare hättet, würde es toll aussehen! So einheitlich! Was hältst du davon?

ICH: Okay! Ja! Das würde super aussehen.

ROSEMARY: Die Fotos würden unglaublich werden. Also... wäre es okay, wenn du das machst?

ICH: Sicher.

ROSEMARY: Und es macht dir bestimmt nichts aus?

ICH: Selbstverständlich nicht! Ich mache gleich einen Termin beim Friseur, damit es bis zum Wochenende erledigt ist.

Kapitel 11

»Oje«, keucht Cara, als ich das Pub betrete. »Deine Haare!«

»Ich weiß.« Ich ziehe einen leeren Stuhl unter dem Tisch hervor und schlüpfe aus meiner Jacke. »Was haltet ihr davon?«

Ich habe überlegt, den Quizabend im Pub abzusagen, den Jen organisiert hat, aber es kommt so selten vor, dass ich mit der alten Truppe etwas unternehmen kann, dass ich mich doch dazu durchgerungen habe. Ich würde zwar viel lieber alleine zu Hause sitzen und mir Gedanken darüber machen, was ich mit Cordelias Wunschliste anstellen soll, aber wahrscheinlich tut mir ein bisschen Spaß zwischendurch gut.

Außerdem weiß jeder in unserer Truppe von Daniels bevorstehender Hochzeit, und ich will ihnen zeigen, dass es mir gut geht.

»Es ist *anders*«, meint Jen. »Aber auf gute Art!«

»Wirklich?«

»Klar.« Sie nickt grinsend. »Du siehst cool aus.«

»Finde ich auch«, stimmt Mike ihr zu und wirft einen kurzen Blick in Caras Richtung. »Sehr trendy. Und cool.«

»Ja, trendy«, wiederholt Cara, die sein Zeichen verstanden hat. »Aber so … anders.«

»Ich wollte mich mal verändern. Danke, Mike«, meine ich, während er eines der leeren Gläser für mich mit Wein füllt. Ich gehe rund um den Tisch, um alle zu begrüßen. Jen ist mit ihrem Mann Ollie da, und dann sind da noch Becca, Aiden und Ryan. Alles Freunde seit dem ersten Uni-Jahr.

»Moment, Moment, Moment!« Cara hebt die Hand und sieht mich herausfordernd an. »Das soll alles sein? Du kommst hier rein, hast dein Leben völlig umgekrempelt und erwartest, dass wir dir dein ›Ich wollte mich mal verändern‹ abkaufen? Wir wollen Antworten!«

»Es sind doch nur Haare, Cara.« Ich greife nach meinem Glas. »Deshalb habe ich noch lange nicht mein Leben umgekrempelt.«

»Ist es wegen Taylor Swift?«

»Was? Warum sollte ich wegen Taylor Swift zum Friseur?«

»Das war beim letzten Mal auch so.«

»Nein, war es nicht«, protestiere ich, obwohl sie recht hat.

Ich wollte jung und sorglos aussehen wie Taylor in ihrem Video zu »22«, also ließ ich mir Stirnfransen schneiden. Ich hielt es zwei Tage durch. Stirnfransen sind *sehr* stylingintensiv, und dafür habe ich bei meinem tempogeladenen Job nicht genug Zeit und Energie. (Außerdem sah es schrecklich aus.)

»Ich weiß, warum du es gemacht hast!«, ruft Cara plötzlich und strahlt übers ganze Gesicht, während ich an meinem Wein nippe. »Lady Cordelia Swann!«

Ich spucke hustend den Wein aus. Mike reicht mir ein Taschentuch, damit ich mir das Kinn abtupfen kann.

»Erinnerst du dich an Lady Cordelia?«, fährt Cara fort, als wäre nichts gewesen. »Sie hat sich damals, als wir noch Teenager waren, auch die Haare gefärbt. Ich wollte dasselbe machen, aber es … ähm … es ging daneben.«

»War die nicht in einer dieser Realityshows?«, fragt Jen, und Ollie nickt zustimmend.

»Nein, dafür hat sie zu viel Stil«, erwidert Cara abwehrend.

»Mhm«, murmle ich in meinen Wein und versuche noch einmal, daran zu nippen. »Sie hat *wirklich* Stil.«

»Ich erinnere mich an sie«, erklärt Becca, während sie mit dem Strohhalm in ihrem Gin Tonic rührt.

»Sie war vor einiger Zeit ein bekanntes It-Girl, und wir waren von ihr besessen, nicht wahr, Sophie? Wie auch immer…« Cara zuckt mit den Schultern. »Ich dachte, du wolltest mit den roten Haaren unsere Jugend wieder aufleben lassen.«

»Mir gefällt es«, erkläre ich abwehrend. »Und es steht mir.«

»Ja, finde ich auch«, stimmt Ollie mir zu, dann erregt etwas an der Bar seine Aufmerksamkeit. »Ich glaube, die Quizbögen werden ausgeteilt.«

»Ich hole uns einen«, biete ich an und stehe auf. »Ich muss ohnehin auf die Toilette.«

»Ich komme mit.« Cara schiebt geräuschvoll ihren Stuhl zurück.

Ich bemerke, wie sie Mike einen vielsagenden Blick zuwirft, und befürchte kurz, dass die beiden über Lady Cordelia Bescheid wissen. Allerdings hätte sie dann sicher keinen Scherz über sie gemacht, und Mike weiß nicht einmal, was ich beruflich wirklich mache.

»Ehrlich jetzt, was soll das mit den Haaren?«, fragt Cara, nachdem wir unserem Team den Bogen übergeben haben und auf dem Weg zur Toilette sind. »Du hast gar nicht gesagt, dass du eine so krasse Veränderung planst.«

»Es war der Wunsch einer meiner Bräute«, erkläre ich leise und stelle schnell sicher, dass Jen uns nicht unauffällig gefolgt ist.

»Sie hat dich gebeten, dir die Haare rot zu färben?«

»Ja.«

»Warum?«

»Weil ihre anderen beiden Brautjungfern auch rote Haare haben und sie selbst brünett ist. Sie dachte, es würde auf den Fotos gut wirken, wenn die Brautjungfern alle gleich aussehen und sie aus ihnen heraussticht.« Ich drücke die Toilettentür auf.

»Moment!«, meint Cara lachend und betritt die Kabine neben meiner. »Sie hat dich gebeten, dir die Haare zu färben und dich den anderen Brautjungfern anzupassen, damit sie heraussticht?

Reicht es ihr denn nicht, dass sie… keine Ahnung…, dass sie *ein weißes Hochzeitskleid* trägt?«

»Ich finde nicht, dass es so schlecht aussieht.«

»Das ist *verrückt.*«

»Glaub mir, es war nicht der verrückteste Wunsch, der diese Woche an mich herangetragen wurde.«

»Dein Job ist irre«, meint Cara, als wir uns die Hände waschen. »Aber sehr unterhaltsam, das muss ich zugeben. Bloß schade, dass so viele deiner Freunde nichts von diesen schrägen Geschichten mitbekommen. War ich auch so von der Rolle wie diese Bräute, als ich geheiratet habe?«

»Nein, du warst perfekt.«

Sie grinst. »Sagst du das zu allen?«

»Nur zu meinen Lieblingsklientinnen«, erwidere ich und halte die Tür auf.

»Sophie, warte.« Cara hält neben dem Handtrockner inne. »Bevor wir rausgehen, muss ich dir noch etwas sagen.«

»Ist alles okay?«, frage ich.

»Ich mache es kurz.« Sie holt tief Luft, verzieht das Gesicht und meint dann schnell: »Daniel kommt heute Abend auch. Aiden hat ihn eingeladen.«

»Was?« Ich lehne mich gegen das Waschbecken. Mir ist ein wenig schwindelig. »Er ist hier? Heute?«

»Ja.«

Ich starre in den Spiegel. »Kommt Francesca auch?«

»Nein, die bleibt bei ihrem Welpen zu Hause.«

»Bei ihrem *Welpen*?«, wimmere ich und stelle entsetzt fest, dass mir Tränen in die Augen steigen. »Sie haben einen *Welpen*?«

»Ich wette, er ist hässlich.«

»Kein Welpe ist hässlich.«

»Daniels schon.«

»O Gott.«

Sie beobachtet mich angespannt und voller Mitleid. »Ist alles okay?«

Reiß dich zusammen, Sophie. Das ist erbärmlich.

»Ja. Ich bin… ich hätte… ich meine, es ist die Truppe von der Uni, also ist es klar, dass er auch kommt. Wie konnte ich das bloß vergessen?«

»Jen hat ihn nicht eingeladen«, versichert Cara mir. »Und die anderen sind ebenfalls der Meinung, dass es krank war, dich zur Hochzeit einzuladen. Sie hat ihm absichtlich nicht Bescheid gegeben, weil sie wollte, dass du dich heute Abend amüsierst, aber kurz bevor du gekommen bist, hat Aiden erwähnt, dass er Daniel eingeladen hat. Er fand es keine große Sache.« Sie grinst verhalten. »Wenn es dir hilft: Jen hat ihn richtig zur Schnecke gemacht. Man sollte sich nie mit einer Schwangeren anlegen.«

Ich fahre mir mit der Hand durch die Haare. »Mann, darauf war ich echt nicht vorbereitet. Ich habe keine Ahnung, wie ich mich ihm gegenüber verhalten soll.«

»Du hast ihn doch schon einige Male gesehen, und es war immer okay.« Sie verdreht die Augen. »Wenn mich jemand zwingen würde, Zeit mit einem meiner Ex-Freunde zu verbringen, würde ich ausrasten vor Wut und ihm am Ende meinen Drink über den Kopf gießen. Aber du warst immer so ruhig und zivilisiert. Du warst sogar *nett* zu dem Schwachkopf.«

»Ja, aber da war er noch nicht mit einer anderen verlobt und hat mir eine Einladung zu seiner Hochzeit geschickt. Ich bin mir nicht sicher, ob ich bereit bin, mich ihm zu stellen.«

»Sophie, du bist zu einhundert Prozent bereit, dich Daniel und seiner dämlichen Hochzeit zu stellen«, beharrt Cara und greift nach meinen Händen. »Sieh dich nur an! Du bist eine wunderschöne, feurige Rothaarige mit einer unglaublichen Karriere und schwangeren Freundinnen, die buchstäblich bis aufs Blut für dich kämpfen würden. Ich hatte echt Angst, dass Jen Aidens Gesicht auf die Tischplatte knallt.«

Cara sieht mir in die Augen und meint dann mit sanfterer Stimme: »Wenn du gehen willst, können wir gehen. Aber ich finde, du solltest nicht auf einen Abend mit deinen Freunden verzichten, nur weil dein Ex-Freund in seinem Leben einen weiteren Schritt machen wird. Ihr seid jetzt auf verschiedenen Wegen unterwegs, wen kümmert es da, was auf seinem Weg passiert? Konzentriere dich lieber auf deinen eigenen.«

Ich lasse ihre Worte wirken, dann werfe ich ihr einen misstrauischen Blick zu. »Das war jetzt echt weise.«

»Ja, das ist wahr.«

»Hast du dir das schon vorher überlegt?«

»Ehrlich gesagt, habe ich deiner Mum eine Nachricht geschrieben, nachdem herausgekommen war, dass Aiden Daniel eingeladen hat. Sie hat mir gesagt, was ich dir sagen soll.«

Ich schüttle lachend den Kopf.

»Komm«, meint Cara. »Gehen wir wieder raus. In der ersten Runde geht es um Geografie, und Mike ist zwar sehr clever, aber er hat keine Ahnung von der Welt. Erst neulich hat er München und Mailand verwechselt. Ich sollte zu ihm, bevor er etwas Dämliches sagt und aus dem Team fliegt.«

Ich nicke, und wir verlassen gemeinsam die Damentoilette. Cara geht voran und hält meine Hand. In meinem Bauch fliegen Schmetterlinge Amok, und meine Hände zittern.

Daniel sitzt bereits am Tisch. Er sieht gut aus in seinem hellblauen Hemd und den beigen Chinos. Als wir noch zusammen waren, war sein Klamottengeschmack immer eher fragwürdig, doch heute passt alles zusammen. Seine Haare sind um einiges kürzer, und er hat abgenommen, aber offenbar Muskelmasse aufgebaut. Er wirkt gesund und glücklich.

VERDAMMT!

Er sieht mich, und seine Augen weiten sich überrascht. Ich gerate in Panik und frage mich, ob etwas mit meinem Aussehen nicht stimmt, doch dann erinnere ich mich an die Haare.

»Hi!«, meint er und erhebt sich unbeholfen, um Cara und mich mit einem Winken zu begrüßen.

Die anderen wirken mit einem Mal angespannt. Jen wirft Aiden einen bitterbösen Blick zu, der in seinem Stuhl zusammensinkt. Cara lächelt unbeeindruckt und setzt sich. »Oh, hallo, Daniel. Mike, gibst du mir mal den Wein? Wann geht das Quiz los?«

»Hi, Daniel«, begrüße ich ihn selbstsicher und schlucke den Kloß in meinem Hals hinunter. Ich trete zu ihm und küsse ihn auf die Wange wie einen alten Freund, der er theoretisch ja auch ist. »Wie geht es dir?«

Er trägt dasselbe Parfum wie früher. *Gucci.* Der Geruch trifft mich härter als sein Anblick. Seltsam, wie Gerüche Tausende Erinnerungen wachrufen können.

»Hey, Sophie. Mir geht es gut.«

Das Thema Hochzeit und die dazugehörige Einladung schweben über uns wie ein Damoklesschwert, und mir ist klar, dass ich es ansprechen muss.

»Gratulation zur Verlobung«, platze ich heraus.

»Danke! Es ist alles so aufregend.«

»Ja. Total aufregend. Tolle Neuigkeiten.« Ich achte darauf, nur das Richtige zu sagen. »Und ihr habt einen Welpen?«

»Genau. Simba. Er ist ein Dackel. Willst du ein Foto sehen?«

»Ja!«

»Hier.« Er holt sein Handy aus der Tasche. Der Sperrbildschirm zeigt ein Foto von ihm und Francesca, das offenbar nach dem Antrag entstanden ist. Sie strahlen beide in die Kamera, und Francescas Augen sind vom Weinen gerötet, während sie die Hand hebt und der Smaragd an ihrem Finger glitzert.

Und ich hatte kein einziges Date, seit wir uns getrennt haben.

Kein. Einziges. Date.

Ich spüre die ängstlichen Blicke unserer Freunde, die unser Gespräch genau verfolgen und gleichzeitig so tun, als würden sie uns nicht beachten. Ich warte, während er durch die Fotos scrollt, und erhasche einen Blick auf die Schnappschüsse seines neuen Lebens. Es scheint voller Glück und Freude zu sein.

»Da ist er«, meint Daniel schließlich und zeigt mir ein Foto des süßesten Dackelwelpen der Welt.

»Hinreißend. Ich liebe seine Augenbrauen.«

»Sie lassen ihn ziemlich intelligent aussehen.«

»Ja, und gebieterisch.«

»Dabei ist er ziemlich doof. Hinreißend, aber ein Idiot. Hey, Leute«, meint er an den ganzen Tisch gerichtet, und die Gespräche verstummen, »ich muss euch schnell eine Geschichte über meinen doofen Hund erzählen. Es ist zum Schießen. Gestern blieb er tatsächlich in einem von Francescas Pulliärmeln stecken. Also, er lag neben mir auf dem Sofa und ...«

Während sich sämtliche Aufmerksamkeit auf Daniel richtet, kehre ich leise auf meinen Platz neben Cara zurück. Sie lächelt stolz. Die anderen brechen in Gelächter aus, und ich stimme mit ein, auch wenn ich Daniel nicht zugehört habe. Ich bin zu sehr damit beschäftigt, mit der Flutwelle an Emotionen fertigzuwerden, die mich gerade überrollt. Da ist Erleichterung, dass ich ein vollkommen normales Gespräch mit ihm führen konnte; Wut, dass er aufgetaucht ist und mir einen entspannten Abend mit meinen Freunden verdorben hat; und Traurigkeit, dass ich früher von allen Personen am Tisch am allermeisten über ihn wusste, und nun weiß ich am allerwenigsten.

Daniels unterhaltsame Geschichte findet ein Ende, und ein Mann gibt bekannt, dass das Quiz in wenigen Augenblicken startet. Ich nippe an meinem Wein, während die anderen unseren Teamnamen festlegen und die erste Runde beginnt. Ich war nie sonderlich gut bei solchen Dingen, und jetzt, da Daniel hier ist, zögere ich noch mehr, mich mit einer Antwort zu Wort zu melden. Falls sie falsch ist und alle über mich lachen, bestätigt es nur, dass er recht hatte, mit einer Verliererin wie mir Schluss zu machen.

In der zweiten Runde zum Thema Film bin ich mir zum ersten Mal sicher, die Antwort zu wissen. Der einzige Hinweis ist ein Zitat, in dem es um die Gefahr geht, etwas festzuhalten, was man nicht halten kann.

»Ah, das weiß ich!«, ruft Daniel und tippt aufgeregt auf den

Zettel. »Das ist aus diesem schnulzigen Musical. Wie heißt das noch gleich? *Moulin Rouge!* Genau!«

Ollie will es gerade aufschreiben, aber ich halte ihn davon ab. »Nein, ist es nicht. Entschuldige, aber das ist aus *Frühstück bei Tiffany.*«

Daniel runzelt die Stirn. »Bist du dir sicher?«

»Ja, bin ich. Tut mir leid.«

»Du musst dich nicht dafür entschuldigen, dass du die richtige Antwort weißt.« Becca lächelt mir zu, während Ollie die erste Antwort durchstreicht.

»Hmmm«, meint Daniel schulterzuckend. »Ich glaube zwar immer noch, dass Nicole Kidman das gesagt hat, aber wenn du dir sicher bist…«

Ich gerate ins Schwanken. »Ich… ähm…«

»Ich glaube auch, dass es aus *Frühstück bei Tiffany* ist«, mischt Jen sich ein und nickt bedächtig. »Jetzt, da du es sagst, klingt es auf alle Fälle richtig.«

»Okay.« Daniel zuckt erneut mit den Schultern, und Ollie schreibt die Antwort nieder. »Du kanntest dich schon immer gut mit Filmen aus, Sophie. Zumindest mit Schnulzen.«

»Was?« Ich lache, als hätte mich seine abwertende Bemerkung nicht bis in die Grundmauern erschüttert. »Ich sehe mir doch nicht nur Schnulzen an. Ich mag viele Filme.«

»Aber nur die, bei denen du weißt, dass sie gut ausgehen«, entgegnet er und nippt an seinem Drink. »Wenn es nur einen kleinen Hinweis darauf gibt, dass es vielleicht anders ausgeht, als es sollte, bist du schon dahin.« Als er meinen Gesichtsausdruck bemerkt, grinst Daniel. »Das ist doch nicht schlimm!«

Doch, das ist es, denke ich und lächle weiter, damit niemand merkt, wie nahe mir die Diskussion geht. *Das war eine Spitze gegen mich. Deiner Meinung nach mag ich nur langweilige Filme. Filme, die dich immer gelangweilt haben. Das wolltest du damit sagen, nicht wahr? Francesca sieht sich sicher oscar-prämierte, düstere Dramen an, in denen am Ende alle sterben.*

»Können wir uns bitte wieder konzentrieren?«, unterbricht uns Ollie und wirft Daniel einen mürrischen Blick zu. »Habt ihr die letzte Frage gehört? In welcher Romanze aus dem Jahr 1997 sang der Schauspieler Rupert Everett Dionne Warwicks Lied ›I Say a Little Prayer‹ und katapultierte den Song beinahe dreißig Jahre nach der Veröffentlichung wieder in die Charts?«

Daniel wendet sich lächelnd an mich. »Sophie?«

»Das ist… das ist *Die Hochzeit meines besten Freundes*«, erkläre ich und muss mir meine Niederlage – wieder eine Schnulze – eingestehen. Während Cara über Daniel den Kopf schüttelt, der scheinbar nichts mitbekommen hat, gratulieren mir die anderen, dass ich noch eine zweite Antwort wusste. Unglaublich, dass ich mich dank Daniel tatsächlich dafür schäme, dem Team zwei Punkte eingebracht zu haben.

Ich drehe mein Weinglas zwischen den Fingern und frage mich, seit wann ich so vorhersehbar bin.

»Wir holen die nächste Runde«, verkündet Cara während der nächsten Quizpause und klopft Mike auf den Rücken, damit er sich ebenfalls erhebt. »Dasselbe noch mal?«

Die anderen murmeln zustimmend. Cara und Mike machen sich auf den Weg zur Bar.

»Weißt du, Sophie, ich finde, du solltest die Haare so lassen«, meint Jen und massiert sich den Bauch. »Die Farbe steht dir.«

»Stimmt.« Becca nickt. »Es sieht toll aus.«

»Danke.« Ich lache verlegen. »Vielleicht behalte ich sie.«

»Wirklich?« Daniel kann sein Missfallen nicht verbergen.

Ich hebe die Augenbrauen. »Ist es so schlimm?«

»Nein, es ist nicht schlimm«, betont er, während der Rest des Tisches in Schweigen versinkt. »Es passt einfach nicht zu dir. Es ist so… extravagant.«

Er untermalt seine Einschätzung mit einer übertriebenen Geste. Während ich noch überlege, was ich erwidern soll, kommt Becca mir zu Hilfe und erzählt eine Geschichte darüber, wie sie sich als Kind selbst die Haare geschnitten hat. Daniel hört ihr verzückt zu, während ich den Blick auf meine Hände senke und überlege, was er mit seinem Kommentar gemeint hat.

Rote Haare sind laut Daniel »extravagant« und passen deshalb nicht zu mir. Bin ich nicht cool genug für diese Farbe? Hat er das damit gemeint?

»Nein, natürlich nicht«, versichert mir Cara, als wir später vor dem Pub auf unsere Taxis warten. »Er ist einfach ein Arsch.«

Daniel hatte kurz nach dem Quiz zusammen mit Aiden das Weite gesucht. Angeblich musste er zurück zu seinem Welpen, den Francesca während seiner Abwesenheit sicher viel zu sehr verwöhnt und damit die bisherige Grunderziehung zunichtegemacht hat. Ich winkte ihm fröhlich zu, als er das Pub verließ, um in sein perfektes Leben zurückzukehren.

»Quäle dich nicht mit irgendeinem unbedachten Kommentar, mit dem er vermutlich gar nichts sagen wollte«, fährt Cara fort, und Mike nickt. »Außerdem interessiert doch ohnehin niemanden, was er denkt.«

»Ich würde trotzdem gerne wissen, was er mit ›extravagant‹ gemeint hat. Ist das gut oder schlecht? Und was ist mit der Behauptung, dass ich nur Filme mit Happy End mag? Bin ich deshalb langweilig? Hält mich hier irgendjemand für langweilig?«

»Sophie, hör auf«, fleht Cara und greift nach meinem Arm. »Niemand hält dich für langweilig. Daniel ist nicht mehr Teil deines Lebens. Was spielt es da für eine Rolle, was er denkt? Wichtig ist nur, was *du* denkst.«

»Ja, schon. Aber es war die Art, wie er es gesagt hat. Als wäre die Farbe zu gewagt für mich. Zu extravagant für jemanden, der sich immer im Hintergrund hält und allen hinterherläuft«, füge ich hinzu und denke an Cordelias Kommentar mit dem Schaf.

»Ich glaube nicht, dass er das gemeint hat«, mischt Mike sich ein.

»Ich auch nicht«, stimmt Cara ihm zu.

»Aber er hat recht, oder? Er weiß, dass ich nicht den Mut

habe, etwas Verrücktes zu tun. Zum Beispiel die Haare rot zu färben. Ich bin langweilig und gefahrlos, wie die Filme, die ich mag.«

»Aber du hast dir die Haare doch rot gefärbt«, wendet Mike ein und runzelt verwirrt die Stirn.

»Ich weiß, aber… ach, egal.«

»Fahr nach Hause, mach es dir gemütlich und hör auf, darüber nachzudenken«, schlägt Cara vor, als mein Taxi am Randstein hält. »Du warst heute Abend unglaublich und hast eine schrecklich unangenehme Situation wie ein Profi gemeistert.«

»Es braucht niemandem unangenehm zu sein«, erwidere ich und umarme sie zum Abschied. »Ich freue mich für ihn.«

»Du hast seine Einladung doch abgelehnt, oder?«, fragt Cara.

»Ja, klar«, lüge ich, öffne die Autotür und steige ein. Ich lehne mich zurück und habe ein schlechtes Gewissen, weil ich Cara angelogen habe. Sie hat recht. Ich muss endlich absagen und es hinter mir lassen. Ich habe es lange genug hinausgeschoben.

Zu Hause angekommen, gehe ich direkt in mein Büro und greife nach Daniels Einladung. Ich lasse meine Finger über die Prägeschrift gleiten. Ich habe mich die ganze Zeit in dem Glauben gelassen, ich müsste ihn noch nicht wirklich gehen lassen.

Als ich nur zwei Monate nach unserer Trennung herausfand, dass er bereits eine andere datete, habe ich mich gefragt, ob ich verrückt war und mir die ganze Beziehung nur eingebildet habe. Ich hatte immer noch schrecklichen Liebeskummer, und mein Herz schmerzte jedes Mal, wenn ich aufwachte und er nicht da war. Er hingegen ging bereits mit einer anderen aus und stellte Fotos davon auf Social Media. Francesca und er im Lake District. Francesca und er beim Cocktailtrinken in einer Rooftopbar. Francesca beim Klettern, die von oben auf ihn herab und in die Kamera blickt, die Zunge herausstreckt und eine alberne Grimasse schneidet.

Irgendwann habe ich ihn blockiert, damit ich mich nicht länger selbst quälen konnte.

»Ich wünschte, du hättest mir die Einladung gar nicht erst geschickt«, erkläre ich der leeren Wohnung. Dann nehme ich einen Stift, mache ein Kreuz in das Kästchen neben »Ich werde nicht teilnehmen«, stecke die Antwortkarte in das Rücksendekuvert und den Umschlag in meine Tasche.

Ich werde den Brief morgen zur Post bringen.

Von: Carla@marissamedleycakes.co.uk
An: Sophie Breeze@zapmail.co.uk
Betreff: Hochzeitstorte Clare Walsh

Liebe Sophie,
ich hoffe, es geht Ihnen gut. Wir haben uns neulich kennengelernt, als Sie mit Clare Walsh zur Tortenverkostung hier waren, und Sie haben mir freundlicherweise nicht nur Clares Daten hinterlassen, sondern auch Ihre.
Es tut mir leid, Sie zu stören, aber ich würde gerne etwas mit Ihnen besprechen, nachdem Sie eine von Clares Brautjungfern und engsten Freundinnen sind.
Dominic, Clares Verlobter, hat angerufen und mir eine Nachricht hinterlassen. Er möchte das Design der Hochzeitstorte ändern, um Clare am Hochzeitstag damit zu überraschen.
Wie Sie sicher wissen, hat Clare eine dreistufige Torte bestellt, mit elfenbeinfarbenem Fondant überzogen und mit Zuckerblüten geschmückt. Dominic möchte nun, dass ich eine Hochzeitstorte in Form eines Kamels mache. Offenbar hat er während eines Kamelritts in Marrakesch um Clares Hand angehalten.
Ich weiß nicht, wie ich unter diesen Umständen vorgehen soll. Ich will auf keinen Fall, dass die Braut enttäuscht ist, wenn sie an ihrem Hochzeitstag die Torte enthüllt und es sich nicht um ein klassisches Design mit Elfenbeinfondant und Blumen handelt, sondern um ein Kamel.
Ich ruiniere ungern die Überraschung, aber ich fühle mich nicht ganz wohl dabei, ohne Zustimmung der Braut eine derart drastische Änderung vorzunehmen.

Ich dachte, ich frage Sie nach Ihrer Meinung, bevor ich Dominic kontaktiere.
Soll ich das Kamel machen oder nicht? Bitte sagen Sie mir, was Sie von der Sache halten.
Danke und liebe Grüße
Carla

Von: Carla@marissamedleycakes.co.uk
Betreff: Hochzeitstorte Clare Walsh NACHTRAG

Hi Sophie,
danke für Ihren Anruf heute Morgen.
Ich habe gerade mit Dominic telefoniert und ihm Ihren Vorschlag unterbreitet. Demnach würden wir bei der Torte bleiben, die Clare für den Empfang bestellt hat, und ich würde noch eine zusätzliche Überraschung in Form eines Kamels gestalten, die während des Abendessens vor dem großen Tag serviert wird.
Ich habe mich an Ihren Rat gehalten und ihm freundlich erklärt, dass das Kamel ein sehr aufmerksamer, wunderbarer Gedanke wäre, dass wir aber auf keinen Fall riskieren sollten, Clare zu enttäuschen, weil sie nicht die Hochzeitstorte bekommt, die sie sich vorgestellt hat.
Mit der Zeit stimmte er mir immer mehr zu, und ich denke, am Ende glaubte er, es wäre ohnehin alles seine Idee gewesen!
Ich freue mich sehr darauf, nun gleich zwei Torten für das glückliche Paar zu backen – eine Kameltorte *und* eine klassische, dreistöckige Hochzeitstorte. Danke für Ihre Hilfe – und wie versprochen werde ich Sie mit keinem Wort erwähnen.
Aus reinem Interesse: Wissen Sie zufällig, ob das Kamel, auf dem Clare geritten ist, zwei oder einen Höcker hatte?
Liebe Grüße
Carla

Von: Sophie Breeze@zapmail.co.uk
Betreff: Re: Hochzeitstorte Clare Walsh NACHTRAG

Liebe Carla,
es freut mich sehr, dass alles geklappt hat.
Was die Höcker betrifft: Ich konnte Clare heimlich entlocken, dass ihr Kamel damals einen Höcker hatte.
Liebe Grüße
Sophie

Betreff: Re: Re: Hochzeitstorte Clare Walsh NACHTRAG

Liebe Sophie,
wie haben Sie es geschafft, Clare die Information »heimlich zu entlocken«? Meine Kolleginnen und ich sterben vor Neugierde!
Liebe Grüße
Carla

Betreff: Re: Re: Re: Hochzeitstorte Clare Walsh NACHTRAG

Liebe Carla,
Clare glaubt mittlerweile, dass ich einen Abendkurs in Zoologie belegt habe.
Sie hat mir bereits zwei Mal geschrieben. Einmal, weil sie wissen wollte, ob Schildkröten gute Haustiere sind, und das nächste Mal, weil sie wissen wollte, ob es möglich ist, dass gerade ein Tukan über Covent Garden hinweggeflogen ist.
Es wird spannend werden, diese Lüge aufrechtzuerhalten, aber für die Kameltorte als Überraschung war es das wert!
Liebe Grüße
Sophie

Kapitel 12

Am Montag nach der Delgado-Hochzeit bekomme ich einen Anruf, der meinen Herzschlag in ungeahnte Höhen treibt.

Es ist die persönliche Assistentin der weltberühmten Fotografin Clio Vaughn. Sie hätten meine Nachricht erhalten, und Clio würde sich darauf freuen, mich kennenzulernen. Ich vereinbare Zeit und Ort mit der Assistentin, und nachdem sie aufgelegt hat, ramme ich siegreich die Faust in die Luft und tanze in meinem Büro (Wandschrank) auf der Stelle, sodass ich mir beinahe den Kopf am Bücherregal anschlage.

Nach umfangreichen Recherchen habe ich herausgefunden, dass Cordelia einige Werke von Clio gekauft hat und kürzlich auch auf einer Ausstellung der Fotografin abgelichtet wurde. Ich nahm also an, dass sie ein Fan ist, und schrieb eine E-Mail an Clios Assistentin, ob vielleicht eine geringe Chance besteht, dass sie auf der Hochzeit von Lady Cordelia Swann fotografieren möchte. Ich betonte, dass ich verstehen würde, falls Clio kein Interesse an dem Auftrag habe, aber immerhin wäre es keine gewöhnliche Hochzeit, und außerdem wäre Lady Cordelia ein riesiger Fan ihrer Arbeit.

Ich hätte nicht gedacht, dass ich eine Antwort bekomme, aber der Name Swann hat Gewicht und Clios Interesse geweckt, vor allem, nachdem sie zurzeit ohnehin in London arbeitet. Und so wird Emily Taylor sich am nächsten Freitag um elf im Dorchester Hotel mit Clio Vaughn treffen.

Kurz nach dem Telefonat erhalte ich die Bestätigung per E-Mail und danke der Assistentin umgehend, wobei ich darauf achte, mit dem Namen Emily zu unterzeichnen. Aufgrund des Umfangs der Hochzeitsvorbereitungen und der Notwendigkeit, Emilys Identität beizubehalten, habe ich einen eigenen E-Mail-Account für sie eingerichtet. Den braucht sie angesichts der seltsamen Anfragen, die sie aussendet, definitiv. Das Treffen mit der Fotografin ist ein erster Erfolg, auch wenn Emilys E-Mails an Liam Gallaghers Manager bisher unbeantwortet geblieben sind.

Nachdem ich Clios Assistentin geantwortet habe, schließe ich den Laptop und mache mich auf die Suche nach dem richtigen Outfit für das heutige Treffen mit Cordelia, Jonathan und Lady Meade. Sie haben einen Termin mit einer Floristin, und Lady Meade wollte, dass ich sie begleite.

»Cordelia wünscht sich Maiglöckchen, was wunderschön wäre, aber seit Catherines Hochzeit wollen alle Maiglöckchen, und langsam wirkt es abgedroschen«, erklärte mir Lady Meade gestern am Telefon. »Ich habe ihr vorgeschlagen, dass wir einige Ideen durchsprechen und uns vielleicht etwas Einzigartigeres und Ungewöhnlicheres ansehen, bevor wir eine endgültige Entscheidung treffen, und sie hätte mir beinahe den Kopf abgerissen. Wir könnten also eine Stimme der Vernunft brauchen.«

Nachdem es mich unglaublich stolz machte, von Lady Meade als »Stimme der Vernunft« bezeichnet zu werden, stimmte ich dem Treffen zu. Erst später dämmerte es mir, dass sie mit »Catherine« die Herzogin von Cambridge gemeint hatte.

»Danke, Emily«, meinte sie seufzend. »Cordelia hat angedeutet, dass ein weißer Brautstrauß gut zu den Schwänen passen würde, aber ich bin mir nicht sicher, was sie damit gemeint hat. Ich hoffe, sie hat nicht vor, Schwäne in mein Haus oder meinen Garten zu karren.«

»Nein, sicher nicht«, erwiderte ich und lachte nervös.

Und das war keine Lüge. Cordelia hatte nur davon gesprochen, dass sie die Schwäne *zum Altar* begleiten sollten. Von den Pfauen erzählte ich Lady Meade lieber noch nichts.

Ich verlasse die Wohnung mit dem positiven Gefühl, alles unter Kontrolle zu haben. Wenn ich ein Treffen mit einer Topfotografin klarmachen konnte, schaffe ich es vielleicht auch, noch ein paar andere haarsträubende Wünsche auf Cordelias Liste abzuhaken. Ich hole mir unterwegs einen Kaffee, setze mich in die U-Bahn und beobachte fröhlich meine Londoner Mitbürger. *Heute ist ein guter Tag*, denke ich.

Der Blumenladen ist etwa zehn Minuten von der U-Bahn-Station entfernt, doch als ich vor dem Haus stehe, bezweifle ich, dass ich an der richtigen Adresse bin. Ich sehe noch einmal nach. Ich bin hier definitiv richtig, obwohl es aussieht wie ein normales Wohnhaus in einer normalen Wohnstraße. Ich klingle.

»Ja?«, ertönt eine Stimme aus der Gegensprechanlage.

»Oh! Hi! Ich bin Emily Taylor und möchte zu ...«

Der Türöffner summt, und ich drücke die Tür auf. Ich sehe mich erstaunt im Inneren des Hauses um, denn im Gegensatz zu der viktorianischen Fassade ist hier alles sehr modern und nüchtern. Meine Verwirrung wächst, als ich von einem von Kopf bis Fuß in Schwarz gekleideten jungen Mann in den Zwanzigern begrüßt werde, der auch noch weiße Handschuhe trägt. Er ist glatt rasiert, doch seine Oberlippe wird von deutlich sichtbaren Stoppeln überzogen. Wahrscheinlich lässt er sich einen Schnurrbart wachsen.

»Willkommen, Miss Taylor«, meint er in gestochen klaren Worten und deutet in Richtung Treppe. »Wenn Sie mir bitte folgen würden.«

Auch wenn mir seine Handschuhe nicht ganz geheuer sind, steige ich hinter ihm die Treppe nach oben und bewundere dabei die kunstvollen Fotografien verschiedenster Blumen auf schwarzem Hintergrund an den blendend weißen Wänden. Oben angekommen, höre ich gedämpfte Stimmen. Es klingt wie eine hitzige Diskussion, und mir fällt auf, dass der Mann mit den Handschuhen vor der Tür kaum merklich erschaudert, bevor er sie öffnet. Dahinter befindet sich ein großes, dank der riesigen Fenster herrlich lichtdurchflutetes Atelier. In der Mitte des Raums steht ein langer Tisch mit leuchtend gelben Stühlen.

Eine kleine Frau mittleren Alters mit platingrauen Locken, lilafarbenem Lippenstift und auffälligen Goldcreolen sitzt mit müdem Gesicht auf einem der Stühle am Ende des Tisches. Vor ihr liegen Unmengen an Fotos, die aussehen wie Vorschläge für verschiedenste Blumensträuße. Lady Meade hat neben ihr Platz genommen und massiert sich die Schläfen, Jonathan sitzt neben seiner zukünftigen Schwiegermutter. Cordelia läuft vor den Fenstern auf und ab.

»Hallo, Emily«, begrüßt mich Jonathan strahlend und scheint dankbar über die Unterbrechung der eben geführten Diskussion.

Cordelia verzieht das Gesicht, als sie mich sieht. Langsam gewöhne ich mich daran.

»Was hast du mit deinen Haaren angestellt?«, fragt sie und zieht die Nase kraus.

»Gefärbt. – Vorübergehend«, füge ich hinzu.

Sie neigt den Kopf. »Warum?«

»Emily, hi!«, begrüßt Lady Meade mich eilig. Sie sieht aus, als würde sie gleich den Verstand verlieren. »Das ist Nicole Percy.«

Die Frau mit dem lilafarbenen Lippenstift erhebt sich und schüttelt mir die Hand. »Sie sind die Brautjungfer.«

»Ja. Tut mir leid, ich hoffe, ich bin nicht zu spät?«

»Cordelia hat darauf bestanden, früher hier zu sein«, erklärt Lady Meade. »Ich wollte Sie anrufen, aber sie hat es abgelehnt.«

»Ich wollte dich nicht stören«, sagt Cordelia mit grauenhaft süßlicher Stimme, tritt neben ihre Handtasche, die auf dem Tisch liegt, und holt eine Packung Zigaretten heraus. »Du hast auch so schon genug um die Ohren.«

»Ja, und ich konnte bereits einiges erledigen. Ich freue mich schon, dir nachher alles zu erzählen.«

Sie wirkt verdattert, überspielt es aber, indem sie sich darauf konzentriert, ihr Feuerzeug aus ihrer Hosentasche zu ziehen.

»Hier dürfen Sie aber nicht rauchen«, erklärt Nicole barsch, als Cordelia sich die Zigarette zwischen die Lippen steckt. »Sie können gerne nach draußen gehen, aber in meinem Atelier lassen Sie die Zigarette bitte aus.«

»Ich wusste nicht, dass wir heute bei Ihnen sind, Nicole«, erkläre ich, um die Spannung ein wenig zu lockern. »Ich bin ein großer Fan. Ich habe die Arrangements gesehen, die Sie vergangene Weihnachten für Melissa Fullers Hochzeit zusammengestellt haben. Sie waren absolut wundervoll.«

Nicoles Gesicht wird weicher. »Dann waren Sie auf Melissas Hochzeit?«

»Ich habe Fotos auf Instagram gesehen. Ich folge ihr. Sie ist eine meiner Lieblingsschauspielerinnen.«

Das ist eine Lüge. Ich habe Nicole Percys Blumenarrangements für Melissa Fullers Hochzeit auf meinem Hashtag *#Hochzeitsideen* gesehen, den ich mehrmals am Tag checke. Davor hatte ich keine Ahnung, wer Melissa Fuller ist.

»Danke. Melissa und ich hatten eine gemeinsame, magische Vision. Die meisten Bräute wissen es zu schätzen, dass sie mit einer *Künstlerin* arbeiten und nicht mit einer Floristin.«

Cordelia ignoriert die Spitze und starrt erneut aus dem Fenster.

»Das glaube ich gern.« Ich lasse mich auf einem Stuhl nieder. »Hier sieht es fantastisch aus. Wie in dem Atelier einer Malerin.«

Der Mann, der mich hergebracht hat – mittlerweile weiß ich, dass er Francis heißt und Nicoles Assistent ist –, tritt einen Schritt vor und holt tief Luft, sodass sich alle Aufmerksamkeit auf ihn richtet. Einen Moment lang habe ich Angst, dass er etwas aufführen möchte, doch Gott sei Dank passiert nichts dergleichen. Stattdessen beginnt er mit einer Rede, die er zweifellos schon viele Male gehalten hat.

»Nicole ist eine Künstlerin, die unter den Londoner Floristen ihresgleichen sucht und einen einzigartigen, leidenschaftlichen und inbrünstigen Zugang zur Welt der Blumen und des Designs pflegt. Inspiriert von der Welt, die sie umgibt, von dem Boden, über den sie wandelt, von der Luft, die sie atmet, und dank ihrer ungezähmten Verbindung zur Natur erweckt sie florale Kunst zum Leben, wie sie die Welt noch nie gesehen hat. Ihre Werkzeuge sind die Blumen, ihre Pinsel sind die Blütenblätter, die in den Farben des Universums erstrahlen, und ihre Leinwand ist all das, was wir vor uns sehen. Es ist ihr Ehre und Pflicht, mit Ihnen eins zu werden und Ihre Wünsche in sich aufzunehmen, um ein Konzept vollendeter Harmonie zu kreieren.«

Er endet mit einer feierlichen Handbewegung, und Nicole senkt ergriffen den Blick, während sich Stille über uns senkt. Jonathan scheint nicht zu wissen, wie er angemessen höflich auf diese unerwartete Lobpreisung reagieren soll, und hebt die Hände, als wolle er applaudieren, bevor er es sich anders überlegt und hocherfreut beide Daumen in die Höhe reckt.

Ich presse die Lippen aufeinander, und mir steigen Tränen in die Augen, während ich versuche, nicht zu lachen.

Dann passiert etwas Außergewöhnliches. Ich werfe einen Blick in Richtung Cordelia, und sie sieht im gleichen Moment zu mir. Unsere Blicke treffen sich, und ihre Mundwinkel zucken. Sie bemüht sich ebenfalls, nicht zu lachen. Wir denken dasselbe und starren einander an, bis Cordelia ein Kichern entfährt, das sie schnell mit einem Hustenanfall zu überdecken versucht.

»Tut mir leid«, meint sie und räuspert sich. »Ein Kratzen im Hals.«

»Sehr interessante Worte, Francis«, sagt Lady Meade und wirft ihrer Tochter einen warnenden Blick zu.

Ich war noch nie so dankbar für einen derart absurden Auftritt. Dank Francis und seines shakespearehaften Vortrags haben Cordelia und ich eine *Verbindung* gespürt. Eine flüchtige zwar, aber immerhin.

Das gibt Hoffnung. Ich *wusste*, es würde ein guter Tag werden.

»Vielleicht sollten wir nun über unsere Vorstellungen sprechen«, fährt Lady Meade fort, während Francis auf den Stuhl neben mir gleitet. »Ich weiß, Cordelia…«

»Bitte.« Nicole hebt die Hand.

Lady Meade ist es nicht gewohnt, unterbrochen zu werden. Ein erzürnter Ausdruck huscht über ihr Gesicht, doch so schnell er gekommen ist, ist er auch wieder verschwunden.

»Zuerst müssen wir die negative Energie aus dem Atelier vertreiben«, erklärt Nicole mit dräuend erhobenen Händen. »In so einer Atmosphäre kann ich nicht arbeiten.«

»Also, ich spüre keine negative Energie«, erkläre ich, und Lady Meade wirft mir einen anerkennenden Blick zu. »Ich bin extrem dankbar, hier sein zu dürfen, und die Aussicht, mit einer derart renommierten Floristin… ähm, *Künstlerin* zusammenzuarbeiten, erfüllt mich mit einem Hochgefühl.«

»Vor Ihrer Ankunft gab es hier eine Unstimmigkeit, Miss Taylor«, informiert mich Francis diskret. »Nicole kann keine Harmonie erschaffen, wenn solche Spannungen vorherrschen. Sie muss zuerst Frieden finden. Deshalb beginnt sie den Prozess hier, in diesem großen, leeren, inspirierenden Raum, und nicht in ihrer Werkstatt inmitten der Blütenpracht.«

»Sind Blumen denn nicht… friedlich?«, frage ich unschuldig.

Cordelia spürt offenbar ein weiteres Kratzen im Hals, wechselt einen schnellen Blick mit Jonathan und bewegt sich vom Fenster weg, um sich neben ihn zu setzen.

»Nicht, bevor sie in ihre künstlerische Form gebracht werden«, erklärt Francis.

»Oh, verstehe. Ja, ich ahne, was Sie meinen«, erwidere ich. »Blumen in Eimern haben durchaus etwas Chaotisches.«

»Ich verabscheue Unordnung«, informiert mich Nicole. »Sowohl, was mein Atelier, als auch, was die Stimmung darin betrifft. Und Unstimmigkeit erschafft Unordnung.«

»Es gab keine Unstimmigkeit«, erklärt Lady Meade ein wenig

ungeduldig. »Cordelia und ich hatten lediglich eine kleine Meinungsverschiedenheit, aber wir werden eine gemeinsame Lösung finden, nicht wahr, Cordelia?«

»Das bezweifle ich. Aber im Grunde ist es egal.« Cordelia zuckt mit den Schultern. »Es ist meine Hochzeit, und wenn ich will, dass alles in Gold und Schwarz gehalten ist, dann wird es so gemacht.«

»*Unsere* Hochzeit«, korrigiert sie Jonathan.

»Entschuldige«, erwidert Cordelia und verdreht grinsend die Augen. »*Unsere* Hochzeit.«

Es klingt, als hätte er sie in dieser Hinsicht bereits einige Male berichtigt.

»Ich dachte, du wolltest Maiglöckchen?«, frage ich verwirrt.

»Wollte sie auch«, antwortet Lady Meade. »Aber offenbar hat sie ihre Meinung geändert.«

»Das heißt, wir brauchen schwarze Schwäne«, faucht Cordelia in meine Richtung, und unsere Verbindung scheint vergessen.

»Cordelia, könntest du *bitte* mit diesem Unsinn aufhören«, fleht Lady Meade. »Du machst doch jetzt nur einen Aufstand wegen der Blumen, weil dir die Gästeliste nicht passt.«

»Ich weiß nicht, was du meinst«, erwidert Cordelia unschuldig.

»Wir können sie nicht von der Gästeliste streichen, das weißt du. Das wäre unvorstellbar. Ein Skandal, über den sich unsere Freunde bis in alle Ewigkeit auslassen würden. Das würde dein Vater niemals dulden.«

Jonathan rutscht auf seinem Stuhl hin und her und wirft Cordelia einen nervösen Blick zu.

»Wen willst du denn von der Gästeliste streichen?«, frage ich.

»Es ist mir egal, ob es einen Skandal gibt oder nicht«, schnauzt Cordelia ihre Mutter an und beachtet mich nicht weiter. »Sie kommen nicht zu meiner Hochzeit.«

»Doch, das werden sie«, erwidert Lady Meade mit solcher Autorität, dass mir ein Schauder über den Rücken läuft.

Cordelia beißt die Zähne aufeinander und starrt ihre Mutter an, die ihrem Blick mit eiserner Überzeugung standhält.

»Darüber können wir später reden«, wirft Jonathan so unbekümmert wie möglich ein, um die Situation zu entschärfen. »Konzentrieren wir uns lieber auf die Blumen. Cordelia?«

Er legt eine Hand auf ihre, und sie unterbricht den Blickkontakt mit ihrer Mutter, um ihn entnervt anzusehen. Er lächelt aufmunternd.

Cordelias Wut scheint ein wenig nachzulassen. Sie seufzt, steht auf und greift nach ihrer Handtasche. »Ich habe keine Zeit für das hier.« Dann marschiert sie quer durch den Raum zur Tür.

»Wo willst du hin?«, ruft Lady Meade ihr hinterher. »Wir sind hier noch nicht fertig.«

»Doch, ich schon. Ich bin hier fertig«, erwidert Cordelia und wirft die Tür hinter sich zu.

Wir hören, wie sie die Treppe hinunterpoltert, und Jonathan senkt den Blick auf seine Hände.

»Soll ich?«, frage ich und deute zur Tür.

»Nein, bleiben Sie hier«, befiehlt Lade Meade. »Sie soll sich erst mal beruhigen.«

»Ich gehe«, erklärt Jonathan und schiebt quietschend den Stuhl zurück. »Danke für Ihre Zeit, Nicole. Ich freue mich auf unsere Zusammenarbeit.«

»Es tut mir leid, Lade Meade«, meldet sich Nicole, sobald Jonathan das Atelier verlassen hat. »Aber ich kann das Blumendesign für diese Hochzeit nicht übernehmen.«

»Nicole, seien Sie doch vernünftig«, erwidert Lady Meade bestürzt.

»Ich kann und werde nicht mit Ihrer Tochter zusammenarbeiten«, bekundet Nicole, während Francis eifrig nickt. »Sie behindert mich in meiner künstlerischen Entfaltung. Die Antwort lautet Nein. Aber danke, dass Sie hierhergekommen sind. Es war mir eine Ehre, Sie kennenzulernen.«

»Ich verstehe.« Lady Meade erhebt sich, und ich folge ihr nervös. »Ich bin enttäuscht, das muss ich zugeben, aber ich respektiere Ihren Wunsch. Danke für Ihre Zeit.«

Sie nicken einander zu, und Francis springt auf, um uns hinauszubegleiten. Lady Meade schweigt, bis wir aus dem Haus getreten und einige Meter gelaufen sind. Sie bleibt neben einem leeren Parkplatz stehen und stößt ein langes Seufzen aus.

»Ich nehme an, die beiden haben das Auto genommen?«, frage ich. »Soll ich Ihnen ein Taxi rufen?«

»Schon gut. Ich rufe unseren Fahrer. Soll ich Sie mitnehmen?«, fragt sie und holt ihr Handy aus der Handtasche. »Ah, eine Nachricht von Jonathan. Er entschuldigt sich, dass sie das Auto genommen haben, und hat Joe, meinen Fahrer, bereits verständigt. Er ist schon unterwegs. Wir können Sie überall absetzen, wo Sie möchten.«

»Das ist sehr nett, aber ich laufe zur U-Bahn. Es ist nicht weit.«

»In Ordnung. Schon schade, dass wir Nicole Percy verloren haben. Es wäre die perfekte Wahl gewesen. Sie ist die Beste.«

»Wir finden eine andere Floristin«, erkläre ich voller Zuversicht und beschließe zu warten, bis ihr Wagen da ist. Es wäre unhöflich, die Marquise von Meade allein am Straßenrand zurückzulassen.

»Jeder, der etwas auf sich hält, engagiert Nicole Percy als Floristin«, informiert sie mich. »Vielleicht hatte Cordelia deshalb von Anfang an etwas gegen sie.«

»Eine weniger bekannte Floristin wäre womöglich interessanter. Cordelia schwimmt nicht mit der Masse«, wende ich ein. »Sie möchte anders sein.«

»Vermutlich. Aber Nicole weiß, was sie tut. Wir können nicht einfach irgendjemanden engagieren.«

»Selbstverständlich nicht. Es muss das Beste vom Besten sein.«

»Ja, aber das meinte ich nicht. Wir müssen jemanden finden, der mit meiner Tochter zurechtkommt. Ich weiß nicht, ob es Ihnen schon aufgefallen ist …« Sie starrt in die Ferne. »Sie … kann sehr temperamentvoll sein.«

Okay, los geht's.

Entwurf 1

An Ihre Majestät, die Königin
Buckingham Palace
London
SW1A 1AA

Madam,
ich schreibe Ihnen in aller Bescheidenheit, um Sie zu fragen, ob Sie womöglich Queen Alexandras Kokoshnik-Diadem einer Freundin leihen könnten, die … fhjdslfnlskBFEUpr

Ahhh! Noch mal von vorne.

Entwurf 2

Madam,
ich hoffe, mein Brief erreicht Sie und Ihre Familie bei bester Gesundheit. Wir kennen uns nicht, aber Sie kennen vermutlich die Familie Swann, und ich habe überlegt …!!!!!

O mein Gott, ich kann das nicht.

Entwurf 3

Madam,
dies ist eine ungewöhnliche Anfrage, und ich bitte um Nachsicht. Wie Sie wissen, befindet sich das wunderschöne Kokoshnik-Diadem in Ihrem Besitz, und…

Verdammt noch mal, du kannst nicht »bitte um Nachsicht« schreiben, hier geht es um die Queen, Sophie! Hast du den Verstand verloren? Ich hasse das!

Entwurf 4

Madam,
wie geht es Ihnen? Ich…

Ja, klar. Mach es ganz formlos. Das gefällt der Königin sicher.
KONZENTRIERE DICH GEFÄLLIGST!!!! Los, noch mal!

Entwurf 5

Madam,
ich schreibe Ihnen heute mit einer Bitte, von der ich hoffe, dass sie die geschätzte Aufmerksamkeit Ihrer Hoheit erlangt. Würden Sie vielleicht…

AAAAH!
Ich hasse mein Leben!

Kapitel 13

Cordelia wird irgendwie immer schlimmer.

Eigentlich dachte ich, wir hätten eine Verbindung zueinander gefunden. Ein gemeinsames Lächeln über das absurde Verhalten einer Blumen-Künstlerin. Es hat mir Hoffnung gegeben, denn wenn etwas Witziges passiert, sieht man sofort seine Freundin an, wenn man lachen muss, oder? Seine *Freundin*. Cordelia hat nicht ihre Mum oder Jonathan angesehen, sondern *mich*.

Das musste doch etwas bedeuten. Dachte ich zumindest.

Doch anstatt den Beginn einer wundervollen Freundschaft zu markieren, hatte es sich in die andere Richtung entwickelt. Die »Verbindung«, die ich zu spüren geglaubt habe, existierte wohl nur in meiner Einbildung. Als sie mir nach dem katastrophalen Treffen mit Nicole zum ersten Mal eine Nachricht schrieb, schnappte ich aufgeregt nach Luft.

Jetzt ist es so weit!, dachte ich. *Vielleicht will sie sich auf einen Drink treffen und über die Hochzeit quatschen!*

Doch naiver ging es gar nicht. *Wäsche aus der Reinigung holen. Morgen, 14 Uhr.*

Zuerst glaubte ich, es wäre ein Irrtum. Vielleicht wollte sie eine Notiz in ihren Kalender schreiben und hatte diese versehentlich an mich geschickt. Doch seitdem traf ein stetiger Strom derartiger Anweisungen ein, ohne jeglichen Ausdruck der Dankbarkeit und ohne Hinweis darauf, dass ich nicht ihre persönliche Assistentin bin. Ich bin ihre Brautjungfer.

Und im Laufe der Woche wurde es immer abenteuerlicher. Sie bat mich – nein, bitten ist falsch, sie *befahl* mir, E-Mails zu beantworten, die sie mir ohne weitere Erklärung weiterleitete, und Termine beim Friseur und im Beautysalon zu reservieren. Einmal musste ich einen Kaffee zu ihrer Therapeutin bringen, obwohl sie an diesem Tag gar keinen Termin bei ihr hatte. Die Therapeutin sah mich erstaunt an, als ich mit den Worten »Ihre Latte extraheiß mit Mager-Mandel-Milch« vor ihrer Tür stand. Wortlos knallte sie mir die Tür vor der Nase zu. Offenbar hielt sie mich für eine Trickdiebin.

»Wer ist diese neue Braut, für die du arbeitest?«, fragte Cara angewidert.

Sie rief an und fragte, wo ich bin, und ich antwortete wahrheitsgemäß: Ich sitze im Zug und bin unterwegs zu einem Hofladen in Hertfordshire, um ein spezielles Trüffelöl zu besorgen, das die Braut heute Abend unbedingt zum Kochen benötigt und das es offenbar nirgendwo sonst gibt. Genauso wenig, wie sie einem Kurierdienst vertraut, es abzuholen. Sie vertraut nur ihrer »Lieblingsbrautjungfer«.

»Sie ist ziemlich aufmerksamkeitsintensiv, aber das ist okay«, lüge ich mit zusammengebissenen Zähnen. »Ich kann im Zug arbeiten.«

»Ziemlich aufmerksamkeitsintensiv? Sie klingt wie diese Journalistin in *Der Teufel trägt Prada*. Wie war noch mal der Name? Du weißt schon, von Meryl Streep.«

»Miranda Priestly.«

»Ja, genau die. Sie ist wie Miranda Priestly. Außer dass sie heiratet und kein bekanntes Modemagazin leitet. Warum schlägst du dich mit so jemandem herum?«

»Weil sie eine wichtige Klientin ist.«

»Also meiner Meinung nach kann sie sich ihr Trüffelöl in den …«

»Schon gut, beruhige dich.« Ich sehe kichernd aus dem Fenster auf die vorbeiziehenden Felder hinaus. »Wie läuft es bei dir?«

»Gut. Im Büro ist es stressig, und Mike hat ein neues Videospiel, von dem er besessen ist. Das nervt.« Sie seufzt. »Glaubst du, er wird jemals erwachsen genug sein, um damit aufzuhören?«

»Wenn er den Absprung bis fünfunddreißig nicht geschafft hat, ist das nicht sehr wahrscheinlich.«

»Ich werde die Kiste irgendwann einmal absichtlich vom Regal stoßen. Aber sag ihm ja nichts davon.«

»Meine Lippen sind versiegelt.«

»Was hast du dieses Wochenende vor?«

»Arbeiten vermutlich.«

»Musst du zu keiner Hochzeit?«

»Nein, aber ich habe viel Hochzeitskram zu erledigen.«

»Hättest du vielleicht Zeit für einen Drink?«

»Gerne! Dann können wir in Ruhe quatschen.«

»Ähm«, meint sie. »Nicht mit mir. Mit Mikes Freund Scott. Er ist echt nett, und er würde sich sehr freuen, dich kennenzulernen.«

»Cara«, seufze ich. »Nein. Ich gehe nicht auf ein Date.«

»Warum nicht? Eben hattest du doch noch Zeit für einen Drink!«

»Ja, mit *dir*. Nicht mit jemandem, den ich nicht kenne. Es ist schon schwer genug, mir Zeit für meine Freunde und die Familie zu nehmen. Da geht sich irgendein Kerl nicht aus.«

»Er ist nicht irgendein Kerl, er ist Mikes Freund. Das wird sicher lustig! Vielleicht gefällt es dir sogar.«

»Tut mir leid, ich habe zu viel zu tun.«

»Komm schon, Sophie! Du musst mal leben! In dem Film erkennt die Assistentin am Ende doch auch, dass ihre dämliche Vorgesetzte und ihre Wünsche es nicht wert sind, auf ihr Leben und ihre Freunde zu verzichten.«

»Meine Situation ist doch vollkommen anders als in dem Film.«

»Ich weiß nicht recht, Sophie. Es ist noch früh am Donnerstagmorgen, und anstatt etwas zu tun, was dir wirklich wichtig ist, sitzt du im Zug nach Hertfordshire, um eine Flasche Trüffelöl zu besorgen. Das klingt für mich ganz nach dem Film.«

Ein Piepen in meinem Ohr kündigt an, dass ich einen weiteren Anruf hereinbekomme. Ich sehe nach, wer es ist. »Cara, ich muss Schluss machen. Ich bekomme einen anderen Anruf.«

»Von Miranda?«

»Ich melde mich später.«

Sie legt widerwillig auf, und ich nehme eilig den Anruf entgegen. Ich schaffe es gerade noch, bevor Lady Meade auflegt.

»Emily. Guten Morgen.« Ihre Stimme klingt hart und ernst, und ich sitze unwillkürlich aufrechter, als hätte ich gerade einen Rüffel von der Schulleiterin bekommen.

»Guten Tag, Lady Meade, wie geht es Ihnen?«

»Wo sind Sie?«

»Im Zug nach Hertfordshire. Falls es um Cordelias Trüffelöl geht – ich bin auf dem Weg und bringe es ihr, so schnell ich kann.«

»Ich bin mir nicht sicher, was Sie damit meinen, aber es kann auf alle Fälle warten. Ich brauche Sie hier bei uns«, erwidert sie eindringlich. »Wie schnell können Sie herkommen?«

»Ähm, na ja. Ich muss nachsehen, wo ich am besten aussteigen und zurück nach London fahren kann.«

»Ja, bitte tun Sie das.«

»Ist etwas passiert?« Ich umklammere das Handy fester.

»Ja, das kann man so sagen. Senden Sie mir eine Nachricht, sobald Sie wissen, wann Sie in London ankommen. Ich schicke Ihnen einen Wagen. Egal zu welchem Bahnhof.«

»Oh! Danke! Ich melde mich, sobald es geht.«

»Danke, Emily. Bis später.« Sie legt auf.

Ich suche eilig nach dem schnellsten Weg zurück in die Stadt und habe Glück. Von der nächsten Haltestelle geht in zehn Minuten ein Zug nach King's Cross, und wir brauchen noch fünf Minuten bis dahin. Während ich meinen Laptop und die anderen Sachen zusammenpacke, frage ich mich, was wohl passiert ist, dass ein derart überstürztes Treffen notwendig ist.

Als ich in den glänzend schwarzen Wagen steige, der mich in King's Cross abholt, schwirren Tausende Vermutungen in meinem Kopf herum. Angefangen bei albernen Dingen – wie etwa dass Cordelia sich weigert, eine unbezahlbare Kette aus dem Familienbesitz zu tragen und sie in einen Teich geworfen hat, weshalb sie nun jemanden brauchen, der sie wieder herausfischt – bis hin zu einer drohenden Absage der Hochzeit, weil Jonathan erkannt hat, dass es vielleicht doch keine gute Idee ist, jemanden wie Cordelia zu heiraten.

»Oh, gut. Sie sind fort«, meint Joe, der Fahrer, als wir uns dem Haus nähern.

»Wer?«, frage ich und sehe aus dem Fenster.

»Die Fotografen. Sie haben den ganzen Vormittag vor dem Haus zugebracht und den Bürgersteig mit ihren Zigarettenstummeln verschmutzt.« Er schnaubt missbilligend. »Wahrscheinlich wurde es ihnen zu langweilig.«

»Warum war denn die Presse hier?«, frage ich und seufze erleichtert, dass die Fotografen mittlerweile abgezogen sind.

»Lord Dashwell war gestern Abend aus und wurde mit einer amerikanischen Popsängerin fotografiert. Jetzt vermuten alle, es wäre etwas gelaufen. Das passiert ständig. Es reicht ein nettes Hallo, und am nächsten Tag wird ihnen sofort ein Verhältnis angedichtet. Es ist zermürbend. Jedenfalls wird sein Haus in Chelsea gerade renoviert, und er wohnt zurzeit hier. Deshalb lagen die Pressefritzen den ganzen Vormittag auf der Lauer.«

»Wow! Welche Popsängerin war es? Kenne ich sie?«

Keine Ahnung, warum mich die Vorstellung stört. Mein Gott, ich habe Tom erst zwei Mal getroffen. Es ist vollkommen unangemessen, mich von solchen Neuigkeiten aus der Fassung bringen zu lassen. Bloß weil er auf der Verlobungsparty nett zu mir war. Er ist Single und sieht gut aus. Außerdem ist er ein Viscount. Laut einem bekannten Klatschmagazin gehört er zu den begehrtesten Junggesellen des Landes. Er ist sicher ständig auf Dates. Und selbst wenn nicht, bin ich ihm keinen zweiten Blick wert.

Nicht, dass ich so etwas wollen würde. Ich habe viel zu viel zu tun, um Zeit auf Dates zu verbringen.

Mann, warum denke ich überhaupt darüber nach?

»Ich weiß nicht, wie die Popsängerin hieß.« Joe lacht leise. »Sie hatte braune Haare.«

»Ah, die.«

»Tut mir leid, ich war noch nie gut in diesen Dingen.« Er lacht erneut und parkt vor dem Haus. »Ich verliere leicht den Überblick.«

»Ja, schon klar. Jemand wie Lord Dashwell hat vermutlich jede Woche eine neue berühmte Freundin.«

»Ja, das möchte man meinen«, erwidert Joe und fängt meinen Blick im Rückspiegel auf. »Aber heutzutage nicht mehr. Ich würde sagen, er ist erwachsen geworden. Das sind sie beide. Sie hätten die Kerle sehen sollen, mit denen Lady Cordelia manchmal aus war! Einer hat jedes Mal seinen Kaugummi aufs Autodach geklebt, wenn er mit mir gefahren ist.«

»Das ist ja grauenhaft!«, erkläre ich und öffne meinen Gurt. »Gott sei Dank, dass sie Jonathan gefunden hat.«

»Ganz genau. Endlich jemand, der gut genug für sie ist. Wobei ich mir nicht sicher bin, ob es so jemanden überhaupt gibt. Meiner Meinung nach ist Cordelia viel zu gut für die Männer dieser Welt. Und Sie stimmen mir da sicher zu!«

»Ähm. Ja, klar. Auf jeden Fall danke, Joe.« Ich steige aus dem Wagen und überlege, ob wir von derselben Cordelia gesprochen haben. »Es war sehr nett, dass Sie mich abgeholt haben.«

»Jederzeit, Emily!«

Ich bin noch nicht einmal die Treppe hochgestiegen, da öffnet sich die Haustür, und Lady Meade bittet mich herein. Sie winkt Joe zu, bevor sie die Tür schließt. Die anderen sind in der Küche.

Die Stimmung ist angespannt. Cordelia ist nicht da, dafür aber der Marquess, Jonathan und Tom. Jonathan wandert auf und ab und ist offensichtlich mit den Nerven am Ende. Der Marquess starrt aus dem Fenster, die Hände hinter dem Rücken verschränkt. Tom lehnt mit einem Becher Tee in der Hand an der Küchenarbeitsplatte und gähnt. Es sieht nicht so aus, als hätte er sich heute bereits die Haare frisiert. Tatsächlich bin ich mir fast sicher, dass er gerade erst aufgestanden ist. Er lächelt, als er mich sieht.

Er hat ein nettes Lächeln, bei dem man einfach zurücklächeln muss. Wahrscheinlich sind es die Fältchen um seine Augen...

Moment. Aufhören. *Konzentration*, Sophie. Du kannst hier nicht mit einem dämlichen Grinsen im Gesicht auftauchen, wo es um einen Notfall geht! Außerdem hast du gerade gehört, dass er letzte Nacht mit einer Popsängerin zusammen war. Also mach ein ernstes Gesicht. Ein ernstes, professionelles Gesicht.

»Hey«, begrüßt er mich verschlafen. »Was machst du denn hier?«

»Hallo, Emily.« Lord Meade begrüßt mich mit einem Nicken. »Hat Cordelia Sie verständigt?«

Er trägt einen schicken, maßgeschneiderten Anzug und runzelt sorgenvoll die Stirn. Interessanterweise passt seine Krawatte so gar nicht zum Rest, denn sie ist leuchtend rot und mit kleinen Schwertfischen bedruckt. Vielleicht existiert da auch Humor unter der ernsten Fassade, doch seinem Gesichtsausdruck nach ist er im Moment nicht in der Stimmung für Scherze.

»Was ist passiert?«, frage ich, während Lady Meade hinter mir ins Zimmer gleitet. »Wo ist Cordelia?«

»Oben«, antwortet der Marquess mit einem Blick zur Decke. »Sie hat sich in ihrem Zimmer eingeschlossen.«

»Die Drama-Queen«, murmelt Tom in seinen Tee.

»Jetzt ist nicht die Zeit sarkastischer Bemerkungen«, weist Lady Meade ihn zurecht.

»Ich verstehe schon, dass es eine große Sache ist, aber war es wirklich notwendig, dass sie frühmorgens hier einfällt, alle aus den Betten brüllt und meinen Kater noch schlimmer macht?«, fragt er. »Und jetzt hat sie auch noch ihre Freundin herbeordert, dabei bin ich mir sicher, dass Emily Wichtigeres zu tun hat.«

»Du verstehst doch sicher, warum Cordelia derart außer sich ist«, meint Jonathan.

»Außerdem solltest du keinen Kater haben. Du solltest im Büro sein«, erinnert Lord Meade seinen Sohn.

»Ich arbeite heute von zu Hause aus«, erwidert dieser. »Ich habe am Nachmittag ein Meeting, da macht es wenig Sinn, vorher ins Büro zu fahren.«

Sein Vater hebt die Augenbrauen. »Du bist schwer beschäftigt, wie ich sehe.«

»Das wäre ich, wenn Cordelia nicht das ganze Haus zusammengebrüllt hätte.«

»Was ist denn passiert?«, frage ich voller Spannung.

»Das hier ist heute Morgen gekommen.« Lady Meade legt einen langen, perfekt manikürten Finger auf einen dicken Umschlag, der auf der Kücheninsel liegt, und schiebt ihn in meine Richtung.

Ich erkenne sofort, dass es sich um eine Hochzeitseinladung handelt. Ich greife neugierig danach, denn ich bin gespannt, wessen Hochzeit die Familie derart in Rage versetzt. Ich ziehe die Einladung heraus und beginne zu lesen. Es ist eine teure, traditionelle Einladung, eine dicke cremefarbene Karte mit einer geschwungenen, schwarzen Prägung.

Der Graf und die Gräfin von Derrington verleihen ihrer Freude Ausdruck, die Hochzeit ihrer Tochter Annabel mit Mr Aubyn Ludlow am 21. Mai bekannt zu geben, und laden die Familie Swann hierzu herzlich ein.

Ich halte inne. Dann lese ich es noch einmal, um sicherzugehen.

O Gott! »Die Hochzeit ist am selben Tag wie unsere!« Ich

starre ungläubig auf die Karte hinunter. »Das kann nicht sein. Geht es hier um Lady Annabel Porthouse?«

»Ich fürchte ja.« Jonathan seufzt und beißt sich nervös auf die Lippe. »Das ist wirklich ein dummer Zufall.«

»Das ist kein Zufall«, erwidert Lady Meade. »Das ist Sabotage.«

»Mum, komm schon«, stöhnt Tom und reibt sich die Stirn. »Sei nicht albern.«

»Warum schickt man sonst eine Hochzeitseinladung sieben Monate vor dem Termin aus?«, fragt sie bitter. »Sie wussten, dass wir uns dieses Datum ausgesucht haben.«

»Wir hätten ein Ankündigungsschreiben ausschicken sollen«, meint Jonathan.

»Blödsinn. So etwas tun wir nicht«, erwidert Lady Meade knapp und wirkt brüskiert, dass er es überhaupt in Erwägung gezogen hat. »Cordelia ist sehr aufgebracht«, fährt Jonathan fort und beachtet Lady Meades Zurechtweisung nicht weiter. »Sie meint auch, Annabel hätte das mit Absicht gemacht.«

»Ich bin sehr enttäuscht von Ned«, erklärt der Marquess, und mir wird klar, dass er von Annabels Vater, dem Grafen von Derrington, spricht. »Das sieht ihm nicht ähnlich.«

»Was sollen wir jetzt tun?«, fragt Lady Meade.

»Warum müssen wir überhaupt etwas tun?«, wirft Tom ein und gähnt erneut. »Machen wir die Hochzeit doch am selben Tag. Cordelia wollte sie ohnehin nicht einladen, wisst ihr noch? Wobei ich ihr unbedingt zustimme. Sie war außer sich, als du sie gezwungen hast, sie trotzdem einzuladen, und jetzt gibt es einen tollen Grund, weshalb sie nicht kommen können.«

Ah! Das erklärt den Streit im Blumenatelier. Allerdings dachte ich, Annabel und Cordelia wären die besten Freundinnen. Ich kann mich nicht erinnern, etwas über einen Streit gelesen zu haben. Aber offenbar gab es einen.

»Sei nicht albern«, sagt Lady Meade. »Wir haben beinahe identische Gästelisten.«

»Okay, dann sehen wir eben, wer unsere wahren Freunde sind.« Tom zuckt mit den Schultern und wirkt sehr zufrieden mit sich. »Diejenigen, die statt mit Cordelia mit Annabel feiern, kannst du getrost von der Liste für die Weihnachtskarten streichen.«

»Du solltest die Sache mit angemessener Ernsthaftigkeit behandeln«, meint sein Vater müde.

»Die arme Cordelia«, erkläre ich und starre auf die Einladung hinunter. »Das ist ein Albtraum.«

»Ich weiß«, seufzt Jonathan. »Dabei wollte sie unbedingt im Frühjahr heiraten.«

»Wäre ein anderes Datum eine Option?«, frage ich in den Raum.

»Ich habe ihr stattdessen eine Hochzeit im Spätsommer vorgeschlagen«, antwortet Jonathan und senkt den Blick. »Aber Cordelia besteht darauf, vor Annabel zu heiraten.«

Ich hebe die Augenbrauen. »Vor Annabel?«

»Ich nehme an, Cordelia hat Ihnen davon erzählt, dass es schon immer eine gewisse... Rivalität zwischen Annabel und ihr gab«, erklärt Lady Meade. »Sie gingen zusammen zur Schule. Sie waren gute Freundinnen, verkehrten in denselben Kreisen. Aber dann...« Sie hält inne, sucht nach den richtigen Worten. »Dann haben sie sich voneinander entfernt.«

»Vielleicht sieht Cordelia die Sache mit dem Datum entspannter, wenn sie erst einmal Zeit hatte, über alles nachzudenken«, sagt Jonathan und scheint damit sich selbst genauso wie die anderen beruhigen zu wollen. »Es war nun mal ein Schock.«

»Ja, das war es«, erklingt eine Stimme hinter mir. »Aber ich habe eine Lösung.«

Ich fahre herum und sehe, wie Cordelia den Raum betritt. Sie trägt ein schickes, smaragdgrünes Minikleid mit Strumpfhose und hochhackigen Stiefeln. Von den Fingern baumelt eine Sonnenbrille, und sie wirkt vollkommen sorgenfrei, als sie sich mit einem breiten Lächeln an mir vorbeischiebt und in die ausgebreiteten Arme ihres Verlobten tritt. Eine Wolke exquisiten Parfums umhüllt mich.

»Schau mal, Cordelia«, meint Jonathan und lächelt ebenfalls. »Emily ist hier, um dich aufzumuntern.«

»Wie aufmerksam«, meint sie, ohne mich eines Blickes zu würdigen.

»Cordelia?«, fragt ihre Mutter verwirrt. »Geht es dir denn schon wieder besser?«

»Viel besser. Ich entschuldige mich für mein Verhalten heute Morgen. Mittlerweile hatte ich Zeit, alles in die richtige Perspektive zu rücken. Wenn Annabel an diesem Tag heiraten will, werde ich ihr nicht im Weg stehen.«

Jonathan drückt ihr einen Kuss auf die Lippen, Lord und Lady Meade wirken schockiert, und Tom nickt lediglich anerkennend und nimmt einen weiteren Schluck Tee. »Super, dann kann ich jetzt wieder zurück ins Bett«, verkündet er. »Ich meine, zurück an die Arbeit.«

»In dem Moment, als Emily vorhin durch die Tür trat, habe ich die perfekte Lösung gefunden«, fährt Cordelia fort, ohne ihren Bruder zu beachten. Sie strahlt mich an. »Allein der Klang deiner Schritte hat mich inspiriert.«

Oje, das kann nichts Gutes bedeuten.

»Wirklich? Das ist toll.« Ich spüre einen Kloß im Hals. »Ich finde, eine Hochzeit im Spätsommer wäre absolut wunderbar...«

»Aber nein, Dummerchen. Die Lösung ist nicht eine Hochzeit im Sommer.« Sie lacht laut, als hätte ich etwas unheimlich Witziges gesagt. »Sondern eine Hochzeit im Winter.«

»Wunderbar«, meint Jonathan begeistert. »Das klingt super.«

»Und es würde uns mehr Zeit verschaffen«, gibt Lady Meade zu und wechselt einen verwirrten Blick mit ihrem Mann.

»Mehr Zeit? Meinst du nicht *weniger*?«, kichert Cordelia.

»Hast du dir den Kopf gestoßen? Die Jahreszeiten sind Frühling, Sommer, Herbst und Winter«, erklärt Tom stirnrunzelnd.

»Oh, tut mir leid, ihr denkt, ich meine nächsten Winter!«

»Welchen Winter meinst du denn?«, frage ich vorsichtig, obwohl ich die Antwort bereits kenne.

»*Diesen* Winter«, informiert sie uns fröhlich.

»Cordelia«, raunt Lady Meade entsetzt. »Du kannst doch unmöglich...«

»Eine Silvesterhochzeit«, erklärt Cordelia. »Das wäre perfekt, findet ihr nicht? Freitag, der einunddreißigste Dezember 2021. Ist das nicht ein herrliches Datum? Es hat etwas. Ich habe gerade mit dem Pfarrer telefoniert, und der Termin ist frei. Also habe ich ihn sofort reserviert. Nicht dass er am Ende vergeben ist.«

Fassungsloses Schweigen senkt sich über die Küche.

»Warum seid ihr so überrascht?«, fragt Cordelia und lacht über unsere entsetzten Gesichter.

»Weil du vorhast, im Dezember zu heiraten«, antwortet Tom. »Und wir bereits Oktober haben.«

»Na und? Das kann doch nicht so schwer sein! Ich habe die tollste Familie und die beste Brautjungfer, die man sich vorstellen kann. Emily wird mir bei allem zu Seite stehen.« Ein Lächeln breitet sich auf ihrem Gesicht aus. »Nicht wahr, Emily?«

»Sie hat auch ein eigenes Leben, Cordelia«, sagt Tom mürrisch. »Es geht nicht immer nur um dich und deine Hochzeit.«

»Das sehe ich anders«, erwidert sie lapidar.

»Uns stünde jede Menge harte Arbeit bevor...«, meint Lady Meade, dann verstummt sie, tief in Gedanken versunken.

»Aber Arbeit, die Spaß macht«, korrigiert Cordelia. »Also, was meinst du, Emily? Ich weiß, es ist viel verlangt, Mum und mir bei der Organisation einer derart großen Hochzeit in nur zwei Monaten zur Seite zu stehen, weshalb ich verstehen würde, wenn du die Verantwortung als Brautjungfer nicht übernehmen willst. Niemand würde es dir verübeln. Vielleicht wäre es besser, ganz auf Brautjungfern zu verzichten.« Sie neigt den Kopf und sieht mich an. »Du bist eine so wunderbare Freundin, dass ich dir nicht das Gefühl geben will, du müsstest etwas tun, das du gar nicht willst.«

Ich weiß, was sie vorhat. Aber ich werde nicht zulassen, dass sie dieses Spiel gewinnt. Ich sehe ihr in die Augen und halte ihrem Blick stand. Mein Gott, wie ich es hasse, wie sie mich ansieht. So überlegen. Als hätte sie den Sieg bereits in der Tasche. *Kündige,* sagen ihre Augen. *Genau, wie ich es vorhergesagt habe. Komm schon, schmeiß alles hin.*

Ach, verdammt noch mal! »Sei nicht albern. Es ist mir eine Ehre, deine Brautjungfer zu sein«, erkläre ich ruhig und lächle ebenfalls. »Zwei Monate, um die Hochzeit des Jahrhunderts zu organisieren? Kein Problem. Legen wir los?«

Jonathan drückt aufgeregt Cordelias Schultern, froh, dass sich die Spannung aufgelöst hat. Lady Meade tritt unbehaglich von einem Bein aufs andere und runzelt die Stirn, während ihr Blick zwischen Cordelia und mir hin- und herspringt. Sie ist die Einzige im Raum, die unser Gespräch als Kräftemessen erkannt hat.

Herausforderung angenommen, Cordelia.

Herausforderung angenommen, verdammt noch mal!

Kapitel 14

WAS HABE ICH MIR NUR DABEI GEDACHT?

Das ist verrückt!

Eine Hochzeit in zwei Monaten planen? *In zwei Monaten?*

Ich habe mich von Cordelias herablassender Art provozieren lassen und mich direkt in eine ausgewachsene Katastrophe manövriert. Es ist *unmöglich*, eine derart exklusive Hochzeit in zwei Monaten auf die Beine zu stellen. Selbst eine kleine, private Hochzeit wäre stressig, aber eine Society-Hochzeit für Hunderte Leute? Vielleicht mit einer supererfahrenen Hochzeitsplanerin, die die perfekten Ausstatter auf Kurzwahl hat, die alle zufälligerweise Zeit haben. Aber wenn wir alles selbst machen wollen? Das ist unmöglich.

UNMÖGLICH.

»Ich denke, es wäre möglich. Wir haben den Veranstaltungsort, und die Sache mit der Kirche ist bereits geklärt«, meint Lady Meade, nachdem ich Cordelias verrückter Idee zugestimmt habe. »Dashwell Hall ist an Weihnachten wunderschön, und die Ausstatter, die wir bereits gebucht haben, werden zweifellos ihr Bestes geben, um auch zum neuen Datum bereitzustehen. Aber wir müssen uns schnell einig werden und so rasch wie möglich Einladungen ausschicken. Ich verständige sofort die Druckerei.«

»Bin ich hier als Einziger der Meinung, dass Cordelia den Verstand verloren hat?«, fragt Tom, und seine Schwester schneidet ihm eine Grimasse. »Ehrlich. Warum heiratest du nicht einfach nächstes Jahr?«

»Weil ich die Liebe meines Lebens so schnell wie möglich zu meinem Ehemann machen möchte«, erwidert Cordelia und blickt strahlend zu Jonathan. »Und weil Annabel nicht gewinnen darf«, murmelt sie anschließend.

Tom wendet sich an seinen Vater. »Du kannst diesen Irrsinn doch nicht unterstützen.«

»Wenn deine Mutter denkt, dass es machbar ist…«, erwidert Lord Meade.

»Glaubt ihr wirklich, dass alle Ausstatter an Silvester Zeit haben werden?«, fragt Tom. »Was, wenn die Caterer und die Floristen bereits gebucht wurden? Emily, du organisierst Events und solche Dinge, oder? Sind diese Firmen nicht schon Monate im Vorhinein ausgebucht?«

»Dann müssen sie eben umorganisieren«, meint Cordelia schlichtweg.

»Hmm, jetzt, da ich so darüber nachdenke, könnte Tom recht haben«, erkläre ich mit ernstem Gesicht. »Es könnte sein, dass du Abstriche machen musst.«

»Wie?«, fragt Cordelia gereizt. »Ich will keine Abstriche machen! Und ich sehe nicht ein, warum ich das tun sollte.«

»Zum Beispiel die *Band*, an die du gedacht hast.« Ich lächle immer noch wie ein Roboter, der alles unter Kontrolle hat. »Es könnte schwierig werden, sie so kurzfristig zu buchen.«

»Welche Band denn?«, fragt Tom.

»Das ist eine Überraschung«, antwortet Cordelia schnell und funkelt mich an, damit ich den Mund halte.

»Vielleicht solltest du dir eine Alternative überlegen«, schlage ich vor und rufe mir in Erinnerung, dass ich ihr damit nicht ihren Wunsch abschlage. Eine gute Brautjungfer tut alles für die Braut, aber sie hält auch die Erwartungen im Bereich des Möglichen. Vor allem, wenn es sich um so lächerliche Wünsche handelt. Da fällt mir ein, dass Cordelia auch den Boden in der Eingangshalle austauschen wollte. »Und ich bin mir nicht sicher, ob genügend Zeit für die Änderungen am Haus bleibt, die du dir wünschst.«

»Änderungen am Haus?« Der Marquess sieht uns entgeistert an.

»Mein Freund spielt in einer Band!«, platzt Jonathan dazwischen und schnippt mit den Fingern. »Wir könnten fragen, ob sie spielen wollen. Echt guten Punkrock. Das wäre doch cool, oder?«

Cordelia und ihren Eltern steht das Entsetzen ins Gesicht geschrieben, und ich nutze die Gelegenheit, um meinen Job zu machen. Probleme dieser Art löse ich im Schlaf.

»Das ist eine tolle Idee!«, rufe ich begeistert, bevor sich mein Gesicht verfinstert. »Aber wenn ich in dieser Band wäre, würde ich nicht auf deiner Hochzeit spielen wollen.«

»Warum nicht?«

»Weil ich dann den ganzen Spaß versäume! Weißt du...«, fahre ich beiläufig fort, als hätte ich gerade erst darüber nachgedacht, »als Band muss man vieles vorbereiten und auf der Bühne stehen, während alle tanzen. Dein Freund würde das Beste gar nicht mitbekommen. Wobei es ihm vermutlich nichts ausmacht. Er spielt sicher liebend gern für dich.«

»Hmm«, meint Jonathan nachdenklich. »Vielleicht sollten wir ihn lieber nicht fragen. Ich will nicht, dass er deshalb nicht an der Hochzeit teilnehmen kann.«

»Wie schade«, unterbricht ihn Lady Meade und schenkt mir ein dankbares Lächeln, während Tom sein Grinsen hinter seinem Teebecher versteckt. »Aber ich bin mir sicher, dass wir einen passenden Ersatz finden.«

»Dann ist es also beschlossen?«, fragt der Marquess und wirft einen Blick auf seine Uhr. »In zwei Monaten wird geheiratet?«

»Ja, es ist beschlossen«, erklärt Cordelia. »Was gibt es Glamouröseres als eine Hochzeit am letzten Tag des Jahres?«

»In diesem Fall fände ich es angemessen, uns auf den Weg nach Dashwell Hall zu machen«, schlägt er vor. »Es ist sicher von Vorteil, wenn wir uns vor Ort ansehen, wie alles ablaufen soll. Haben kommendes Wochenende alle Zeit?«

»Gute Idee«, stimmt Lady Meade ihm zu. »Und Emily, Sie müssen auch mitkommen. Sie kennen Dashwell Hall noch gar nicht, oder? Sie sind herzlich willkommen!«

Nachdem alle mich ansehen, bemerkt niemand Cordelias geschocktes Gesicht. Die Einladung, das Wochenende auf dem Herrensitz der Familie zu verbringen, ist wie ein Traum. Ich hätte nie gedacht, solch eine Gelegenheit einmal zu bekommen. Dashwell Hall ist eines der berühmtesten Anwesen des Landes, und *ich* habe gerade eine persönliche Einladung erhalten.

Allerdings bedeutet es auch, dass ich ein Wochenende mitten im Nirgendwo in einem riesigen, unheimlichen Haus verbringen werde. Zusammen mit Lady Cordelia Swann.

Wer weiß, ob ich da lebend herauskomme.

»Ich würde sehr gerne mitkommen«, höre ich mich sagen.

»Dann ist das also geklärt.« Der Marquess klatscht in die Hände. »Tom, kommst du auch mit?«

»Ich kann Freitagabend nach der Arbeit nachkommen«, erwidert er und wendet sich an mich. »Wenn du willst, kann ich dich mitnehmen. Jonathan und Cordelia haben einen Zweisitzer.«

»Das wäre... oh, Moment! Mir ist gerade eben eingefallen, dass mein... ähm... mein bester Freund am Freitagabend seinen Geburtstag feiert. Aber ich kann versuchen, mich rauszureden.«

Eigentlich feiert mein Dad am Freitag Geburtstag, aber Emilys Eltern sind ja angeblich in Australien. Ich höre bereits die Enttäuschung in Mums Stimme, wenn ich sie nachher anrufe und absage. Auch wenn ich der einzige Gast sein werde, weiß ich, dass sie sich beide schon sehr auf den Abend freuen.

»Nein, Sie dürfen auf keinen Fall die Geburtstagsparty Ihres Freundes versäumen«, erklärt Lady Meade entschlossen. »Warum kommen Sie nicht Samstag, wenn das für Sie passt?«

»Ich kann ein Taxi organisieren, das dich vom Bahnhof abholt«, schlägt Cordelia vor und wirft ihrem Bruder einen Blick zu.

Ehe ich mich versehe, ist alles arrangiert. Ich werde das Wochenende mit der Familie Swann auf dem Land verbringen, wo wir gemeinsam überlegen, wie wir die Hochzeit in zwei Monaten auf die Beine stellen können.

Was habe ich mir nur dabei gedacht?

Sobald ich zu Hause bin, organisiere ich meine Termine um, damit ich meine anderen Klientinnen nicht vernachlässige, und mache Notizen, was wann zu erledigen ist. Gott sei Dank habe ich an Silvester noch keine anderen Verabredungen.

Ich habe eine E-Mail von einer möglichen neuen Klientin, die nächstes Jahr heiraten wird. Ich sage nicht gern Nein zu einer Braut, aber ich kann mir nicht vorstellen, jetzt einen weiteren Auftrag anzunehmen. Selbst wenn ihre Hochzeit erst im Herbst stattfinden soll, schaffe ich vor Cordelias Hochzeit vermutlich nicht einmal ein Kennenlerngespräch, was die Braut sicher nicht in Ordnung finden würde. Ich antworte, dass ich leider keine neuen Klientinnen annehmen kann, drücke auf »Senden« und denke, dass Cara stolz auf mich wäre, dass ich Nein gesagt habe.

Siehst du? Ich kann verwegen sein.

Meine Gedanken rasen, in diesem Zustand werde ich keinen Schlaf finden, obwohl ich gerade jetzt genug davon brauche. Also lasse ich mir ein Bad ein und zwinge mich, das Handy im Wandschrank zu lassen. Ich werde mir etwas Zeit gönnen und entspannt in das heiße, nach Lavendel duftende Wasser gleiten.

Nach ein paar Minuten ist mir heiß und langweilig. Ich steige aus der Wanne, lasse mit schlechtem Gewissen das Wasser aus – so eine Verschwendung, das nächste Mal stelle ich mich unter die Dusche –, schlüpfe in ein altes T-Shirt, putze mir die Zähne, schnappe mir mein Handy und lege mich ins Bett. Ich versuche zu schlafen, doch mir fallen ständig Dinge ein, die noch erledigt werden müssen. Ich setze mich auf und schreibe sie nieder, damit ich sie bis morgen früh nicht vergesse.

Um etwa ein Uhr morgens vibriert mein Handy mehrmals hintereinander. Ich habe noch keine Minute geschlafen. Ich greife danach, und als ich sehe, dass die Nachrichten von Cordelia stammen, fahre ich hoch und mache das Licht an.

Bist du wach?

Sophie, wach auf!

Ich rufe dich an, wenn du nicht sofort antwortest.

Wehe, du ignorierst mich!

Ich hasse telefonieren.

Hi! Ich bin wach. Alles okay?

Hi, ich brauche deine Hilfe.

Können wir uns treffen?

Jetzt?

Ja.

Ich meine es ernst.

Ist alles okay?

Ja, alles gut.

Aber ich brauche deine Hilfe bei einer Sache. Einer Brautjungfernsache. Es muss sofort erledigt werden. Kannst du kommen?

Klar!

Danke. Ich schicke dir die Adresse. Wir treffen uns in einer halben Stunde.
Trag dunkle Sachen, in denen du laufen kannst.

Warum?

Sie antwortet nicht auf meine Frage, sondern schickt mir lediglich eine Adresse in Kensington und geht anschließend offline. Ich schwinge die Beine aus dem Bett und mache mich auf die Suche nach meinen schwarzen Leggins und einem schwarzen Hoodie. Ich schlüpfe in meine Turnschuhe, schnappe mir Schlüssel und Handy und bestelle ein Uber-Taxi.

Meine Alarmglocken schrillen. Warum braucht sie mich um ein Uhr morgens? Warum muss ich schwarze Kleidung tragen, in der ich laufen kann? Das klingt seltsam. Geht es um ein neues Braut-Fitness-Programm? Aber wozu die schwarzen Klamotten?

Trotzdem kann ich nicht Nein sagen. Wenn ich das tue, besteht sie darauf, dass ich kündige. Oder sie erzählt ihrer Mutter, dass ich mich geweigert habe, für sie da zu sein, und verlangt, dass sie mich feuert. Und ich könnte niemals lügen und das Gegenteil behaupten. Deshalb springe ich also mitten in der Nacht in das Uber-Taxi und rase in Richtung Westlondon, ohne auch nur die geringste Ahnung zu haben, worauf ich mich einlasse.

Cordelia wartet bereits auf mich. Sie ist ebenfalls schwarz gekleidet und scrollt durch ihr Handy. Wenigstens ist sie da. Ich dachte schon, sie hätte mir die Nachrichten nur zum Spaß geschickt und sich anschließend kichernd in ihr Bett verzogen, während ich in der Kälte die ganze Nacht auf sie warte.

»Du bist zu spät«, tadelt sie, während ich aussteige. »Ich sagte, eine halbe Stunde.«

»Von meiner Wohnung bis hierher schafft man es nicht in einer halben Stunde.«

»Ich hasse Unpünktlichkeit.« Sie mustert mich prüfend von oben bis unten. »Gehen wir.«

Wir laufen die ruhige, elegante Straße entlang, die schwach von klassischen Straßenlaternen erhellt wird, die man sonst nur in alten Filmen sieht. Ein Fuchs läuft vor uns ein Stück den Bürgersteig entlang und duckt sich dann unter dem Gitterzaun hindurch, bevor er im Park dahinter verschwindet. Die Fenster der Häuser und Boutiquen entlang der Straße liegen im Dunkeln.

»Was genau machen wir hier?«, frage ich vorsichtig und stecke die Hände in die Bauchtasche meines Hoodies.

»Das sage ich dir gleich«, kommt die genervte Antwort.

Wir laufen um eine Ecke, bevor Cordelia abrupt anhält. »Hier sind wir richtig«, verkündet sie und deutet auf eine Mauer, die an den Bürgersteig grenzt.

»Wo?«

Sie deutet erneut auf die Mauer. »Na *hier*.«

Mein Blick wandert zwischen Cordelia und der Mauer hin und her, und ich frage mich, ob sie im Hochzeitsstress den Verstand verloren hat. »Ähm. Okay?«

»Kennst du die Designerin Melanie Kendall?«

»Ja, ich habe schon von ihr gehört. Eine aufstrebende britische Designerin. Die Herzogin von Cambridge hat kürzlich eines ihrer Kleider getragen.«

»Genau die. Sie entwirft Annabels Kleid.«

»Lady Annabel Porthouse?«

»Ja.« Cordelia nickt mürrisch. »*Die* Annabel. Wie auch immer. Melanie Kendalls Atelier befindet sich in diesem Haus dort an der Ecke. Nummer vierundfünfzig.«

»Okay.«

»Du weißt, dass ich nicht viel Zeit habe, um das perfekte Hochzeitskleid zu finden.«

»Stimmt.«

»Also ist es von äußerster Wichtigkeit, dass ich Annabels Kleid sehe. Ich muss wissen, für welchen Stil sie sich entschieden hat. Ich will sichergehen, dass ich ein anderes, sehr viel schöneres Kleid habe als sie. Deshalb will ich die Entwürfe sehen.«

»Cordelia?«, frage ich, während Panik in mir hochsteigt. »Warum sind wir schwarz angezogen?«

»Weil wir in Melanie Kendalls Atelier einbrechen und Fotos von den Entwürfen machen werden«, erklärt sie. »Wir müssen nur über diese Mauer klettern und in den Garten springen.«

»Das ist ein Witz, oder?« Ich lache nervös, und meine Kehle ist wie zugeschnürt. »Du bist verrückt.«

»Es ist ja nicht so, dass ich einfach hingehen und fragen kann! Niemand wird mich – oder irgendjemanden sonst – einen Blick auf die Entwürfe werfen lassen«, meint sie abwehrend. »Ihr Kleid wird von der Presse sehnsüchtig erwartet. Genauso wie meines.«

»Cordelia, wir können nicht einfach irgendwo einbrechen.«

»Stell dir vor, mein Kleid sieht im Vergleich zu ihrem total scheiße aus.« Sie wirft die Arme hoch. *»Stell dir das mal vor!«*

»Okay, ich glaube, der Hochzeitsstress ist dir zu Kopf gestiegen«, sage ich sanft. »Du fühlst dich überfordert. Wir sollten nach Hause gehen und uns beruhigen.«

»Sophie, ich bin total ruhig«, erwidert sie mit – zugegeben – sehr leiser und gefasster Stimme. »Du verstehst das nicht. Annabel ist meine Nemesis. Gibt es in deinem Leben denn niemanden, der dich bis aufs Blut drangsaliert? Jemanden, der dir das Gefühl gibt, nichts wert zu sein?«

Ja, da fällt mir durchaus jemand ein: Cordelia. »Sicher, aber deshalb will ich noch lange nicht…«

»Wer gibt dir dieses Gefühl?«

Ich kann nicht zugeben, dass sie es ist, also überlege ich, wer mir sonst noch einfällt.

»Es gab da jemanden in der Schule«, sage ich und steige von einem Fuß auf den anderen. »Aber das ist Jahre her. Außerdem geht es bei der Hochzeit um dich und Jonathan, Cordelia! Und um niemanden sonst. Das kann man nicht vergleichen…«

»Sag mir, wer es war. Komm schon«, drängt sie. »Sieh es von mir aus als Annäherung zwischen Braut und Brautjungfer.«

»Es gab da einen Jungen. Graham Slater.« Ich zucke mit den Schultern, als würde mich der Name nicht immer noch aus der Fassung bringen. »Er lachte mich ständig aus.«

»Du hast wegen ihm an dir selbst gezweifelt?«

»Er hat sich andauernd vor der ganzen Klasse über mich lustig gemacht.«

Sie nickt. »Waren es die Haare?«

»Was? Nein!« Meine Hand schießt automatisch zu meinen Haaren. »Warum glaubst du, es wären die Haare gewesen?«

»Nur so.«

Unangenehmes Schweigen senkt sich über uns. Ich starre sie an. »Zu deiner Information: Er hat mich fertiggemacht, weil ich eine superbrave Musterschülerin war.«

»Was du nicht sagst!«

»Cordelia!«

»Hör mal, wir haben jetzt keine Zeit, um ins Detail zu gehen, aber Annabel ist im Prinzip mein Graham Slater«, erklärt sie gereizt. »Stell dir vor, Grahams Eltern wären mit deinen Eltern befreundet gewesen. Stell dir vor, Graham hätte alles, was du je getan hast, besser gemacht und dir anschließend ins Gesicht gelacht und dich unfähig genannt. Stell dir vor, Graham hätte so getan, als wäre er dein Freund, um dich am Ende zu verraten und zu demütigen. Stell dir vor, Graham hätte dir dein Hochzeitsdatum gestohlen.«

»Inwiefern hat Graham – ich meine, Annabel – dich verraten?«

»Das spielt jetzt keine Rolle. Nimm dir einfach einen Augenblick Zeit und denk darüber nach, was ich gerade gesagt habe«, erwidert sie und wischt meine Frage beiseite. »Verstehst du, warum ich sicher sein muss, dass mein Kleid vollkommen anders aussieht als Annabels?«

Ich seufze. Ich hasse Graham Slater noch immer. »Ja, ich schätze schon.«

»Ich bitte dich doch nur darum, dass wir uns hineinschleichen, ein paar Fotos machen und wieder verschwinden. Niemand wird je erfahren, dass wir hier waren.«

»Ich sagte, dass ich es verstehe. Aber das heißt nicht, dass ich dir bei einem Einbruch helfe. Das ist eine Straftat«, stelle ich klar. »Cordelia, das ist verrückt. Du willst das Gesetz brechen!«

»Das Atelier ist nicht alarmgesichert«, beharrt sie und richtet den Blick auf die Mauer. »Sie hat hier keine Stoffe und auch keine fertigen Kleider.«

»Woher weißt du, dass die Entwürfe hier sind?«

»Weil Annabel sich heute mit ihr getroffen hat. Sie hat es auf Instagram gepostet.« Cordelia verdreht die Augen und meint mit affektierter Stimme, die vermutlich Lady Annabel imitieren soll: »›Ein unglaubliches Arbeitstreffen mit meiner talentierten, inspirierenden Freundin Melanie, die mein Hochzeitskleid entwerfen wird! Ich kann es kaum erwarten, es euch zu zeigen! *#gesegnet #omg #hochzeitskleid.*‹ Vertrau mir, die Entwürfe sind da drin. Ich habe schon mal mit Melanie zusammengearbeitet, und sie ist ziemlich unordentlich. Ihre Arbeiten liegen immer quer über den Tisch verstreut. Annabels Entwurf wird also auch hier sein.« Dann fügt sie leise murmelnd hinzu: »Verräterin.«

»Wenn du Melanie kennst, warum fragst du sie nicht einfach, wie Annabels Kleid in etwa aussehen wird?«

»Nein. Erstens hat sie sicher eine Geheimhaltungsvereinbarung unterzeichnet und darf ohnehin nichts sagen. Und zweitens erzählt sie Annabel womöglich, dass ich gefragt habe, und das wäre schrecklich *demütigend.*« Cordelia deutet auf die Mauer. »Das ist die einzige Möglichkeit.«

»Das ist verrückt. Das können wir auf keinen Fall tun!«

»Warum hast du solche Angst davor, Risiken einzugehen?«

»Ich habe keine Angst davor, Risiken einzugehen!«, widerspreche ich. »Ich will nicht im Gefängnis landen.«

»Graham Slater hatte womöglich recht mit seinem Spott, Sophie.« Cordelia mustert mich. »Sieh dir bloß dein Leben an.«

»Warum wälzt du das auf mich ab? Und vergleiche mich bloß nicht wieder mit einem Schaf, denn ich bin keines«, entgegne ich. »Wenn ich eines wäre, würde ich dir blindlings über die Mauer folgen, anstatt auf meinem Standpunkt zu beharren.«

»Dein ganzes Leben dreht sich darum, eine brave Musterschülerin zu sein.«

»Das ist lächerlich. Ich breche nirgendwo ein!«

»Du machst immer das Richtige. Brichst nie irgendwelche Regeln. Gehst immer auf Nummer sicher.« Ihre Augen werden schmal. »Man könnte das Gefühl haben, du hättest Angst.«

Ich stecke mir nervös eine Strähne hinters Ohr. Plötzlich fallen mir Daniel und seine abfälligen Kommentare darüber ein, dass ich Happy Ends liebe und nicht extravagant genug bin, um rote Haare zu tragen. *Mann!*

»Du hast Angst, dich ins Leben zu stürzen und etwas zu riskieren.« Sie seufzt und neigt mitleidsvoll den Kopf, während sie das Messer noch tiefer in die Wunde rammt. »Also versteckst du dich hinter deinen Bräuten, wo dich niemand sieht.«

»Das ist nicht wahr«, protestiere ich und starre sie empört an.

Obwohl, ein Körnchen Wahrheit steckt schon darin, oder nicht?

»Sophie, ich verstehe ja, dass ich dich hier um einen großen Gefallen bitte, aber es ist sehr wichtig für mich.« Sie stößt die Luft aus und sieht mich mit so aufrichtigem Blick an, dass ich mich sofort unwohl fühle. »*Ich brauche dich.* Und du weißt, wie schwer es mir fällt, dir das zu sagen. Ich schaffe es nicht allein. Hilf mir. Bitte. Komm schon, zeigen wir es Graham Slater!«

O mein Gott, ich kann nicht glauben, dass ich ernsthaft darüber nachdenke. Und sie weiß es ganz genau. Sie sieht es mir an, dass sie mich langsam weichklopft.

»Wir müssen nur über diese Mauer, dann sind wir in ihrem Garten, und die Mauer ist nicht allzu hoch«, fährt sie fort. »Wir knacken das Schloss an der Hintertür, und das war's! Ihr Atelier führt auf die Veranda, damit sie genügend Licht hat. Ich verspreche dir, wir sind in einem Moment drin und im nächsten wieder draußen. Wir rühren nichts an.«

»Was ist mit Kameras?«, frage ich und beiße mir auf die Lippe. »Und mit der Alarmanlage?«

»Ich habe dir doch schon gesagt, dass es keine Alarmanlage und keine Kameras gibt. Ich war schon mal hier.«

»Und da hast du gleich alles ausgekundschaftet, falls du irgendwann mal einbrechen musst?«

»Ich habe auch die Straße gecheckt. Hier gibt es ebenfalls keine Kameras. Also sei kein Weichei und überleg lieber, wie wir über die Mauer kommen«, zischt sie. »Wir wissen doch beide, dass du es tun wirst, also zögern wir es nicht länger als nötig hinaus.«

Sie untersucht die Mauerziegel, während ich den Kopf in den

Händen vergrabe. »Ich kann nicht glauben, dass das gerade echt passiert. Ich werde zur Verbrecherin.«

»Hey, sieh mal!« Sie deutet auf eine Kerbe in der Wand. »Das ist perfekt. Stell einen Fuß hier hinein und zieh dich hoch.«

»Warum muss ich zuerst hinüber?«

»Weil du vermutlich jemanden brauchen wirst, der dir einen Schubs gibt.« Sie verschränkt die Arme. »Komm schon. Ich verspreche, ich komme nach. Denn ich bezweifle, dass du ein Schloss knacken kannst.«

»Aber du schon?«

»Verdammt noch mal, Sophie, wir haben nicht die ganze Nacht Zeit! Ich muss um fünf Uhr früh zum Yoga.«

»Ja, schon klar. Wir wollen ja nicht, dass du dein Zen verlierst.« Ich trete mürrisch auf die Mauer zu. »Es geht nichts über einen kleinen Einbruch, um das spirituelle Gleichgewicht zu stärken.«

Ich betrachte die Ziegelsteine. Halten mich wirklich alle für ein Weichei? Hatte Graham Slater tatsächlich recht? Wusste er von Anfang an besser über meine Schwächen Bescheid als ich?

Daniel hat sich von mir getrennt, weil er mit mir nicht zum Klettern gehen konnte. Er hat sich von mir getrennt, weil ich bloß Filme mit Happy End mag. Kein Abenteuer. Keine Spontaneität. Ich bin eben mit Leib und Seele Musterschülerin.

»Hör auf, so viel nachzudenken«, meint Cordelia, die mich interessiert beobachtet. »Tu es einfach.«

Ich stelle den linken Fuß in die Kerbe, strecke die Hand zum oberen Rand der Mauer und versuche, mich hochzuziehen.

Scheiß auf Graham Slater. Scheiß auf Daniel. Und scheiß auf Klettern im Fels mit diesen langweiligen Sicherungsseilen. Ich schaffe das ganz allein. Ich brauche keine Seile.

Das hier ist für dich, Daniel, du dämlicher, selbstgefälliger, abenteuergeiler Arsch.

»Ich wusste, dass du es draufhast!«, spornt Cordelia mich an. »Schwing das Bein hinüber!«

»Versuche ich ja«, keuche ich und strecke das rechte Bein so weit wie möglich nach oben, während mein Turnschuh über die Mauer schrammt.

»Warte, ich helfe dir.« Cordelia geht in die Knie, schiebt ihre Schulter unter meinen Hintern und drückt mich nach oben.

Mein Bein berührt den oberen Rand, und ich ziehe mich hoch, bis ich flach auf der Mauer liege.

»Super! Und jetzt auf der anderen Seite hinunter«, ruft sie und macht sich bereit, mir zu folgen. »Es ist nicht hoch.«

»Das ist so verrückt«, murre ich, schwinge die Beine auf die andere Seite und versuche, in Richtung Boden zu gleiten.

Leider habe ich kaum bis gar keine Kraft in den Oberarmen, und meine Finger finden nicht genügend Halt. Ich rutsche ab und falle japsend in einen Busch, bevor ich zu Boden kullere und mit einem dumpfen Schlag aufkomme.

»Aua«, jammere ich.

Einige Sekunden später springt Cordelia von der Mauer und landet so leichtfüßig wie Catwoman neben mir. Sie wischt sich die Hände sauber und stemmt sie in die Hüften. »Alles okay?«

»Nein«, flüstere ich stinkig, drücke mich hoch und wische Erde und Blätter von meiner Leggins. »Bringen wir es hinter uns.«

Cordelia salutiert und eilt zur Hintertür. Dort angekommen, zieht sie eine Haarnadel aus der Tasche und steckt beide Enden ins Schlüsselloch. Es folgt ein leises Klicken, und die Tür geht auf. »Das war ja einfach«, erklärt sie grinsend. »Dann hinein mit dir. Ich warte hier. Du hast übrigens immer noch Blätter im Haar.«

»Moment! Du kommst nicht mit?«

»Natürlich nicht«, flüstert sie und sieht mich erstaunt an. »Deshalb brauche ich dich ja. Ich darf nicht gesehen werden, und es darf keine Fotos auf meinem Handy geben. Das sind Beweisstücke. Du hast sogar Erde im *Gesicht*. Ehrlich, wie hast du das nur angestellt?«

»Du hast doch gesagt, dass es keine Kameras gibt!«

»Gibt es auch nicht.« Sie seufzt. »Glaube ich. Abgesehen davon macht vielleicht jemand Überstunden oder so. Man weiß ja nie. Ich kann es nicht riskieren, selbst hineinzugehen. Stell dir den Skandal vor! Für dich interessiert sich allerdings niemand. Nichts für ungut, aber dich kennt man eben nicht. Du gehst rein, machst die Fotos und kommst wieder raus. Falls etwas schiefgeht, kann ich abhauen, bevor mich jemand sieht.«

»Machst du Witze«?

»Es wird ja nichts passieren! Bloß für den Fall.« Sie deutet ins Atelier. »Jetzt bist du schon so weit gekommen! Hör mal, wenn du das durchziehst, verzichte ich auf Oasis, okay?«

Ich zögere. »Was ist mit dem Diadem?«

»Gut! Vergiss das Diadem.«

»Die Pfaue? Und die Schwäne?«

»Übertreib's nicht«, zischt sie. »Und jetzt los!«

Ich nehme allen Mut zusammen, hole mein Handy heraus, mache die Kamera an, schleiche ins Atelier und auf einen großen Tisch zu. Es ist, wie Cordelia gesagt hat. Überall liegen Zettel mit hingekritzelten Notizen. Ich mache die Handytaschenlampe an und gehe die Entwürfe durch, bis ich in der Mitte auf eine Zeichnung stoße, auf der in geschwungenen Buchstaben der Name »Lady Annabel Porthouse« steht. Darunter sehe ich die grobe Skizze eines eindrucksvollen, trägerlosen Kleids mit einem A-Linien-Rock und einer langen, dramatischen Schleppe. Ich lächle. Sie wird wunderschön aussehen.

Ich hebe mein Handy, überprüfe den Blitz und schieße ein Foto.

Erledigt.

Ich schleiche aus dem Atelier und recke beide Daumen in die Höhe. Cordelia strahlt und schließt leise die Tür hinter mir. Dann hasten wir zur Mauer. Sie hilft mir erneut hoch, und dieses Mal warte ich, bis sie hochgeklettert und auf die Straße gesprungen ist. Ich kann nicht riskieren, dass ich auf dem Bürgersteig lande und mir alle Knochen breche. Sie hilft mir, während ich mich nach unten gleiten lasse, und bedeutet mir anschließend, schnell loszurennen. Ich folge ihr die Straße entlang und um die Ecke, wo Joe im Wagen auf uns wartet.

Wir springen hinein, und er seufzt. »Ich frage lieber nicht«, sagt er und gibt Gas.

»Ich kann nicht glauben, dass wir das echt getan haben«, japse ich, während das Adrenalin durch meine Adern pumpt. Ich fühle mich, als wäre ich gerade aus der Achterbahn gestiegen.

»Kann ich das Foto sehen?«, fragt Cordelia.

Ich öffne die Datei und gebe ihr zitternd das Handy.

»Ah«, meint sie glücklich, während sie die Skizze betrachtet. »Mein Kleid wird vollkommen anders aussehen. Super, dann muss ich mir keine Gedanken machen.«

»Ich kann nicht glauben, was ich eben getan habe!« Ich schaffe es nicht, still zu sitzen. »So etwas habe ich noch nie gemacht!«

»Siehst du«, meint Cordelia, amüsiert und verwundert über meine Aufgedrehtheit. »Manchmal macht es Spaß, die Regeln zu brechen.«

Von: Theodore@vintageistunserleben.com
An: Sophie.Breeze@zapmail.co.uk
Betreff: Re: Vintage Hochzeitsreisekoffer

Hi Sophie,
danke für Ihre Anfrage zu unseren wunderschönen Koffern.
Wir bieten mehrere Exemplare zur Miete an. Wie viele möchte die Braut ausleihen? Und will sie die Koffer auch benutzen?
Herzlichen Dank
Theodore

Vintage ist unser Leben!
Ihr Händler mit dem Herz für Vintage

Von: Sophie.Breeze@zapmail.co.uk
An: Theodore@vintageistunserleben.com
Betreff: Re: Re: Vintage Hochzeitsreisekoffer

Hi Theodore,
danke für Ihre Rückmeldung. Das sind tolle Nachrichten!
Die Braut hätte gerne vier oder fünf Koffer in verschiedenen Größen, wenn das möglich wäre?
Sie hat nicht vor, die Koffer tatsächlich zu verwenden. Das Motto der Hochzeit lautet »Die wilden Zwanziger«, und sie möchte eine Ecke zum Thema Reisen dekorieren. Die Koffer sollen den Tischplan in Szene setzen, und ganz oben wird ein Globus platziert.
Sie werden also ausschließlich zur Deko verwendet. Ist das okay?
Beste Grüße
Sophie

Betreff: Re: Re: Re: Vintage Hochzeitsreisekoffer

Hi Sophie,
wir stellen Ihnen die Koffer sehr gerne zur Verfügung.
Bitte suchen Sie sich die entsprechenden Modelle auf der Website aus.
Vielen Dank
Theodore

Vintage ist unser Leben!
Ihr Händler mit dem Herz für Vintage

Betreff: Re: Re: Re: Re: Vintage Hochzeitsreisekoffer

Hi Theodore,
ich bin ein wenig verwirrt, weil ich auf Ihrer Website nirgendwo das genaue Jahr finde, aus dem die Koffer stammen. Ich suche speziell nach Koffern aus den 1920ern.
Beste Grüße
Sophie

Betreff: Re: Re: Re: Re: Re: Vintage Hochzeitsreisekoffer

Hi Sophie,
im Anhang sende ich Ihnen eine Aufstellung unserer Koffer im Stil der 1920er.
Herzlichen Dank
Theodore

Vintage ist unser Leben!
Ihr Händler mit dem Herz für Vintage

Betreff: Re: Re: Re: Re: Re: Re: Vintage Hochzeitsreisekoffer

Hi Theodore,
danke für die Bilder. Aber warum schreiben Sie »im Stil der 1920er«? Ihre Koffer stammen doch aus den 1920ern, oder?
Beste Grüße
Sophie

Betreff: Re: Re: Re: Re: Re: Re: Re: Vintage Hochzeitsreisekoffer

Hi Sophie,
unsere Vintage-Koffer sind nicht aus den 1920ern, sondern im Stil der 1920er.
Unsere Kunden erwarten zuverlässige Vintage-Produkte. Richtige Vintage-Produkte sind meistens alt und heruntergekommen. Das ist nicht ideal.
Um es kurz zu machen, unsere Koffer sind Vintage, aber neu, doch obwohl sie neu sind, sehen sie aus wie Vintage – falls Sie verstehen, was ich meine.
Vielen Dank
Theodore

Vintage ist unser Leben!
Ihr Händler mit dem Herz für Vintage

Kapitel 15

Am nächsten Tag bin ich gerade auf dem Weg zu der Kleideranprobe von Catherine, einer meiner anderen Klientinnen, als ich einen Anruf von einer unbekannten Nummer erhalte. Ich gerate sofort in Panik, bleibe wie angewurzelt stehen und starre auf das Display.

Vielleicht ist es Melanie Kendall. Oder die Polizei. Will sie mich verhören? Obwohl … ruft die Polizei vorher an, bevor man verhaftet wird? Kriminelle werden doch sicher nicht vorgewarnt, oder? Der Anruf ergibt keinen Sinn. Es sei denn, jemand will mich *nach meinem Alibi fragen*.

Denk nach, Sophie, denk nach! ICH BRAUCHE EIN ALIBI. Okay. Ich war … ich war … zu Hause. Allein. Ich war allein zu Hause und habe geschlafen. Das kann zwar niemand bezeugen, aber es kann mir auch niemand das Gegenteil beweisen.

Es sei denn, sie checken meine Uber-Buchungen.

Warum habe ich mir bloß ein Uber-Taxi bestellt? O mein Gott, das ist eine eindeutige Spur! Mein Mund ist staubtrocken.

Vielleicht sollte ich einfach nicht abheben. Moment! Nein, ich muss abheben. Ich muss wissen, ob gegen mich ermittelt wird. Das ist besser, als im Dunkeln zu tappen. Aber ich werde keine Fragen beantworten. *Ich habe Rechte.*

»Hallo?«, frage ich zaghaft.

»Emily, hallo! Hier spricht Jonathan Farlow, Cordelias Verlobter. Mann, dieses Wort klingt seltsam. So überheblich. Ich hasse es. Wie auch immer. Hi! Tut mir leid, ich habe den Faden verloren.«

Ich bin so erleichtert, dass ich mich lächelnd an eine Hauswand lehne. »Jonathan! Du bist es. Gott sei Dank.«

»Ist alles in Ordnung?«, fragt er und klingt sehr besorgt.

»Ja! Es ist alles gut«, versichere ich ihm eilig und reiße mich zusammen. »Ich habe nur… ähm… ich habe in der Arbeit Mist gebaut und dachte, mein Boss ruft an, um mich zur Schnecke zu machen. Aber es ist alles okay!«

»Verstehe!« Er lacht leise. »Das haben wir alle schon mal erlebt. Du bekommst das hin.«

»Auf jeden Fall.«

Es folgt eine unbehagliche Pause, während ich darauf warte, dass er mir den Grund seines Anrufs verrät.

»Ich hoffe, es macht dir nichts aus, dass ich anrufe. Ich habe die Nummer von Victoria bekommen. Hast du zu tun, oder können wir kurz reden?«

»Klar können wir reden!« Ich finde es seltsam, dass er Lady Meade beim Vornamen nennt, aber sie ist ja seine zukünftige Schwiegermutter. »Ich bin gerade auf dem Weg zu einer Besprechung und habe noch ein paar Minuten Zeit.«

»Super! Ich wusste nicht, wen ich sonst fragen soll. Nachdem die Hochzeit bereits in zwei Monaten stattfinden wird, sollte ich mir langsam Gedanken über ein Hochzeitsgeschenk für Cordelia machen. Ich dachte, ich hätte mehr als genug Zeit! Aber das hat sich jetzt geändert. Also habe ich mich gefragt, ob du mir vielleicht helfen könntest, etwas für sie zu besorgen? Ich bin ein Totalversager, was shoppen angeht. Hilfst du mir bitte?«

»Liebend gern.« Ich versuche, nicht zu lachen, weil er so panisch klingt. »Keine Sorge, wir finden das perfekte Geschenk.«

»Das ist toll, danke«, erwidert er erleichtert. »Du hast heute Abend nicht zufällig Zeit, oder? Vielleicht könnten wir uns nach der Arbeit treffen?«

»Heute Abend ist super«, versichere ich.

»Wunderbar! Ich schreibe dir, wann und wo!«

Ich verabschiede mich und lege auf. Ich bin begeistert, dass Jonathan mich ausgesucht hat, um ihn bei einer derart wichtigen Aufgabe zu unterstützen. Ich bin fest entschlossen, ihn nicht zu enttäuschen, und freue mich, ein wenig Zeit abseits der Familie mit ihm zu verbringen. Obwohl ich einigermaßen überrascht bin, als die Nachricht mit dem Treffpunkt eintrifft. Er will ins *Ye Olde Mitre*, ein Pub in Holborn. Ich hatte etwas wie das *Savoy* oder das *Artesian* erwartet. Eine schicke Cocktail-Bar oder einen anderen gesellschaftlichen Hotspot.

Es dauert eine Weile, bis ich das Pub gefunden habe. Es versteckt sich in einer schmalen Seitengasse, an der ich zwei Mal vorbeigelaufen bin. Doch als ich es endlich betrete, bin ich sofort verliebt. Es ist klein, gemütlich und unaufdringlich.

»Emily!« Jonathan winkt mir von der Bar aus zu. »Was möchtest du trinken?«

»Ein Glas Weißwein, bitte«, antworte ich, während er mir einen freundlichen Begrüßungskuss auf beide Wangen drückt. »Aber ich zahle gerne selbst.«

»Nein, du tust mir einen Riesengefallen, da bin ich dir zumindest einen Drink schuldig, bevor wir loslegen.«

»Wie bist du auf das Pub hier gestoßen?«, frage ich, schlüpfe aus meinem Mantel und bewundere die heimelige Einrichtung.

»Ich war früher oft hier, nachdem ich nach London gezogen bin«, erklärt er. »Ein Kollege aus meiner alten Firma hat es mir gezeigt. Es ist einer der wenigen Orte in London, wo ich mich entspannen kann. Wie ein kleiner Hafen. Und es hat auch eine ziemlich interessante Geschichte. Angeblich ist Königin Elizabeth I. um den Baum vor der Tür getanzt.«

»Wirklich?«

»Es ist schön hier, oder? Ich komme gerne her, wenn ich mal rausmuss, trinke ein Pint und denke nach. Nur wenige meiner Freunde kennen es – wenn man es nicht gezeigt bekommt, fällt es einem gar nicht auf. Es ist irgendwie …«

»Versteckt?«, schlage ich vor.

»Genau! Versteckt. Der perfekte Ort für geheime Unterredungen in Sachen Hochzeitsgeschenk.«

»Cordelia wird uns also nicht überraschen?«

»Unwahrscheinlich. Ich habe sie einmal mitgenommen, und es gefiel ihr sehr, aber es liegt abseits ihrer üblichen Wege. Außerdem glaubt sie, dass ich bis spätabends in Besprechungen feststecke.« Er reicht mir mein Weinglas und hebt sein Pint. »Cheers.«

»Cheers!« Ich nippe an meinem Drink und versuche, mir Cordelia in diesem heimeligen Pub vorzustellen – die glamouröse, versnobte und unausstehliche Cordelia. Obwohl mir unser krimineller Ausflug gestern Abend eine neue Seite an ihr gezeigt hat. Mittlerweile bin ich mir nicht mehr sicher, ob sie wirklich zu hundert Prozent zur High Society gehört – immerhin kann sie problemlos über Mauern klettern und Schlösser knacken.

Ich habe heute den ganzen Tag nichts von ihr gehört, dabei habe ich eigentlich erwartet, dass sie sich zumindest in irgendeiner Form bedankt. Vielleicht eine kurze Nachricht, in der sie mir sagt, wie sehr sie meine Hilfe zu schätzen weiß und dass sie mir etwas schuldet, weil ich für sie das Gesetz gebrochen habe. Vielleicht sogar, dass es ein Fehler war, sich mir gegenüber so ablehnend zu verhalten.

Aber es gab nicht das geringste Lebenszeichen.

»Danke noch mal, dass du hier bist«, meint Jonathan. »Ich habe keine Ahnung, wo ich anfangen soll.«

»Hat sie dir keine Hinweise gegeben?«

»Nein. Ich habe sie sogar ganz direkt gefragt, weil ich Angst hatte, etwas übersehen oder überhört zu haben. Ich bin nicht gut in solchen Dingen«, gibt er entschuldigend zu. »Aber sie sagte nur dasselbe wie immer, wenn ich sie frage, was sie sich zum Geburtstag oder zu Weihnachten wünscht.«

»Und das wäre?«

»Ach, du weißt schon.« Er wird rot und dreht sein Glas auf

dem Untersetzer. »Dass sie nichts will, weil ich alles bin, was sie sich je gewünscht hat.« Er winkt ab, und seine Wangen glühen. »Solche Dinge eben.«

»So etwas sagt Cordelia? Das ist... süß.«

»Na ja.« Er grinst. »Sie sagt es nicht oft. Aber sie hat einen weicheren Kern, als viele vermuten würden. Vieles ist Fassade.«

Ich nicke, als wüsste ich, wovon er redet. Ich schätze, gestern Nacht hat sie mir *einen kurzen Blick* auf ihre Verletzlichkeit gewährt. Die Paranoia bezüglich Annabels Hochzeit entspringt ihrer Unsicherheit. Außerdem ist Jonathan nett, warmherzig und offen. Er wäre sicher nicht mit einem totalen Miststück zusammen.

»Also, hast du eine Idee?«, fragt er mich hoffnungsvoll. »Es muss etwas wirklich Persönliches sein.«

»Das stimmt. Okay, beginnen wir mit dem Brainstorming. Ich stelle dir ein paar Fragen, und vielleicht ergibt sich dabei die eine oder andere Idee.«

»Guter Plan.«

»Beginnen wir damit, wie ihr euch kennengelernt habt. Cordelia hat mir nur die Kurzfassung erzählt, keine Details.«

Das war natürlich gelogen. Cordelia hat mir nie erzählt, wie sie ihn kennengelernt hat. Nachdem ich auch online nichts über das glückliche Paar und seine Anfänge gefunden habe, musste ich Lady Meade um Informationen bitten, damit ich in meiner Rolle als Brautjungfer überzeugen kann. Jede Brautjungfer weiß, wie sich Braut und Bräutigam kennengelernt haben.

»Es war bei einer Dinner-Veranstaltung«, mache ich den Anfang, denn mehr habe ich aus Lady Meade nicht herausbekommen.

»Ja, eine Wohltätigkeitsauktion zugunsten einer Ballettschule. Wir saßen nebeneinander.«

»Cordelia hat nie erwähnt, dass es um eine Ballettschule ging!«

»Das überrascht mich nicht, sie redet nicht gerne über ihre

Wohltätigkeitsarbeit«, erklärt er leise lachend. »Sie findet, wenn man sich damit in den Vordergrund drängt, missversteht man den Sinn der Sache. Sie hasst jeglichen Trubel. Das ist einer der vielen Gründe, warum ich sie liebe. Trotzdem hat sie im Laufe der Jahre Kunstprojekte unterstützt und Stipendien vergeben, vor allem im Bereich Ballett. Und diese Schule brauchte dringend Geld. Ich glaube, sie hat es immer bereut, nicht Tanzen gelernt zu haben.« Er lächelt. »Es wird dich nicht überraschen, dass sie als Kind aus dem Ballettunterricht geworfen wurde.«

»Warum?«

»Die Lehrerinnen behaupteten, sie hätte den Unterricht gestört. Victoria meint allerdings, dass Cordelia sich langweilte, weil sie viel besser war als die anderen Kinder. Ich bin mir nicht sicher, ob das stimmt, aber man sollte sich nicht mit den Schwiegereltern anlegen …«

»Cordelia wirkt sehr graziös. Ich kann mir vorstellen, dass sie eine gute Balletttänzerin wäre. Hat es bei euch sofort gefunkt?«

»Ja.« Jonathan lächelt bei der Erinnerung daran. »Ich gestand ihr gleich zu Beginn, dass ich noch nie in einer Ballettvorführung war. Meine Firma hatte mich beauftragt, das Dinner-Event zu besuchen, weil sie als Hauptsponsor einen Vertreter vor Ort brauchte. Jedenfalls gab ich zu, dass ich Ballett langweilig fand, und sie sah mich entsetzt an und begann, mir die verschiedensten Gründe aufzuzählen, warum ich ein Idiot bin.«

»Das kann ich mir gut vorstellen.«

»Wir redeten das ganze Dinner hindurch und ignorierten den Rest des Tisches vollkommen. Ich fand sie unheimlich witzig – sie brachte mich ständig zum Lachen. Dabei bin ich mir gar nicht sicher, ob das überhaupt beabsichtigt war. Sie gestand, dass sie aus dem Ballettunterricht geflogen war, und ich erzählte ihr im Gegenzug von meinem peinlichsten Moment. Ich wurde als Teenager zu einer Verkleidungsparty zu Hause in Norfolk eingeladen, hatte bei der Einladung aber leider etwas missverstanden. Es handelte sich nämlich gar nicht um eine Verkleidungsparty, sondern um eine piekfeine Feier zum sechzehnten Geburtstag, und ich tauchte als Power Ranger auf.«

Ich pruste los.

»Es war einer der peinlichsten Momente meines Lebens.« Er verzieht das Gesicht. »Jedenfalls bat ich Cordelia am Ende um ihre Nummer. Ich hatte keine Ahnung, dass andere sie oft als Furcht einflößend erlebten, bis es mir nach unserem Kennenlernen ständig unter die Nase gerieben wurde.«

»Etwas an dir hat sie dazu gebracht, ihr Schutzschild zu senken.«

Er lächelt schüchtern. »Vermutlich. Bei unserer ersten Verabredung war sie allerdings ganz anders. Als hätte sie sich während des Dinner-Events selbst vergessen. Plötzlich war da eine Mauer um sie herum. Sie wirkte kühl, zurückhaltend und angespannt. Trotzdem gab ich nicht auf. Ich hatte noch nie jemanden kennengelernt, der mir das Gefühl gab, so...« Er überlegt. »So interessant zu sein.«

»Du bist interessant!«

»Nicht wirklich«, erwidert er schulterzuckend. »Ich war nie ein Partytiger und steche nicht aus der Masse hervor. Aber Cordelia gibt mir dieses Gefühl. Sie hört mir wirklich zu, und ich rede unheimlich gerne mit ihr. Es ist schön. Aber jetzt genug von mir! Entschuldige bitte, ich wollte nicht ausschweifen.«

»Du musst dich nicht entschuldigen. Es ist schön, deine Seite der Geschichte zu hören.« Ich strahle ihn an. »Wie lief der Antrag?«

»Die Geschichte langweilt dich doch sicher schon zu Tode!«

»Cordelia hat es mir zwar schon erzählt«, lüge ich. »Aber es wäre nett, es auch mal vom Bräutigam zu hören. Wie lange hattest du den Ring, bevor du den Antrag gemacht hast?«

»Vier Monate. Ich habe vorher mit Lord und Lady Meade gesprochen, die sofort einverstanden waren. Und mit meinen Eltern, die nicht glücklicher hätten sein können. Ich wartete auf den perfekten Moment. Zuerst wollte ich es im Urlaub machen, in einem atemberaubenden Restaurant mit Hunderten Kerzen, roten Rosen und alldem.« Er lacht leise. »Aber je länger ich darüber nachdachte, desto mehr kam ich zu dem Schluss, dass dieses Klischee nicht zu uns passt. Ich beschloss, mir etwas Intimeres, Entspannteres zu überlegen. Dann waren wir eines Tages zum Reiten bei ihren Eltern.«

»Ich wusste nicht, dass du auch reitest«, staune ich.

»Ich habe erst durch Cordelia damit angefangen.« Wieder lacht er leise. »Eigentlich hatte ich Angst vor Pferden und hatte noch nie auf einem gesessen. Cordelia lag mir ständig damit in den Ohren, es doch mal zu versuchen, und irgendwann konnte ich es nicht mehr länger hinausschieben. Mittlerweile genieße ich es. Ich mag es lieber gemächlich, und ich schwöre, dass mein Pferd Marjorie mich jedes Mal auslacht, wenn ich mich im Leichttraben versuche – sobald ich loslege, schnaubt sie –, aber es macht Spaß. Warst du schon einmal mit Cordelia reiten?«

Ich schüttle den Kopf.

»Dann musst du das auf Dashwell Hall nachholen«, erklärt er aufgeregt. »Es ist die beste Möglichkeit, die Umgebung zu erkunden. Es ist so friedvoll.«

»Tut mir leid, ich habe dich vorhin unterbrochen. Erzähl weiter von dem Antrag.«

»Ach ja. Wir ritten also aus und blieben irgendwann stehen, um die Aussicht auf die Felder zu genießen. Als wir weiterreiten wollten, bewegte sich Marjorie nicht von der Stelle. Egal, was ich tat, sie stand einfach da. Ich murrte, gab ihr Hilfen mit der Ferse, befahl ihr, endlich weiterzugehen, und wurde ehrlich gesagt ziemlich sauer. Doch Marjorie war das egal. Es war unglaublich frustrierend. Cordelia fand es witzig. Sie trabte zu uns zurück und hatte vom Lachen Tränen in den Augen. Da musste ich auch lachen. Wir saßen wie zwei Idioten auf unseren Pferden und lachten und lachten. Jeder, der uns gesehen hätte, hätte uns für verrückt gehalten. Jedenfalls war das der Moment, in dem ich ihr den Antrag machte. Ich hatte es gar nicht geplant und auch den Ring nicht dabei. Ich sah sie lachen, und da … da fragte ich sie, ob sie mich heiraten möchte.«

»Das klingt perfekt«, erkläre ich hingerissen.

»Es war nicht sehr denkwürdig«, meint er. »Aber sie hat Ja gesagt, und hier sind wir nun. Meine Mum hat es immer noch nicht verkraftet und macht mir Vorwürfe, weil ich mir nichts Romantischeres habe einfallen lassen. Es war nicht gerade der eindrucksvolle Antrag, den Lady Cordelia Swann verdient hat.«

»Ich finde es wunderbar romantisch! Du hast ihr an einem Ort einen Antrag gemacht, den sie liebt, und in einem Moment, in dem ihr beide glücklich wart. Was könnte romantischer sein?«

»Wenn du es so sagst, klingt es ganz gut. Vielleicht könntest du auf der Hochzeit ein Wörtchen mit meiner Mutter reden?«

»Schade, dass ich deine Eltern nicht auf der Verlobungsparty kennengelernt habe. Leben sie immer noch in Norfolk?«

Er nickt. »Mitten im Nirgendwo. Als ich Cordelia zum ersten Mal mit nach Hause nahm, war die Aufregung groß. Ich hatte die beiden noch nie so nervös und das Haus noch nie so sauber erlebt. Nachdem sie nicht wussten, was sie gerne isst, haben sie alles eingekauft, was ihnen in den Sinn kam. Doch als Cordelia schließlich durch die Tür trat, ist Gus, einer unserer Hunde, sofort auf sie zu, und sie ging in die Knie und hat ihm den Bauch gekrault. Ich konnte sehen, wie die Spannung von meiner Mutter abfiel. Es ist der Titel. Er täuscht viele.«

Ich versuche, mir diese andere Cordelia vorzustellen, von der Jonathan mit gerade erzählt hat. Die Frau, die kleine alte Pubs mag und auf dem Küchenfußboden eines kleinen Landhauses hockt und den Hund krault.

»Was ist mit deinen Eltern?«, fragt Jonathan und reißt mich aus meinen Gedanken. »Wo wohnen sie?«

»In Australien. Sie verbringen den Ruhestand dort«, antworte ich und wische die Frage mit einer Handbewegung beiseite. »Du hast gesagt: ›einer unserer Hunde‹. Wie viele habt ihr denn?«

»Meine Eltern haben vier. Drei Springer-Spaniels und Gus,

einen schwarzen Labrador. Cordelia hat dir sicher schon viel von ihm erzählt. Sie haben eine besondere Verbindung. Gus liebt sie und folgt ihr überallhin, wenn wir bei meinen Eltern sind.«

»Wie schön. Du vermisst sie sicher, wenn du in London bist.«

»Meine Eltern oder die Hunde?«

»Beide«, lache ich.

»Natürlich. Aber wir besuchen sie, sooft wir können. Cordelia schafft es nicht, zu lange von Gus getrennt zu sein.« Er leert sein Glas. »Also, freust du dich aufs Wochenende?«

»Ja, obwohl ich ein wenig nervös bin. Ich habe schon so viele Fotos von Dashwell Hall gesehen – es ist surreal, dass ich jetzt dorthin fahre.«

»Ich weiß, was du meinst. Bei mir war es beim ersten Mal dasselbe«, meint er und nickt eifrig. »Aber Nicholas und Victoria sind so gute Gastgeber, dass man beinahe vergisst, wer sie sind. Sie sorgen dafür, dass du dich wohlfühlst, keine Bange.«

»Ja, mit Sicherheit.« Ich nehme den letzten Schluck Wein und stelle das leere Glas ab.

»Okay! Gehen wir shoppen?« Er fährt sich mit der Hand durch die Haare. »Wo um alles in der Welt sollen wir bloß anfangen?«

»Ich habe da eine Idee. Du hast mich auf etwas gebracht.«

Sein Gesicht hellt sich auf. »Wirklich? Was ist es?«

»Es ist auf jeden Fall sehr persönlich«, beginne ich. »Und wir müssen dazu nicht zum Shoppen.«

»Dann bin ich dabei!«, meint er, ohne zu zögern. »Trinken wir noch eine Runde, um die Idee zu begießen?«

»Willst du sie nicht erst mal hören?«, frage ich. »Vielleicht gefällt dir der Vorschlag nicht!«

»Blödsinn. Ich wette, er ist perfekt. Ich wusste, dass du die Beste für den Job bist, Emily.« Er winkt grinsend nach dem Barkeeper. »Ich wusste es einfach.«

Kapitel 16

Mum merkt, dass ich nervös bin. Seit ich mit einem Rollkoffer und der vagen Erklärung, dass ich übers Wochenende eine Freundin besuchen werde, zu Dads Geburtstagsessen gekommen bin, hat sie mir bereits Hunderte Fragen gestellt und wollte wissen, warum ich ihr noch nichts von dem Trip erzählt habe. Ich würde ihr so gerne sagen, dass ich das Wochenende mit dem Marquess und der Marquise von Meade auf Dashwell Hall verbringen werde, aber das geht nicht.

»Du wirkst durcheinander«, meint sie schließlich, während sie Dads Weinglas füllt.

»Nein, gar nicht. Warum sollte ich?«

»Keine Ahnung. Aber es ist so. Du tust diese Sache, die du immer tust, wenn du nervös bist.«

»Welche Sache?«

»Du spielst mit dem Ohrläppchen.«

»Was?« Ich lege meine Hand in den Schoß und höre auf, meinen Schmetterlingsohrring im Kreis zu drehen. »Quatsch.«

Mum schnappt nach Luft, und ihre Augen weiten sich. »Du hast jemanden kennengelernt!«

»Mum…«

»Es stimmt. Das sehe ich!«, ruft sie aufgeregt, und Dad verdreht die Augen. »Plant ihr ein gemeinsames Wochenende? Ja, das ist es! Wieso solltest du sonst so nervös und verschwiegen sein?«

»Mum, ich habe doch gesagt, dass ich mit einer Freundin verreise, die du nicht kennst. Sie heißt Emily.«

»Schon klar«, meint sie und setzt sich an den Tisch. »Ich hoffe, du verbringst eine schöne Zeit mit deiner *Freundin*. Keine Angst, ich stelle dir keine zu persönlichen Fragen mehr.«

Sie tut, als würde sie sich die Lippen zuzippen. Vermutlich ist es halb so schlimm, sie in dem Glauben zu lassen, dass ich das Wochenende mit einem Mann verbringe. Es ist sicher besser, als ihr die Wahrheit zu sagen. Ich achte nicht weiter auf sie und hebe mein Glas.

»Alles Gute zum Geburtstag, Dad«, rufe ich fröhlich und stoße mit ihm an.

»Danke, Soph«, erwidert er und macht sich über das indische Take-away her, das er sich eigens zu dem Anlass gewünscht hat.

Mum tut, als würde sie sich nicht darüber ärgern. Sie wollte ein großes Getue veranstalten und ihn in ein tolles Restaurant ausführen, doch er wollte »Lieferservice und einen Abend mit meinen Mädchen«. Dad hatte noch nie etwas für Gedöns übrig. Er bleibt lieber zu Hause, anstatt auszugehen, und sitzt gemütlich auf dem Sofa, die Lesebrille auf der Nase und den neuesten Thriller in der Hand. Seit er als Lehrer an der örtlichen Gesamtschule in Rente ging, geht er gerne spazieren und nimmt Golfunterricht, aber seine Lieblingshobbys sind immer noch Lesen und Schreiben.

Ich weiß, dass er seinen Job vermisst. Er war ein brillanter Lehrer, fasziniert von Geschichte und verzweifelt bemüht, dieselbe Leidenschaft in seinen Schülern zu wecken. Er ist von Natur aus herzlich, sanft und enthusiastisch. Die Kinder und die Kollegen haben ihn geliebt. Er hatte nie das Verlangen, an eine andere Schule zu wechseln oder in eine höhere Position aufzusteigen. Geld war nie ein Thema – Mum hat schon immer die meisten Brötchen verdient –, und er wollte auch nicht in die Schulpolitik hineingezogen werden. Dafür ist er viel zu chaotisch und relaxt. Er wollte einfach Kindern etwas beibringen.

Die letzte Zeit vor dem Ruhestand war für uns alle nicht einfach, denn wir wussten nicht, was Dad danach mit sich selbst anstellen würde. An seinem letzten Schultag hielt er eine wundervolle Abschiedsrede, die alle zu Tränen rührte. Man merkte, dass es ihm das Herz brach.

Doch es stellte sich heraus, dass er mit dem Ruhestand gut klarkommt. Er sagt immer, dass er die Notengebung nicht vermisst, sondern nur die Kinder, und er lenkt seine ganze Energie auf das Schreiben seines Buches, ein historischer Kriminalroman, aus dem er ein großes Geheimnis macht. Wenn ich ihn nach der Handlung frage, meint er nur: »Wenn ich es dir sage, ist die Spannung dahin«, und tippt sich an die Nase. Wenn ich zufällig zu Hause bin, wenn er schreibt, finde ich den Prozess immer sehr unterhaltsam. Er geht in sein Büro, macht einige Dehnungsübungen, setzt sich vor den Computer, atmet tief ein und verkündet: »Los geht's!« Dann beginnt er, langsam zu tippen, hält immer wieder inne, um einen Satz noch einmal zu lesen, und murmelt »Gut« oder »Da ist noch einige Arbeit nötig« vor sich hin, als würde er immer noch vor seiner Klasse sprechen.

»Also«, meint er und löffelt sich etwas Mango-Chutney auf seinen Teller. »Erzähl mir von der Arbeit, Sophie. Wie läuft es?«

»Gut«, lüge ich, nippe an meinem Wein und vermeide jeglichen Augenkontakt mit Mum.

»Jetzt, da der Sommer vorüber ist, wird es hoffentlich etwas ruhiger«, meint sie, bricht ein Papadam und reicht mir ein Stück. »Du hast in den letzten Monaten zu viel gearbeitet. Du musst dir auch mal eine Auszeit gönnen, damit du wieder ausgeruht bist.«

»In meiner Branche ist es gut, wenn viel zu tun ist«, erinnere ich sie. »Wenn es ruhiger wird, mache ich mir eher Sorgen.«

»Irgendwelche verrückten Bräute oder Bräutigame zurzeit?«, fragt Dad leise lachend. »Ich hoffe es jedenfalls. Die Geschichten sind immer sehr unterhaltsam.«

»Ich habe im Moment tatsächlich eine besonders anspruchsvolle Braut. Ehrlich gesagt …« Ich breche ab und überlege genau, was ich sage, damit ich nichts verrate. »Ehrlich gesagt, bin ich mir nicht sicher, wie ich sie handhaben soll.«

Ich dachte, der Einbruch ins Atelier hätte die dringend notwendige Verbindung zwischen mir und Cordelia hergestellt, aber es ist, als wäre es nie geschehen.

Ich habe auf dem Heimweg von dem Treffen mit Jonathan eine Nachricht von ihr erhalten, doch anstatt sich zu bedanken, dass ich Kopf und Kragen für sie riskiert hatte, war es eine Anweisung, ihre Sachen aus der Reinigung zu holen. Schon wieder. Habe ich mit meinem Entschluss, eine *Straftat für sie zu begehen*, nicht bewiesen, dass ich Respekt verdient habe? Hat sie das immer noch nicht überzeugt? Warum sitzen wir nicht irgendwo bei einem Drink und lachen über unsere erfolgreiche Mission? Dabei ist mir sogar das perfekte Geschenk für sie eingefallen – Jonathan war überglücklich –, und ja, klar weiß sie davon nichts, aber *trotzdem*.

Ich holte ihre Sachen von der Reinigung, und die einzige weitere Nachricht, die ich von ihr erhielt, war ein O.k., nachdem ich ihr geschrieben habe, wann mein Zug am Samstag ankommt, damit sie mir wie versprochen ein Taxi organisieren kann.

Ich frage mich, ob sie jemals darüber hinwegkommen wird, dass ich dafür bezahlt werde, ihr zu helfen. Es ist, als würde sie absichtlich Allüren an den Tag legen und sich als die anspruchsvolle Society-Diva geben, für die sie alle Welt hält. Dabei hat Jonathan mich überzeugt, dass sie eigentlich gar nicht so ist. Aber wie schaffe ich es, dass sie das Schauspiel beendet?

»Vielleicht können wir dir helfen«, meint Mum und richtet sich auf. Sie ist bereit, eine Lösung zu finden – egal, um welches Problem es sich handelt.

»Sie ist schwierig. Und sie hasst mich.«

»Niemand hasst dich«, erklärt Dad.

»Sie schon. Sie findet mich sonderbar.«

»Du bist nicht sonderbar!«, ruft Mum beleidigt.

»Definiere sonderbar.« Dad grinst und schnappt nach Luft, als Mum ihm unter dem Tisch einen Tritt verpasst. »War doch nur ein Witz! Du bist nicht sonderbar, Sophie. Du bist total normal.«

»Vielleicht ist das ein Teil des Problems. Ich bin zu ›normal‹.« Ich schiebe mein Essen auf dem Teller umher. »Ich dachte, wir hätten eine Verbindung aufgebaut, aber mittlerweile bin ich mir ziemlich sicher, dass ich mich geirrt habe. Ihre Mum ist auf mich zugekommen, und sie will meine Hilfe wirklich. Sie hat das Gefühl, ihre Tochter braucht mich. Aber die Braut selbst hat sehr deutlich gemacht, dass sie mich nicht in ihrer Nähe haben will.«

»Die Arbeit mit widerwilligen Klienten ist immer schwierig.« Mum nickt. »Ich kann mich noch erinnern, als ich mit... nun ja, ich werde keine Namen nennen, also sagen wir einfach, dass ich mit einem sehr anspruchsvollen Moderator zu tun hatte. Es gab einige Schlagzeilen über eine vergangene Beziehung mit einem verheirateten Model. Er hatte gerade die Moderation einer sehr bekannten Familiensendung bekommen und wurde gefeuert, als die Sache ans Licht kam. Es hätte das Ende seiner Karriere sein können. Ich wurde von seiner Agentin engagiert, um es wieder geradezubiegen. Er wollte meine Hilfe nicht und hat sich nie dafür bedankt, dass ich ihn auf einen Pfad gebracht habe, der viel besser zu seiner Persönlichkeit passte. Er dachte, er könnte es selbst viel besser. So, als hätte ich keinerlei Erfahrung gehabt. Ich habe ihm den Hintern gerettet, aber ihm war es vollkommen egal. Es war keine sehr erfüllende Erfahrung.«

»Wie bist du mit dem Gefühl umgegangen, unerwünscht zu sein? Und wie hast du es geschafft, dass es dir bei der Arbeit nicht in die Quere kommt?« Ich lege die Gabel beiseite.

»Ich habe mir einfach in Erinnerung gerufen, dass ich nur meine Arbeit mache. Da haben persönliche Gefühle nichts verloren. Würde ein Arzt einen Patienten abweisen, weil dieser unfreundlich zu ihm war? Selbstverständlich nicht. Er hat eine Aufgabe zu erfüllen, und genau das tut er.«

»Das ist eine gute Sichtweise. Trotzdem kann ich nicht verstehen, wie jemand so widerwärtig sein kann. Sie ist fest entschlossen, mich zu hassen. Neulich schwammen wir kurz auf einer Wellenlänge, aber offenbar verbietet sie sich, freundlich zu mir zu sein. Dabei weiß ich, dass sie es kann. Es ist so frustrierend.«

»Vielleicht siehst du nicht die ganze Geschichte«, gibt Dad zu bedenken und lehnt sich in seinem Stuhl zurück. »Klingt nach einer komplizierten, aber interessanten Persönlichkeit. Es gibt vielleicht mehr, als du ahnst.«

»Ich weiß nicht. Ich kann unter dem Panzer der Unfreundlichkeit einfach nichts Positives entdecken.«

Dad lacht leise. »So schlimm?«

»Schlimmer. Ich weiß nicht, wie lange ich noch so tun kann, als wäre ich froh, für sie zu arbeiten. Jedes Mal, wenn sie etwas Abscheuliches tut oder sagt, muss ich weiterlächeln. Es ist zum Verrücktwerden.«

»Das Wichtigste ist, dass du den Job erledigst, so gut du kannst – das darfst du nie vergessen«, erklärt Mum. »Du darfst dich nicht selbst geißeln, bloß weil du ab und zu deine Maske fallen lassen musst. Mach weiter dein Ding. Deine Aufgabe ist es, ihr dabei zu helfen, die wunderbarste Hochzeit zu organisieren, die sie sich vorstellen kann.«

»Die Versuchung, alles aufzugeben und mich auf die Bräute zu konzentrieren, die mich wirklich an Bord haben wollen, ist riesig. Was, wenn unser Hass aufeinander die Hochzeit verdirbt? Welchen Sinn hatte meine Arbeit dann?«

»Wenn du das wirklich befürchten würdest, hättest du es schon längst beendet«, erwidert Mum. »Du machst viel mehr, als dein Job von dir verlangt. Sie kann froh sein, dass sie dich hat – genau wie all deine Bräute –, und das weißt du auch. Deshalb hast du sie noch nicht aufgegeben.«

»Das sehe ich auch so«, meint Dad bestimmt. »Du warst schon immer ein Organisationstalent. Erinnerst du dich an die wundervolle Weihnachtsparty, die du für uns veranstaltet hast?«

»Was für ein Riesenevent, Dad!«, lache ich. »Ich war acht.«

»Na und? Es war ganz allein deine Idee. Du hast alle Häuser in unserer Straße abgeklappert und Einladungen in die Briefkästen gesteckt«, erinnert er sich liebevoll. »Du warst so aufgeregt, dass du am Weihnachtstag extra früh aufgestanden bist und versucht hast, ohne meine Hilfe die Lichterketten zu montieren.«

»Erinnerst du dich, wie sie mit dem Tablett voller Häppchen herumgegangen ist?« Mum lächelt.

»Ich erinnere mich, dass sie allen Champagner nachgeschenkt hat«, erwidert er. »Und wie sauer sie war, als ich vergessen habe, die Schallplatte mit der Hintergrundmusik rechtzeitig zu wechseln.«

»Ja, genau. Sie meinte ständig: ›Es geht um das Ambiente, Daddy. Das Ambiente!‹« Mum legt kichernd eine Hand auf seine. »Du musst das Wort erst kurz zuvor gelernt haben, denn du warst unheimlich stolz darauf.«

»Also, wenn du mit acht eine riesige Weihnachtsparty mit unseren verrückten Nachbarn managen konntest, dann kriegst du auch die Sache mit dieser Braut auf die Reihe, vertrau mir«, meint Dad zum Abschluss, und seine Augen funkeln amüsiert.

»Danke, Dad.« Es ist schön, dass sie solches Vertrauen in mich haben, und ich hoffe, etwas davon färbt auf mich ab, wenn ich morgen Cordelia gegenübertrete, um das Wochenende mit ihr zu verbringen. »Ich werde mein Bestes geben.«

»Das ist mehr als genug.« Er klatscht in die Hände, schnappt sich seine Gabel und betrachtet die Schachteln und Teller auf dem Tisch. »Also, nachdem heute mein Geburtstag ist, darf ich mir doch sicher einen Nachschlag nehmen, oder?«

Bitte hinterlassen Sie eine Nachricht nach dem Signalton.

PIIIIIIIIEEEEEEEP

Hi, Sophie, hier spricht Candice. Könntest du mich anrufen, sobald du das abhörst? Ich habe mich in eine ziemlich unangenehme Lage manövriert. Eine wirklich grauenhafte Lage. Ich schäme mich so. Meine zukünftige Schwägerin hat mich gefragt, ob sie auf der Hochzeit auf ihrem Akkordeon spielen darf, obwohl sie erst vor Kurzem mit dem Unterricht angefangen hat. Und zwar während der Zeremonie. Gestern Abend beim Familienessen, vor allen anderen. Und rate, was ich getan habe? Ich habe Ja gesagt. *ICH HABE JA GESAGT!* Alle Blicke waren auf mich gerichtet! Ich konnte nicht Nein sagen! *Was soll ich jetzt tun?* Wie komme ich da wieder raus? Hilf mir. *Bitte* hilf mir!

Bitte hinterlassen Sie eine Nachricht nach dem Signalton.

PIIIIIIIIEEEEEEEP

Hi Sophie, hier ist noch mal Candice. Ich weiß, ich habe dir gerade eben eine Nachricht hinterlassen, aber mir ist noch etwas eingefallen. Meine Schwägerin kann nur ein Lied spielen, und das ist »My Heart Will Go On« von Céline Dion. Der *Titanic*-Song, Sophie! Sie will, dass ich zu dem Titellied einer Tragödie über eine dem Untergang geweihte Liebe zum Altar schreite. Bitte ruf so schnell wie möglich zurück! Ohh, mir ist schlecht…

Bitte hinterlassen Sie eine Nachricht nach dem Signalton.

PIIIIIIIIEEEEEEEP

Ach ja, außerdem lernt sie gerade »Don't Cha« von den Pussycat Dolls und hat es als Lied für den Brauttanz vorgeschlagen. Erschieß mich bitte. SOFORT!

Kapitel 17

Als ich in Derbyshire aus dem Zug steige, ist weit und breit kein Taxi zu sehen. Ich setze mich auf die einsame Bank vor dem Bahnhof und sehe nach, ob Cordelia mir eine Nachricht geschrieben hat, dass das bestellte Taxi sich verspätet. Doch ich habe keine neuen Nachrichten und auch keinen Empfang. Wobei Zweiteres durchaus verständlich ist, immerhin befinde ich mich mitten im Nirgendwo. Der Bahnhof ist winzig, nicht viel größer als eine Hütte, und es gibt ein Schild, das Reisende daran erinnert, dass er an den Wochenenden nicht besetzt ist und sie den Ticketautomaten am Bahnsteig benutzen sollen.

Außer mir ist niemand aus dem Zug gestiegen, und auch wenn ich nicht zu spät nach Dashwell Hall kommen will, gefällt mir die Vorstellung, der einzige Mensch weit und breit zu sein. Es ist so friedlich hier draußen. Ich schlinge mir den Mantel enger um den Körper und sehe mich um. In der Ferne grasen Pferde, und die Schafe überziehen die Felder wie kleine Punkte. Es sieht aus wie in einem Roman von Jane Austen. Abgesehen von den Eisenbahnschienen – und meiner Wenigkeit in meinem langen schwarzen Mantel und den Stiefeletten.

Nachdem ich einige Minuten gewartet habe, frage ich mich, ob das Taxi aufgehalten wurde. Vielleicht steckt es hinter einer Kuhherde fest, die gerade die Straße überquert. Oder es gibt einen ähnlich malerischen Grund für die Verspätung. In London habe ich nicht oft Zeit, einfach dazusitzen und nichts zu tun, und wenn es mal vorkommt, greife ich normalerweise sofort nach dem Handy. Doch ohne Empfang gibt es wenig Möglichkeiten. Ich bin gezwungen, zu warten und die Umgebung auf mich wirken zu lassen. Vogelgezwitscher. Ruhe. Frische Luft. Nur die grauen Wolken bereiten mir Sorgen, denn nachdem der Bahnhof geschlossen ist, gibt es nichts, wo ich mich unterstellen könnte. Aber das Taxi wird sicher bald hier sein.

Nach etwa fünfzehn Minuten werde ich langsam nervös. Ich will nicht zu spät kommen. Nicht nur, weil es unhöflich ist, sondern auch, weil es viel zu tun gibt. Ich will unbedingt das Haus sehen und mir überlegen, wie wir Cordelias Traum zum Leben erwecken können. Der Abend mit meinen Eltern hat mir den nötigen Antrieb gegeben, und nun freue ich mich wieder auf die Hochzeit. Ja, es wirkt wie eine unmöglich zu bewältigende, beängstigende Aufgabe, aber letztlich ist es Cordelias Entscheidung und nicht meine. Ich kann nur für sie da sein, wenn sie mich braucht.

Nach einer halben Stunde steige ich auf die Bank und halte das Handy so hoch wie möglich, um vielleicht doch ein Signal zu finden. Aber da ist nichts.

Nach fünfundvierzig Minuten gerate ich in Panik. Ich wandere auf und ab und starre verzweifelt die kurvige, schmale Straße entlang, die zum Bahnhof führt. Bin ich an der falschen Haltestelle ausgestiegen? Ich lese noch einmal das Schild, aber ich bin hier definitiv richtig. Vielleicht habe ich Cordelia die falsche Uhrzeit genannt? Ich scrolle durch die Nachrichten, auch hier stimmen die Angaben. Das Taxi wurde offenbar entweder aufgehalten oder kommt gar nicht, und der Fahrer hielt es nicht für nötig, mich zu informieren. Es ist zum Aus-der-Haut-fahren! Ich stehe mitten im Nirgendwo und habe keinen Empfang! Der Fahrer kann doch nicht einfach einen Fahrgast an einem entlegenen Ort ohne Empfang stehen lassen, und die Tatsache, dass er einen Gast des Marquess und der Marquise versetzt, ist sicher nicht gut fürs Geschäft …

Plötzlich fällt mir ein weiterer Grund ein, warum das Taxi noch nicht da ist, und es ist bestimmt die wahrscheinlichste Erklärung.

Cordelia hat überhaupt kein Taxi bestellt!

AAAAHH! Wie konnte ich nur *so dumm* sein? Sie sabotiert meine Arbeit von Anfang an, warum sollte sie da bereitwillig ein Taxi für mich bestellen, damit wir zusammen das Wochenende verbringen können? Kaum zu glauben, wie naiv ich war.

»Dieses *MISTSTÜCK*«, rufe ich laut, auch wenn mich keiner hören kann. In der Ferne muht eine Kuh.

Ein Regentropfen landet auf meiner Nase. Super!

Ich greife nach dem Griff meines Rollkoffers und stapfe wütend die Straße entlang, fort vom Bahnhof. Dabei halte ich mein Handy von mir gestreckt und werfe alle paar Sekunden einen Blick auf das Display. Irgendwo entlang der Straße muss es Empfang geben, und dann kann ich die Nummer eines örtlichen Taxiunternehmens heraussuchen. Es beginnt leicht zu regnen, und ich verfluche mich dafür, dass ich keinen Mantel mit Kapuze angezogen habe. Habe ich einen Regenschirm dabei? Vermutlich. Aber wenn, dann steckt er im Koffer, und ich will ihn nicht mitten auf der Straße öffnen und den Schirm herausholen.

Die Straße nimmt kein Ende, nirgendwo gibt es Empfang, und kein Auto fährt vorbei. Der Regen wird stärker. Wasser rinnt über mein Gesicht, während ich weiterstapfe und inständig hoffe, dass das Taxi wundersamerweise doch noch auftaucht und ich mich in Cordelia getäuscht habe. Ich halte an und binde die Haare hoch, die nass und zottelig hinunterhängen und unangenehm an meiner Stirn und im Nacken kleben. Ein paar neugierige Schafe auf dem Feld neben der Straße beobachten mich. Die meisten liegen zusammengekuschelt unter einem schützenden Baum. Ich wende neiderfüllt den Blick ab.

»Das ist doch lächerlich!«, rufe ich und beschließe, den Schirm doch aus dem Koffer zu holen.

Ich gehe in die Hocke und öffne den Reißverschluss nur einen

Spalt, damit der Regen nicht meine gesamte Wochenendgarderobe ruiniert. Ich stecke den Arm durch das Loch und taste nach dem Schirm. Nachdem ich ihn nicht finde, muss ich den Reißverschluss schließlich doch ganz öffnen.

»Verdammt noch mal«, fluche ich. Der Schirm ist in der Außentasche des Koffers. »Na super! Bis ich auf Dashwell Hall angekommen bin, sehe ich aus wie eine schiffbrüchige Ratte, und meine Klamotten fürs Wochenende sind hinüber.«

Ein Schaf blökt mitleidsvoll. Spüren die Tiere meine Verzweiflung?

Irgendwann mündet die Straße in eine Kreuzung, auf der ein Wegweiser mir die Richtung nach Dashwell Hall zeigt. Und ab hier gibt es sogar einen richtigen Bürgersteig an beiden Seiten.

»Bitte, lass es nicht allzu weit sein«, wimmere ich und gehe weiter, obwohl ich ganz genau weiß, dass es *ziemlich* weit ist, da ich vor meiner Ankunft auf der Karte nachgesehen habe und man selbst mit dem Auto eine Zeit lang unterwegs ist.

Kurz darauf holpert mein Rollkoffer über einen verirrten Stein. Ich stolpere und stoße mir den Zeh. Ich schreie auf und bleibe stehen, um mich zu beruhigen. Ich bin kurz davor zu heulen.

Das habe ich nicht verdient! Ich hasse Cordelia. ICH HASSE SIE! Und warum ist hier kein Empfang? Wie kann es sein, dass es in diesem Land noch Orte gibt, an denen man keinen Empfang hat! Wir leben im 21. Jahrhundert! *Was ist los mit diesem Land?*

»Aaaaaahhhhh!« Ich mache meiner Wut Luft, schließe die Augen, balle die Fäuste und stampfe mit dem Fuß auf.

In diesem Moment hupt ein Auto hinter mir. Ich falle beinahe in Ohnmacht. Ich fahre herum und sehe einen verdreckten, alten Land Rover auf mich zurollen. Ich bin gerettet!

Der Wagen stoppt. Ich ziehe meinen Rollkoffer zur Fahrerseite. Das Fenster geht auf, und mein Blick fällt auf den Fahrer.

Verdammt.

»Emily!« Tom mustert mich schockiert von oben bis unten. »Was hast du denn vor?«

Die Freude darüber, aus meiner misslichen Lage befreit worden zu sein, macht einer unglaublichen Demütigung Platz. Keine Ahnung, wie ich aussehe, aber mit Sicherheit nicht gut. Mein Make-up läuft mir vermutlich übers Gesicht, meine Haare sind zu einem schlampigen, feuchten Knoten gebunden, und an meinen Beinen klebt Schlamm von den Rollen meines Koffers.

»Oh, hi!« Ich lächle möglichst unbeeindruckt. »Wie geht es dir, Tom?«

»Wolltest du *zu Fuß* nach Dashwell laufen?«, will er wissen und ignoriert meine Frage. »Hat Cordelia dir nicht ein Taxi bestellt?«

»Mein Zug war zu früh dran«, erkläre ich und wische mir über die Stirn. »Und ich wusste nicht, dass es hier draußen keinen Empfang gibt. Ich dachte, ein Spaziergang würde mir guttun.«

So verlockend es auch ist, jedem auf die Nase zu binden, was für ein Miststück Cordelia tatsächlich ist, weiß ich doch, dass es nichts bringt, sich bei ihrem Bruder über sie auszulassen. Ich kann meine Arbeit nur machen, wenn sie irgendwann beginnt, mir zu vertrauen. Bis dahin muss ich ihr Spiel mitspielen.

Ihr fieses Spiel, zu dem auch gehört, dass ich nachts in fremde Häuser einbreche. Und dass ich mitten im Nirgendwo strande.

Denk an das Geld. Denk an deine Karriere. Denk an deine zukünftigen Klientinnen …

»Du wolltest im Regen spazieren gehen?«

»Es ist sehr … erfrischend.«

»Zu Fuß braucht man ewig bis nach Dashwell.« Er sieht mich an, als hätte ich den Verstand verloren. »Ich nehme dich mit.«

»Oh!« Ich tue, als wäre mir der Gedanke vorher noch gar nicht gekommen. »Bist du sicher? Ich laufe gerne weiter, wenn du Termine hast.«

»Steig ein«, befiehlt er, steigt aus und greift nach meinem Koffer.

Ich rutsche auf den Beifahrersitz und bin unglaublich erleichtert. Natürlich wäre es besser gewesen, Tom hätte mich nicht in diesem Zustand gesehen, aber zumindest habe ich jetzt eine Mitfahrgelegenheit. Ich hole meinen Handspiegel aus der Tasche, werfe einen schnellen Blick hinein und stöhne, als ich die verschmierte Mascara sehe, die ich heute Morgen sorgfältig aufgetragen habe. Vom Lippenstift ist auch nichts mehr übrig. Ich trage ihn gerade auf, als Tom auf den Fahrersitz rutscht und die Tür zuzieht.

»Dann gehst du also gerne spazieren?«, fragt er und fährt los.

»Manchmal«, erwidere ich und versuche diskret, die verschmierte Mascara mit dem Finger abzuwischen. »Es ist schön, mal aus London raus und an die frische Luft zu kommen.«

»Klar.« Er grinst. »Und wie du sagtest: Der Regen ist sehr erfrischend.«

Ich sehe ihm beim Fahren zu. Es bringt mich durcheinander. Seine gebräunten Arme sind mit Sommersprossen überzogen, und die Muskeln sind gespannt, während die Hände das Lenkrad halten. Ich wende den Blick ab und sehe geradeaus. Wer hätte gedacht, dass Arme so sexy sein können?

»Du hattest Glück, dass ich dich aufgelesen habe«, meint er und reißt mich aus meiner Verzückung über seine Arme. Ich werde rot, als hätte er meine Gedanken gelesen. »Die Straße hier ist sehr ruhig. Die meisten Touristen meiden diesen Bahnhof, weil er sich zu weit außerhalb von Paxton befindet, wo die Bed & Breakfasts und Läden sind. Er liegt zwar näher an Dashwell Hall, ist aber trotzdem ziemlich abgelegen.«

»Das ist mir auch aufgefallen«, erwidere ich. »Warum bist du nicht auf Dashwell Hall?«

»Cordelia wollte frische Früchte für ihre Smoothies.« Er deutet mit dem Kopf auf die Tüten auf dem Rücksitz. »In der Nähe gibt es samstags einen Bauernmarkt, deshalb habe ich angeboten, welche zu holen.«

»Das war nett von dir.«

»Es war nicht ganz selbstlos«, gibt er zu. »Hast du schon mal einen ihrer Smoothies probiert?«

Ich schüttle den Kopf.

»Da hast du etwas verpasst. Sie sind köstlich. Sie meinte, sie macht mir einen, wenn ich die Zutaten dafür hole. Ich sorge dafür, dass sie einen großen Becher zubereitet, dann können wir teilen. Obwohl du sicher etwas Wärmeres vertragen könntest.«

»Ein Becher Tee wäre super.«

»Wie war die Geburtstagsfeier gestern Abend?«

»Schön, danke. Aber es tut mir leid, dass ich nicht gestern schon herkommen konnte.«

»Du hast nicht viel versäumt. Während des Essens sind Cordelia und Mum in einen hässlichen Streit über das Hochzeitsmenü geraten.« Er seufzt und biegt langsam um eine enge Kurve. »Für Dad und mich war es ziemlich langweilig und laut.«

»Haben sie denn eine gemeinsame Lösung gefunden?«

Er lacht, als wäre die Vorstellung absurd. »Ich bin mir nicht sicher, ob die beiden irgendwann einmal einer Meinung waren.«

Ich merke, wie er mich neugierig mustert, bevor er weiterredet.

»Es ist wirklich schön, dass es jemanden gibt, der mit meiner Schwester zurechtkommt. Es klingt seltsam, aber sie macht es den Leuten nicht leicht, sie zu mögen. Ich verstehe sie größtenteils selbst nicht, aber sie ist ein guter Mensch. Einer der besten, um ehrlich zu sein. Es ist schön zu wissen, dass ich nicht der Einzige bin, der das erkennt.«

»Hmmm.« Ich sage lieber nichts, frage mich allerdings zum ersten Mal, ob er genauso irre ist wie seine Schwester.

»Ich war überrascht, dass du ihr die Sache mit diesem dämlichen Callgirl-Gerücht so schnell verziehen hast.« Er verzieht das Gesicht.

»Ich bin kein Callgirl«, erkläre ich eilig und bin schockiert, dass er davon gehört hat.

»Das weiß ich doch!« Er lacht. »Verdammt, Emily, selbstverständlich bist du kein Callgirl. Cordelia hat einen äußerst seltsamen Sinn für Humor. Ich habe ihr gesagt, dass sie froh sein kann, dass du nach dieser Aktion immer noch ihre Freundin bist.«

»Na ja, du weißt ja, wie sie ist.« Ich räuspere mich und versuche, schnell das Thema zu wechseln. »War es seltsam, in einem Haus aufzuwachsen, das dauernd von Touristen belagert wird?«

»Ja. Und das ist es immer noch. Aber wir haben einen privaten Bereich, zu dem Touristen keinen Zugang haben.«

»Mit Bereich meinst du einen eigenen Flügel, oder?«

Er rutscht auf seinem Sitz hin und her. »Ja, ich schätze, man könnte es Flügel nennen.« Er wirft mir einen Blick zu. »Warum grinst du so? Was ist?«

»Tut mir leid, aber es ist einfach verrückt«, erwidere ich und kann nicht aufhören zu lächeln. »Wie in *Die Schöne und das Biest* oder so. Du hast deinen eigenen *Flügel.*«

»Es ist nicht *mein* Flügel, er gehört der ganzen Familie«, erklärt er, doch dann breitet sich ebenfalls ein Lächeln auf seinem Gesicht aus, und die vertrauten Fältchen sind wieder da. »Und es ist sehr viel cooler als das Schloss in *dem Film.*«

»Ein hoher Anspruch. Das Schloss des Biests war unglaublich. Mit Türmchen und allem.« Ich deute aus dem Fenster. »Super. Jetzt, da ich im Auto sitze, hört es auf zu regnen.«

»Ich dachte, du hättest den erfrischenden Spaziergang im Regen genossen?«

»Hab ich auch.«

»Soso.« Er grinst und hält vor einem schwarzen Eisentor.

Der Mann hinter dem Fenster des Portierhäuschens hebt den Blick, sieht Tom und lächelt, bevor er ihn durchlässt.

Der Wagen holpert über ein Viehgitter, dann erstreckt sich die von gigantischen Bäumen gesäumte Zufahrt vor uns. Während Tom den Schlaglöchern ausweicht, lehne ich mich gespannt nach vorne und warte auf den Moment, in dem ich das bedeutsame Haus zum ersten Mal sehe. Als mein Blick endlich darauf fällt, schnappe ich nach Luft.

»Da ist es«, erklärt Tom. »Willkommen auf Dashwell Hall.«

Kapitel 18

Dashwell Hall ist wunderschön. Das große alte Steinhaus erhebt sich golden und warm zwischen den Hügeln der Umgebung und wirkt dank Hunderter schimmernder Fenster selbst unter dem grauen Himmel einladend und heimelig. Ich lasse den Blick über die Flügel wandern, die sich zu beiden Seiten erstrecken. Kein Wunder, dass die Swanns hier Ruhe und Abgeschiedenheit finden, selbst wenn Unmengen an Touristen das weitläufige, schlossartige Areal bevölkern.

Ein Mann in Signalweste, der die Hände tief in die Taschen gesteckt hat, steht an einer Weggabelung, an der die Lehmstraße in einen Kiesweg übergeht. Die eine Straße führt direkt zum Haus, die andere auf ein etwas höher gelegenes Feld. Ein Schild verrät, dass sich links der Parkplatz und geradeaus der Privatbereich befindet. Tom nickt der Ordnungskraft zu und fährt geradeaus, an einem eindrucksvollen Steinspringbrunnen vorbei vor das Haus, wo er neben einem silbernen Aston Martin parkt.

»Was sagst du dazu?«, fragt er, macht den Motor aus und öffnet den Sicherheitsgurt.

»Ich finde…« Ich lehne mich zurück und lasse das Haus auf mich wirken. »Dashwell Hall könnte tatsächlich schöner sein als das Schloss in *Die Schöne und das Biest*.«

Er lacht. »Abgesehen von den fehlenden Türmchen.«

»Ich kann nicht glauben, dass ich hier übernachten werde.«

Ich starre weiter durch die Windschutzscheibe hinaus. »Es ist wunderschön.«

»Gehen wir rein. Cordelia wird sich freuen, dich zu sehen.«

Als ich aus dem Auto steige, wird mir klar, dass die Schönheit des Hauses mich mein derzeitiges Aussehen hat vergessen lassen. Ich gehe in die Knie und wische, so gut es geht, den Schlamm von meinen Beinen. Dann richte ich mich auf, ziehe den Haargummi aus meinen Haaren und kämme sie mit den Fingern durch. Als ich mich umdrehe, wartet Tom mit meinem Rollkoffer auf mich.

»Tut mir leid.« Ich eile auf ihn zu und streiche meinen feuchten Mantel glatt. »Ist die ganze Familie hier?«

»Sie waren alle im Haus, als ich gefahren bin, aber natürlich kann sich das in der Zwischenzeit geändert haben«, meint er, und seine Schritte knirschen auf dem Kiesweg, der zur Eingangstür führt. »Warum? Ist alles in Ordnung?«

»Ja, alles okay. Ich habe mich nur gefragt, ob ich vielleicht noch duschen und mich umziehen kann, bevor ich den anderen gegenübertrete«, erkläre ich mit einem entschuldigenden Blick. »Ich habe schon mal besser ausgesehen.«

»Du solltest dir über solche Dinge keine Gedanken machen. Du siehst toll aus«, erklärt er sachlich und wischt meine Bedenken mit einer Handbewegung beiseite. »Aber wenn es dir unangenehm ist, zeige ich dir zuerst dein Zimmer, bevor die anderen merken, dass wir da sind.«

Ich bedanke mich gerade, als ich Reifen auf dem Kies höre. Wir drehen uns um, und ein schnittiger blauer Sportwagen hält hinter dem Land Rover. Die Türen gehen auf, und zwei junge Frauen steigen aus. Die eine erkenne ich sofort.

Lady Annabel Porthouse.

Die andere Frau muss irgendwie mit ihr verwandt sein, denn sie sind beide groß und schlank, haben fein gemeißelte Gesichtszüge, volle Lippen und honigblonde Haare mit dezenten Highlights. Lady Annabel trägt einen langen roten Rock und ein schwarzes Poloshirt, ihre Begleiterin schwarze Skinny-Jeans, eine wallende blaue Bluse, deren oberste Knöpfe offen stehen, und Schuhe mit hohem Keilabsatz. Eine seltsame Schuhwahl in Anbetracht des Wetters. Sie stöckelt ungelenk hinter Lady Annabel her, die energiegeladen auf uns zumarschiert.

»Tom, hi!«, ruft sie und schließt ihn in eine Umarmung. »Wir haben gehört, dass ihr dieses Wochenende hier seid.«

»Schön, dich zu sehen!«, sagt ihre Begleiterin mit den Keilabsätzen, als sie endlich aufgeschlossen hat, haucht zwei Küsschen auf Toms Wangen und schüttelt seine Hand. »Es ist schon viel zu lange her.«

Sie wenden sich mir zu und warten darauf, dass er uns vorstellt.

»Schön, euch zu sehen«, erklärt er weitaus weniger begeistert. »Das ist Emily, eine Freundin von Cordelia. Emily, das sind Annabel und ihre Schwester Georgia.«

»Ah ja.« Annabel streckt trotzig das Kinn nach vorne. »Cordelias Brautjungfer. Nett, Sie kennenzulernen, Emily.«

»Gleichfalls«, erwidere ich, und mein Blick fällt auf den gigantischen Diamantring an ihrem Finger.

»Ja, jetzt weiß ich es wieder.« Georgia kichert, und sie mustert meine schlammigen Stiefeletten und meine zerzausten Haare. »Arbeiten Sie wirklich als Callgirl?«

»Nur am Wochenende«, erwidere ich.

Tom lacht auf, die beiden Frauen lassen sich nichts anmerken.

»Dann verbringen Sie das Wochenende ebenfalls hier? Oder sind Sie auf dem Heimweg?«, fragt Annabel mit Blick auf meinen Rollkoffer und verschränkt die Arme.

»Ich bin gerade erst angekommen«, antworte ich und genieße ihre kaum verhohlene Enttäuschung. »Ich bin mit dem Zug aus London angereist.«

»Wie nett«, meint Annabel mit einem dünnen Lächeln. »Nachdem wir alle übers Wochenende hier in der Einöde festsitzen, sollten wir zusammen zu Abend essen! Was meinst du, Tom?«

»Ich…«

»Unbedingt!«, kreischt Georgia und nickt eifrig. »Das ist eine tolle Idee, Annabel.«

»Es sei denn, ihr habt heute schon anderen Pläne?«, fragt Annabel Tom kichernd. »Was ich mir allerdings nicht vorstellen kann. Komm schon, Tom, es ist ewig her, dass wir einen Abend zusammen verbracht haben.«

»Ja, ewig«, stimmt Georgia ihr zu.

»So eine Chance kommt so schnell nicht wieder! Das wird lustig«, beharrt Annabel. »Und keine Sorge, unsere Eltern sind auch da. Wir nehmen sie einfach mit, dann haben deine Leute jemanden zum Unterhalten. Wir können über die Hochzeiten reden!«

»Das wird toll!« Georgia klatscht in die Hände. »Was meinst du, Tom?«

»Sagen wir um sieben Uhr?« Annabel lächelt.

»Ähm… ah…« Tom sieht mich hilfesuchend an, doch ich starre bloß zurück. »Das klingt super.«

»Perfekt.« Annabel legt sanft eine Hand auf Toms Arm. »Es ist wirklich nett, dass ihr uns einladet.«

»Es wird Zeit, dass wir uns mal wieder ausführlich unterhalten, Tom«, meint Georgia ein wenig anklagend. »Leider konnten wir nicht zur Verlobungsparty kommen, und seitdem warst du ständig auf Achse.«

»Ja, es ging ziemlich rund«, stimmt er ihr zu. »Aber wir sollten nicht hier draußen herumstehen. Wollt ihr reinkommen?«

»Nein, wir wollen euch nicht aufhalten«, erklärt Annabel schnell, als Georgia den Mund aufmacht, um etwas zu sagen. »Wir wollten nur mal Hallo sagen. Wir müssen zurück zu einer Besprechung mit Nicole Percy, unserer Floristin. Sie ist nur für mich den ganzen Weg hierhergefahren, und ich will sie nicht warten lassen. Wir quatschen heute Abend beim Essen.«

»Moment«, sage ich, bevor ich mich zurückhalten kann. »Ihre Hochzeitsfloristin ist Nicole Percy?«

»Sie kennen Nicole?« Annabel legt überrascht den Kopf schief.

»Nein, nicht wirklich«, erwidere ich leise und wünschte, ich hätte den Mund gehalten. »Aber sie soll toll sein.«

»Sie ist die Beste. Eine wahnsinnig spirituelle und talentierte Frau«, erklärt Annabel und wirft sich die Haare über die Schulter. »Es gibt keine bessere. Die Hochzeit ist im Mai, also haben wir nicht gerade viel Zeit, aber ich fühle mich sicher in ihrer Obhut. Aber jetzt tschüss, ihr Lieben!«

»Es war nett, Sie kennenzulernen.«

Ich weiß, wie Ihr Hochzeitskleid aussieht.

Ich bin eingebrochen, um mir die Entwürfe anzusehen.

Es tut mir leid.

PS: Sie werden in dem Kleid umwerfend aussehen.

Nachdem sie Tom und mir Küsschen auf beide Wangen gehaucht haben, schlendern die beiden zurück zum Wagen, hupen laut und schießen die Zufahrt entlang zurück. Tom winkt ihnen nach und führt mich ins Haus. Er schließt die Tür hinter sich und lehnt sich erschöpft dagegen.

»Tut mir leid. Die beiden sind alte Freunde.« Er stöhnt. »Cordelia wird mich umbringen, wenn sie erfährt, dass sie zum Abendessen kommen.«

»Ich habe das Gespräch mit angehört und bin mir nicht sicher, ob du eine Chance hattest.«

»Sie wird mich trotzdem umbringen.«

Während er etwas Unverständliches vor sich hin murmelt, sehe ich mich staunend in der atemberaubenden Eingangshalle um. Unter der hoch aufragenden Kuppel über uns erstreckt sich ein mehrfarbiger Steinboden, der von emporragenden Säulen umrahmt wird. Marmorbüsten stehen zu beiden Seiten der breiten Treppe, die direkt vor uns ins obere Stockwerk führt.

»Wow!«, flüstere ich in die Stille hinein, und ein Schaudern durchläuft mich. »Das ist unglaublich.«

»Jep«, meint Tom und tritt neben mich. »Es ist nicht schlecht.«

»Das ist eine Untertreibung«, murmle ich und blicke hinauf zur Decke. In einem derart ehrwürdigen Gebäude habe ich immer das Gefühl, ich müsste aus Respekt leiser reden. »Unvorstellbar, dass man an einem Ort wie diesem wohnt.«

»Hat Cordelia dir denn nichts über das Haus erzählt?«

Ich schüttle den Kopf, und er lächelt wissend. »Das ist nachvollziehbar. Sie schämt sich dafür.«

»Sie schämt sich?« Ich starre ihn ungläubig an. »Für das hier? Wenn ich hier wohnen würde, würde ich den ganzen Tag von nichts anderem reden. Dabei habe ich erst die Eingangshalle gesehen. Wie viele Zimmer gibt es hier?«

Er lacht. »Einige.«

»Einige Hundert?«

»So in etwa.« Er holt tief Luft und sieht sich um. »Es ist schon schön, aber eine andere Welt. Es erinnert an ein Museum, aber das Beste sind die kleineren, heimeligeren Räume.«

»Ach ja, genau. Dein Privatflügel.«

»Nicht nur *meiner*«, korrigiert er mit verschmitztem Grinsen.

»Hast du mal eine unbezahlbare Büste oder irgendwas in der Art umgestoßen, als du als Kind herumgetollt bist?«, frage ich. »Meine Mum war außer sich, wenn ich beim Spielen eine Vase zerbrochen habe. Hier muss das tausend Mal schlimmer sein.«

»Ich habe nie eine Büste umgeworfen«, erwidert er, dann senkt er die Stimme: »Aber ich habe einmal etwas mit Kugelschreiber auf ein Porträt von Thomas Gainsborough gekritzelt. Ich wollte sehen, ob Kugelschreiber auf alter Leinwand hält.«

»Und? Hält er?«

Er verzieht das Gesicht. »Ich habe immer noch ein schlechtes Gewissen.«

»Wurdest du erwischt?«

»Nein.« Er zögert und wirft mir einen seltsamen Blick zu. »Ich habe die Geschichte bisher nur Cordelia erzählt. Sie musste schwören, es niemandem zu verraten.«

»Meine Lippen sind versiegelt.« Ich lehne mich zu ihm. »Kann man dein Kugelschreibergekritzel immer noch sehen?«

Er schließt die Augen und nickt langsam und schuldbewusst.

»Tom? Bist du das?« Eine Stimme hallt von den Wänden wider, und wir zucken beide zusammen. Lady Meade erscheint am oberen Ende der Treppe. »Emily!«

Tom bedeutet mir, nach oben zu gehen, während er nach meinem Koffer und seinen Tüten greift. Leider ist mein Plan, unbemerkt ins Haus zu gelangen und mich frisch zu machen, bevor die Familie mich sieht, nicht aufgegangen. Ich stecke mir die Haare hinter die Ohren und tappe vorsichtig die Treppe hoch. Hoffentlich hinterlasse ich keine schmutzigen Abdrücke auf dem feinen roten Teppich.

»Cordelia hat gar nicht gesagt, dass Sie schon da sind«, begrüßt mich Lady Meade am Ende der Treppe.

Sie ist legerer gekleidet, als ich es von ihr gewöhnt bin, und trägt eine marineblaue Hose, ein weißes Oberteil, eine Kaschmirjacke und eine lange blaue Perlenkette um den Hals. Ihre offenen Haare fallen ihr sorgfältig gekämmt auf die Schultern. Und auch ihre Ausstrahlung wirkt entspannter. Sie fühlt sich offensichtlich hier mehr zu Hause als in London.

»Ich habe sie auf dem Weg vom Bahnhof hierher aufgelesen«, enthüllt Tom.

»Verstehe.«

»Ich habe einen früheren Zug genommen. Ich hätte Bescheid gesagt, aber ich habe vergessen, dass es hier keinen Empfang gibt.« Ich deute hinter mich. »Dashwell Hall ist wunderschön, Lady Meade.«

»Danke. Wir werden Sie nachher herumführen und Ihnen gleichzeitig alles Wichtige über die bisherigen Hochzeitspläne erläutern. Aber…« Sie lächelt höflich. »Es war sicher eine lange Reise. Ich zeige Ihnen erst mal Ihr Zimmer, dann können Sie sich frisch machen, bevor wir loslegen. Tom, dein Vater sucht dich. Er braucht Hilfe mit dem WLAN. Es funktioniert nicht. Er hätte Bill um Hilfe gebeten, aber der ist unten in den Stallungen. Einer der Esel hat einen Zaun niedergerissen, und er repariert ihn gerade.«

Tom sieht zur Decke hoch. »Das WLAN funktioniert einwandfrei, Mum.«

»Offensichtlich nicht. Es funktioniert im Gästewohnzimmer, aber nicht im Familienwohnzimmer und auch nur in einem der Esszimmer. In der Bibliothek und im Billardzimmer gibt es ebenfalls Probleme.«

Es ist eine der bizarrsten Unterhaltungen, die ich je mit angehört habe. Im Prinzip ist sie alltäglich – welche Eltern brauchten nicht schon mal Hilfe mit dem WLAN? –, aber der Teil mit den Stallungen, dem Billardzimmer und den verschiedenen Wohn- und Esszimmern ist so surreal, dass ich es kaum glauben kann.

»Ich gehe gleich zu ihm«, erklärt Tom seufzend. »Oh, und Mum, wegen heute Abend. Es gab da eine... Entwicklung... eigentlich war es eher ein Missverständnis«, fährt er stammelnd fort, und ich senke den Blick, damit er nicht sieht, wie ich mir ein Grinsen verkneife. »Wir sind Annabel und Georgia begegnet.«

»Am Markt?«

»Nein, hier. Am Parkplatz.«

»Die beiden waren hier?« Sie sieht ihn überrascht an. »Warum hast du sie nicht hereingebeten?«

»Sie waren gerade in der Gegend und wollten nur Hallo sagen. Aber sie kommen heute noch mal vorbei. Zum Abendessen.«

Lady Meade spitzt die Lippen. »Du hast sie zum Abendessen eingeladen?«

»Ehrlich gesagt, bin ich mir nicht sicher, was wirklich passiert ist«, gibt Tom zu. »Es ging alles sehr schnell, und dann war es auch schon eine ausgemachte Sache, nicht wahr, Emily?«

»Ja«, sage ich solidarisch. »Es glich einem Sturmkommando.«

»Einem Sturmkommando, genau«, wiederholt Tom nickend.

Wir warten schweigend auf Lady Meades Reaktion. Sie streicht eine nicht existierende Falte in ihrem Oberteil glatt, bevor sie das Kinn nach vorne reckt und nachsichtig lächelt.

»Wie schön«, meint sie. »Ich werde Nicholas bitten, Ned anzurufen und den Termin zu bestätigen. Und ich werde inzwischen sicherstellen, dass wir genug zu essen im Haus haben, um ihnen etwas Angemessenes zu servieren.« Sie dreht sich zu mir. »Kommen Sie. Ich zeige Ihnen Ihr Zimmer, dann können Sie sich erst einmal einrichten.«

»Und ich kümmere mich gleich um das WLAN«, sagt Tom eifrig.

»Ach ja, und Thomas...«, meint seine Mutter, »...ich überlasse es dir, Cordelia die Nachricht zu überbringen, dass der Graf und die Gräfin von Derrington sowie ihre Töchter uns heute Abend Gesellschaft leisten werden.« Sämtliche Farbe weicht aus Toms Gesicht. »Hier entlang, Emily.«

»Danke noch mal fürs Mitnehmen«, sage ich zu Tom, während ich ihm den Koffer abnehme. »Wir sehen uns später.«

Ich folge Lady Meade und kann mir ein Lächeln nicht verkneifen, als ich Tom frustriert murmeln höre: »Wenn Cordelia mich bis dahin nicht umgebracht hat.«

Kapitel 19

»Da ist sie ja!«, ruft Lady Meade und lehnt sich gegen den Zaun.

Ihre Tochter galoppiert in der Ferne auf einem wunderschönen grauen Pferd über die Felder.

»Cordelia!«, schreit sie und winkt. »Cordelia, hierher!«

Cordelia wendet das Pferd und reitet in unsere Richtung. Als sie näher kommt, erkenne ich überrascht, dass sie lächelt. Und ihr Lächeln wirkt nicht verzerrt oder gezwungen, sondern ehrlich. Sie sieht richtig glücklich aus.

»Sie hat Pferde immer geliebt«, erklärt Lady Meade, als hätte sie meine Gedanken gelesen. »Sie fühlt sich unter Tieren sehr viel wohler als unter Menschen. Ich glaube, das hat sie von mir.«

Cordelia wird langsamer und trabt auf uns zu. Sie ist außer Atem, und einige Strähnen sind unter ihrer Reitkappe herausgerutscht. Ihre Haut strahlt rosig vor Anstrengung.

»Wir haben dich schon gesucht«, meint ihre Mutter, steigt auf die unterste Zaunlatte und lehnt sich nach vorne, um dem Pferd den Hals zu tätscheln. Ihr Gesicht wird weicher, und Fältchen tanzen um ihre Augen, als sich ihr Mund zu einem breiten Grinsen verzieht. »Hallo, Darling.«

So liebevoll wie zu dem Pferd habe ich sie noch nie sprechen gehört. Auch nicht zu ihren Kindern.

»Ich sagte doch, dass ich ausreiten werde.« Cordelia schwingt sich elegant aus dem Sattel. »Wie ich sehe, hast du es geschafft, Emily.« Sie klingt beeindruckt.

»Sie hat einen früheren Zug genommen.«

»Tatsächlich?« Das Pferd stupst sie in die Seite, doch sie ignoriert es, weshalb es sich an ihr vorbeidrückt und sich stattdessen von Lady Meade die Nase streicheln lässt.

»Lady Meade hat mich gerade durch Dashwell Hall geführt«, erkläre ich, und mein Blick wandert über die Stallungen hinweg zurück zum Haus. »Deine Hochzeit wird märchenhaft.«

Es klingt kitschig. Vermutlich sollte ich Wörter wie »märchenhaft« gegenüber einer so zynischen und missmutigen Person wie Lady Cordelia Swann nicht verwenden, aber es ist die Wahrheit. Ich bin Lady Meade die letzten fünfundvierzig Minuten ehrfürchtig schweigend durch das Labyrinth an herrschaftlichen Zimmern gefolgt, eines faszinierender als das andere und jedes mit seinen eigenen Schätzen und seiner eigenen Geschichte.

Das Gästezimmer, in dem ich schlafe, ist beinahe größer als meine Wohnung. In der Mitte steht ein riesiges Himmelbett, und die roten Samtvorhänge an den Fenstern werden von einer Kordel mit goldenen Quasten zusammengehalten. Als ich das Zimmer vorhin mit meinem Rollkoffer betreten und aus dem Fenster auf den privaten Garten, den See und die dahinterliegenden Hügel geblickt habe, fehlten mir einen Moment lang die Worte.

Ich duschte, zog mir ein anderes Kleid an, legte frisches Make-up auf und schlenderte den Flur vor meinem Zimmer entlang, bis mich Lady Meade auflas und mich zu einer Führung einlud. Sie zeigte mir die Räumlichkeiten, die auch die Touristen bewundern können: den herrschaftlichen Speisesaal, den Bankettsaal mit den unbezahlbaren Kunstwerken an den Wänden, den Ballsaal mit dem funkelnden Kronleuchter, der den Mosaikboden darunter zum Glitzern bringt, und die verschiedenen Bibliotheken mit den zahllosen Erstausgaben hinter schützendem Glas.

Viel zu schnell machten wir uns auf den Weg nach draußen, um Cordelia zu suchen, doch die Marquise versprach, mir noch vor dem Abendessen den Rest des Hauses und die Privatgemächer zu zeigen.

Bevor es hinausging, mussten wir allerdings noch unsere Schuhe tauschen, denn wir mussten ein Stück laufen, und nach dem Regen war der Boden matschig. Lady Meade führte mich durch eine Tür mit der Aufschrift »Privat« und eine einfache Hintertreppe hinunter in eine alte Stiefelkammer, die sich bereits im privaten Bereich des Hauses befand.

Ich erkor die Kammer sofort zu meinem Lieblingsplatz, denn es fühlte sich an wie in einem Zimmer in einem normalen Haus, in dem eine normale Familie ihrem normalen Leben nachgeht. An den Haken an den Wänden hingen alte Wachsmäntel, und es standen unzählige Stiefel zur Auswahl herum. Lady Meade fand ein Paar in meiner Größe, und während ich die Spinnweben entfernte, warf sie mir aus einem Korb neben der Tür ein Paar dicke Socken zu und schlüpfte selbst in ein Paar alte Stiefel.

Wir kamen an einer Mauer vorbei, hinter der sich der öffentliche Garten befand, und Lady Meade versprach, ihn mir zu zeigen, wenn die letzten Besucher gegangen waren. Sie klang stolz auf die Arbeit, die sie den Sommer über dort geleistet hatte.

Als wir uns den Stallungen näherten, begann sie zu strahlen, weshalb die Bemerkung, dass Cordelia ihre Liebe zu Tieren wohl von ihr hatte, mich nicht weiter überraschte.

»Und später zeige ich Ihnen noch meine Hühner!«, erklärte sie, nachdem ich den ungezogenen Esel kennengelernt hatte, der am Vormittag den Zaun niedergerissen hatte. »Es sind entzückende Wesen. Warten Sie nur, bis Sie Lord Pock Pock gesehen haben! Sie werden hingerissen sein!«

Ganz egal, ob dieses Wochenende ein Erfolg wird oder nicht, ich bin dankbar, eine andere Seite der Marquise kennengelernt zu haben. Wenn ich nur dasselbe von Cordelia behaupten könnte. Aber vielleicht zeigt sie sich ja in dieser Umgebung ebenfalls von ihrer umgänglicheren Seite. Obwohl sie die Vorstellung einer »märchenhaften« Hochzeit sichtlich schockiert – also vielleicht auch nicht.

»Kommst du mit ins Haus?«, fragt Lady Meade ihre Tochter und lässt das Pferd an ihrer Handfläche knabbern. »Wir haben noch einiges zu besprechen, und dein Vater wird langsam nervös. Außerdem muss dein Bruder noch mit dir über das heutige Abendessen sprechen.«

»Ich komme, sobald ich Tony versorgt habe.«

»Das Pferd heißt Tony?«, platze ich amüsiert heraus.

Cordelia wirft mir einen eiskalten, entnervten Blick zu. »Ja. Warum? Hast du ein Problem damit?«

»Nein! Es ist nur... ein ungewöhnlicher Name für ein Pferd.«

»Was wäre denn ein normaler Name für ein Pferd?«, fragt sie und verdreht die Augen. »Lass mich raten. Ein *märchenhafter* Name wie Sternschnuppe oder Feenstaub vielleicht?«

Mir ist klar, dass sie mich veräppelt, aber sie hat recht, also zucke ich bloß mit den Schultern.

»Tony wurde nach Tony McCoy benannt«, erklärt sie, und als ich sie verständnislos anblinzle, sieht sie mich an, als wäre ich die doofste Person auf dem Planeten. »Tony McCoy? Einer der erfolgreichsten Jockeys aller Zeiten?«

»Klingt, als hätte er Talent.« Ich streichle Tonys Nüstern, während er in meiner Jacke nach versteckten Karotten sucht. »Er ist sicher stolz, dass ein so schönes Tier seinen Namen trägt.«

Cordelia zieht an den Zügeln, sodass Tony von mir zurückweicht, und wendet sich an ihre Mutter. »Ich komme gleich nach.«

Nachdem sie mit Tony in den Stallungen verschwunden ist, wendet sich Lady Meade an mich. »Langsam gehen Sie ihr auf die Nerven, wissen Sie?«

Ich runzle besorgt die Stirn. »Was meinen Sie damit? Habe ich etwas falsch gemacht?«

»Sie lassen sich nicht abwimmeln«, sagt sie und bedeutet mir, ihr zurück zum Haus zu folgen. »Also machen Sie meiner Meinung nach alles richtig.«

»Wie schade, dass Nicole Percy dich nicht nehmen wollte!«, seufzt Annabel und verschüttet dabei beinahe ihren Champagner. »Sie ist einfach die Beste, und Dashwell Hall hat nur das Beste verdient. Das ist eine Katastrophe! Wie willst du das bis Dezember hinbekommen, Cordy? Das kann doch nur eine überstürzte Aktion werden! Wie grauenhaft. Was willst du bloß tun?«

Cordelia sieht aus, als würde sie vor allem eine Sache gerne tun – und zwar Annabel eine knallen.

»Welchen Blumenschmuck haben Sie denn für Ihre Hochzeit vorgesehen, Annabel?«, frage ich eilig, um die Aufmerksamkeit von Cordelia abzulenken. Leute wie Annabel reden gerne über sich selbst, und wenn du ihnen eine Frage nach der anderen stellst, finden sie dich am Ende großartig, obwohl sie nicht das Geringste über dich wissen.

»Wissen Sie, ich würde es Ihnen gerne erzählen, aber Nicole ist eine Geheimniskrämerin«, erwidert sie und tätschelt meine Hand. »Und natürlich brennt die Öffentlichkeit darauf. Ich kann nur sagen, dass es *spektakulär* wird. Nicole ist ein Genie.«

Cordelia umklammert ihr Glas derart fest, dass ihre Fingerknöchel weiß hervortreten. Hoffentlich bleibt es heil.

»Nicole ist Künstlerin, keine Floristin«, fährt Annabel fort. »Deshalb sind die Events, die sie betreut, so außergewöhnlich. Man merkt sofort, dass sich nicht irgendjemand um die Blumen gekümmert hat, wenn ihr wisst, was ich meine. Beim Blumenschmuck darf man nichts übereilen, und es hilft auch nicht, massenweise Geld hineinzustecken. Es handelt sich nun mal um eine Kunstform.« Sie wirft Cordelia einen mitfühlenden Blick zu. »Tut mir leid, *Cordy*, ich wollte nicht auch noch Salz in die Wunde streuen.«

»Nicole ist auf jeden Fall außergewöhnlich«, erkläre ich eilig und werfe einen nervösen Blick auf Cordelia, die versteinert ist.

Mittlerweile verstehe ich, warum Cordelia Tom zur Hölle geschickt hat, als er ihr gestand, wer zum Abendessen kommen würde. Sie erlitt einen Zusammenbruch und verlangte, dass ihre Mutter das Essen absagte. Tränen standen in ihren Augen, und sie konnte sich kaum noch beruhigen. Ich stelle mir vor, wie ich reagiert hätte, wenn Mum und Dad Graham Slater zum Abendessen eingeladen hätten, und kenne die Antwort sofort: Mir wäre kotzübel geworden.

Annabel ist eine äußerst ungute Person, und ich bin mir nicht sicher, ob ihre Schwester viel besser ist.

Der Graf und die Gräfin von Derrington scheinen recht nett, geben sich allerdings auch ziemlich wichtigtuerisch und selbstverliebt. Jetzt, da ich sie kenne, weiß ich die untadeligen Manieren von Lord und Lady Meade noch mehr zu schätzen. Sie mögen zwar ein wenig verschlossen sein, aber nachdem ich einen Tag auf Dashwell Hall verbracht habe, verstehe ich, warum sie gewisse Mauern um ihr Leben errichtet haben. Wenn man an einem solchen Ort wohnt, ist es sicher nicht leicht zu entscheiden, wem man vertraut und wem nicht. Trotzdem sind sie unglaublich gastfreundlich, und ich beginne, mich langsam zu entspannen und mich zu Hause zu fühlen – auch wenn ich mich auf einem Herrensitz befinde, der so groß ist, dass ich mich auf dem Weg zum Abendessen verirrt habe und in einem Innenhof gelandet bin, von dem ich nicht einmal wusste, dass er existiert. Glücklicherweise entdeckte mich einer der Köche und zeigte mir den richtigen Weg.

Als wir am Nachmittag zusammensaßen, schwärmte ich dem Marquess vor, wie wunderschön sein Haus sei, und er erzählte mir mehr über die Geschichte und das Erbe, das damit einherging, bis Jonathan mit einem Buch zu uns stieß. Er fragte, ob ich bereits die Geschichte kannte, wie Nicholas' Ururgroßmutter bei einem Ball mit ihrem Irischen Wolfshund getanzt und sich die noble Gesellschaft daraufhin ernste Sorgen um ihren Geisteszustand gemacht hatte. Ich hatte gerade einen Schluck Tee genommen, der mir daraufhin vor Lachen aus der Nase rann.

Als Cordelia Tony schließlich versorgt hatte und zu uns stieß, waren alle vortrefflicher Laune und freuten sich auf die Hochzeitsplanung. Lord und Lady Meade hatten eine Liste mit Erledigungen zusammengestellt und bereits erste Schritte gesetzt. So sollten zum Beispiel in der kommenden Woche die ersten Verkostungen bei verfügbaren Caterern stattfinden.

»Außerdem sollten wir uns Gedanken über den Fotografen machen«, erklärte Lord Meade. »Mir wurden einige empfohlen, die du nächste Woche kontaktieren könntest, Cordelia.«

»Ich habe letzte Woche mit einer Kollegin aus dem Büro über deine Hochzeit gesprochen«, erklärte ich in meiner Rolle als begeisterte Freundin, »und sie meinte, dass wir Clio Vaughn fragen könnten! Bist du nicht ein Fan von ihr, Cordelia? Du hast einmal von ihr erzählt, glaube ich.«

»Clio Vaughn?«, wiederholte Cordelia und konnte ihre Begeisterung nicht verbergen. »Ja, ich mag ihre Arbeit sehr.«

»Bitte halte mich nicht für albern, aber ich habe ihr eine E-Mail geschrieben und gefragt, ob sie auf der Hochzeit fotografieren möchte, und sie war erfreut! Tut mir leid, ich wollte nicht voreilig sein und hinter deinem Rücken mit ihr Kontakt aufnehmen. Aber ich dachte, es könnte nicht schaden«, fuhr ich entschuldigend fort. »Außerdem habe ich damals gerade für ein Firmenevent Fotografen gesucht und war im Flow.«

»Dafür müssen Sie sich doch nicht entschuldigen, Emily! Das ist wunderbar«, schwärmte Lade Meade.

Cordelia schwieg und runzelte bloß konzentriert die Stirn.

»Ist Clio Vaughn nicht eine deiner Lieblingsfotografinnen?«, fragte Jonathan begeistert und stieß Cordelia in die Seite. »Vielleicht landet sogar ein Bild von uns in einer ihrer nächsten Ausstellungen!«

»Soll ich ihr antworten, dass du dich gerne mit ihr treffen

würdest?«, fragte ich beiläufig, ohne zu erwähnen, dass ich bereits einen Termin vereinbart hatte.

»Ja, das wäre wunderbar. Danke«, erwiderte Lady Meade.

»Sehr aufmerksam von Ihnen, Emily!«, meinte Lord Meade und lächelte mir dankbar zu. »Und jetzt kommen wir zum Auto für die Hochzeit. Cordelia, was hast du …«

Während der weiteren Besprechung hielt Cordelia den Blick auf den Tisch gerichtet und bemühte sich nach Kräften, nicht auch nur den Hauch von Dankbarkeit zu zeigen. Dennoch schien sie danach besserer Laune und beteiligte sich sogar am Gespräch.

Natürlich war die gute Stimmung dahin, als Tom zu uns stieß und von unserer Begegnung mit Annabel und Georgia erzählte. Nachdem Cordelia ihn zur Hölle geschickt hatte, erklärte sie ihren Eltern, dass sie nicht am Abendessen teilnehmen würde.

Ich schätze, Jonathan hat mit ihr geredet, nachdem sie aus dem Zimmer gestürmt war, denn als die Gäste ankamen, stand sie dem Anlass entsprechend gekleidet bereit, um sie zu begrüßen. Ich beobachtete, wie Lady Meade zu ihr ging und sie leise bat, sich von ihrer »besten Seite« zu zeigen. »Lass dich nicht provozieren. Du musst über den Dingen stehen, Liebes.«

Mittlerweile weiß ich, warum dieser Ratschlag notwendig war.

»Der Blumenschmuck auf Ihrer Hochzeit wird sicher atemberaubend«, sage ich zu Annabel und hoffe, dass das Thema Nicole Percy damit erledigt ist.

»Es macht riesigen Spaß, eine Hochzeit zu planen, nicht wahr, Cordy?«, fährt Annabel unbeeindruckt fort, und Cordelia zuckt auch dieses Mal zusammen, als Annabel ihren Namen abkürzt. »Aber weil deine nun etwas übereilt stattfindet, entgeht dir ja einiges. Wie schade, dass du es nicht richtig genießen kannst.«

Ihr Geplapper ist so himmelschreiend provokant, dass ich mich beinahe nach den versteckten Kameras und dem Regisseur umsehe. Ich überlege, wie ich aus dem schrecklichen Gespräch am besten herauskomme, und suche nach einer Ausrede. Georgia lacht lauthals über etwas, was Tom gesagt hat, und berührt dabei seinen Arm. Er fängt meinen Blick auf, und ich wende mich ab, während meine Wangen zu glühen beginnen.

»Was macht Ihr Verlobter beruflich, Annabel?«, frage ich und wirke hoffentlich ins Gespräch verstrickt und absolut nicht von Tom abgelenkt.

»Er macht in Immobilien«, erklärt sie mir. »Schade, dass er dieses Wochenende keine Zeit hatte, er ist im Moment schwer beschäftigt. Aber nächste Woche fliegen wir in den Urlaub.«

»Ah, das wird sicher schön.« Ich frage mich, ob ihr aufgefallen ist, dass Cordelia bis jetzt kein Wort gesagt hat. »Machen Sie auch *in Immobilien*?«

»Nein, ich bin Künstlerin.« Sie scheint wütend, dass ich die Frage überhaupt stelle.

»Wow! Was machen Sie denn?«

»Ich arbeite mit Kohlestift«, belehrt sie mich und wirft sich die Haare über die Schulter. »Ich habe mich auf Porträts spezialisiert.«

»Aha. Da haben Sie sicher schon interessante Persönlichkeiten porträtiert.«

»Ich mache vor allem Selbstporträts.«

»Ah. Okay.«

»Wie schade, dass deine Hochzeit im Haus stattfinden wird, Cordy!«, meint Annabel, bevor ich weiterfragen kann. »Die Gärten von Dashwell Hall sind wunderschön, aber an Weihnachten werden sich die Leute wie die Ölsardinen im Haus drängen! Furchtbar. Eine Hochzeit im Frühjahr, draußen auf dem Rasen, wäre herrlich gewesen. Ich muss gestehen, dass ich sehr froh bin, dass unser Champagnerempfang im Freien stattfinden wird und die Gäste unsere Gärten bewundern können. Wie traurig, dass du nicht die Gelegenheit dazu haben wirst.«

»Mhm.« Cordelia stürzt ihren Champagner in einem Zug hinunter.

»Du meine Güte!« Annabel lacht und reißt überrascht die Augen auf, als Cordelia ihr Glas senkt. »Du kannst es immer noch nicht lassen, was? Ich dachte, du hättest damit aufgehört. Nach allem, was passiert ist.«

Cordelia stößt einen erstickten Laut aus. Annabel mustert sie ruhig, ohne ein Anzeichen von Reue.

»Entschuldigt mich bitte«, presst Cordelia hervor und verlässt das Zimmer.

Annabel sieht ihr nach, nippt an ihrem Glas und wendet sich anschließend an mich. »Wie seltsam«, meint sie, bevor sie zu ihrer Schwester geht und sich an deren Gespräch beteiligt. Ich habe zwar keine Ahnung, was hier gerade passiert ist, aber ich stelle mein Glas beiseite und folge Cordelia unauffällig. Trotzdem spüre ich Lady Meades aufmerksamen Blick auf mir.

Ich höre, wie eine Tür zufällt, und gehe den Flur entlang zu einem der kleineren, leeren Gesellschaftszimmer mit Zugang zum Garten. Cordelia steht vor den Glastüren und raucht. »Alles in Ordnung?«, frage ich vorsichtig und trete neben sie.

Sie scheint genervt, dass ich sie störe. »Klar. Ich brauchte bloß eine Zigarette.«

»Das kann ich gut verstehen«, erwidere ich. »Annabel hat eine wirklich interessante Art.«

»Das kann man wohl sagen.« Sie nimmt einen langen Zug.

»Sie ist eifersüchtig.«

»Ich brauche deine Hilfe nicht.« Cordelia stößt den Rauch aus.

»Ich weiß.«

»Und deinen Zuspruch auch nicht.«

»Schon klar.«

Wir stehen schweigend nebeneinander, während sie einen weiteren tiefen Zug nimmt. Zwischendurch kaut sie an ihrem Daumennagel. Ich würde sie gerne fragen, was Annabel mit »nach allem, was passiert ist« gemeint hat. Offensichtlich hat sie damit einen Nerv getroffen. Aber ich bringe es nicht über mich, sie darauf anzusprechen.

Stattdessen versuche ich, sie aufzuheitern. »Kannst du dir Nicole Percy und Annabel an einem Tisch vorstellen? Überleg mal, wie viel Scheiße die beiden zusammen labern.«

Cordelia bemüht sich nach Kräften, nicht zu grinsen, doch ihre Mundwinkel zucken.

»Es ist sicher der totale Wettkampf darüber, wer am meisten Mist in den hochtrabendsten Worten verpacken kann.«

»Ich könnte echt nicht sagen, wer dieses Match gewinnt.« Cordelia macht eine ausladende Handbewegung. »Sie sind beide so wahnsinnig talentierte *Künstlerinnen.*«

»Inspiriert von der Welt, die sie umgibt, von dem Boden, über den sie wandeln.«

»Und von ihrem *wahren Ich.*«

»Die ganze Welt ist ihre Leinwand.«

»Dazu bestimmt, ein Konzept vollendeter Harmonie zu kreieren.«

Unsere Blicke treffen sich, und wir grinsen verschwörerisch. In dem Moment öffnet sich die Glastür hinter uns, und Tom steckt den Kopf heraus.

»Das Essen wurde serviert«, informiert er uns, bevor er die Stimme senkt. »Und ich werde ganz bestimmt nicht neben einer von ihnen sitzen. Ich habe meine Strafe abgeleistet, während ihr hier draußen euren Spaß hattet.«

Er verschwindet. Cordelia verdreht die Augen und nimmt einen letzten Zug. Danach tritt sie die Zigarette mit dem Schuh aus und steckt den Stummel in ihre Tasche. Ich öffne ihr die Tür ins Haus.

»Danke«, meint sie.

Etwas an ihrer Stimme ist anders, und ich brauche einen Moment, um zu erkennen, was es ist. Sie hat es tatsächlich ernst gemeint.

Was für ein Fortschritt.

Kapitel 20

Am nächsten Tag wache ich erst auf, als der Wecker klingelt. Ich kann mich nicht erinnern, schon einmal so gut geschlafen zu haben. Die Matratze ist wahnsinnig bequem, und ich liege inmitten eines himmlisch weichen Kissenberges. Es erfordert sämtliche Willenskraft, mich nicht umzudrehen und weiterzuschlafen. Doch ich zwinge mich, mich aufzurichten, strecke mich und gähne ausgiebig, bevor ich mich aufgeregt umsehe. Kaum zu glauben, dass ich mich auf Dashwell Hall befinde!

Ich schwinge die Beine aus dem Bett, hüpfe ausgelassen durchs Zimmer und versuche, die Vorhänge so elegant zu öffnen wie eine Heldin aus der Regencyzeit, die nach einer durchtanzten Ballnacht in einem wunderschönen Haus aufwacht.

Doch die Vorhänge sind schwer, und als ich die Arme zu beiden Seiten ausstrecke, bewegen sich die Ringe auf der Stange nur minimal, und ich gerate ins Taumeln. Okay, das war jetzt nicht elegant, aber egal. Ich ziehe die Vorhänge mit ein wenig mehr Kraftaufwand auseinander. Sonnenlicht strömt in den Raum. »Ahh!«, schnaufe ich und schlage mir die Hand vor die Augen. Auch nicht gerade elegant.

Ich sehe blinzelnd aus dem Fenster, während ich mich an die Helligkeit gewöhne. Es ist ein sonniger, aber kalter Tag, und ein frischer blauer Himmel erstreckt sich über die grünen Hügel. Ich lächle und schlinge glücklich die Arme um meinen Körper, so schön ist die Aussicht. Plötzlich sehe ich eine Bewegung, und mein Blick fällt auf eine Gestalt, die über den Rasen joggt und zu mir hochwinkt. Ich presse die Stirn gegen das Glas. Es ist Tom, der von seiner morgendlichen Joggingrunde zurückkehrt.

O Gott! Und ich starre auf ihn hinunter und grinse wie eine *IDIOTIN*! In meinem fünfzehn Jahre alten McFly Tour-T-Shirt!

»Ich habe nicht *dich* angelächelt!«, rufe ich, obwohl er mich durch das geschlossene Fenster nicht hören kann, und winke zurück. »Ich habe wegen der Aussicht gelächelt.«

Er wirkt verwirrt und wird langsamer.

»Ich sagte: Ich habe nicht wegen dir gelächelt«, wiederhole ich übertrieben ausdrucksvoll, damit er es von meinen Lippen ablesen kann. »Sondern wegen der Aussicht!«

»Was?«, ruft er zurück, bleibt stehen und stemmt keuchend die Hände in die Hüften.

O nein, was habe ich getan? »Vergiss es!«

Er lacht und sieht noch verwirrter aus. Ich schäme mich, ducke mich unter das Fenster und hoffe, dass er so müde vom Laufen ist, dass er vergisst, was gerade passiert ist. Dann wird mir klar, dass es weniger peinlich gewesen wäre, mich einfach umzudrehen, anstatt unter dem Fenster zu verschwinden.

Weil ich befürchte, dass er immer noch draußen steht und zu mir hochsieht, krabble ich auf dem Boden ins Bad, schließe die Tür und mache die Dusche an. Warum werde ich in Toms Gegenwart immer zum Clown? Ich habe schon einige attraktive Männer kennengelernt, aber ich habe es trotzdem geschafft, mich wie ein normaler Mensch zu verhalten. Ich bin froh, dass ich am vergangenen Abend nicht neben ihm sitzen musste. Wie vermutet, sicherte sich Georgia dieses Privileg.

Tom warf mir einen flehenden Blick zu, und ich musste mir ein Lächeln verkneifen, als sie sich neben ihm niederließ.

So gerne ich meine Aufmerksamkeit voll und ganz auf Tom und seine seltsam anziehenden Arme gerichtet hätte, galt mein Hauptaugenmerk vor allem Cordelia und wie sie mit Annabel klarkommen würde. Nach unserem Gespräch vor dem Haus war ein eigenartiger Beschützerinstinkt in mir erwacht, den ich mir nicht erklären konnte. Cordelia hat sich mir gegenüber grauenhaft verhalten. Sie hat alles versucht, damit ich meinen Job kündige und sie in Ruhe lasse. Es hätte eine Genugtuung sein sollen, dass Annabel es ihr nun mit gleicher Münze heimzahlte. Aber irgendwie behagte mir die Sache mit Annabel nicht. Vielleicht, weil Cordelia zum ersten Mal nicht die Kontrolle über eine Situation hatte und ihre Verletzlichkeit mehr als deutlich wurde, während ihre ehemalige Freundin in einem fort Giftpfeile auf sie abschoss. Das Verrückte war, dass Cordelia es zuließ. So, als hätte Annabel eine seltsame Macht über sie.

Mehr als einmal fiel mir auf, dass Lady Meade ihre Tochter sorgenvoll beobachtete, während der Graf von Derrington über einen Landschaftsgärtner schwadronierte, der das Areal für Annabels Hochzeit neu gestalten sollte. Cordelia sagte während des Essens kaum ein Wort, und Jonathan übernahm die Zügel, stellte Annabel Fragen, zeigte Interesse und war so charmant wie immer. Ich schaffte es, mich größtenteils aus dem Gespräch herauszuhalten. Es gab nur einen heiklen Moment, nämlich als Annabel Interesse an Cordelias und meiner Freundschaft zeigte.

»Schon seltsam«, meinte sie und stocherte in ihrem Kartoffelgratin herum. »Ich habe noch nie von Ihnen gehört, und jetzt sind Sie plötzlich Cordelias Brautjungfer. Wie lange kennen Sie sich schon?«

»Einige Jahre«, erwiderte ich vage.

»Und Sie besuchen Dashwell Hall zum ersten Mal?«

»Ja. Sind Sie und Ihre Familie oft hier?«

»Ja, früher waren wir es«, sagte sie, legte ihre Gabel beiseite und schwenkte ihren Rotwein. »Unser Anwesen ist ganz in der Nähe. Aber mittlerweile sind wir so selten hier auf dem Land. Unser Lebensmittelpunkt ist London.«

»Hmmm.« Ich nippte an meinem Wein.

»Es ist faszinierend, dass ich noch nie von Ihnen gehört habe«, wiederholte sie und musterte mich neugierig. »Ich hatte keine Ahnung, dass es Sie überhaupt gibt. Sie sind ein Mysterium.«

»Aber nein.« Ich zuckte mit den Schultern. »Ich gehe nur nicht oft aus.«

»Was machen Sie beruflich?«

»Ich plane Events.«

»Ach ja?« Sie hob die Augenbrauen. »Habe ich vielleicht schon einmal eines davon besucht?«

»Eher nicht. Ich organisiere firmeninterne Veranstaltungen.«

Sie nahm einen Schluck von ihrem Wein und beschloss offenbar, meinen Beruf nicht weiter zu kommentieren. »Seltsam, dass ich Sie nie auf einer Party oder auf einem Londoner Event gesehen habe, wo Cordelia und Sie sich doch so nahestehen.«

»Ich arbeite meistens am Wochenende.«

»Und dass Cordelia nie von Ihnen erzählt hat.«

»Treffen Sie sich denn oft auf ein Pläuschchen? Das wusste ich gar nicht.«

Sie warf mir einen Blick zu. *Touché*. Dann meinte sie: »Wir bewegen uns mittlerweile nicht mehr in denselben Kreisen. Cordelia ist nicht sehr… wie formuliere ich es bloß?… Sie ist nicht sehr gesellig. Man braucht viel Geduld mit ihr. Es ist schade, dass manche Menschen einfach keinen Anschluss finden.« Sie warf Cordelia einen mitleidsvollen Blick zu und senkte die Stimme, sodass nur ich sie hören konnte. »Sie verstecken sich im Schatten, mitsamt ihren selbstzerstörerischen Angewohnheiten, und haben Angst, ins Scheinwerferlicht zu treten.«

Ich rutschte unangenehm berührt hin und her. »Das Scheinwerferlicht ist nicht für alle gemacht.«

Sie musterte mich von oben bis unten. »Ja, offensichtlich.«

In diesem Moment bat Georgia Annabel, die unterhaltsame Geschichte zu erzählen, wie sie einmal einen Igel gerettet hatte, und ich blieb verwirrter denn je zurück. Ich fragte mich, was zum Teufel zwischen Cordelia und Annabel vorgefallen war, bis ich erkannte, dass ich Cordelia die ganze Zeit über anstarrte. Sie erwiderte meinen Blick, und ich senkte ihn schnell auf den Teller und versuchte, mich den Rest des Abends im Hintergrund zu halten und sämtlichen persönlichen Fragen auszuweichen.

Es war ein überaus seltsames Abendessen.

Nachdem ich geduscht und mich angezogen habe, trete ich aus meinem Zimmer und versuche, mich an den Weg nach unten ins Frühstückszimmer zu erinnern. Ich biege einige Male falsch ab und lande dabei sogar im Besenschrank, bevor ich es endlich in die Küche schaffe, wo Tom im Kühlschrank kramt. Er trägt immer noch Laufklamotten.

»Hi!«, begrüße ich ihn fröhlich.

»Hey«, erwidert er freundlich, und ein warmherziges Lächeln breitet sich auf seinem Gesicht aus. »Tut mir leid, aber ich konnte dich vorhin nicht verstehen.«

»War nicht so wichtig.«

»Wie hast du geschlafen?«

»Sehr gut, danke. Und du?«

»Ebenfalls. Georgias Ausführungen darüber, wie wundervoll sie doch ist, waren sehr ermüdend.« Er grinst, greift nach einer Packung Orangensaft und schließt die Kühlschranktür.

Er öffnet den Verschluss und trinkt direkt aus dem Karton. Ich verziehe das Gesicht. »Was ist?« Er senkt den Orangensaft.

»Man sollte nicht direkt aus dem Karton trinken«, erkläre ich ihm streng. »Ich hoffe, du hast nicht vor, ihn mir anzubieten.«

»Ach, bei solchen Dingen verstehst du keinen Spaß, oder wie?«

»Darum geht es nicht! Es ist einfach ekelig.«

»Cordelia motzt deshalb auch immer«, erklärt er amüsiert. »Deshalb tue ich es ja. Es gibt nichts Besseres, als sie auf die Palme zu bringen.«

»Wie erwachsen.«

Sein Blick lässt mein Herz schneller schlagen. Ich wende mich ab und konzentriere mich auf das Muster der Arbeitsplatte.

»Hast du schon gefrühstückt?«

»Ich wollte mir gerade etwas holen«, antworte ich. »Gibt es vielleicht Toast oder so?«

»Du findest alles, was du brauchst, im Esszimmer. Bediene dich einfach.«

»Ach ja, natürlich«, erwidere ich und versuche, nicht zu lachen. Nicht dass er mich für unhöflich hält. »Ich vergaß, dass wir uns auf Dashwell Hall befinden.«

»Es gibt auch frisch gepressten Orangensaft, damit du nicht aus meinem Karton trinken musst«, versichert er mir und schüttelt den Karton. »Ich mag das billige, süße Zeug lieber.«

»Gott sei Dank.«

»Was hast du heute vor?«, fragt er plötzlich.

»Keine Ahnung. Was auch immer Cordelia geplant hat.«

»Jonathan und Cordelia wollten ausreiten. Das dauert sicher eine Weile – sie sind gerade erst in den Stall.« Er bricht ab. »Wenn du möchtest, können wir ins Dorf fahren. Ich kann dir die Sehenswürdigkeiten zeigen.«

»Die *Sehenswürdigkeiten*?«

»Klar!« Seine Augen funkeln amüsiert. »Es gibt ein Pub, dessen Besitzer etwa einhundertfünfzig Jahre alt ist und alle anbrüllt. Dann ist da noch die Teestube, deren Deckenbalken so tief sind, dass du dir ständig den Kopf anschlägst. Und wenn du Glück hast, zeige ich dir die Wiese, auf der ich in der Rolle eines Strohhalms bei einem Open-Air-Theater brilliert habe.«

»Wow!« Ich nicke beeindruckt.

»Es war eine sehr anspruchsvolle Rolle«, fährt er fort. »Ich war ganz in Gelb gekleidet und musste während der ganzen Szene auf dem Boden liegen. Ich bekam fantastische Kritiken.«

»Und da hat sich Hollywood noch gar nicht gemeldet?«

»Es kann jeden Tag so weit sein.« Er grinst. »Also, was ist?«

»Ähm.« Ich zögere. »Ich weiß nicht, ob Cordelia mich nicht vielleicht doch braucht …«

»Das kann schon sein, aber Cordelia kann nicht deinen ganzen Tag kontrollieren«, erklärt er und wirkt einen Moment lang ärgerlich. »Sie wird den Vormittag über unterwegs sein. Komm schon, das macht sicher Spaß.«

»Okay«, stimme ich zu. »Danke.«

»Super. Ich bin gleich wieder da.«

Ich bleibe wie in Trance stehen, nachdem er gegangen ist, und mein Magen zieht sich vor Aufregung zusammen. Ich weiß, dass er nur nett zu der Freundin seiner Schwester sein will, und vermutlich ist ihm langweilig, weil es hier nichts für ihn zu tun gibt. Aber *trotzdem*.

Allerdings sollte ich mich nicht zu sehr darauf einlassen. Das hier ist ein Job, und ich bin dazu da, um Cordelia bei ihrer Hochzeit zur Seite zu stehen, nicht um mit ihrem unglaublich attraktiven Bruder zu flirten. Ihrem attraktiven Bruder, der immer schon ein Playboy war. Eine Affäre mit jemandem wie Lord Dashwell ist keine gute Idee.

Im Esszimmer stoße ich auf Lady Meade, die gerade frühstückt und die Zeitung liest.

»Er will Ihnen *Paxton* zeigen?«, fragt sie überrascht, nachdem ich ihr von Toms Plänen erzählt habe.

»Nur, wenn ich hier nicht gebraucht werde.«

»Nein, auf keinen Fall. Das ist eine schöne Idee! Sie sollten das Beste aus Ihrem Aufenthalt machen, bevor es am Abend nach London zurückgeht. Und ohne Cordelia hat es nicht viel Sinn, Hochzeitspläne zu schmieden.« Sie faltet sorgfältig ihre Zeitung zusammen und legt sie neben dem Teller auf den Tisch. »Ich wollte Ihnen noch für gestern Abend danken. Ich weiß es zu schätzen, dass Sie sich um Cordelia gekümmert haben, nachdem sie hinausgelaufen ist.«

»Ach, das war doch nichts«, widerspreche ich und streiche Butter auf meinen Toast. »Ich wollte nur nachsehen, ob alles in Ordnung ist.«

»Glauben Sie mir«, meint Lady Meade mit einem müden Lächeln. »Das war nicht Nichts.«

Von: Gerry@liebelebeundconfetti.co.uk
An: Sophie.breeze@zapmail.co.uk
Betreff: Re: Donut-Aufsteller

Hi Sophie,
danke für Ihre Anfrage zu unseren handgefertigten Donut-Aufstellern.
Sie haben die Auswahl zwischen Small (6 Donut-Aufhänger), Medium (24 Donut-Aufhänger) und Large (42 Donut-Aufhänger).
Die Preise belaufen sich auf: Small: £20, Medium: £35, Large: £50.
Darüber hinaus haben wir personalisierte Donut-Aufsteller mit dem gewünschten Namen oder einer Überschrift über den Donuts (zusätzlich £3 pro Buchstabe).
Wir möchten Sie erneut darauf hinweisen, dass unsere Aufsteller im Gegensatz zu anderen Firmen HANDGEFERTIGT sind. Die Produktion der wunderschönen, maßgeschneiderten Donut-Aufsteller erfolgt mit größter Sorgfalt, damit sie jedes Event noch ein wenig besonderer machen.
Wir hoffen, dass Sie uns in dieser Hinsicht zustimmen.
Mit den allerbesten Grüßen
Gerry

Von: Sophie.breeze@zapmail.co.uk
An: Gerry@liebelebeundconfetti.co.uk
Betreff: Re: Re: Donut-Aufsteller

Hi Gerry,
vielen Dank für die Informationen.
Ich melde mich zeitnah mit einer eventuellen Bestellung.
Beste Grüße
Sophie

Betreff: Re: Re: Re: Donut-Aufsteller

Hi Sophie,
wir würden uns freuen, bald von Ihnen zu hören.
Nur um sicherzugehen: Kennen Sie bereits ALLE unsere HANDGEFERTIGTEN Aufsteller?
Wir bieten: Donut-Aufsteller, Bagel-Aufsteller
Kontaktieren Sie uns gerne für nähere Informationen zu unseren HANDGEFERTIGTEN Aufstellern.
Mit den allerbesten Grüßen
Gerry

Betreff: Re: Re: Re: Re: Donut-Aufsteller

Hi Gerry,
vielen Dank für die zusätzliche Information. Könnten Sie mir bitte den Unterschied zwischen den beiden Aufstellern erklären?
Beste Grüße
Sophie

Betreff: Re: Re: Re: Re: Re: Donut-Aufsteller

Hi Sophie,
selbstverständlich!
Es ist genau, wie der Name schon sagt. Die Donut-Aufsteller haben Aufhänger für Donuts, und die Bagel-Aufsteller haben Aufhänger für Bagels.
Ich hoffe, Ihnen mit dieser Information weitergeholfen zu haben.
Mit den allerbesten Grüßen
Gerry

Kapitel 21

»Hier sieht's ja aus wie auf einer Postkarte«, meine ich verträumt.

Tom hebt die Augenbrauen. Er versperrt den Wagen, tritt neben mich und steckt die Hände in die Taschen seiner Wachsjacke. »Ja, eine extrem langweilige Postkarte.«

»Eine *idyllische* Postkarte aus einem verschlafenen englischen Dorf«, korrigiere ich ihn. »Es ist fantastisch. Genau so sollte es mitten im Nirgendwo aussehen.«

Paxton besteht im Grunde aus einer malerischen Hauptstraße mit einer kleinen, hübschen Kirche an einem und einem uralten Pub namens *The George* am anderen Ende und einer Reihe windschiefer Häuschen dazwischen, in denen sich verschiedene Läden befinden. Das Angebot entspricht genau den Erwartungen: angefangen von dem Secondhandbücherladen mit den unordentlichen Bücherstapeln im Schaufenster bis hin zu der bezaubernden Teestube mit dem Türschild, das Hunde allerherzlichst willkommen heißt. Es gibt einige entzückende Bed & Breakfasts, mehrere Cottages mit bunten Blumenampeln und viel zu kleinen Türen und einen kleinen Supermarkt, vor dem Kisten mit frischem Obst und Gemüse lagern und der sich zwischen einem familienbetriebenen Fleischer und einer Poststelle befindet.

»Es ist ein hübsches Dorf«, muss Tom zugeben, während wir die Straße entlangschlendern. »Und viel schöner an einem

Tag wie heute als im Sommer, wenn es von Touristen wimmelt. Du solltest die Schlange vor der Teestube sehen. Da liegen die Nerven blank, und es geht richtig zur Sache. Ich könnte dir Geschichten erzählen…«

Ich lache. »Wann beginnt eigentlich die Stadtführung, die mir versprochen wurde? Bis jetzt bin ich nicht sonderlich beeindruckt von der Menge an Informationen, die mir von meinem Fremdenführer zur Verfügung gestellt wurde.«

»Was willst du denn noch? Ich habe dir doch schon beim Herfahren von dem Geisterhahn erzählt, reicht das nicht?«

»Ja, die Geschichte von dem Geisterhahn, der nachts über die Hügel streift und alle aufweckt, war faszinierend«, erkläre ich trocken. »Für mich klingt es, als wäre der Hahn quicklebendig und sein Besitzer würde sich schämen und nicht zugeben, dass der Hahn, der das ganze Dorf wach hält, ihm gehört.«

»Entschuldige mal, das geht seit zwanzig Jahren so, und Hähne werden niemals so alt. Ah, hier haben wir unseren berüchtigten Blumenladen.« Tom lehnt sich näher heran, um mir ins Ohr zu flüstern. Sein Atem an meinem Hals lässt mich erschaudern. »Hat Cordelia von dem Sommer erzählt, als sie hier gearbeitet hat?«

Ich bleibe vor dem Laden stehen und bewundere die Eimer mit den frischen Blumen. »Ich glaube, sie hat mal etwas erwähnt, aber ich kann mich nicht mehr genau erinnern.«

»Als Fremdenführer ist es meine Pflicht, dich darüber aufzuklären. Sie war fünfzehn und der totale Albtraum«, enthüllt er mit immer noch gesenkter Stimme. »Sie war eine richtige Diva und hielt sich für einen großen Star.« Er lacht leise bei der Erinnerung daran. »Sie geriet ständig in Schwierigkeiten, aber das Tüpfelchen auf dem i war die Nacht, als sie sich mit einigen Freunden betrank und nicht nach Hause kam. Mum und Dad hatten keine Ahnung, wo sie war. Sie riefen die Polizei, und die fand sie am nächsten Tag im Haus irgendeines Schauspielers.«

»Das klingt nicht gut.« Ich schüttle mich beim Gedanken daran.

»Das war es auch nicht«, stimmt Tom mir zu. »Dad war außer sich. Er gab ihr für den Rest des Sommers Hausarrest und schickte sie hierher nach Dashwell Hall.«

»Wäre ich als Teenager bloß auch zur Strafe den Sommer über auf den herrlichen Landsitz meiner Familie geschickt worden.«

Er lächelt entschuldigend, und es tut mir leid, dass ich ihn in Verlegenheit gebracht habe, also füge ich eilig hinzu: »Na ja, es muss sehr einsam gewesen sein.«

»Ein Teil des Deals war, dass sie sich einen Job sucht. Also fing sie im Blumenladen an«, fährt Tom fort.

»Sie war eine meiner liebsten Angestellten«, ertönt eine Stimme im Inneren des Ladens, und wir zucken beide zusammen.

Eine Frau tritt in die Tür und schiebt sich mit einem herbstlichen Blumenstrauß an uns vorbei, den sie sorgfältig an einem der Aufsteller befestigt, bevor sie sich die Hände an ihrer Schürze sauber wischt und mit einem warmen Lächeln auf uns zutritt. Sie ist vermutlich Ende fünfzig und ziemlich klein mit einem runden, offenen Gesicht, krausen Locken und leuchtend grünen Augen. Unter ihrer Schürze trägt sie einen purpurroten Wollpullover, der so gar nicht zu der pinkfarbenen Hose passen will.

»Hallo, Beth«, begrüßt Tom sie strahlend. »Wie geht es dir?«

»Ich habe leider nicht so viel zu tun, wie ich gerne hätte, Thomas«, erwidert sie, und ihr Blick huscht zu mir.

»Das ist Emily, Cordelias Freundin und Brautjungfer.«

»Wie schön.« Sie strahlt und stemmt die Hände in die Hüften. »Ist Cordelia auch hier?«

»Sie ist ausreiten.«

»Natürlich ist sie das.« Ihr sticht etwas an den ausgestellten Blumensträußen ins Auge, und sie streckt die Hand aus und zupft einige Stängel zurecht. »Schade, dass sie nicht öfter Zeit dazu hat. Sie liebt es und hat einen guten Sitz. Sehr elegant.«

»Ich habe Emily gerade von dem Sommer erzählt, als Cordelia bei dir gearbeitet hat.«

»Ja, das habe ich gehört. Das ist schon Ewigkeiten her, und ich fühle mich uralt, wenn ich daran zurückdenke. Kaum zu glauben, dass sie bald heiraten wird. Für mich ist sie immer noch das junge Ding mit dem wachen Blick, das ständig zurückgemotzt und an den Nägeln gekaut hat. Ist der Kerl wenigstens nett?«

»Er hat keine Ahnung, worauf er sich einlässt.«

Sie gibt Tom einen Klaps auf den Hinterkopf. »Hör auf damit. Du kannst von Glück reden, dass du so eine nette Schwester hast.«

»War Cordelia eine gute Angestellte?«, frage ich, während ich über den Klaps kichern muss. »Ich muss zugeben, dass ich sie mir hier nicht wirklich vorstellen kann.«

»Wie schon gesagt, sie war eine der besten. Sie war so kreativ und hatte eine wunderbare Vorstellungskraft, was bei der Arbeit mit Blumen immens wichtig ist. Am Anfang gab sie sich zurückhaltend. Sie war sauer auf ihre Eltern, die sie hierhergeschickt hatten, während ihre Freunde in London Party machten. Sie können sich vorstellen, dass es in Paxton kaum Angebote für Teenager gibt. Aber sie kam auf den Geschmack, kam morgens früher zur Arbeit und blieb abends länger. Wir haben uns oft sehr gut unterhalten.«

»Das ist eine wunderschöne Beschreibung meiner geliebten Schwester, Beth«, neckt Tom. »Aber ich glaube, du hast einige wichtige Details ausgelassen.«

»Na ja, ihr Umgang mit Kunden war verbesserungsbedürftig«, gibt Beth zu und lächelt. »Sie war nicht gerade geduldig, wenn sich Leute nicht entscheiden konnten. Und da war da noch die Sache mit Matt ...«

»Er ging auf ihre Schule«, übernimmt Tom. »Er war mit einer von Cordelias Freundinnen zusammen, aber eines Tages ist er plötzlich hier aufgetaucht und hat einen Strauß Rosen für ein anderes Mädchen gekauft.«

»Was für ein Idiot.«

»Cordelia hat ihn aus dem Laden gejagt und ihm einen Eimer nachgeworfen.«

»Sie hat ihn aber nicht getroffen, und der Kübel war leer, es wurden also keine Blumen in Mitleidenschaft gezogen«, betont Beth. »Wenn ihr mich fragt, hatte der Junge es verdient.« Sie schnaubt missbilligend, dann legt sie seufzend eine Hand auf Toms Arm. »Ich mache mich jetzt besser wieder an die Arbeit. Richte Cordelia liebe Grüße aus. Ich weiß, sie kommt selten nach Paxton. Aber wenn sie Zeit hat, soll sie mal vorbeischauen.«

»Wird gemacht«, verspricht Tom.

»War nett, Sie kennenzulernen, Emily«, meint sie noch, bevor sie durch die Tür verschwindet.

»Beth ist klasse«, erkläre ich und trabe neben Tom her.

»Das ist sie. Sie ist hier aufgewachsen und hat den Familienbetrieb übernommen. Wenn du Beth schon gut fandest, solltest du ihre Mum kennenlernen. Sie hat eine scharfe, geistreiche Zunge, aber man sollte sich nicht mit ihr anlegen.«

»Das trifft sicher auch auf Beth zu. Wie geht es deinem Kopf?«

»Ich glaube, ich bekomme eine Beule«, meint er und befühlt seinen Scheitel. »Sie kann richtig zulangen.«

»Offensichtlich ist sie sehr angetan von deiner Familie.«

»Wer ist das nicht?« Er biegt grinsend um die Ecke und bleibt abrupt stehen. Dann holt er tief Luft und zeigt hinüber auf den Wiesenstreifen vor dem Pub. »Hier ist es. Hier habe ich gelegen. Selbst jetzt noch treibt mir die Erinnerung an meine künstlerische Leistung die Tränen in die Augen.«

»Offenbar habe ich einen sehr wichtigen Augenblick in der Geschichte des britischen Theaters versäumt. Aber vielleicht könntest du den Moment noch einmal aufleben lassen.«

»Wie meinst du das?«

»Sehen wir doch mal, ob du es immer noch draufhast.« Ich schlendere auf den Wiesenstreifen zu. »Oder sind deine schauspielerischen Leistungen eingerostet? Immerhin war es sehr anspruchsvoll, zu diesem Strohhalm zu erstarren.«

»Bitte.« Er schließt zu mir auf. »Naturtalent vergeht nicht. Aber es war ein Sommertheater, und das Gras war trocken. Heute sieht es ziemlich matschig aus.«

»Du verweichlichter Städter.«

»Moment!«, ruft er entrüstet. »Im Herzen bin ich ein Dorfjunge.«

Er geht mit großen Schritten in die Mitte des Wiesenstreifens, blickt sich eilig um – vermutlich will er sichergehen, dass ihn niemand sieht – und lässt sich dramatisch ins Gras plumpsen, wo er sich ausstreckt und die Augen schließt.

»Also ich weiß nicht«, erkläre ich grinsend. »Das erinnert mich eher an einen Stock.«

»Mann.« Er öffnet ein Auge. »Nur weil ich kein Kostüm trage.«

»Verstehe. Gut, dann bekommst du drei von fünf Sternen.«

»Was? Nur drei Sterne?« Er stützt sich auf den Ellbogen ab.

»Ich habe Punkte fürs Reden abgezogen. Soweit ich weiß, spricht Stroh nicht. Ich dachte, du betreibst Method Acting.«

»*Du* hast doch mit *mir* geredet«, wendet er ein und deutet auf das Gras neben sich. »Versuche es doch selbst, wenn du so ein Profi bist. Es sei denn, du bist zu sehr Städterin und hast Angst, dich schmutzig zu machen.«

»Nun gut, sieh zu und staune.«

Ich bin froh, dass ich mich für einen schwarzen Mantel entschieden habe, wünschte allerdings, ich hätte mir eine der Wachsjacken geliehen, die unten im Stiefelkeller hängen. Ich lege mich neben ihn und stelle sicher, dass meine Haare auf dem Gras landen und nicht im Matsch. Dann presse ich die Hände an die Seiten und schließe die Augen. Nach einigen Sekunden öffne ich sie. Tom betrachtet mich unbeeindruckt.

»Schwache Leistung«, erklärt er und legt sich ebenfalls wieder hin. »Du konntest mich nicht annähernd überzeugen.«

Ich verschränke lächelnd die Hände auf dem Bauch und sehe hinauf in den wolkenlosen Himmel. »Es ist so idyllisch hier.« Ich schließe die Augen. »Ich liebe solche kalten und sonnigen Tage.«

»Besser als *warm* und sonnig?«

»Ja, schon. Ich bekomme leicht einen Sonnenbrand, also gehe ich nicht gerne an den Strand.«

»Ich wette, du bekommst auch Sommersprossen.« Ich höre an seiner Stimme, dass er lächelt.

»Unmengen. Mein Gesicht wird zu einer einzigen großen Sommersprosse.«

»Ich finde Sommersprossen süß.«

»Als ich klein war, wollte ich unbedingt welche haben und habe sie mit einem Stift aufgemalt«, erinnere ich mich kichernd. »Meiner Meinung nach sah es täuschend echt aus, obwohl ich einen Kugelschreiber benutzt habe. Kaum zu glauben, aber Mum und Dad haben mich tatsächlich mit blauen Punkten im Gesicht in die Schule gehen lassen. Eigentlich peinlich.«

»Dann erzähle ich dir mal etwas Peinliches: Ich war etwa sieben, als ich im Urlaub einen gleichaltrigen Jungen aus Wales kennenlernte. Er war echt cool, wir verstanden uns super, und ich liebte seinen Akzent. Also beschloss ich, dass ich auch Waliser werden wollte. Und nachdem wir nach Hause gekommen sind, redete ich im seltsamsten Akzent und tat, als wäre es vollkommen normal.«

»Hast du geglaubt, es würde niemand merken?«

»Ich habe es zwei Tage lang durchgezogen. Meine Familie zieht mich immer noch damit auf. Sogar Cordelia, obwohl die noch viel zu jung war, um sich daran zu erinnern. Aber von so einer Kleinigkeit lässt sie sich nicht aufhalten.«

»Aber ihr steht euch nahe, oder? War das schon immer so?«

»Wir hatten *ständig* Streit, als wir jünger waren. Aber mit der Zeit haben wir es überwunden. Ja, wir stehen uns sehr nahe. Vor allem, seit… Na ja, wir haben eine Menge zusammen durchgestanden. Mein Beschützerinstinkt, was sie betrifft, ist viel zu ausgeprägt.« Er hält inne. »Hast du Geschwister?«

»Nein, ich bin ein Einzelkind. Gibt es eine starke Konkurrenz zwischen euch?« Ich wende mich zu ihm herum. Ich muss das Gespräch, so gut es geht, von mir ablenken.

»Ja, es ist schrecklich. Du kannst dir nicht vorstellen, wie es rundgeht, wenn Cordelia beim Spielen verliert. Und das ist meistens der Fall«, fügt er selbstgefällig hinzu. »An Weihnachten spielen wir alle Monopoly, und da schlage ich sie jedes Mal.«

»Ihr spielt an Weihnachten Monopoly?«, frage ich lachend.

»Ja! Was ist daran so lustig?«

»Einfach alles. Die Vorstellung, dass ihr auf Dashwell Hall Monopoly spielt – es kommt mir seltsam vor, dass ihr so… normal seid.«

»Was sollten wir denn deiner Meinung nach an Weihnachten tun? Noble Maskenbälle für vier Personen veranstalten? Polo auf unseren Rentieren spielen?«

Ich lache auf. »Das würde mich nicht wundern. Weihnachten auf Dashwell Hall ist sicher unglaublich. Jetzt, da ich so darüber nachdenke, ist eine Winterhochzeit vielleicht wirklich viel besonderer als eine Hochzeit im Sommer. Wie lange braucht ihr, um alles zu dekorieren?«

»*Ewig*. Die Teile des Hauses, die den Touristen offen stehen, übernehmen Profis, das heißt, es sieht jedes Jahr fantastisch aus. Ich bin für das obere Stockwerk in unserem privaten Bereich zuständig. Du solltest sehen, was ich aus Lametta zaubern kann. Ich bin ein Meister.«

»Zweifellos.«

»Cordelia beaufsichtigt das Schmücken des Baums, und das ist immer immens anstrengend.« Er sieht mich an und grinst. »Aber du weißt vermutlich, dass Cordelia ein Talent dafür hat, alles irgendwie anstrengend zu machen. Sogar Dinge, die eigentlich Spaß machen.«

»Solange sie nicht zu viel Stress wegen der Hochzeit macht…«

»Sie kann von Glück reden, dass sie dich hat.« Dabei sieht er mich auf eine Art an, bei der meine Finger zu kribbeln beginnen. Mein Kopf ist wie in Watte gepackt. Verdammt noch mal, seine Augen sind so schön. So dunkel und freundlich, umrahmt von langen Wimpern. Ich bin wie hypnotisiert.

Moment. Sophie, sei nicht albern. Das ist Lord Dashwell. Der Bruder deiner Klientin. Konzentriere dich auf den Job.

Ich zucke zusammen, als seine Finger meine Hand berühren. Unabsichtlich, da bin ich mir sicher. Doch dann hebt er seinen Arm, und seine warme Hand legt sich über meine kalten Finger. Seine leuchtenden Augen halten meine gefangen.

Er wird mich küssen. Jeden Moment ist es so weit. Und ich werde ihn zurückküssen.

»Ich kann das nicht«, platzt es aus mir heraus, und ich setze mich abrupt auf. »Es geht nicht.«

»Was denn?« Er stemmt sich auf die Ellbogen hoch und sieht mich verwirrt an. »Was kannst du nicht?«

»Ich bin mit jemandem zusammen.«

»Oh. Okay.« Ich glaube, eine Spur Enttäuschung in seiner Stimme zu hören, aber vielleicht bilde ich es mir auch nur ein, weil ich es mir wünsche. »Mit wem?«

Ich sehe mich ratlos um, und mein Blick fällt auf das Pub.

»George! Er heißt George. Er ist sehr nett.« Ich werfe einen Blick auf mein Handy, meine Wangen glühen. »Wir sollten zurück nach Dashwell Hall.«

»Ja, klar.« Er steht auf und wischt sich ein paar Grashalme von der Hose.

Auf dem Rückweg stelle ich ihm langweilige Fragen zur Umgebung, bloß um uns von dem Moment abzulenken, den wir gerade erlebt haben. Irgendwann gebe ich es auf und starre schweigend auf die vorbeiziehenden Felder und Bäume.

Ein Teil von mir findet es bescheuert, dass ich mir diese dämliche Lüge ausgedacht habe. Aber die Vernunft sagt mir, dass ich das Richtige getan habe. Was spielt es schon für eine Rolle, dass ich in Wahrheit Single bin? Das ist Sophie – und ich darf nicht Sophie sein.

Tom kennt Sophie nicht. Er darf Sophie nicht kennen. Er kennt bloß Emily. Und das macht mich unglaublich traurig.

Denn Emily ist eine Lüge.

Kapitel 22

»Danke, dass ich das Wochenende bei euch verbringen durfte«, sage ich zu Cordelia, während wir die kurvenreiche Landstraße in Richtung Bahnhof fahren. »Es war herrlich bei euch. Ich kann mir jetzt viel besser vorstellen, wie die Hochzeit ablaufen wird.«

Sie zuckt mit den Schultern und hält den Blick auf die Straße gerichtet. Ich sehe es als weiteren Schritt in die richtige Richtung. Vor ein paar Tagen hätte sie mir erklärt, dass sie mich technisch gesehen gar nicht eingeladen hatte, sondern ihre Eltern. Oder sie hätte mir vorgeworfen, ihr Wochenende ruiniert zu haben, und mir erklärt, dass sie mich nie wiedersehen will und ich sofort kündigen soll. Aber sie tut nichts dergleichen.

Da nehme ich ein unbeteiligtes Schulterzucken gerne an.

»Es wird auf jeden Fall spektakulär«, fahre ich fort, um die Stille zu füllen. »Deine Mutter hat mir erzählt, dass die Einladungen noch diese Woche rausgehen. Das ist aufregend.«

»Ja«, erwidert sie.

Das ist sogar noch besser. Hoffnung steigt in mir hoch. Dass einsilbige Antworten, allerdings ohne die Spur von Abscheu, einen derartigen Effekt auf mich haben, beweist, wie schlimm es vor dem Wochenende um uns stand.

»Und nächste Woche hast du schon die ersten Termine zur Kleideranprobe. Ich schätze, du möchtest mit deiner Mum hingehen, aber ich stehe bereit, falls du mich dabeihaben willst.«

»Okay.«

O mein Gott. Sind wir jetzt etwa Freundinnen?

»Das Treffen mit Clio Vaughn ist für Freitag geplant. Ich hoffe, du hast Zeit? Sonst kann ich den Termin noch ändern. Aber du musst nicht dabei sein, wenn du nicht willst. Das liegt an dir.«

»In Ordnung. Ich gebe dir noch Bescheid.«

Verdammt, ist das aufregend. Kaum zu glauben, was sich innerhalb eines Wochenendes ändern kann. Langsam akzeptiert sie mich, und mehr hatte ich mir nicht erhofft.

Sie wirft mir einen Blick zu. »Warum machst du dieses Gesicht?«, fragt sie misstrauisch.

»Welches Gesicht?«

»Na, dieses.«

»Ich mache ein Gesicht?«

»Ja.«

»Das war keine Absicht.«

»Aber du machst es trotzdem, und es macht mir Angst.«

»Das ist nun mal mein Gesicht.«

»Nein, normalerweise ist es nicht so.«

»So?«

»Wie bei einer überaufgeregten Puppe.«

»Wie bei einer *was*?«

»Wie bei einer Puppe, die ihr Gesicht nicht bewegen kann, aber superaufgeregt ist. So etwa.« Cordelia reißt die Augen auf und lächelt mit aufeinandergepressten Lippen.

Ich muss lachen. »So habe ich sicher nicht ausgesehen.«

»Doch, hast du«, beharrt sie. »Genau so.«

»Warum sollte ich so ein Gesicht machen?«

»Sag du es mir.«

»Keine Ahnung.« Ich zucke mit den Schultern. »Wir haben uns nett unterhalten, mehr nicht.«

Sie hebt die Augenbrauen. »Haben wir das?«

»Ja, haben wir«, erkläre ich bestimmt.

Sie widerspricht mir nicht, sondern konzentriert sich wieder auf die Straße. Dabei wirkt sie irgendwie amüsiert. Amüsiert, nicht genervt. Oder hasserfüllt. *Amüsiert.* Es ist herrlich.

»Da! Du machst schon wieder dieses Gesicht.«

»Mache ich nicht.« Ich lache, obwohl ich weiß, dass sie recht hat.

Ich hatte mich vor der Fahrt zum Bahnhof gefürchtet. Lady Meade schlug vor, dass Cordelia mich fahren sollte, und da sie nichts vorhatte und alle zuhörten, konnte sie nicht Nein sagen. Immerhin sollen wir den Eindruck erwecken, als wären wir die besten Freundinnen. Ich fand es zwar nett, dass Lady Meade uns mehr Zeit geben wollte, um einander näherzukommen, aber ich hatte Angst, dass es keine sehr angenehme Fahrt werden würde. Doch bis jetzt war es okay.

Trotz der Ereignisse auf dem Wiesenstück vor dem Pub hat Tom angeboten, mich nach London mitzunehmen, aber ich habe darauf bestanden, mit dem Zug zu fahren. Erstens habe ich bereits eine Fahrkarte, und zweitens habe ich viel zu erledigen. Wobei der wahre Grund allerdings ist, dass ich mir in seiner Gegenwart selbst nicht vertraue und dass ich ihn nicht ständig anlügen möchte. Deshalb bleibt mir nichts anderes übrig, als ihm, so gut es geht, aus dem Weg zu gehen.

Der heutige Tag war ... na ja ... großartig. Tom witzig, charmant und liebenswert. Man kann sich gut mit ihm unterhalten. Er hat denselben Sinn für Humor wie ich. Er ist entspannt und interessant. Und es besteht die reale Gefahr, dass ich anfange, ihn zu mögen. Und zwar richtig. Deshalb rede ich mir nun ständig ein, dass ich mich auf keinen Fall in ihn verlieben darf. Das wäre in mehr als einer Hinsicht unangemessen.

Erstens wäre es unglaublich unprofessionell. Zweitens kennt er nicht einmal meinen richtigen Namen. Und drittens ist er der zukünftige Marquess von Meade.

Er gehört praktisch zur königlichen Familie. Und ich habe noch nie mit Adelskreisen zu tun gehabt – abgesehen von einem Labrador aus der Sandringham-Zucht.

Die Vorstellung an sich ist absurd. Tom kann jede haben, die er will. Er würde sich nie und nimmer für mich interessieren, wenn er wüsste, dass ich nicht eine von Cordelias vornehmen Freundinnen bin, sondern ein Niemand, der dafür bezahlt wird, auf ihre Hochzeit zu gehen. Er fände es erbärmlich.

Außerdem verlieben sich ständig irgendwelche Frauen Hals über Kopf in ihn. Das weiß ich mit Sicherheit. Im Laufe der Jahre gab es unzählige Schlagzeilen und Fotos, die ihn mit immer neuen Schönheiten an seiner Seite gezeigt haben. Ich kann mir nicht vorstellen, dass es eine Frau gibt, die nicht gerne mit ihm ausgehen würde. Er sieht gut aus, ist reich und adeliger Abstammung. Im Grunde also ein moderner Mr Darcy. Aber ohne mürrisch zu sein und den ganzen Tag vor sich hin zu grübeln. Selbst wenn er mich wirklich mag – was er nicht tut –, dann sicher nur so lange, bis sich etwas Besseres ergibt. Zum Beispiel die amerikanische Popsängerin, mit der er neulich in dem Club gesehen wurde, oder sonst jemand.

Er ist nichts für mich. Er ist der Bruder einer Klientin. Mehr nicht.

»Du wirkst durcheinander.« Cordelias Stimme reißt mich aus meinen Gedanken.

»Hmm?« Ich schüttle den Kopf und sehe, dass wir gerade auf die schmale, rumpelige Zufahrtsstraße zum Bahnhof biegen. »Ich habe bloß nachgedacht. Über … über die Einladungen.«

»Was ist damit?«

»Ich hoffe, dass sie rechtzeitig ankommen und alle Zeit haben«, erkläre ich aus dem Stegreif.

»Ich hoffe, dass *nicht* alle Zeit haben.«

»Was meinst du damit?«, frage ich vorsichtig.

Ich weiß natürlich, dass sie Annabel meint. Sie ist heute erneut mit ihren Eltern in Streit geraten, weil diese die Familie Porthouse unbedingt dabeihaben wollen. Ich habe gehört, wie sie im Arbeitszimmer ihres Vaters darüber diskutiert haben. Cordelia erinnerte ihre Eltern an Annabels Verhalten beim

Abendessen und meinte, dass sie jedes Recht hätte, eine derart bösartige Person nicht zu ihrer Hochzeit einzuladen.

Doch ihre Eltern bestanden weiter darauf und erinnerten sie sanft, aber mit Nachdruck an die Konsequenzen, wenn sie Annabel nicht einlud. Es wäre nicht nur ein Megaskandal, es würde auch zu Problemen mit dem Grafen und der Gräfin von Derrington führen, die es als äußerste Beleidigung empfinden würden. Cordelia musste ja nicht mit Annabel reden, meinte ihre Mutter. Es kämen so viele Gäste, dass sie ihr ganz einfach aus dem Weg gehen konnte.

Ich hörte nicht weiter zu, denn ich wollte nicht beim Lauschen erwischt werden, aber Cordelias wütendes Gesicht nach dem Gespräch ließ mich vermuten, dass sie den Streit verloren hatte.

»Nichts«, sagt sie, als wir auf den Bahnhof zurollen. »Vergiss es.«

Aber das kann ich nicht. Immerhin hat sie es angesprochen, und das bedeutet vielleicht, dass sie mit jemandem darüber sprechen will. Vielleicht *muss* sie mit jemandem darüber sprechen.

»Meinst du Annabel?«, frage ich. »Was ist zwischen euch vorgefallen?«

»Nichts.«

»Ich weiß, dass ihr gute Freundinnen wart, und sie hat einen besonderen Vorfall erwähnt. Außerdem hast du gesagt, sie hätte dich verraten, als wir eingebrochen sind, um die Entwürfe...«

»Ich will nicht darüber reden«, unterbricht mich Cordelia, und ihr Gesicht verfinstert sich.

»Hat sie der Presse etwas gesteckt, oder...?«

»Ich sagte doch, da war nichts!«

»Ich habe mich nur gefragt, was sie getan hat, dass du...«

»Mein Gott, was ist eigentlich los mit dir?«, kreischt Cordelia, und ihre Stimme ist so hasserfüllt, dass ich zurückweiche. »Kümmere dich doch um deinen eigenen Scheiß! Ich habe gesagt, dass ich nicht darüber reden will!«

»Okay, ich war …«

»Warum interessiert dich das so? Hoffst du auf eine saftige Skandalgeschichte auf meine Kosten?«

»Nein! Ich weiß, dass es dir manchmal schwerfällt, dich …«

»Du weißt absolut *nichts* über mich.«

Ich werde in meinem Sicherheitsgurt nach vorne geschleudert, als sie vor dem Bahnhof eine Vollbremsung hinlegt. Sie hat die Hände immer noch auf dem Lenkrad, den wutentbrannten Blick nach vorne gerichtet, und weigert sich, mich anzusehen.

»Cordelia, es tut mir leid. Ich wollte nicht neugierig sein …«

»Du kannst jetzt gehen.«

Sie ist so wütend, dass es keinen Sinn hat, mit ihr zu reden. Ich steige aus und gehe nach hinten, um meinen Koffer zu holen. Dabei lasse ich absichtlich die Tür offen, damit ich noch mal nach vorne muss, um sie zu schließen und mich zu verabschieden. Vielleicht hat Cordelia sich bis dahin beruhigt.

»Danke noch mal für das Wochenende.« Ich beuge mich hinunter und sehe zu ihr in den Wagen. »Ich …«

»Mach die Tür zu. Ich muss los.«

»Cordelia …«

»Ich sagte …«, meint sie mit leiser Stimme, die noch viel hasserfüllter klingt als das Gekreische eben, »du sollst die verdammte Tür zumachen!«

Ich trete zurück und werfe die Tür zu. Sie steigt aufs Gas, wendet, sodass der Matsch unter den durchdrehenden Rädern aufspritzt, und rast die schmale Straße entlang davon.

Okay. Ich sehe ihr nach, bis das Auto verschwunden ist, und mein Herz wird schwer. *Zu früh gefreut.*

In den nächsten Tagen warte ich gefühlt rund um die Uhr darauf, dass mich Lady Meade oder Cordelia zu einer Kleideranprobe einlädt, doch niemand meldet sich. Ich schicke Cordelia ein WhatsApp, um sie an das Treffen mit Clio Vaughn Ende der

Woche zu erinnern, aber sie liest die Nachricht bloß, ohne zu antworten. Ich werde wohl ohne sie hingehen.

Im Nachhinein gesehen war ich zu aufdringlich, was die Sache mit Annabel betrifft. Ich wollte wissen, was passiert ist, damit ich Cordelia besser verstehe. Ich dachte, es würde uns einander näherbringen. Dabei müssen wir uns nicht näherkommen. Wir müssen keine Freundinnen sein.

Trotzdem habe ich sie dazu gedrängt, mir etwas Persönliches zu erzählen, worüber sie nicht sprechen wollte.

Es war definitiv meine Schuld.

Nachdem sie auf die Nachricht zum Termin mit Clio nicht geantwortet hatte, schickte ich ihr eine weitere WhatsApp und entschuldigte mich für den Vorfall im Auto. Auch darauf bekam ich keine Antwort.

Am Mittwochabend trifft schließlich doch eine Nachricht von Cordelia ein:

Kannst du morgen um 14:00 Uhr in den St. James's Park kommen? Treffpunkt Duck Island.

Klar. Ich werde da sein.

Gut. Hast du einen bunten Schal?

Ja, einen roten.

Nimm ihn mit.

Ich will antworten und fragen, warum ich unbedingt meinen roten Schal tragen soll, aber dann lösche ich die Nachricht und lasse es bleiben. Sie wird es mir nicht sagen. Das hat sie beim letzten Mal auch nicht getan. Und im Grunde will ich es nicht wissen. Solange wir nirgendwo einbrechen – was in diesem Fall eher unwahrscheinlich ist –, mache ich, was sie sagt.

Am nächsten Tag bin ich einige Minuten zu früh im Park und stehe direkt vor dem Duck Island Cottage, als die Uhr zwei schlägt. Mir kommt der Gedanke, dass ich wieder einmal furchtbar naiv war. Obwohl ich Cordelia kaum kenne, bin ich mir sicher, dass sie sich an mir rächen will. Vielleicht lauert irgendwo ein Scharfschütze auf sein Opfer, das um Punkt zwei mit einem roten Schal genau an dieser Stelle steht.

Ich erschaudere. Möglich wäre es.

Ich kann Cordelia nicht einschätzen, und seit meiner Rückkehr nach London denke ich ständig darüber nach, wie Beth aus dem Blumenladen sie als hart arbeitende, engagierte Mitarbeiterin beschrieben hat, die für ihre Freunde einsteht und Eimer nach Leuten wirft, die es wagen, jemanden zu hintergehen, den sie mag. Ich kann mir nicht vorstellen, dass Cordelia überhaupt Freunde hat, ganz zu schweigen, dass sie für diese eintritt.

»Emily?«

Während ich über das Mysterium nachgegrübelt habe, das Cordelia umgibt, ist ein Mann vor mich getreten. Er ist Ende dreißig, trägt einen grau melierten, stoppeligen Bart mit ausgeprägten Koteletten, einen Dufflecoat, eine Pudelmütze und eine große Leinentasche über der Schulter. »Sind Sie Emily?«, fragt er erneut und sieht mich erwartungsvoll an.

»Ja! Ja, das bin ich«, erkläre ich verwirrt und schüttle seine ausgestreckte Hand, um nicht unhöflich zu sein.

Du meine Güte, hat sie mich zu einem *Blind Date* geschickt?

»Cordelia meinte, Sie würden hier mit einem roten Schal um den Hals warten«, erklärt er, offensichtlich hocherfreut, dass er mich gefunden hat. »Ich bin Jimmy, der Schwan-Flüsterer.«

Der was?

»Wenn Sie so weit sind, können wir loslegen«, fährt er fort und reibt sich die Hände. »Ziemlich kalt heute, was?«

»Tut mir leid, aber wer sind Sie noch mal?«

»Jimmy, der Schwan-Flüsterer«, wiederholt er und runzelt kaum merklich die Stirn. »Ich soll Ihnen zeigen, wie man mit Schwänen kommuniziert. Cordelia meinte, Sie würden Schwäne suchen.«

»Hat sie das?«, erwidere ich langsam und versuche, die Tragweite dieser schrecklichen Situation zu begreifen.

»Ich werde Ihnen helfen, mit den Schwänen hier im St. James's Park in Verbindung zu treten«, erklärt er und deutet aufs Wasser. »Sie sind ziemlich dickköpfig. Versnobt und hochnäsig, wie ich finde.« Er lacht leise. »Die Schwäne im Rest des Landes sind sehr viel einfacher zu handhaben. Aber sehen wir erst einmal, wie Sie sich heute schlagen und ob Sie es draufhaben. Ich glaube, Sie werden nicht lange brauchen, um die Grundzüge zu beherrschen.«

Er stellt seine Tasche ab und öffnet sie.

»Kommt Cordelia auch?«, frage ich.

»Nein, wir sind allein«, antwortet er fröhlich und wühlt in seinen Sachen. »Das ist ehrlich gesagt auch besser. Ich mag es nicht, wenn zu viele Leute dabei sind, wenn ich arbeite. Schwäne mögen keine Menschenansammlungen.«

Es ist unglaublich. Sie hat mich reingelegt. Natürlich hat sie das. Gibt es eine härtere Strafe als vollkommene Demütigung? Und das Schlimmste ist, dass sie es nicht einmal für nötig gehalten hat, mitzukommen und zuzusehen.

»Hören Sie«, beginne ich. »Ich glaube, ich habe keine Zeit für…«

»Hier bitte«, unterbricht er mich, richtet sich auf und hält mir eine Gummilatzhose entgegen. »Ziehen Sie die an.«

»Wie bitte?«

»Na ja, so können Sie auf keinen Fall ins Wasser«, erklärt er und wackelt mit dem Zeigefinger. »Eine Anglerhose ist unbedingt erforderlich.«

»Was meinen Sie mit: ins Wasser? – Ich gehe nicht ins Wasser!«

»Aber klar machen Sie das!«, erwidert er amüsiert. »Sie können nicht vom Land aus mit Schwänen kommunizieren. Sie müssen in ihr Terrain vordringen. Um auf Augenhöhe mit ihnen zu sein.«

»Aber man darf doch sicher nicht einfach so in den Teich steigen!«, merke ich an und mache eine ausladende Handbewegung. »Wir bekommen noch Schwierigkeiten.«

»Ich mache das ständig.« Er zuckt mit den Schultern. »Und niemand stört sich daran. Die Leute glauben, man arbeitet hier, was ja prinzipiell stimmt. Wir arbeiten mit den Vögeln.«

»Können wir sie nicht mit Futter anlocken?«

»Nein«, murrt er und schnaubt missbilligend. »So kommuniziert man nicht mit Schwänen. Schwäne sind elegante, außergewöhnliche Vögel, keine gewöhnlichen Enten. Mit Futter erreicht man gar nichts. Wie wollen Sie das am Hochzeitstag machen? Verteilen Sie Vogelfutter im Mittelgang? Das gäbe ein Gemetzel! Sie müssen dafür sorgen, dass die Tiere Sie als eine von ihnen akzeptieren. Dann hören sie auf Sie, wenn Sie sie rufen.«

Ich sehe ihn an.

»Mit der Anglerhose bleiben Sie trocken.« Er streckt sie mir beharrlich entgegen. »Sie gehen ein Stück hinein, und ich erkläre Ihnen den Lockruf. Wenn die Schwäne zu Ihnen kommen, ist das wunderbar, wenn nicht, müssen wir weiterarbeiten.«

Ich verschränke trotzig die Arme. »Ich gehe auf keinen Fall ins Wasser und rufe nach den Schwänen. Das ist doch lächerlich!«

»Ah.« Er senkt die Arme und lächelt selbstgefällig, was mir absolut nicht gefällt. »Cordelia sagte schon, dass das passieren würde. Na ja, ich habe es wenigstens versucht.«

»Was hat sie gesagt? Dass ich nicht so dumm bin, um mitten

in London in einen Teich zu waten und mit Vögeln zu sprechen? Dann hatte sie recht!«

»Nein, es ging eher darum, dass Sie… eine zu brave Musterschülerin seien. Genau, wie Graham immer gesagt hat.«

Ich zucke zusammen. »*Was* hat sie gesagt?«

»Irgendwas mit Graham Slater?«

»Sie hat Ihnen von Graham Slater erzählt?« Ich kann kaum noch sprechen, so wütend bin ich.

»Ja, und sie meinte, Sie würden keine Risiken eingehen, weil Sie ein Hasenfuß sind – ihre Worte, nicht meine.« Er winkt ab und stopft die Hose wieder zurück in seine Tasche. »Sie meinte, Graham hätte wohl recht gehabt, aber Sie sollen sich deshalb nichts antun. Ihre Mum war derselben Meinung.«

»Moment! Sie haben mit Cordelias *Mutter* gesprochen?«

»Jep.« Er bläst die Wangen auf. »Sie ist echt Furcht einflößend.«

»Was hat sie gesagt?«

»Wer?«

»Lady Meade!«

»Eigentlich nicht viel«, meint er und runzelt konzentriert die Stirn. »Sie meinte, die Schwäne wären ein nettes Detail. Wenn man den Nachnamen der Familie bedenkt. Aber sie glaubte nicht, dass Sie es schaffen. Allerdings sollten Sie sich deshalb nichts antun. Sie meinte, Sie hätten sich in Anbetracht der Umstände bis jetzt gut geschlagen. Und…« Er bricht ab und legt sich eine Hand auf den Mund. »Egal.«

»Nein, was wollten Sie sagen?«

»Es ist nichts.«

»Jimmy«, sage ich in meiner strengsten Stimme. »Was wollten Sie sagen?«

Er beißt sich besorgt auf die Lippe. »Ich will Ihre Gefühle nicht verletzen, aber die zwei haben darüber diskutiert, ob Cordelia überhaupt eine Brautjungfer braucht.«

»Hat Lady Meade das gesagt? Oder Cordelia?«

»Ähm, Lady Meade. Aber hey, das ist vielleicht gar nicht so schlecht! So können Sie den großen Tag genießen und müssen nicht ständig hinter der Braut herhecheln. Ich war zwar nicht oft auf Hochzeiten, aber vermutlich gibt es eine Bar, wo Sie…«

»Geben Sie mir die Hose, Jimmy.«

Er blinzelt. »Hä?«

»Ich sagte, geben Sie mir die Hose.« Ich schlüpfe aus meinem Mantel und werfe ihn mit meiner Tasche auf den Boden.

Er zieht die Hose erneut hervor und überreicht sie mir. »Super! Ich wusste, dass sich die beiden in Ihnen täuschen, Emily. Ich kannte einmal eine Schwänin namens Emily. Sie war sehr elegant, konnte aber auch richtig streitsüchtig sein, wenn ihr etwas gegen den Strich ging. Schlüpfen Sie einfach in die Hose, ich zurre die Riemen fest, sobald Sie drin sind.«

Ich ziehe die Hose hoch und koche vor Wut. Kaum zu glauben, dass Cordelia ihre Mutter gegen mich aufgebracht hat. Das hat sie also die ganze Woche über versucht. Sie will, dass sich ihre Familie gegen mich wendet. Was hat sie Tom über mich erzählt? Mein Magen zieht sich zusammen. Und ihren Eltern! Sie hat es geschafft, dass Lady Meade die Seite gewechselt hat. Obwohl ich den Termin mit Leslie Clio klargemacht habe! Obwohl ich sie das ganze Wochenende unterstützt habe! Obwohl ich das *Gesetz für sie gebrochen habe* (davon wissen ihre Eltern zwar nichts, aber trotzdem).

Ich hasse sie.

»Gut«, sagt Jimmy und zieht die Riemen an meinen Schultern fest. »Jetzt sind Sie bereit. Gehen Sie einfach rein und folgen Sie meinen Anweisungen. Keine Sorge, die Hose ist dafür gemacht.«

Ich war noch nie fischen und trage zum ersten Mal eine Anglerhose, aber ich muss sagen, dass es mich nicht beeindruckt. Es fühlt sich an wie ein riesiger Gummistiefel.

Jimmy deutet auf das Wasser. Ich checke noch schnell, ob nicht zu viele Leute diese Verrücktheit beobachten, dann hole ich tief Luft, wappne mich innerlich, als würde ich so etwas jeden Tag tun, und wate ins Wasser. Ich spüre die Kälte außen an der Hose, aber ich vertraue darauf, dass sie dicht ist. Das Wasser wird tiefer und tiefer, bis es mir bis zu den Oberschenkeln reicht.

»Soll ich hier stehen bleiben?«

»Noch ein Stück weiter«, befiehlt Jimmy. »Mindestens bis zur Hüfte. Keine Angst! Denken Sie an die Hose.«

»Alles gut, alles gut«, wiederhole ich leise und gehe schaudernd tiefer ins Wasser, während die Kälte meinen Körper hochkriecht. »Ich schaffe das. Ich bin nur in einem Teich, und das ist okay.«

»Sehr gut!«, ruft Jimmy.

Ich drehe mich langsam zu ihm um, damit das Wasser nicht an mir hochspritzt. »Es gibt doch hier keine Aale oder sonstige ekelige Kreaturen, oder?«

»Nein, schon gut! Sie sehen maximal ein paar Fische. Nur mit den Pelikanen sollten Sie sich nicht anlegen. Ich hatte einmal ein Zusammentreffen mit einem dieser Nichtsnutze. Der Schnabel ist riesig. Da passt Ihr ganzer Kopf hinein!«

»WAS? O mein Gott!« Ich blicke mich panisch um.

»Keine Sorge! Ich habe vorhin nachgesehen, sie sind drüben am anderen Ufer. Sie machen das klasse. Lady Meade wird beeindruckt sein! Okay, und jetzt drehen Sie sich einfach mit dem Rücken zu mir und rufen über den Teich hinaus.«

»Was rufe ich denn?«, frage ich, während ich mich abwende.

»Sprechen Sie mir einfach nach.« Es folgt eine Pause, dann höre ich ein lautes: »KOAWWWWWWW!«

Das kann nicht sein Ernst sein. *Koaw?*

»Haben Sie gehört?«, ruft er.

»Ähm. Ja. Und so reden Sie echt mit den Schwänen?«

»Das ist ein altbewährter Lockruf! Sie erregen ihre Aufmerksamkeit, und sobald sie nahe genug sind, wenden Sie einen anderen, sehr viel ausgefeilteren Ruf an, um mit den Schwänen zu kommunizieren. Aber so locken Sie sie erst einmal an. Hören

Sie genau hin.« Eine weitere Pause. »KOAWWWWWWW! Und jetzt Sie!«

Ich kann nicht glauben, dass ich das tue.

Das passiert gerade nicht wirklich.

Das *darf* nicht passieren.

Na gut, eigentlich ist es auch schon egal. Immerhin stehe ich mitten in einem verdammten Teich.

»KOAWWWWWWW!«, brülle ich, so laut ich kann.

»Perfekt! Noch einmal.«

»KOAWWWWWWW!«, brülle ich erneut, und so seltsam es klingt, irgendwie gefällt es mir sogar. Ich beginne zu lachen. Das ist so lächerlich. Und überraschend unterhaltsam.

»Ich glaube, dort hinten bewegt sich etwas! Sie kommen! Sie sind ein Naturtalent!«

»KOAWWWWWWW! KOAWWWWWWW! KOAW–«

Ich breche ab. Eines meiner Beine fühlt sich plötzlich kälter an. So richtig kalt. Und nass. O nein!

»Die Hose ist undicht!«, brülle ich.

Ich fahre so schnell herum, dass mir Wasser ins Gesicht spritzt, aber in dem Moment ist es mir egal. Denn Jimmy hat nicht mit meiner Wendung gerechnet. Er hält sein Handy hoch und richtet es direkt auf mich. Als er mich sieht, lässt er schuldbewusst den Arm sinken und versteckt das Handy hinter seinem Rücken. »Haben Sie … haben Sie mich etwa gefilmt?«

»Nein«, erwidert er, doch seine Wangen beginnen zu glühen.

»Jimmy!«, brülle ich und wate durchs Wasser auf ihn zu. »HABEN SIE MICH GEFILMT?«

»Nein, ich habe nur … ähm …« Er sieht sich hektisch um.

»SAGEN SIE SOFORT DIE WAHRHEIT!«

»Es tut mir leid! Sie wollte es so!«

Er macht auf dem Absatz kehrt und haut ab. Weg ist er.

»JIMMY!«

Ich habe es mittlerweile ans Ufer geschafft, schlüpfe aus der Hose und lasse sie zu Boden fallen. Ich bin klatschnass.

»AAAAHHH!«, brülle ich und trete sie von mir fort, bevor ich an mir hinuntersehe. Meine Jeans sieht aus, als hätte ich mir in die Hose gemacht. Ich werfe die Arme hoch, sehe mich nach Jimmy um und eile dann zu meinem Mantel. Ich zittere bereits am ganzen Körper. »Was zum Teufel soll das?«

Er ist so schnell davongerannt, dass er seine Tasche vergessen hat. In der Hoffnung, ein Handtuch zu finden, greife ich danach und durchwühle sie. Ich finde nur eine Limoflasche, Verdauungstabletten und Flyer für eine Amateuraufführung von Oscar Wildes *Ernst sein ist alles*. Ich sehe sie mir näher an.

Mein Blick fällt auf Jimmy. Er steht neben einem weiteren Mann und zwei Frauen in Theaterkostümen. Das Stück hat an diesem Wochenende in einem Pub-Theater in Battersea Premiere.

»Ein Schauspieler.« Ich schließe die Augen, während die Kälte sich weiter in mir ausbreitet. »Er war kein Schwan-Flüsterer. Sondern ein verdammter Schauspieler!«

Cordelia: 1 – Sophie: 0

Von: Customerservice@Kostümparadies.co.uk
An: Sophie.Breeze@zapmail.co.uk
Betreff: Danke für Ihre Bestellung!

Sehr geehrte Miss Breeze,
wir danken für Ihre letzte Bestellung. Sie erhalten eine weitere E-Mail, sobald diese versandt wurde. Bitte überprüfen Sie den Status Ihrer Bestellung unter folgendem Link:
Zusammenfassung Bestellung #5762–838
1 STAR WARS CHEWBACCA DELUX KOSTÜM, Damen
Danke, dass Sie sich für das Kostümparadies entschieden haben, bei Fragen helfen wir gerne weiter.
Wir wünschen Ihnen einen schönen Tag!
Vielen Dank
Ihr Customer-Service-Team

Kapitel 23

»Ich kündige.« Ich sinke noch tiefer ins Sofa, schlinge mir den Morgenmantel so eng wie möglich um den Körper und drücke die flauschig-rosa Wärmeflasche an meine Brust.

»Na, na. Du solltest nichts überstürzen, Liebes«, erwidert Mum via FaceTime und sieht nebenbei ein paar Akten auf ihrem Schreibtisch durch.

Mein Handy steht auf meinem Couchtisch neben einem Stapel Brautmagazinen, während ich einen Becher heiße Schokolade mit den Händen umklammere. Ich frage mich, ob mir jemals wieder warm werden wird.

»Ich überstürze nichts. Ich habe lange darüber nachgedacht, und mir reicht es. Sie hat gewonnen. Ich kündige.«

»Diese Braut – wer immer sie ist – ist ziemlich kompliziert …«

»Ha! *Ziemlich* kompliziert?«, unterbreche ich sie schnaubend. »Mum, ich bin in undichten Anglerhosen in einen Teich im St. James's Park gewatet und habe dabei *Koaw! Koaw!* gebrüllt wie der größte *Vollidiot*!«

Mum versucht nach Kräften, nicht zu lachen. Meine Augen werden schmal. »Das ist *nicht* witzig.«

»Nein, natürlich nicht, Liebes. Das habe ich deinem Vater auch schon hundertmal gesagt.«

»Na super.«

»Ach, Sophie. Es muss schrecklich gewesen sein.«

»Es *war* schrecklich.« Ich schniefe, nehme einen Schluck

heiße Schokolade und suhle mich im Selbstmitleid. »Aber es hat mir die Augen geöffnet. Ich werde mir nichts mehr von ihr befehlen lassen. Alles tun, was sie sagt. Ihr blind überallhin folgen…« Ich verstumme. »Sie hatte die ganze Zeit über recht. Ich bin ein Schaf. Ein erbarmungswürdiges Schaf.«

»Du bist kein Schaf, Liebes. Du hast nur deinen Job gemacht! Jeder, der arbeitet, befolgt Anordnungen anderer.«

»Morgen früh rufe ich ihre Mutter an und kündige offiziell.«

»Aber ich dachte, die Hochzeit wäre dir wichtig.«

»Das war sie auch! Sie *war* mir wichtig.« Ich seufze und denke an Dashwell Hall. Es wäre magisch geworden. »Aber ich ertrage das nicht mehr. Ich bin fertig. Soll sie doch zu Hölle fahren. Sie hat einen Schauspieler dafür bezahlt, sich als Schwan-Flüsterer auszugeben. Wer macht so etwas?«

»Das war wirklich grausam.«

»Warum bin ich bloß darauf reingefallen? Was stimmt nicht mit mir? Ich hätte es wissen sollen! Schwäne sind gefährliche Tiere! Und Schwan-Flüsterer gibt es nicht. Und habe ich dir erzählt, dass er es gefilmt hat? Ich habe nachgesehen – Gott sei Dank ist es nicht online. Aber er hat ihr sicher das Video geschickt, damit sie sich auf meine Kosten kaputtlachen kann. Das gehörte vermutlich zu seinem Auftrag. Alles in Großaufnahme, damit sie meine Demütigung mitverfolgen kann. Und für so eine Person arbeite ich.« Ich schüttle den Kopf, und mein Herz rast. »Ich habe noch nie einen so gemeinen Menschen kennengelernt.«

Außer Annabel, denke ich. Es ist ein Wunder, dass die beiden nicht befreundet sind. Immerhin sind sie gleich grauenhaft. Ich habe keinerlei Mitleid mehr mit Cordelia. Ganz egal, wie Annabel mit ihr redet. Sie hat es verdient.

»Wie auch immer«, fahre ich fort. »Jetzt hat sie endlich, was sie wollte. Ich kündige.«

»Aber ist es auch das, was *du* willst?«, fragt Mum ruhig.

»Ja, ich will sie nie wiedersehen.«

»Willst du wirklich, dass sie gewinnt?« Mum wendet sich ab, um von Dad eine Tasse Tee entgegenzunehmen.

»Hallo, Sophie!«, begrüßt Dad mich und erscheint auf dem Bildschirm. »Wie ich hörte, hattest du einen grauenhaften Tag?«

»Den allerschlimmsten.«

»Das tut mir leid. Es war ein sehr ungewöhnlicher Zwischenfall.«

»Ja, das war es.«

»Würde es dir etwas ausmachen, wenn ich es in meinem Buch verwende?«

Mum stöhnt.

»Ich will schon die ganze Zeit etwas Humor einfließen lassen, um die Geschichte aufzulockern«, erklärt er. »Und wenn einer der jungen Detectives in Anglerhosen durch einen Teich mitten im St. James's Park watet, wäre das perfekt. Ist das in Ordnung für dich?«

»Ich glaube, jetzt ist nicht der richtige Zeitpunkt, um sie das zu fragen«, presst meine Mum hervor.

»Du kannst es ruhig verwenden, Dad. Ist ohnehin egal. Die ganze Welt wird über mich lachen, sobald das Video auf YouTube auftaucht. So hat es wenigstens etwas Gutes.«

»Danke! Du bist eine richtige Muse, Sophie.«

»Okay, aber jetzt ab mit dir!« Mum scheucht ihn davon. »Tut mir leid, Liebes. Also, wo waren wir? Ach ja. Ich fragte, ob du sie wirklich gewinnen lassen willst.«

»Ja, Mum, das tue ich«, erwidere ich fest entschlossen. »Wenn es der einzige Weg ist, aus diesem vergifteten Auftrag herauszukommen, dann darf sie gerne gewinnen.«

»War es wirklich so schlimm? Das letzte Mal klangst du ziemlich begeistert von einigen deiner Ideen.«

»Alles, was an dieser Hochzeit gut war, wurde von dem heutigen Tag zunichtegemacht. Und von den hässlichen Dingen, die sie mir bereits angetan hat.«

»Okay, wenn es dich so belastet, musst du kündigen. Du

kannst dich nicht von einer solchen Person kaputtmachen lassen.«

»Danke.«

»Aber es gibt noch einen Weg, über den du nachdenken solltest.«

»Wenn du mir jetzt damit kommst, dass ich sie mit meiner Freundlichkeit an die Wand spielen soll, dann lege ich auf.«

»Nein, nicht mit deiner Freundlichkeit.« Sie lächelt und stößt gegen das Handy, als sie etwas auf ihrem Schreibtisch verschiebt. »Sondern mit deiner Professionalität.«

Ich lege seufzend den Kopf in den Nacken. »Ist das nicht dasselbe?«

»Ich weiß nicht, was es mit dieser Braut auf sich hat, Sophie, aber du scheinst davon besessen, dass sie dich mag. Das ist doch sonst nicht der Fall.«

»Weil mich bis jetzt jeder gemocht hat«, jammere ich.

»Es wird immer jemanden geben, der dich nicht mag. So ist das nun mal. Mein Gott, es gibt viele Leute, die mich nicht mögen...«

»Hunderte!«, ruft Dad aus dem Nebenzimmer.

»Danke vielmals«, ruft Mum beleidigt zurück, dann wird ihre Stimme wieder sanfter. »Was ich damit sagen will: Du musst diesen Wunsch loslassen. Sie mag dich nicht. Na und?«

»Sie findet, ich gehe keine Risken ein.«

»Du bist eben sehr vernünftig. Das warst du schon immer.«

»Ja, aber sie tut, als wäre es ein *Problem*«, erwidere ich. »Und... und vielleicht ist es das auch. Vielleicht haben sie recht.«

Mum runzelt die Stirn. »Wenn meinst du mit ›sie‹?«

Ich stoße die Luft aus. Ich könnte ihr erklären, dass Daniel etwas Ähnliches angedeutet hat und wie nahe es mir ging, aber sie regt sich zu sehr auf, wenn ich jetzt Daniel ins Spiel bringe.

»Sie ist gemein«, erkläre ich stattdessen. »Ich kann nicht mit ihr arbeiten.«

»Das ist auch nicht nötig.«

Ich sehe sie fragend an. »Was meinst du damit?«

»Ich meine, dass Erfolg eine sehr gute Form der Rache sein kann. Du kannst morgen kündigen. Oder du kannst rausgehen, stolz auf deine wunderbare Arbeit sein und jeden Punkt auf ihrer Liste abarbeiten. Sagtest du nicht, du hättest die Fotografin an Land gezogen, die sie sich wünscht?«

»Ja, das habe ich.«

»Und wie hat sie darauf reagiert?«

Ich denke daran zurück, wie ich Cordelia auf Dashwell Hall von Clio Vaughn erzählt habe. »Sie war sprachlos.«

»Da hast du es!«, ruft Mum so aufgeregt, dass Tee aus ihrer Tasse schwappt. »Ihr ist nichts darauf eingefallen, weil sie nicht damit gerechnet hat. *Du* hast gewonnen, nicht sie.«

»Das ist ein guter Ansatz, Mum. Aber du solltest mal sehen, was auf ihrer Liste steht. Ich meine, denk nur mal an die Schwäne...«

»Das ist Blödsinn.« Mum winkt ab. »Und das hättest du ihr von Anfang an sagen sollen. Du hast versucht, ihr zu gefallen, indem du selbst den dämlichsten Vorschlägen zugestimmt hast, und sie ließ sich ständig neue Dinge einfallen, um dich zur Kündigung zu treiben. Du kennst sie doch schon ein wenig besser. Glaubst du, dass sie wirklich Schwäne auf der Hochzeit will?«

»Nein.«

»Was will sie dann?«

Ich zucke mit den Schultern. »Keine Ahnung.«

»Dann denk darüber nach. So wie bei deinen anderen Bräuten. Dein Wunsch, dass sie dich mag, war so stark, dass du deinen Job vergessen hast. Erinnerst du dich, was ich dir über Ärzte und ihre Patienten erzählt habe?« Sie schnippt mit den Fingern. »Und was war zum Beispiel mit der Braut aus dem vergangenen Jahr, die unbedingt schwebende Laternen wollte?«

»Ach, das war nur eine Kleinigkeit und gleich erledigt.«

»Erzähl mir die Geschichte noch mal.«

»Eleanor wollte, dass die Gäste schwebende Laternen in die Luft steigen lassen, aber sie hatte auch ein großes Herz für

Tiere, also habe ich ihr erklärt, dass solche Laternen Wildtiere gefährden. Ich habe ihr stattdessen Wunderkerzen empfohlen.«

»War sie glücklich mit dem Vorschlag?«

»Ja, total. Sie hatte keine Ahnung, wie gefährlich diese Laternen sind, und war froh, dass ich sie gewarnt habe. Und das Foto mit den Wunderkerzen wurde so gut, dass sie es für die Dankeskarten verwendet haben.«

»Na, siehst du«, meint Mum aufgeregt, als wäre damit alles geklärt. Dabei bin ich immer noch verwirrt. »Du hast ihr sanft und respektvoll erklärt, was sie nicht tun soll, und sie auf den richtigen Weg gebracht. Warum hast du nicht dasselbe getan, als diese Braut Schwäne auf ihrer Hochzeit wollte?«

»Weil man mit ihr nicht diskutieren kann.«

»Man kann mit jedem diskutieren. Man muss nur herausfinden wie. Du bist viel stärker, als du denkst, Sophie.«

»Ich weiß nicht.« Ich fahre mir mit der Hand durch die Haare. »Ich glaube, diesen Kampf kann ich nicht gewinnen.«

»Wir unterstützen dich selbstverständlich in allem, was du willst, Liebes. Aber du hast noch nie aufgegeben, und ich weiß nicht, ob diese Person es wirklich verdient, dass sie ihren Willen durchsetzt. Ihre Mum hat dich aus einem bestimmten Grund engagiert. So, wie es sich anhört, könnte sie sich eine Hochzeitsplanerin oder eine persönliche Assistentin für ihre Tochter leisten. Aber das wollte sie nicht. Sie wollte *dich*.«

Zuerst glaube ich, dass Mum eben mal wieder Mum ist. In ihren Augen kann ich alles erreichen, was ich mir in den Kopf gesetzt habe, nachdem sie selbst ebenfalls für jedes Problem eine Lösung findet und das Wort *Aufgeben* bei ihr nicht existiert.

Aber das, was sie sagt, ergibt Sinn. Es wäre einfacher, morgen zu kündigen, in mein normales Leben zurückzukehren und für dankbare und wundervolle Brautpaare zu arbeiten, die verzweifelt auf meinen Rat hoffen und mich nicht bei jeder Gelegenheit demütigen und beleidigen.

Allerdings hat es sich wirklich gut angefühlt, als ich den Swanns mitgeteilt habe, dass ich eine weltberühmte Fotografin für die Hochzeit gewinnen konnte. Cordelia schien wie vom Donner gerührt. Ich hatte etwas erreicht, an das sie nicht geglaubt hatte. Und vielleicht hat Mum recht damit, dass ich Cordelia viele Dinge durchgehen ließ, weil ich mich bei ihr einschleimen wollte.

Bin ich glücklich mit dem Gedanken zu kündigen? Werde ich mich danach besser fühlen?

Ich liege die ganze Nacht wach und kann an nichts anderes denken. Ideen nehmen langsam Gestalt an. Wenn ich die grauenhafte Cordelia beiseiteschiebe und sie nur als normale Braut betrachte, fallen mir einige außergewöhnliche Dinge ein, um ihre Hochzeit persönlicher zu machen. Ich knipse das Licht am Nachttisch an und greife nach Stift und Papier.

Als Mum mich am nächsten Vormittag um zehn Uhr anruft, bin ich seit fünfeinhalb Stunden wach.

»Hast du mit der Braut und ihrer Mutter gesprochen?«

»Nein. Das ist nicht notwendig.«

»Nein?«

»Ich kündige nicht. Tut mir leid, Mum, ich muss weiterarbeiten. Ich bin gerade dabei, einen Punkt auf ihrer Liste abzuhaken.«

»Das ist mein Mädchen«, meint Mum, und ich höre an ihrer Stimme, dass sie lächelt.

Die Besprechung findet im *Ritz* statt.

Lady Meade hat vorgeschlagen, dass wir uns in ihrem Haus am Grosvenor Crescent treffen, aber ich habe höflich einen etwas zentraleren Treffpunkt vorgeschlagen, weil es einfacher für mich wäre. Ich habe Lady Meade und Cordelia nun seit einigen Wochen nicht mehr gesehen und mich in der Zwischenzeit akribisch auf dieses Treffen vorbereitet. Ich war noch nie so nervös, habe mich aber auch noch nie so energiegeladen erlebt.

Vielleicht wird es eine *totale* Katastrophe. Aber dann habe ich es zumindest versucht.

Als ich ankomme, sitzen die beiden bereits auf einer Sofagruppe vor der *Rivoli Bar* und sprechen mit dem Kellner. Das Hotel befindet sich im Vorweihnachtsmodus. Von den Kronleuchtern hängt rot-goldener Schmuck, und im wunderschönen Palm Court genießen Touristen ihren Tee und machen Selfies mit den winzigen Sandwiches und himmlisch weichen Scones.

Ich rufe mir in Erinnerung, warum ich hier bin – es ist ein geschäftliches und kein freundschaftliches Treffen –, gehe mit selbstbewussten Schritten auf die beiden Frauen zu und strecke die Hand aus.

»Guten Tag, Lady Meade«, begrüße ich meine Auftraggeberin. Sie steht auf und wirkt überrascht, dass wir uns förmlich die Hand schütteln. »Guten Tag, Lady Cordelia.«

Ich verwende absichtlich die offiziellen Titel. Es ist nicht notwendig, uns als Freundinnen auszugeben, immerhin sind weder andere Familienmitglieder noch Gäste in Hörweite.

»Guten Tag, Emily«, erwidert Lady Meade erstaunt. »Wie geht es Ihnen?«

»Sehr gut, danke.« Ich nehme gegenüber den beiden Platz.

Cordelia mustert mich neugierig. Wir haben seit dem Vorfall mit dem Schwan-Flüsterer kein Wort miteinander gesprochen. Ich gehe davon aus, dass sie weiß, dass ich ihr auf die Schliche gekommen bin. Aber ich habe beschlossen, lieber so zu tun, als wäre es nie passiert, anstatt ihr eine von Kraftausdrücken strotzende Nachricht zu schreiben und sie bis zum Ende aller Tage zu verfluchen, wie ich es eigentlich vorgehabt hatte. Ich habe nicht nachgefragt, wie es mit der Hochzeit läuft, und sie hat sich nicht bei mir gemeldet. Ich habe nur einige Updates von Lady Meade erhalten, sodass ich den Überblick behalten konnte, aber es gab keinen Grund, mit Cordelia in Kontakt zu treten.

Ich lege meine Mappe auf den Tisch und streiche meinen Rock glatt. Cordelia mustert mich von oben bis unten. Ich habe mich heute für ein Business-Outfit entschieden – cremefarbene Bluse, schwarzer Bleistiftrock und Stöckelschuhe. Cordelia ist sehr viel legerer gekleidet und trägt einen roten Rollkragenpullover, eine schwarze Hose und schwarze Stiefeletten. Ihre Haare sind zu einem unordentlichen Pferdeschwanz gebunden, und sie trägt nur das allernötigste Make-up.

Ich hingegen fahre das volle Programm, als wäre es eine Kriegsbemalung.

»Trinken Sie ein Glas Champagner mit uns?«, fragt Lady Meade, als der Kellner mit einer Flasche und drei Gläsern erscheint.

»Nein, danke. Ich trinke nicht, solange ich arbeite.« Ich lächle dem Kellner zu. »Ein Glas Soda bitte.«

Ich warte, bis er die Flasche in den Eimer mit Eiswürfeln gestellt hat und verschwunden ist, und beginne ohne Vorrede: »Danke, dass Sie sich heute Zeit für mich genommen haben. Ich werde Sie nicht lange aufhalten. Wir haben alle noch Termine.« Ich öffne die Mappe und sortiere die Unterlagen. »Wenn es Ihnen recht ist, würde ich Ihnen gerne die Dinge präsentieren, die ich in den letzten Wochen organisiert habe. Danach können Sie mir mitteilen, was Sie davon halten, und mir sagen, was noch zu tun ist, damit ich mich auch darum kümmern kann.«

Lady Meade und Cordelia wechseln einen Blick.

»Gut.« Lady Meade nickt. »Bitte legen Sie los.«

Ich beginne mit Clio Vaughn. Unser Treffen lief hervorragend, obwohl (oder vielleicht gerade weil) Cordelia nicht dabei war. Es stellte sich heraus, dass berühmte Fotografen nicht zwangsläufig hochnäsige Persönlichkeiten sind. Clio ist schüchtern, überaus bescheiden und lächelt viel. Obwohl sie keine typische Eventfotografin ist, hat sie Interesse an Cordelias Hochzeit, denn ihr Fokus liegt auf Menschenbildern, und bei dieser Hochzeit gibt es zweifellos einige bekannte Gesichter abzulichten. Das Gespräch mit ihr war faszinierend, und wir verstanden uns gut.

»Ich habe ihr das neue Datum mitgeteilt, und sie ist bereit, ihre anderen Termine zu verlegen. Sie ist definitiv an Bord, wenn du sie als offizielle Hochzeitsfotografin haben möchtest«, erkläre ich Cordelia und sehe ihr dabei in die Augen. »Du solltest dich allerdings sofort entscheiden. Ich muss ihr bis spätestens heute Abend Bescheid geben, und sie würde sich gerne so bald wie möglich mit dir treffen, wenn du Ja sagst.«

Cordelia erhält ein Nicken von ihrer Mutter, dann sagt sie: »Ja. Ich hätte Clio gerne als Fotografin.«

»Wunderbar! Ich werde ein Treffen vereinbaren. Schick mir bitte deinen Terminkalender für die nächste Woche, dann erledige ich das. Bezüglich der neun anderen Fotografen, die du wolltest…«

»Neun?«, fragt Lady Meade überrascht und wendet sich an Cordelia. »Du willst insgesamt *zehn* Fotografen?«

»Es ist eine große Hochzeit.« Cordelia zuckt mit den Schultern, ohne sich für ihre haarsträubenden Wünsche zu genieren.

»Clio kann drei Assistenten bereitstellen, und ich habe eine Liste mit weiteren Fotografen, die ich kenne oder die mir empfohlen wurden.« Ich schiebe die Liste über den Tisch, damit Cordelia sie sich ansehen kann. »Alle Fotografen, die du hier siehst, hätten am fraglichen Termin Zeit. Das habe ich bereits gecheckt. Obwohl alle eigenständige und brillante Hochzeitsfotografen sind, bin ich mir sicher, dass sie die Regie von Clio akzeptieren würden. Obwohl ich das noch mit ihnen abklären müsste.«

»Das ist wunderbar, danke, Emily. Aber ich glaube nicht, dass wir neun weitere Fotografen benötigen«, meint Lady Meade und greift stirnrunzelnd nach der Liste. »Cordelia, das besprechen wir mit deinem Vater. Dann können wir noch immer die gewünschten Fotografen kontaktieren.«

»Nun zum nächsten Punkt«, sage ich, um das Gespräch wie geplant voranzutreiben. Je weniger Gelegenheit ich Cordelia gebe, die Kontrolle zu übernehmen, desto besser. »Du hast dir

Pfaue an der Decke des Bankettsaals gewünscht, während die Gäste essen.«

»Wie bitte?«, keucht Lady Meade, aber ich lasse mich nicht ablenken. Ich befinde mich auf einer Mission.

»Ich möchte dringend davon abraten, irgendetwas zu tun, was als Tierquälerei ausgelegt werden könnte«, erkläre ich ruhig. »Nachdem ich Dashwell Hall glücklicherweise einen Besuch abstatten durfte, ist mir aufgefallen, dass die Decke im Bankettsaal mit biblischen Szenen bemalt ist, und nach weiteren Recherchen habe ich herausgefunden, dass die Malereien aus dem 17. Jahrhundert stammen. Es ist selbstverständlich nicht meine Entscheidung, aber ich wäre nicht gut in meinem Job, wenn ich dir nicht den Vorschlag unterbreiten würde, die Decke so zu belassen, damit die Gäste sich an diesem herrlichen Stück Geschichte erfreuen können.«

»Cordelia, ernsthaft. Was soll das mit den Pfauen?«, fragt Lady Meade ihre Tochter entnervt.

»Aber wenn du trotzdem auf die Pfaue bestehst«, fahre ich fort, als Cordelia die Lippen spitzt und sich weigert, ihrer Mutter zu antworten, »habe ich mehrere außergewöhnliche Firmen aufgetrieben, die Luxus-Events ausstatten und mir versichert haben, eine Decke mit Pfauenfedern schmücken zu können. Sie haben bereits erste Vorschläge zur Durchführung geschickt.«

Ich schiebe die Entwürfe über den Tisch.

»Ich war ehrlich gesagt überrascht, wie kreativ manche Firmen sind. Also, sieh dir die Unterlagen bitte an und gib mir Bescheid, ob ich mit einem der Anbieter in Kontakt treten soll. Und weil wir gerade bei der Dekoration sind: Die viertausend Kerzen, die du dir wünschst, sind kein Problem. Ich habe hier eine Liste mit Firmen, die die gewünschte Anzahl noch rechtzeitig liefern können.« Ich reiche sie an Lady Meade weiter. »Außerdem habe ich die verfügbaren Farben vermerkt. Ich war mir nicht sicher, ob du eine bestimmte Farbe bevorzugst. Rot passt zu Weihnachten, aber vielleicht willst du eher Weiß? Die einzige Sorge, die ich persönlich hege, wäre die Brandgefahr für Dashwell Hall. Aber ich kann mich natürlich auch täuschen.«

»Das ist ja haarsträubend«, erklärt Lady Meade empört. »Wir können unmöglich so viele Kerzen aufstellen, Cordelia! Willst du, dass das ganze Haus niederbrennt?«

»Sagen Sie mir einfach Bescheid, ob ich in dieser Richtung weiterrecherchieren soll«, mische ich mich ein und schichte die Unterlagen neu, um zum nächsten Punkt zu kommen. »Aber ich brauche schnell eine Antwort, immerhin steht der große Tag schon fast vor der Tür.«

»Sie bekommen jetzt sofort eine Antwort.« Lady Meade wirft Cordelia einen vernichtenden Blick zu. »Sie müssen keine Kerzen bestellen. Ich habe bereits jemanden, der das Haus dekoriert.«

»Perfekt.« Ich streiche diesen Punkt. »Jetzt zu den Blumen.«

»Wir haben bereits ein paar Floristen im Auge«, beginnt Lady Meade. »Und ich habe auch schon mit einigen gesprochen.«

»Wunderbar! Aber nur zur Info: Ich habe Anfang der Woche mit Beth telefoniert und mich gut mit ihr unterhalten. Beth von *Paxtons Blumenladen*. Ich glaube, du kennst sie, Cordelia?«

Cordelias Gesicht wird weich. »Du hast mit Beth geredet?«

»Tom hat uns einander vorgestellt, als ich in Paxton war, und ich fand sie großartig. Sie hat mir von dir erzählt, und da hatte ich die Idee, dass sie die perfekte Floristin für die Hochzeit wäre. Es ist unglaublich, wie ein Florist, der das Paar persönlich kennt, deren Charakter in die Blumenauswahl einfließen lassen kann. Außerdem wäre ein örtlicher Ausstatter ein Gewinn für alle. Sie mag dich und deine Familie sehr. Und Dashwell Hall.«

»Beth ist sehr talentiert und eine gute Freundin der Familie«, gibt Lady Meade zu. »Aber ihr Laden ist sehr klein. Ich fürchte, dass sie eine Hochzeit mit vierhundert Gästen nicht bewältigt.«

»Darüber habe ich mir ebenfalls Gedanken gemacht und auch schon mit ihr darüber gesprochen. Sie hat Kontakt zu allen Floristen aufgenommen, die sie kennt und denen sie vertraut, und hätte eine kleine Armee an Helfern, wenn Sie sie engagieren würden. Sie übernimmt die kreative Leitung, nachdem sie alles mit Lady Cordelia und Jonathan abgesprochen hat.« Ich zögere und überlege, ob ich weitermachen soll. »Ich habe ihr gegenüber erwähnt, dass du zuerst an einen weißen Brautstrauß gedacht hast, bei Nicole Percy aber auf Schwarz umgeschwenkt bist.« Cordelia rutscht auf dem Sofa hin und her. »Beth meinte, sie würde natürlich alles machen, was du willst, aber sie könne sich erinnern, dass dir vor allem Sträuße mit Farbakzenten gefallen haben, als du bei ihr gearbeitet hast. Du meintest, sie wären deine Lieblingssträuße, weil sie gleichzeitig klassisch und frech seien. Ein wenig wie du.« Ich mache eine Pause. »Ihre Worte.«

Cordelia muss unwillkürlich lächeln. »Kaum zu glauben, dass sie sich daran erinnert.«

Ich mache schnell weiter. Bloß keine Emotionen aufkommen lassen. »Ich habe sie vorgewarnt, dass du bereits andere Floristen kontaktiert und den Auftrag vielleicht schon vergeben hast. Es ist also kein Problem, wenn du sie nicht willst. Es war bloß eine Idee. So wird es persönlicher und lokaler.«

»Das ist ein wunderbarer Vorschlag, Emily.« Lady Meades Lob kommt von Herzen. »Wir werden mit meinem Mann darüber reden und geben Ihnen und Beth so bald wie möglich Bescheid.«

»Danke. Und jetzt zum letzten Punkt auf meiner Liste, den ich heute mit Ihnen besprechen wollte.«

Ich ziehe ein Hochglanzfoto aus meiner Mappe und platziere es auf dem Tisch, sodass es in Richtung der beiden Frauen zeigt.

»Cordelia, du hast mir ja gesagt, dass du gern Königin Alexandras Kokoshnik-Diadem zur Hochzeit tragen würdest …«

»Ach du meine Güte«, murmelt Lady Meade und schließt entnervt die Augen.

»Kurz darauf hast du zwar beschlossen, eine andere Richtung einzuschlagen, aber ich weiß, dass dir ein besonderer Schmuck am Hochzeitstag sehr wichtig ist. Ich hatte da eine Idee und dachte, das könnte dich vielleicht interessieren.«

Ich deute mit dem Kopf auf das Foto auf dem Tisch. »Dieses Schmuckstück ist unter dem Namen *Lucky Blue* bekannt«, erkläre ich und werfe einen stolzen Blick darauf. »Es ist eine mit Saphiren und Diamanten besetzte Brosche in Hufeisenform. Die Diamanten haben geschätzt 4,6 Karat, die Saphire 5,8 Karat. Die Brosche ist im Besitz des Juweliers Bentley und Skinner, der sich mehr oder weniger um die Ecke des *Ritz* befindet. Du könntest sie dir nach dem Treffen also gleich persönlich ansehen.«

»Sie ist wunderschön«, erklärt Lady Meade lächelnd.

Ich beobachte Cordelia, wie sie das Foto betrachtet. Sie versucht, sich nichts anmerken zu lassen, aber ihre Augen sprechen eine eindeutige Sprache. Sie hat sich verliebt.

»Ich habe mit Bentley und Skinner gesprochen, und sie stellen die Brosche gerne als Leihgabe für die Hochzeit zur Verfügung. Auf diese Weise hättest du etwas Geliehenes und etwas Blaues. Und auch etwas Altes. Die Brosche stammt aus den 1920ern.«

Cordelia starrt mich an. »Wie bist du auf die Brosche gestoßen?«

»Ich habe nach einzigartigem Schmuck gesucht, der deine Liebe zu Pferden widerspiegelt«, erkläre ich gelassen. »Ich weiß, dass Tiere eine große Rolle in deinem Leben spielen, vor allem Tony. Du hast so glücklich ausgesehen, als du auf ihm geritten bist. Es schien mir wichtig, Pferde in die Hochzeit zu integrieren.«

»Wie umsichtig«, meint Lady Meade leise.

Nachdem ich ihnen alle Unterlagen übergeben habe, schließe ich meine Mappe und lege sie auf meinen Schoß. »Das ist im Moment alles. Gibt es von Ihrer Seite noch etwas, das wir besprechen sollten?«

Cordelias Blick hängt an dem Foto der Brosche. Sie schweigt.

»Sie haben wirklich viel geschafft«, erklärt Lady Meade lächelnd. »Wir können Ihnen gar nicht genug danken.«

»Es war mir eine Freude«, erwidere ich und stecke die Mappe

zurück in die Tasche. »Denken Sie über die verschiedenen Punkte nach, und geben Sie mir Bescheid, wenn Sie eine Entscheidung getroffen haben, dann kann ich alles in die Wege leiten. Und wenn Sie mir Ihre Kalender zukommen lassen, vereinbare ich auch gleich die entsprechenden Termine.«

»Natürlich.«

»Danke für Ihre Zeit, ich melde mich wieder«, erkläre ich und erhebe mich. »Schicken Sie mir gerne weitere Aufgaben per Mail, ich kümmere mich darum.«

»Gehen Sie denn schon?« Lady Meade steht ebenfalls auf. »Leisten Sie uns doch noch bei einem Drink Gesellschaft! Wir haben keine Eile. Cordelia war heute Vormittag bei einer Anprobe. Vielleicht möchtest du Emily von deinem Kleid erzählen, Cordelia? Es ist sehr exquisit.«

»Das kann ich mir vorstellen, aber ich habe noch einen Termin mit einer anderen Klientin«, lüge ich. »Ich sollte also besser los – es sei denn, Sie haben noch einen Auftrag für mich. Aber danke für die nette Einladung, Lady Meade.«

»Wir danken Ihnen. Für alles.«

»Ich mache nur meinen Job. « Ich nicke Cordelia zu.

Cordelia blickt von dem Foto auf und lächelt. »Danke, Sophie.«

Ich lasse die beiden zurück, gehe durch die Lobby und trete durch die Drehtür in den kalten Tag hinaus. Ich grinse von einem Ohr zum anderen. Mum hatte recht. Das fühlte sich *deutlich* besser an, als zu kündigen.

Ich stehe im Aufzug zur U-Bahn, als mir klar wird, dass Cordelia mich Sophie und nicht Emily genannt hat. Vor ein paar Wochen hätte ich es noch analysiert und mich gefreut, dass es vielleicht ein Hinweis darauf war, dass wir eine freundschaftliche Verbindung aufbauen. Heute wische ich den Gedanken beiseite und habe ihn kurz darauf schon wieder vergessen.

Einladung zur Hochzeit von

Scarlett Wilson und Emmanuel Adeyemi

27. November 2021

»Vorsichtig!«, rufe ich Adam zu. »Pass auf, wo du hintrittst!«

Adam ist einer der Platzanweiser und hat sich freudig bereit erklärt, ein Foto aller Brautjungfern vor der Kirche zu schießen.

Scarlett und Emmanuel posieren gerade vor dem Wagen für weitere Fotos. Die Zeremonie in der Kirche war wunderschön und bewegend, vor allem, als kurz nach dem Eheversprechen eines der Blumenmädchen rief: »Tante Scarlett, ich muss Pipi!«

Schon bald werden sich alle auf den Weg zum Empfang machen, wo eine Überraschung auf das Brautpaar wartet. Nachdem Scarlett und Emmanuel sich eine nigerianische Band gewünscht hatten, die traditionelle Yoruba-Musik spielt, hatte Emmanuels Mutter mit meiner Hilfe heimlich eine Combo als Hochzeitsgeschenk organisiert. Ich kann es kaum erwarten, die Gesichter der beiden zu sehen, weshalb ich die spontane Fotosession so schnell wie möglich hinter mich bringen und mich auf den Weg machen will.

»Rückt näher zusammen«, befiehlt Adam und winkt uns zu, während er erneut ein paar Schritte nach hinten macht.

»Adam«, rufe ich panisch. »Bitte pass auf, wo du hintrittst.«

»Noch näher! Und jetzt zähle ich bis … AAAH!«

Sämtliche Brautjungfern schnappen nach Luft, als Adam rückwärts in einem offenen Grab verschwindet. Wir laufen zu ihm, versammeln uns um das rechteckige Loch im Boden und starren hinein.

Adam ist voller Erde, hält das Handy aber immer noch in der Hand. Er sieht blinzelnd zu uns hoch. »Alles okay!«, ruft er und versucht, sich aufzurichten. »Nichts passiert!«

Jetzt, da wir wissen, dass er nicht verletzt ist, prusten wir los. Einige Brautjungfern halten sich die Bäuche vor Lachen.

»Was ist denn hier los?«, fragt ein weiterer Platzanweiser und tritt näher. »Was zum... Adam!« Er lacht lauthals auf und winkt seine Kollegen heran. »Jungs, das müsst ihr euch ansehen!«

»Ähm... ehrlich, Kumpel, vielleicht könntest du das für dich...«

»Leute, kommt ALLLE her! Kommt schon! Adam liegt im Grab.«

Neben den Platzanweisern laufen auch zahllose Gäste auf uns zu, und ich bin froh, dass die Braut und der Bräutigam bereits losgefahren sind und nichts von der Szene mitbekommen, die ihnen sonst die Show gestohlen hätte.

»Kann ihm jemand raushelfen?«, frage ich die Jungs.

»Klar«, erwidert einer. »Sobald ich Fotos gemacht und auf Instagram hochgeladen habe.«

»Das ist nicht lustig«, murrt Adam und wendet sich an die Versammlung um dem Grab. »Das hat echt wehgetan.«

»Achtung, Leute!«, ruft der Platzanweiser neben mir. »Gleich dreht er sich im Grabe!«

Kapitel 24

»Ehrlich gesagt gibt es nichts Neues, Soph«, erklärt Cara und füllt unsere Gläser. »Außer dass ein Kollege einen Tag blaugemacht hat, um bei einer Gesangsshow im Fernsehen mitzumachen.«

»Wirklich? Ist er weitergekommen?«

»Er ist bereits in der dritten Runde, die dieses Mal sogar im Fernsehen ausgestrahlt wird, also muss er gut sein. Allerdings musste er unserer Chefin seine Ambitionen enthüllen, bevor sie ihn im Fernsehen sieht. Sie war nicht gerade begeistert. Hat mal wieder rumgeschrien.«

»Sie schreit ständig, oder?«, frage ich und erinnere mich an so manche Bürogeschichte, die Cara mir bereits erzählt hat.

»Sie hat eine sehr laute Stimme. Manchmal glaube ich, sie merkt gar nicht, dass sie schreit.«

»Klingt Furcht einflößend.«

»Sie ist eine brillante Anwältin, aber eine Furie. Ich sollte besser leiser reden. Nicht dass sie auch hier ist.« Cara blickt sich um. »Wenn ich schon über Leute aus dem Büro ablästern will, sollten wir nächstes Mal woanders hingehen.«

Ich habe Cara gefragt, ob sie Zeit für einen Drink hat, und sie hat eine neue Bar in der Nähe ihrer Kanzlei vorgeschlagen. Sie war in letzter Zeit schwer beschäftigt und ist oft erst in den frühen Morgenstunden nach Hause gekommen, also ging ich davon aus, dass sie das Treffen verschieben würde. Glücklicherweise waren die letzten paar Tage allerdings ruhiger als sonst, und heute Abend war perfekt.

»Aber abgesehen vom Casting-Drama ist alles okay im Büro?«

»Stressig, aber gut. Du kennst mich ja. Ich beschwere mich, doch insgeheim mag ich es, wenn es rundgeht. Kaum zu glauben, dass es schon Dezember ist.«

»Überarbeite dich nur nicht«, warne ich sie. »Nimm dir auch mal Zeit für dich.«

»Jaja. Schon gut. Das schaffen Anwälte zwar kaum bis gar nicht, aber trotzdem danke«, erwidert sie. »Außerdem ist es okay. Ich mag es so. Und jetzt heitere mich mit ein paar Hochzeitsstorys auf. Es gibt doch sicher spannende Neuigkeiten.«

Ich lehne mich zurück und schwenke gedankenverloren meinen Wein. Wo soll ich anfangen?

»Ich weiß! Erzähl mir von Miranda Priestly! Von dieser Braut, deren Sachen du aus der Reinigung holen musstest und die dich ans Ende der Welt geschickt hat, um Trüffelöl zu besorgen. Da gibt es sicher viel zu erzählen.«

»Ja, auf jeden Fall. Die Hochzeit findet am 31. Dezember statt.«

»Oha, mal was anderes. Was sollst du denn da anziehen?«

»Keine Ahnung.« Ich erschaudere. Über mein Outfit haben wir noch nicht gesprochen. »Wahrscheinlich etwas Grauenvolles, bloß um mich zu ärgern. Sie zögert es sicher absichtlich bis zur letzten Minute hinaus.«

»Hoffentlich ist es ein Kostüm! Erinnerst du dich an die Braut, die dich zu diesem Regency-Outfit gezwungen hat? Du mit Dienstmädchenmütze. Mike hätte das Foto am liebsten rahmen lassen, so witzig war das.«

»Also ich fand die Mütze hübsch«, wehre ich ab. »Und es war eine elegante Hochzeit, wie in alten Zeiten. Die Braut war fast wie eine Freundin. Im Gegensatz zu Miranda, die ich hoffentlich nach der Hochzeit nie wiedersehe. Was sicher auf Gegenseitigkeit beruht. Ich hätte beinahe gekündigt, weißt du?«

»Wirklich?« Cara sieht mich überrascht an. »Sie muss echt schlimm sein. Was ist passiert?«

»Unter anderem bin ich durch einen Teich gewatet und habe versucht, mit Schwänen zu reden. Dabei möchte sie gar keine Schwäne auf der Hochzeit. Sie dachte einfach, es wäre witzig, mich dabei zu filmen, wie ich mich zum Affen mache.«

Cara muss lachen. »Warum bist du durch einen Teich gewatet?«

»Ich wollte verwegen sein. Ich wollte nicht, dass sie mich für schwach hält.«

»Und warum erfahre ich erst jetzt davon?«

»Im Grunde musst du nur wissen, dass sie alles versucht hat, damit ich mich scheiße fühle. Aber anstatt hinzuwerfen, habe ich beschlossen, meinen Job unglaublich gut zu machen und ihr keinen Grund zu liefern, gemein zu mir zu sein. Und es hat geklappt. Ich habe sie echt beeindruckt. Ich kann also doch verwegen sein.«

»Sehr verwegen!« Sie nippt an ihrem Wein. »Aber warum hast du nicht gekündigt? Das wäre einfacher gewesen.«

»Weil Mum mich daran erinnert hat, dass Erfolg die beste Form von Rache ist. Und sie hatte recht.«

»Schon klar, aber da muss es noch etwas geben.«

»Wie meinst du das?«

Sie stellt ihr Glas ab. »Wenn du wirklich kündigen wolltest, hätte die Aufforderung deiner Mutter, noch härter zu arbeiten, sicher nicht diesen Effekt gehabt. Es muss noch etwas geben, das dich dranbleiben lässt.«

»Sie hat mich dazu gebracht, durch einen Teich zu waten! Ich war nass bis auf die Knochen. Und ich habe mitten im St. James's Park *Koaw, Koaw* gerufen!«

Sie kichert erneut. »Warum lässt man sich so etwas gefallen? Entweder hat die Braut etwas an sich, das deine Wut ausgleicht – oder die Hochzeit ist etwas Außergewöhnliches. Sonst würdest du dir niemals derart den Hintern abrackern, um ihr den besonderen Sophie-Touch zu verleihen.«

»Nein, da ist nichts, was meine Wut ausgleicht«, erwidere ich, doch dann muss ich grinsen. »Abgesehen vom Bruder.«

»Ah! Das ist es also!« Cara klatscht in die Hände und füllt ihr Glas so energisch auf, dass der Wein überschwappt und sich eine Pfütze auf dem Tisch bildet. »Ein heißer Bruder! Ich wusste es! Wie ist er so?« Sie klimpert mit den Wimpern. »Hat er verträumte Augen?«

»Ja, die hat er wirklich. Oh, und das Seltsamste ist: Ich muss ständig seine Arme anstarren.«

»Interessant. Arme können sexy sein.«

»Offensichtlich. Außerdem ist er irgendwie nett.«

»Und?«

»Und was?«, frage ich verzögernd. »Er ist *nett.*«

Cara schnappt nach Luft. »Du wirst rot! Sophie! Du magst ihn!«

»Nein, er ist nur…«

»Doch, *das tust du*! Das ist SUPER! Und er mag dich auch, oder?«

»Nein! Keine Ahnung…«, erwidere ich schnell. Hätte ich bloß nicht damit angefangen. Außerdem hat scheinbar jemand die Heizung angemacht, ich verglühe nämlich beinahe. »Abgesehen davon spielt das keine Rolle. Ich darf ihn nicht mögen. Er weiß nicht einmal, wer ich wirklich bin.«

Caras Grinsen verblasst. »Mist. Das hatte ich vergessen. Aber vielleicht nach der Hochzeit? Du könntest dich mit ihm treffen und ihm alles erklären. Seiner Schwester könnte es dann egal sein, die Hochzeit wäre ja vorbei.«

»Ja, schon klar. Weil die Leute es so gern haben, wenn man sie belügt.« Ich schüttle den Kopf. »Und seine Schwester hasst mich. Ich kann mir nicht vorstellen, dass sie sich über mich als Freundin ihres Bruders freuen würde. Wahrscheinlich ließe sie es gar nicht so weit kommen.« Ich starre zur Decke. »Ich kann es kaum erwarten, dass die Hochzeit vorbei ist und ich sie nie wiedersehen muss. Niemals wieder.«

»Wow!« Cara neigt den Kopf. »Sie hat dich wirklich tief getroffen. Komm schon, sag mir, weshalb du dieses Gesicht machst.«

»Was für ein Gesicht?«

»Dieses gequälte Gesicht, wenn du die Stimmung nicht vermiesen willst, obwohl du echt unglücklich bist.«

»Warum lesen mir in letzter Zeit alle etwas vom Gesicht ab?«, murre ich und seufze. »Okay, gut. Sie hat da ein paar Dinge gesagt, die *vielleicht* einen Nerv getroffen haben.«

»Rede weiter.«

»Sie meinte... sie meinte, ich wäre professionelle Brautjungfer geworden, weil ich mich dabei immer im Schatten eines anderen verstecken kann und nie selbst im Scheinwerferlicht stehen muss.« Ich nehme einen Schluck Wein. »Genau wie Daniel.«

»Moment!« Cara hebt abwehrend die Hände. »Warum reden wir plötzlich über Daniel?«

»Weil er an dem Quizabend dasselbe gesagt hat.«

»Ich kann mich nicht erinnern, dass er...«

»Cara«, unterbreche ich sie. »Hältst du mich für überängstlich?«

»Wovor solltest du denn Angst haben?«

»Keine Ahnung!« Ich werfe die Arme hoch. »Vor dem Leben. Vor der Liebe. Vor allem.« Ich breche ab, und Cara mustert mich. »Weißt du, irgendwie hat es mir sogar gefallen, mitten in London bis zu den Oberschenkeln in einem Teich zu stehen und den Schwänen zuzurufen. Es war verrückt, absurd und irre. Und kalt. Sehr, sehr kalt.« Ich beiße mir gedankenverloren auf die Lippe. »Es passte nicht zu mir. Es war... *extravagant.*«

»Sophie.« Cara lehnt sich nach vorne und legt die Arme auf den Tisch. »Willst du sagen, dass du *dankbar* dafür bist, dass dich die Verrückte dazu gezwungen hat, etwas derart Dämliches zu tun?«

Ich sehe sie an. »Vielleicht.«

Cara öffnet den Mund, um etwas zu erwidern, doch dann hält

sie abrupt inne. Offenbar hat sie hinter mir jemanden entdeckt. Sie wirkt schockiert und wütend zugleich.

»Cara, was ist…?«

»Nicht umdrehen!«, zischt sie, beugt sich nach vorn und sieht mir tief in die Augen. »Verhalte dich ganz normal.«

»*O-kaaaaay.*«

»Daniel ist gerade reingekommen.«

»Was? *Der* Daniel?«

»Ja. Sieht so aus, als wollte der Wichser einfach nicht aus unserem Leben verschwinden.« Sie wirft einen Blick in seine Richtung und flüstert: »Er hat seine Freundin dabei.«

»Seine Verlobte«, korrigiere ich instinktiv. »Bist du sicher?«

»Ja.«

»Verdammt.« Ich wünschte, ich würde nicht in Panik ausbrechen. Ich wünschte, ich wäre so cool wie ein Eisklotz. *Aber ich drehe gerade durch.* Ich habe Francesca noch nie gesehen. Sie war nie bei irgendwelchen Treffen dabei.

»Okay, alles okay«, beruhige ich eher mich selbst als Cara. »Sicher sehen sie uns gar nicht, und ich muss nicht mit ihm re…«

»Sophie?«

Das ist seine Stimme. Direkt hinter mir. Ich erstarre.

»Redet er mit mir?«, zische ich Cara zu.

Sie reißt zur Bestätigung die Augen auf wie eine Verrückte.

Ich drehe mich langsam um und gebe mich überrascht.

»Daniel!«, rufe ich, vielleicht etwas zu schrill. »Hi!«

»Hey, wie seltsam, dass du auch hier bist. Hi, Cara.«

»Hallo, Daniel«, erwidert sie betont gelangweilt.

Ich beiße in den sauren Apfel und wende mich mit einem Lächeln an Francesca, das freundlich genug ist, dass sie nicht denkt, ich hätte etwas gegen sie, aber nicht zu überschwänglich, um sie nicht auf die Idee zu bringen, ich würde überkompensieren, weil ich sie in Wahrheit hasse. Da ich keinen Spiegel zur Verfügung habe, weiß ich allerdings nicht, ob es mir gelingt. »Hi, du musst Francesca sein. Ich bin Sophie.«

»Wie schön, dich endlich kennenzulernen«, sagt sie ein wenig zu begeistert. Sie ist klein und zierlich, hat ein ovales Gesicht, große grüne Augen und auf bezaubernde Weise hervorstehende Vorderzähne. Ich kenne dieses Gesicht sehr gut. Vor langer Zeit habe ich stundenlang Fotos davon angestarrt und es mit meinem Spiegelbild verglichen. »Arbeitest du in der Nähe?«

»Nein, aber Cara.«

»Wie schön. Wir sind zu einer Geburtstagsparty eingeladen«, erklärt sie. »Irgendwo soll es einen Privatbereich geben, aber ich weiß nicht wo. Es ist riesig hier.«

»Der ist oben«, meint Cara und deutet zur Treppe in der Ecke.

»Ja, das muss es sein«, nickt Francesca.

»Glückwunsch zur Verlobung!«, rufe ich schnell nach einem Blick auf den Smaragd an ihrem Finger. In echt glitzert er sogar noch mehr.

»Danke«, erwidert Francesca betreten. »Wie lieb von dir.«

Sie ist nett. Echt nett. *Verdammt.*

»Wir haben deine Antwort auf die Einladung bekommen«, meint Daniel plötzlich zu mir. »Ich war schockiert, dass du nicht kommst. Du lässt sonst nie eine Hochzeit aus. Warum unsere?«

Cara explodiert beinahe vor Zorn, und Francesca wirft ihm einen scharfen Blick zu. Auch wenn es niemandem gefällt, die Frage wurde gestellt, und ich muss sie beantworten. »Es war wirklich nett, dass ihr mich eingeladen habt«, beginne ich und überlege, ob ich einfach ehrlich sein soll. Wäre es denn so schlimm, wenn ich anmerke, wie seltsam es wäre, die Hochzeit des Ex-Freundes zu besuchen? Sicher nicht. Sie hätten mich niemals einladen sollen. Sie hätten mich niemals in diese Lage bringen sollen. Es wäre unpassend, wenn ich hingehe – das sollte jeder verstehen.

Ich sollte die Wahrheit ruhig und sachlich auf den Tisch legen.

»Ich gehe an dem Tag zum Fallschirmspringen«, platze ich stattdessen heraus.

Daniel ist wie vom Donner gerührt. »Wie bitte?«

»Ich gehe zum Fallschirmspringen«, wiederhole ich mit festerer Stimme. »Tut mir leid, dass ich nicht dabei sein kann.«

»O mein Gott, wie cool!« Francesca scheint beeindruckt. »Das wollte ich schon immer mal machen, aber ich habe mich noch nie getraut.«

»Du solltest es probieren«, ermutige ich sie.

»Moment, du kommst nicht zu unserer Hochzeit, weil du zum Fallschirmspringen gehst?«, wiederholt Daniel ungläubig. »*Du?* Fallschirmspringen?«

»Ganz genau«, sage ich eher zu mir selbst als zu ihm. »Ich werde Fallschirm springen.«

»Das ist toll! Echt schade, dass es am selben Tag ist, aber hey, du hast dort sicher mehr Spaß als an den berüchtigten ausschweifenden Reden meines Vaters«, meint Francesca und verdreht die Augen.

»Tut mir leid.« Daniel runzelt die Stirn. »Ich bin verwirrt.«

»Was verwirrt dich denn?« Ich tue so, als würde ich nicht bemerken, dass Francesca ihm den Ellbogen in die Rippen rammt. Er ignoriert es ebenfalls.

»Du springst nicht aus Flugzeugen.« Er schnaubt.

»Es muss ja nicht gleich mein neues Hobby werden.« Ich lache und bin erstaunt, wie anklagend er klingt. »Ich dachte, ich versuche es einmal.«

»Für einen wohltätigen Zweck, oder was?«

»Nein, für mich.«

Er sieht mich blinzelnd an.

»Wir machen uns besser auf dem Weg zur Party«, mischt sich Francesca ein und lächelt entschuldigend. »Wir sind schon spät dran. Aber es war schön, euch kennenzulernen.«

»Ebenfalls«, erwidere ich ehrlich. »Bye, Daniel.«

»Ja, gut«, meint Daniel verwirrt. »Wir gehen besser.«

»Byeee«, säuselt Cara und winkt ihnen scheinheilig hinterher.

Francesca führt Daniel zur Treppe, und als sie außer Sichtweite sind, kann ich endlich wieder frei atmen.

»Alles okay?«, fragt Cara nach einem kurzen Moment der Ruhe.

»Ja. Klar.« Ich stürze den restlichen Wein hinunter. »Francesca wirkt nett. Ich mag sie.«

»Ja, sie ist viel zu schade für ihn. Da fragt dich dieses Arschloch tatsächlich, warum du nicht zur Hochzeit kommst. Schon seltsam genug, dass er dich eingeladen hat, aber dich dann noch derart auszuquetschen.« Sie holt Luft. »Darf ich etwas sagen?«

»Klar.«

»Ich habe darüber nachgedacht, was du vorhin gesagt hast.« Sie wirft einen Blick in Richtung Treppe. »Dass du dich im Schatten anderer wohlfühlst, anstatt selbst ins Rampenlicht zu treten. War es mit Daniel nicht genauso?«

»Wie meinst du das?«

»Er musste immer im Mittelpunkt stehen. Und du hinter ihm.«

»Wirklich?«

»Ja, wirklich«, meint sie nachdenklich. »Er ließ dich nicht ins Rampenlicht, das behielt er für sich.« Sie lehnt sich zurück und mustert mich. »Und sieh dich jetzt an.«

»Eine Single-Frau, die mit ihrer Cousine unterwegs ist und viel zu viel trinkt?«

»Eine Frau, die mit Schwänen spricht und sich aus einem Flugzeug wirft, anstatt zu seiner Hochzeit zu kommen.«

»Das Fallschirmspringen war bloß eine alberne Idee von mir.«

»Vielleicht *war* es bloß eine Idee, aber nach dieser Begegnung glaube ich, dass du es tatsächlich tun wirst«, erklärt sie überzeugt. »Das spüre ich.«

Ich lächle. »Ja, vielleicht.«

»Ich sage es nur ungern, aber deine Miranda-Priestly-Braut ist möglicherweise doch nicht so dämlich. Sie hat zwar eine seltsame Art, aber sie hat dich ins Rampenlicht gezerrt. Ob du es wolltest oder nicht.«

Bitte hinterlassen Sie eine Nachricht nach dem Signalton.
PIIIIIIEEEEEEP

Oh! Guten Abend, Emily, hier spricht Victoria. Lady Meade. Danke noch einmal für Ihre harte Arbeit in letzter Zeit. Ich kann Ihnen gar nicht sagen, wie sehr ich das zu schätzen weiß. Und nicht nur ich. Wie auch immer, Lord und Lady Derrington haben uns am Samstag zu einer Weihnachts-Cocktailparty eingeladen. Es kommen auch andere Gäste, und ich habe mich gefragt, ob Sie uns begleiten könnten? Sie müssen vermutlich eine Hochzeit betreuen, aber wenn Sie Zeit haben, würden wir uns freuen. Es ist das letzte gesellschaftliche Zusammentreffen vor der Hochzeit! Danach habe ich keine Termine mehr angenommen. Ich habe mit Ned gesprochen, er würde sich auch freuen, Sie zu sehen. Er fand das Wochenende auf Dashwell Hall sehr nett. Ich weiß, Sie haben schon so viel getan, aber ich wäre Ihnen dankbar, wenn Sie kommen. Sehr dankbar. Cordelia… Derartige Zusammenkünfte sind nichts für sie. Und sie möchte sich sicher gerne persönlich bei Ihnen für Ihre Arbeit bedanken. Rufen Sie mich doch bei Gelegenheit zurück. Danke, Emily!

Kapitel 25

Ich kaufe kein neues Kleid für die Weihnachtsparty. Stattdessen hole ich ein smaragdgrünes Wickelkleid mit langen Ärmeln aus dem Schrank, das ich letztes Jahr bei drei Verlobungspartys getragen habe. Ich verbringe nicht Stunden vor dem Spiegel und gehe auch nicht zum Friseur. Ich lege nur etwas Foundation, Mascara, Bronzer und einen Nude-Lippenstift auf, bürste mir die Haare und lasse sie offen über die Schultern fallen.

Dank meiner neuen, verwegeneren Lebenseinstellung ist das genug Aufwand für eine Einladung in letzter Minute. Ich werde nicht mehr alles dafür tun, um diese Leute zu beeindrucken. Ich muss nichts beweisen. Ich habe eine Weile darüber nachgedacht, ob ich die Einladung annehmen soll, aber letztlich werde ich nicht zulassen, dass meine persönlichen Gefühle gegenüber Cordelia mir bei der Ausübung meines Berufs im Weg stehen. Wenn es nötig ist, zu dieser Party zu gehen, um die Braut zu unterstützen, dann mache ich es aus rein beruflichen Gründen. Also habe ich zugesagt.

»Willkommen, Miss Taylor«, begrüßt mich der Türsteher und vergleicht meinen Namen mit der Liste, während ein Kellner mit einem Tablett voller Gläser auf mich zutritt und mir ein weiterer den Mantel abnimmt. »Genießen Sie die Party.«

Der Graf und die Gräfin von Derrington warten hinter der Tür auf ihre Gäste. Sie begrüßen mich freundlich und erklären, dass Annabel und Georgia irgendwo unterwegs seien und sich sicher gerne mit mir unterhalten würden. Dann wenden sie sich ab, um wichtigere Leute willkommen zu heißen.

Das Haus ist aufwendig dekoriert, und neben der Treppe steht ein riesiger Weihnachtsbaum. Nachdem ich auf den ersten Blick kein bekanntes Gesicht entdecke, gehe ich darauf zu, um ihn zu bewundern und mich selbst in den gigantischen goldenen Kugeln zu mustern. Ich bleibe in der Nähe des Baums und lasse den Blick über die Gästeschar schweifen. Falls die Swanns bereits hier sind, verstecken sie sich wohl in einem anderen Raum. Den Geräuschen und der Anzahl der Gäste nach verteilt sich die Party auf das ganze Haus.

Ich überlege gerade, ob ich nach rechts oder links gehen soll, als sich die Tür öffnet und Tom das Haus betritt. Ich lächle breit und will ihm cool, aber sexy zugleich zuwinken, als mir klar wird, dass er nicht allein ist. Eine große, schlanke Frau hat sich bei ihm untergehakt, und sie lassen einander nur los, um die Mäntel abzulegen. Sie hat hohe Wangenknochen, schimmernde Haut und unglaublich volle Lippen. Sie ist so atemberaubend schön, dass ich sie nur anstarren kann. Irgendwann wird mir klar, dass ich ein schrecklich würdeloses Bild abgebe, und ich wende mich wieder den Kugeln zu, wobei ich Tom und sie weiter so unauffällig wie möglich beobachte.

Sie reicht ihren Mantel an den Kellner weiter – der genauso benebelt von ihrer Schönheit ist wie ich –, und darunter kommt ein hautenges, blau schimmerndes Kleid zum Vorschein. Sie sieht Tom mit klimpernden Wimpern an und wartet offenbar darauf, dass er sie dem Grafen und der Gräfin von Derrington vorstellt.

Es ist so demütigend. Ich bin eine *solche* Idiotin. Das sind die Frauen, die Tom normalerweise datet. Wunderschöne, elegante Models, die perfekt auf eine Party wie diese passen.

Ich verziehe das Gesicht, als ich an unseren gemeinsamen Tag in Paxton denke. Für ihn war es offensichtlich nur ein Ausflug mit der Freundin seiner kleinen Schwester, während ich sehnsuchtsvoll davon träumte, ihn zu küssen. Wie konnte ich so unprofessionell sein, nur weil ein gut aussehender Kerl mit sanften Augen mir ein paar Tage seine Aufmerksamkeit geschenkt hat? Es war erbärmlich und ganz und gar nicht verwegen.

Plötzlich schaut Tom in meine Richtung.

Ich lasse mich ohne einen weiteren Gedanken auf den Boden sinken, merke aber schnell, dass das ein Fehler war. Wie damals auf Dashwell Hall, als er mich am Fenster stehen sah. Ich muss damit aufhören, mich zu verstecken, wenn es peinlich wird. *Alles* wäre in diesem Fall besser gewesen: ein lässiges Winken, ihn ignorieren, sich eilig einem Gespräch in der Nähe anschließen, die Deko weiterhin bewundern …

»Brauchen Sie Hilfe?«, fragt mich die Frau, vor deren mit funkelnden Steinen besetzte High Heels ich gesunken bin.

»Nein, danke«, erwidere ich und suche schnell nach einer Erklärung. »Ich wollte mir den Weihnachtsbaumständer genauer ansehen. Wegen der Marke. Ich bin auf der Suche nach einem verlässlichen Modell.«

»Oh«, meint sie überrascht. »Ich dachte, Sie hätten vielleicht einen Ohrring verloren.«

»Ja«, erwidere ich und richte mich langsam auf, während sie sich abwendet und die unterbrochene Unterhaltung wieder aufnimmt. »Das wäre glaubwürdiger gewesen.«

Ich bleibe mit dem Rücken zur Tür stehen und versuche, anhand der spiegelnden Weihnachtsbaumkugeln zu erkennen, in welche Richtung Tom und sein Date sich bewegen. Leider sind die Gäste nur verschwommene Punkte, und ich erkenne niemanden. Ich ignoriere die seltsamen Blicke der Frau, mit der ich gesprochen habe, und wende mich ganz langsam um. Die beiden sind verschwunden. Ich atme erleichtert aus.

Ich sehe gerade noch, wie Toms Kopf durch die Tür zu meiner Rechten verschwindet, dann schiebe ich mich eilig durch die Menge und in den Raum zu meiner Linken, wo ich auf Cordelia und Jonathan stoße.

»Emily!«, ruft Jonathan und begrüßt mich mit einem Küsschen auf jede Wange. »Ich habe mich schon gefragt, wo du steckst.«

Cordelia tut es ihm zögernd nach, haucht zwei Küsschen an mir vorbei und versucht sich an einem begeisterten Hallo.

»Schön, euch zu sehen«, sage ich und weiß selbst nicht, ob ich es ernst meine oder nicht. »Ich kenne hier ja niemanden.«

»Schön für dich«, murmelt Cordelia, während Jonathan die Augen verdreht. »Annabel und Georgia sind hier irgendwo. Und Annabel hat mir bereits drei Mal erklärt, dass ihre Hochzeit besser wird als meine.«

»Ganz so hat sie es nicht gesagt, Darling«, stellt Jonathan klar. »Obwohl es durchaus danach klang. Sie hat vor allem von Nicole Percy geschwärmt.«

»Wie auch immer.« Cordelia wickelt sich eine Strähne um den Finger. »Beth ist um Klassen besser, und wir legen eben Wert auf den persönlichen Touch. Nicole kann jeder engagieren, Beth ist viel exklusiver.«

»Dann habt ihr Beth genommen?«

Cordelia nickt. »Danke für den Vorschlag. Sie macht ihre Sache sehr gut.«

»Beth war deine Idee?«, fragt Jonathan überrascht.

»Nicht wirklich. Cordelia möchte nur nett sein. Ich habe sie an dem Wochenende auf Dashwell Hall kennengelernt und fand sie cool. Ich habe kaum Erfahrung mit Floristen«, erwidere ich unbeschwert und sehe, wie Cordelia in ihr Glas grinst.

»Ich hoffe, Tom kommt bald.« Jonathan seufzt und reckt den Kopf, um sich umzusehen. »Ich brauche seine Meinung zu den Jacken meiner Trauzeugen.«

»Jonathan möchte, dass sie Karomuster tragen«, erklärt Cordelia. »Aber er fürchtet, dass es meinen Eltern nicht traditionell genug ist.«

»Ich finde, ihr solltet euch die Jacken selbst aussuchen dürfen«, meine ich bestimmt, obwohl mich niemand gefragt hat. »Es ist eure Hochzeit.«

»Das habe ich ihm auch gesagt.« Cordelia sieht zu ihm hoch.

Es ist seltsam, ein derart normales Gespräch mit ihr zu führen. Sie hat noch nichts Abfälliges gesagt oder sich von mir abgewandt. Sie verhält sich... ungewöhnlich. Fast schon nett.

»Ich werde Tom fragen«, erklärt Jonathan. »Da es auch um seine Jacke geht, würde ich gern wissen, was er dazu meint.«

»Eigentlich sollte er schon hier sein«, meint Cordelia.

»Ich glaube, er ist vorhin gekommen«, sage ich, als wäre es mir eben eingefallen. »Ich habe ihn gesehen, mit einer... Frau.«

Cordelia hebt überrascht die Augenbrauen. »Er hat jemanden mitgebracht?«

»Ja.« Ich zucke mit den Schultern. »Ich glaube schon. Seine Freundin vielleicht?«

»Er hat keine Freundin.«

»Na ja, es sah aus, als würden sie sich gut kennen. Sehr gut.« Ich nippe an meinem Glas und sehe mich um. Ich muss das Thema wechseln. »Also, was gibt es sonst noch Neues?«

»Weißt du«, meint Cordelia plötzlich, »eigentlich muss ich dringend mit dir reden, Emily. Aber ohne dich.« Sie wirft Jonathan ein Lächeln zu.

»Oh! Geht es um das Kleid? Wie aufregend!« Er küsst sie auf den Scheitel. »Keine Sorge, ich mache mich inzwischen auf die Suche nach Tom und der geheimnisvollen Frau.«

»Komm«, meint Cordelia zu mir, nachdem Jonathan verschwunden ist.

Ich folge ihr misstrauisch durch das Haus, weiche den Caterern aus, die gestresst herumhetzen, und trete schließlich hinter ihr durch die Tür in den Garten hinter dem Haus. Glücklicherweise stehen dort einige Leute, die rauchen und sich unterhalten. Was Cordelia betrifft, kann man sich nie sicher sein. Vielleicht hat sie mich hierhergeführt, um mich zu ermorden. Und anschließend geht sie wieder hinein, und irgendwann wird meine Leiche gefunden, und es wird zu einem dieser unglaublichen Krimis mit lauter prominenten, Champagner trinkenden Verdächtigen.

Vor mehreren Zeugen wird das allerdings schwer werden, weshalb ich vermutlich in Sicherheit bin.

»Auch eine?« Sie hält mir eine Zigarettenpackung entgegen.

»Nein, danke.«

Sie nimmt eine aus der Packung und stellt sich an einen der Gartentische mit den Aschenbechern. Es ist kalt hier draußen, und ich massiere mir die Arme, während ich darauf warte, dass sie mit dem Gespräch beginnt. Ich wünschte, sie hätte mir gesagt, was sie vorhat, dann hätte ich meinen Mantel mitgenommen. Hoffentlich dauerte es nicht zu lange.

»Danke, dass du heute gekommen bist«, sagt sie und lässt den Blick über den Garten wandern. In der Mitte steht ein riesiger Springbrunnen mit einer griechischen Göttin, der ziemlich fehl am Platz wirkt.

»Kein Problem«, erwidere ich unbeeindruckt. »Das ist mein Job.«

Sie nimmt einen Zug. »Es war meine Idee, dich einzuladen.«

»Wirklich?«

»Ja. Ich habe Mum gebeten, dich anzurufen.«

»Oh. Okay.«

Es folgt eine lange Pause.

»Du hast in den letzten Wochen gute Arbeit geleistet. Mit der Brosche, der Fotografin und mit Beth.«

»Freut mich.«

»Ich hätte den Schauspieler nicht engagieren sollen. Die ganze Sache mit den Schwänen war…« Sie hebt die Hand, und Rauch wirbelt auf. »Das war nicht cool.«

»Wir müssen nicht darüber reden.«

»Ich weiß, aber ich will es.« Sie senkt den Kopf. »Ich fühle mich schlecht deswegen. Es war… nicht richtig.«

Ich starre sie an. »Cordelia, entschuldigst du dich etwa bei mir?«

»Was? Nein! Nein, ich will nur…« Sie verstummt.

»Doch! Du entschuldigst dich!«

»Mein Gott, musst du so eine große Sache daraus machen?«, zischt sie und sieht sich um, ob auch niemand zuhört.

»Ja, weil es eine große Sache ist! Du entschuldigst dich!«

»Wie kann man eigentlich so dämlich sein und durch einen Teich waten?«, fragt sie und verdreht die Augen. »Hast du dich nicht gefragt, was das soll?«

»Klar! Aber der Mann war sehr überzeugend.«

»Er ist ein schrecklicher Schauspieler.«

»Nein, er war gut. Er passte zu der Rolle, und dann brachte er auch noch deine Mutter ins Spiel...«

»Ich habe ihm gesagt, dass er das tun soll. Ich wusste, dass du sie nicht enttäuschen willst.« Sie zögert. »Ich war mir nicht sicher, ob du nur auf meinen Befehl hin in den Teich spazierst.«

»Na ja...« Ich trete von einem Bein aufs andere. »Hat Jimmy dir das Video gezeigt?«

»Ja.« Sie versucht vergeblich, ein Grinsen zu unterdrücken.

Ich werfe ihr einen bösen Blick zu. »Stellst du es auf YouTube?«

»Nein!« Sie scheint verärgert, dass ich das überhaupt frage. »So witzig war es dann auch wieder nicht.«

»Jimmy nannte mich brave Musterschülerin. Du hast private Infos gegen mich verwendet.«

»Ja, na ja. Du hast mir eben eine deine Schwachstellen verraten, als du mir von Graham Slater erzählt hast.«

»Und du mir deine, als du mir von Annabel erzählt hast.«

»Ich habe dir *überhaupt nichts* über sie erzählt. Deshalb hast du ja so viele Fragen gestellt und den Streit vom Zaun gebrochen.«

»Ich habe keinen Streit vom Zaun gebrochen!«

»Du hast weitergebohrt, obwohl ich dich gebeten habe aufzuhören.« Sie stößt den Rauch aus. »Ich habe überreagiert.«

»Ist das schon wieder eine Entschuldigung?«

»Ganz sicher nicht.«

»Ich kann noch immer nicht glauben, dass du dich entschuldigt hast«, erkläre ich einigermaßen schockiert über dieses

Gespräch. »Aber ich bin froh, dass du es getan hast. Ich weiß, ich habe dich verärgert. Aber der Gegenschlag ging zu weit.«

»Das war schon immer mein Problem«, gibt sie zu. »Ich habe meine Launen nicht im Griff.«

»Ist mir schon aufgefallen.«

»Während du dir viel zu viele Gedanken darüber machst, was die Leute denken.«

»Weißt du, das muss hier nicht zu einem Wettkampf werden, bei dem du zuerst deine Schwächen aufzählst und dann meine.«

»Du hast ohnehin zu viele«, erwidert sie mit einem schiefen Grinsen. »Da würden wir die ganze Nacht hier rumstehen.«

Was ist hier los?

Wer ist diese Frau, und wo ist die echte Cordelia? Albert sie gerade tatsächlich mit mir herum? Ich muss einen Schritt zurücktreten. Ich muss das beenden. Ich darf nicht mehr darauf reagieren. Ich sollte nicht so freundlich sein. Ich bin nicht ihre Freundin. Ich bin eine professionelle Brautjungfer, die von ihrer Mutter engagiert wurde und…

»Es tut mir leid«, sagt sie plötzlich, während sie die Zigarette im Aschenbecher ausdrückt. Dann sieht sie zu mir hoch.

»Hä?«, frage ich wenig intelligent.

»Es tut mir leid, wie ich dich behandelt habe.«

Ich weiß nicht, was ich sagen soll. Ich bin mir immer noch nicht sicher, ob das hier wirklich passiert oder nur ein riesiger Witz ist. Vielleicht kommt gleich ein weiterer Schauspieler und gießt einen Eimer Vanillesoße über meinen Kopf.

»Ich meine es ernst«, fährt sie fort. »Du hast die Hochzeit sehr bereichert, und dafür bin ich dir dankbar.«

Ich starre sie an.

Sie lacht. »Ehrlich. Ich entschuldige mich nicht gerne, aber du hast recht. Du hast eine Entschuldigung verdient. Du hast hart gearbeitet, obwohl du einfach hättest gehen können. Ich weiß es zu schätzen, dass du…«

»Willst du mich feuern?«, platze ich heraus.

»Wie bitte?« Sie runzelt die Stirn.

»Das klingt, als wolltest du mich feuern.«

»Nein, tut es nicht.«

»Doch. Du bringst die Sache wieder in Ordnung, indem du dich entschuldigst und mir sagst, wie sehr ich dir geholfen habe ... es ist, als wolltest du manierlich mit mir abschließen.«

»Mein Gott.« Sie verdreht die Augen. »Warum musst du immer alles analysieren? Du denkst viel zu viel nach.«

»Ich denke nicht zu viel nach. Ich ... okay, vielleicht tue ich es.«

»Also, nimmst du meine Entschuldigung an, oder nicht?«

Ich verschränke die Arme und versuche, die Gänsehaut fortzumassieren. Vielleicht sollte ich die Entschuldigung ablehnen und ihr gleichzeitig versichern, dass meine Entscheidung darüber meiner Arbeitsmoral nicht schaden wird. Sie hat mir ganz schön zugesetzt, aber ich spüre, dass sie es ernst meint. Es tut ihr wirklich leid.

»Ja«, sage ich schließlich. »Okay.«

»Gut. Und jetzt gehen wir wieder rein, bevor du erfrierst.«

»Warum hast du dich ausgerechnet hier entschuldigt? Ich meine, heute?«

Sie hält auf halbem Weg zur Tür inne und wendet sich zu mir um. »Ich wollte mich persönlich entschuldigen, damit du weißt, dass ich es ernst meine. Es hat ein paar Tage gedauert, bis ich meinen Stolz hinunterschlucken konnte.«

»Oh.« Ich zögere. Ihre Ehrlichkeit macht mich sprachlos. »Okay.«

»Du solltest nicht zu viel darüber nachdenken«, sagt sie mit wissendem Blick. »Ich wollte mich entschuldigen. Mehr nicht.«

»Und was passiert jetzt?«

»Jetzt? Na, wir gehen zurück auf die Party und versuchen, mit all den schrecklichen Leuten zurechtzukommen, die uns von ihren Weihnachtsferien auf Barbados erzählen. Wenigstens sind die Kanapees lecker.«

»Nein, ich meine, was ist jetzt mit der Brautjungfernsache? Willst du mich immer noch dazu bringen, dass ich kündige?«

»Nein. Das habe ich hinter mir.«

»Wirklich? Versprochen?«

Sie seufzt und hebt den kleinen Finger. »Ja.«

»Was machst du da?«

»Was glaubst du denn? Wir verhaken unsere Finger, und dann schwöre ich, dass ich es hinter mir habe.«

»Echt? Ich hätte nicht gedacht, dass du so etwas machst. Machst du es, weil du denkst, ich...«

Sie stöhnt, streckt die Hand aus und verhakt ihren kleinen Finger mit meinem. »Ich schwöre hoch und heilig, dass ich dich nicht mehr dazu bringen werde zu kündigen, okay?«

»Wow!« Ich strahle sie an, als wir beide die Hände sinken lassen. »Was für ein bewegender Moment.«

»Mein Gott, du nervst.«

Sie öffnet die Tür, lässt mich hindurchtreten und folgt mir. Ich geselle mich zu Jonathan und Lord und Lady Meade, während Cordelia sich in die Schlange vor der Toilette einreiht.

»Wie war euer Gespräch?«, fragt Jonathan, nachdem ich Lord und Lady Meade begrüßt habe.

»Gut, danke«, erwidere ich und fange lächelnd Lady Meades Blick auf. »Wirklich gut.«

»Darauf trinken wir!« Lady Meade hebt ihr Glas. »Und darauf, dass es kein Drama gibt.«

Kapitel 26

»Hast du dich verirrt?«

Ich wirble herum und sehe Tom, der mit zwei Gläsern Champagner in der Hand die Treppe nach oben kommt. Ich komme gerade aus der Toilette und wollte mich nach den Swanns umsehen. Natürlich muss ich dabei ausgerechnet dem Familienmitglied über den Weg laufen, dem ich schon den ganzen Abend ausweiche.

»Ich bin auf der Suche nach Cordelia«, erkläre ich und versuche, mir nicht anmerken zu lassen, dass mich allein sein Anblick durcheinanderbringt. »Hast du sie gesehen?«

»Leider nein«, erwidert er und streckt mir eines der beiden Gläser entgegen.

»Mach dir keine Umstände, ich kann mir selbst etwas holen. Ich will deinem Date nicht den Champagner streitig machen. Sie ist übrigens umwerfend.« Und das meine ich ernst. Ich hatte mich vorhin etwa zehn Minuten mit ihr unterhalten, da sie ganz allein und verloren in einer Ecke stand, während Tom ihr etwas zu trinken besorgte. Mona ist kein Model, sondern arbeitet in einem Auktionshaus und erzählte mir von dem erst kürzlich erfolgten Verkauf alter Keramikteile, die ihrer Meinung nach unbezahlbaren Wert hatten. Ich hatte gehofft, dass sie ekelhaft oder langweilig wäre, aber sie war weder das eine noch das andere, und ärgerlicherweise genoss ich das Gespräch mit ihr.

Glücklicherweise traf das auch auf einen Kerl namens Frazer

zu, der zu uns trat und sich als ein alter Freund Annabels vorstellte. Sie begannen ein ungezwungenes, kokettes Gespräch, und ich verschwand auf die Toilette, ohne dass sie es bemerkten.

»Mona hat bereits etwas zu trinken.« Tom streckt mir beharrlich das Glas entgegen. »Das hier ist für dich.«

»Danke«, sage ich und nehme es entgegen. »Aber du musst nicht hierbleiben. Du solltest zurück zu Mona.«

»Ehrlich gesagt glaube ich, dass sie lieber mit Frazer redet«, meint er mit einem wissenden Lächeln. »Zwischen den beiden hat es definitiv gefunkt.«

»Oh.«

»Nur kein Mitleid, ich habe sie erst gestern auf einer Veranstaltung kennengelernt.«

»Wow! Du hast sie gerade erst kennengelernt und nimmst sie bereits auf eine Weihnachtsparty mit, zu der deine ganze Familie eingeladen ist? Sie muss echt gut küssen.«

Tom hebt die Augenbrauen und lächelt überrascht. Ehrlich gesagt bin ich selbst etwas erschrocken über meine Verwegenheit, aber was soll's.

»Sie wäre sowieso hier gewesen«, korrigiert er mich. »Das haben wir gestern Abend festgestellt. Da dachten wir, wir könnten zusammen herfahren. Und wir haben uns nicht geküsst.«

»Oh. Okay. Na ja, es geht mich ja auch nichts an.« Ich nehme einen großen Schluck Champagner.

»Also, wo ist George?«

»Wer?«

Er runzelt die Stirn. »George, dein Freund.«

Ach ja, *George*.

Der Mann, den ich mir schlauerweise ausgedacht habe, um Tom nicht noch näherzukommen, was unprofessionell wäre und nur zu jeder Menge Problemen führen würde. Es wäre schlau und vernünftig, die Geschichte weiterzuspinnen und sicherzugehen, dass zwischen mir und dem Bruder meiner Klientin nichts passiert. Immerhin kennt Tom nicht mal meinen echten Namen.

Ich sollte die erfundene Geschichte also unbedingt beibehalten.

»Ich gehe im Moment mit niemandem aus«, platze ich heraus.

Verdammt noch mal!

Daran sind nur der Champagner und Toms Rasierwasser schuld. Ich kann nichts dafür.

»Wirklich? Geht es dir gut?«, fragt er und mustert mich.

»Ja, alles okay. Wie auch immer, was sagst du zur Deko?«, erwidere ich eilig, um das Thema zu wechseln. »Die Kugeln am Baum sind so groß wie mein Kopf.«

Super, Sophie! Sehr sexy.

»Lord und Lady Derrington machen eben keine halben Sachen.«

Ein Kellner tritt zu uns und hält uns ein silbernes Tablett mit Kanapees entgegen. »Kann ich Sie zu einem köstlichen in Rotwein geschmorten Ochsenschwanz mit Meerrettichcreme verführen?«, fragt er stolz.

Wir lehnen höflich ab, und er schlendert zur nächsten Gruppe weiter.

»Wie stehst du zu Kanapees?« Tom sieht dem Kellner nach.

»Wie bitte?«

»Was hältst du davon?«, meint er. »Ich persönlich kann nichts damit anfangen.«

»Wie bitte? Wie ist das möglich? Sie sind klein und köstlich.«

»Und total sinnlos«, gibt er zu bedenken und tritt näher an mich heran, um einen anderen Gast vorbeizulassen. »Kanapees machen nicht satt und sind unpraktisch zu essen. Warum serviert man nicht einfach Sandwiches?«

Ich blinzle. »Weil es dann Sandwiches vor dem eigentlichen Essen gäbe! Kanapees sind kleine Appetithäppchen, die Lust auf mehr machen. Und auf Events, die kein Essen beinhalten, halten sie die Gäste bei Laune, sodass niemand Hunger leiden muss.«

»Sandwiches sind besser gegen Hunger.«

»Das ist albern! Du kannst doch nicht Sandwiches auf einer Weihnachtsparty servieren! Ich könnte nicht mit einem Sandwich in der Hand dastehen und mich gepflegt unterhalten.«

»Warum nicht? Schämst du dich dafür, wie du Sandwiches isst?«

»Nein. Aber ich möchte mich nicht vollstopfen, während ich die Gräfin von Derrington nach ihren Plänen für die Feiertage frage.«

»Dann isst du also lieber kleine, kaum vorhandene Stückchen vom Ochsenschwanz, der dich nicht satt macht und außerdem so winzig ist, dass er nach nichts schmeckt.«

»Du kannst doch nicht behaupten, Kanapees würden nach nichts schmecken! Es gibt viele wunderbare Köche und Caterer, die es schaffen, winzig kleine Geschmacksexplosionen zu kreieren«, widerspreche ich und frage mich, seit wann ich mich derart für Kanapees einsetze. »Es ist eine Kunst.«

»Auf dieser Party hier hat absolut niemand Interesse an diesen bizarren, hochtrabenden Häppchen«, erklärt er mit einer ausladenden Handbewegung. »Die Leute hier wollen ordentliches Essen. Ich meine, sieh dir das mal an.« Er deutet auf das Tablett eines weiteren Kellners.

»Was hast du gegen Miniburger einzuwenden?«

»Niemand bei klarem Verstand hat jemals einen Burger gegessen und gemeint: ›Besser wäre, er wäre nur so groß wie mein Daumennagel.‹« Tom verdreht die Augen.

»Du irrst dich«, widerspreche ich und lehne mich gegen das Treppengeländer. »Kanapees wurden für elegante Events erschaffen. Wenn wir die Gäste hier fragen, sagen sie sicher, dass es weder die richtige Zeit noch der richtige Ort ist, um sich über einen dicken Burger herzumachen.«

»Klar würden sie das sagen, aber *meinen* sie es auch?«, fragt er selbstgefällig.

»Ich werde sicher nicht den ganzen Abend hier rumstehen und mit dir über Kanapees diskutieren.« Ich stöhne auf.

»Warum nicht? Mir genügt es, den ganzen Abend mit dir zu diskutieren.«

Ich bin so überrascht, dass mir keine Antwort einfällt. Und als hätte das, was er gesagt hat, nicht gereicht, streckt er auch noch die Hand aus und steckt mir eine Haarsträhne hinters Ohr.

Einen so erotischen Moment habe ich ewig nicht mehr erlebt.

»Emily«, haucht er. Mein Herz beginnt zu rasen, und meine Wangen glühen unter seinem intensiven Blick.

O Gott, er ist so nahe. Und er kommt immer näher. Oh-oh. Du musst den Blick abwenden, Sophie.

Wende den Blick ab, bevor es zu spät ist!

In diesem Moment dringen laute Stimmen aus dem Obergeschoss. Tom rückt von mir ab und sieht besorgt nach oben. Ich tue es ihm gleich. Es klingt nach einem Streit, und es kommt aus einem der Schlafzimmer. Da wir an der Treppe stehen, hören wir die Stimmen als Erste, doch kurz darauf drehen sich auch die ersten anderen Gäste neugierig um.

»Was ist da los?«, frage ich Tom und hoffe beinahe, dass er sich das Hemd vom Leib reißt, »Wen kümmert's?!« ruft und mich leidenschaftlich küsst.

Was natürlich nicht passiert.

Stattdessen wirft er mir einen erschrockenen Blick zu. »Das klingt nach Cordelia.«

»Und Annabel.« Ich verziehe das Gesicht.

Wir stellen gleichzeitig unsere Gläser ab und eilen die Treppe hoch, um nachzusehen und Schlimmeres zu verhindern. Die Stimmen dringen durch eine geschlossene Tür am Ende der Treppe. Ich hebe die Hand und werfe Tom einen Blick zu, der solidarisch nickt. Dann klopfe ich.

Die Tür schwingt auf, und Annabel tritt uns in einem aufsehenerregenden gelben Paillettenkleid entgegen. Sie ist außer sich vor Zorn.

»Gott sei Dank«, erklärt sie überdramatisch und deutet auf Cordelia. »Seht zu, dass ihr sie unter Kontrolle bringt!«

»Hi, Annabel! Wow, du siehst unglaublich aus«, säusle ich und hoffe, die Stimmung damit ein wenig zu heben. »Wie eine Weihnachtsbaumkugel.«

Sie zieht die Nase kraus. »*Wie bitte?*«

»Wie eine sehr hübsche, funkelnde Kugel. Aber egal. Ist hier alles okay?«

»Nein, hier ist *nicht* alles okay«, erwidert Annabel so laut, dass ich Tom eilig ins Zimmer winke und die Tür schließe, damit die anderen Gäste nichts hören können.

»Was ist hier los?«, fragt Tom und wirft Cordelia einen überdrüssigen Blick zu, als wäre er schon viel zu oft in derselben Situation gewesen.

»Nichts«, erwidert sie. »Annabel hat mich einer Sache beschuldigt, und ich habe mich verteidigt, mehr nicht.«

»Ich habe sie ertappt, wie sie in meinem Zimmer herumschnüffelt«, braust Annabel auf.

»Ich war auf der Suche nach der Toilette.«

»So eine blöde Ausrede!«, schnaubt Annabel. »Du warst oft genug hier. Du weißt, wo die Toiletten sind.«

»Ich glaube, ich war erst einmal hier. Und das ist Jahre her«, erwidert Cordelia gelangweilt. »Wir waren immer in deiner Wohnung, nicht bei deinen Eltern.«

»Lügnerin!«, kreischt Annabel. »Du warst *ständig* hier! »Du bist nach oben, um Drogen zu nehmen. Auf meiner Party!«

Tom versteift sich, und Cordelia beißt die Zähne aufeinander.

»Das ist nicht wahr!«, erwidert Cordelia spitz.

»Leute ändern sich nicht.« Annabel wirft sich arrogant die Haare über die Schulter. »Du kannst nicht anders, nicht wahr, Cordy? Du bist zu schwach, um gegen das Verlangen anzukämpfen.«

Cordelia ballt die Hände zu Fäusten und wendet sich an Tom. »Ich wollte keine Drogen nehmen. Ich wollte nur einen Moment lang meine Ruhe haben.«

»Das ist sicher bloß ein Missverständnis«, wiegle ich ab, denn ich spüre etwas Gefährliches, das dicht unter der Oberfläche brodelt. »Wir sollten jetzt alle wieder nach unten gehen. Annabel, du willst doch nicht deine eigene Party versäumen. Es fragen sich sicher schon alle, wo du steckst.«

»Ja, genau. Kommt schon.« Tom macht einen Schritt nach vorne. »Lassen wir das und machen uns einen schönen Abend.«

»Sag ihr, dass sie sich von meinem Zimmer fernhalten soll«, erwidert Annabel eisig.

»Das wird sie«, versichert ihr Tom. »Nicht wahr, Cordelia?«

Cordelia nickt und greift nach ihrer Tasche und dem Champagnerglas auf Annabels Schminktisch. Tom öffnet die Tür, und ich gehe voran in Richtung Treppe.

»Gott sei Dank bin ich nach oben gekommen, bevor die Sache außer Kontrolle geriet«, murmelt Annabel.

»Soweit ich mich erinnere, bist du diejenige, die seit jeher dafür sorgt, dass die Dinge außer Kontrolle geraten, Annabel«, erwidert Cordelia. Tom schüttelt genervt den Kopf und wispert ihr zu, dass sie die Klappe halten und weitergehen soll.

Annabel hält auf dem Treppenabsatz inne. »Du warst diejenige mit der Überdosis, Cordelia«, zischt sie und verzieht das Gesicht. »Nicht ich.«

Cordelia bleibt wie angewurzelt stehen. Sämtliche Farbe weicht aus ihrem Gesicht. Tom sieht aus, als hätte ihn jemand geschlagen. Er greift schützend nach Cordelias Arm, doch sie schüttelt ihn ab und tritt auf Annabel zu.

»Cordelia«, fleht Tom leise, aber sie achtet nicht auf ihn.

Annabel steht mit hoch erhobenem Kopf und einem triumphierenden Lächeln vor uns. Sie zuckt nicht zusammen, als sich Cordelia vor ihr aufbaut. Offenbar denkt sie, sie hätte gewonnen.

»Fick dich, Annabel«, faucht Cordelia und schüttet Annabel den Rest ihres Champagners ins Gesicht.

Annabel schreit auf. Die Gäste blicken geschlossen zu uns hoch und schnappen nach Luft.

»Du Miststück!«, kreischt Annabel, während der Champagner über ihr Gesicht läuft und von ihren Haaren tropft. Sie fährt herum, läuft hinauf zum Bad und knallt die Tür hinter sich zu.

Cordelia wirkt vollkommen unbeeindruckt und gleitet die Treppe nach unten, während die Gäste sie tuschelnd beobachten. Tom und ich haben keine andere Wahl, als ihr zu folgen.

Georgia kommt uns die Treppe in lächerlich hohen High Heels entgegen und wirkt überaus besorgt. »War das Annabel? Was ist hier los? Oh, hallo, Tom, wie geht es dir? Ich habe dich schon überall gesucht! Wir reden gleich. Ich will erst mal zu Annabel.«

Die Gästeschar teilt sich vor Cordelia, die auf die Haustür zusteuert.

»Cordelia, warte«, ruft Tom und lächelt den zurückweichenden Gästen peinlich berührt zu. »Wir brauchen unsere Mäntel.«

Doch sie hat den Türsteher bereits gebeten, die Tür zu öffnen. Von draußen dringen laute Geräusche und das Blitzen von Kameras ins Haus.

»Na toll, die Presse ist hier«, stöhnt Tom. »Cordelia, warte!«

Ich packe seinen Arm. »Schon gut, ich gehe«, erkläre ich und folge ihr hastig nach draußen.

Ich halte mir die Hände vors Gesicht und richte den Blick auf den Boden. Die Fotografen scharen sich zum Glück um Cordelia, die gerade ein Taxi heranwinkt. Auf mich achtet niemand.

»Cordelia, warte!«, brülle ich erneut, so laut ich kann, und hoffe, dass sie mich durch das Feuerwerk an Fragen hört.

»Beeil dich!«, ruft sie und steigt ins Taxi.

Die Paparazzi lassen mich widerwillig durch. Ich springe in den Wagen, lande auf dem Boden und schreie: »Los! Los! Los!«, während Cordelia sich über mich beugt und die Tür zuknallt.

Der Fahrer steigt aufs Gas. Wir rasen davon und lassen das Drama hinter uns.

Kapitel 27

Cordelia lacht und stößt mich mit dem Schuh an. »Also gut, James Bond, warum liegst du auf dem Boden?«

»Damit die Reporter mein Gesicht nicht sehen«, erkläre ich und hebe den Kopf. »Sind wir weit genug weg?«

Sie nickt. Ich klettere auf den Sitz neben ihr, wische mir die Haare aus dem Gesicht und den Staub von meinem Kleid. Der Taxifahrer fragt, wohin wir wollen, und Cordelia zuckt mit den Schultern. »Gibt es ein Pub in der Nähe?«, fragt sie ihn.

»Einige.«

»Wir wollen etwas Ungezwungenes«, erklärt sie. »Ein heruntergekommenes Pub, wo alte Männer Bier trinken.«

»Alles klar.« Er lacht leise.

»Danke. Dort wird niemand nach uns suchen.«

»Alles okay bei dir?«, frage ich sie.

»Das wird schon.«

»Danke, dass du mich mitgenommen hast.«

»Alleine trinken macht keinen Spaß«, erwidert sie und sieht aus dem Fenster.

Ich spüre, dass sie im Moment nicht über den Vorfall reden will, also verbringen wir die restliche Fahrt schweigend, bis wir vor einem Pub halten, das genau Cordelias Wünschen entspricht.

Das Schild mit dem Namen *Duck* ist schmutzig und so wackelig, als würde es jeden Moment auf die Straße fallen und einen ahnungslosen Passanten niederstrecken. Die Fenster wurden wohl im vorigen Jahrhundert zuletzt geputzt, weshalb man von außen nicht hineinsehen kann, und sobald man die quietschende Tür aufgedrückt hat, wird man von Biergeruch und abgestandenem Rauch begrüßt, obwohl hier drin seit 2007 niemand geraucht haben sollte. Und damit nicht genug, es riecht auch noch kaum merklich nach Bleiche, als hätte jemand versucht, sauber zu machen, aber bald wieder aufgegeben. An den kleinen Tischen sitzen einige Leute, aber es ist so duster, dass man ihre Gesichter kaum erkennen kann. Der Wirt hebt den Blick von seinem Handy, als wir eintreten, und seine Augenbrauen schießen überrascht nach oben.

»Das ist toll.« Cordelia macht sich auf direktem Weg in Richtung Tresen. »Ich war seit Jahren nicht mehr in so einem Laden.«

»Jaaa«, erwidere ich etwas weniger enthusiastisch. »Echt toll.«

Sie klettert auf einen Barhocker und bittet um die Weinkarte.

»Wir haben Rotwein und Weißwein«, antwortet der Wirt. »Mehr gibt's nicht.«

»Oh. In diesem Fall weiß. Sophie?«

»*Emily*«, verbessere ich sie. »Ich nehme rot.«

Der Wirt stellt zwei Weingläser vor uns ab und holt den Weißwein aus dem Kühlschrank. Auch wenn ich keinen guten Rotwein erwarte, bin ich überzeugt, die richtige Entscheidung getroffen zu haben. Zumindest hat Rotwein nicht den grauenhaften, herben Nachgeschmack eines schlechten Weißweins, bei dem man das Gesicht verzieht, als hätte man in eine Zitrone gebissen.

»Das ist viel besser als diese verstaubte Party«, erklärt Cordelia. »Es war mir etwas zu viel Trubel, ich brauchte mal Ruhe.«

»Ich sollte deiner Mum schreiben, dass ich bei dir bin und alles okay ist.« Ich hole mein Handy heraus, warte aber auf ihre Erlaubnis, bevor ich lostippe.

»Mach nur.« Sie schenkt dem Wirt ein Lächeln, als er neun Pfund fünfundvierzig für zwei Weine berechnet. »Für beide? Sicher?«

Er nickt, während ich Lady Meade schreibe. Sie antwortet sofort und bedankt sich.

»Was für ein Schnäppchen!«, ruft Cordelia. »Da komme ich gerne wieder her. Danke!«

Der Wirt runzelt die Stirn, setzt sich wieder auf seinen Hocker am Ende der Bar und holt sein Handy hervor. Vermutlich trifft er nicht oft auf derart begeisterte neue Gäste, die ein Wiederkommen in Aussicht stellen.

»Willst du darüber reden, was passiert ist?«, frage ich vorsichtig, denn ich habe meine Lektion gelernt.

»Nicht wirklich.« Sie seufzt. »Aber ich bin froh, dass du hier bist und nicht Jonathan. Ich liebe ihn, aber er wäre entsetzt über mein Verhalten, und dann bekomme ich immer ein schlechtes Gewissen. Er ist so ein guter Mensch. Beinahe zu gut.«

»Sie hat dich provoziert.«

»Mmm.« Sie nippt an ihrem Wein und erschaudert. »Bäh. Der schmeckt wie... Treibstoff.«

»Aber er war ein Schnäppchen.«

»Stimmt.« Sie lacht und stellt das Glas zurück auf die klebrige Bar. »Okay, ich habe da eine Frage, die ich dir schon seit unserer ersten Begegnung in der Küche meiner Eltern stellen wollte, es aber nicht getan habe, weil ich...«

»Weil du mich gehasst hast«, schlage ich vor.

»Ich habe dich nicht gehasst.« Sie rümpft die Nase. »Mir gefiel nicht, wofür du standest. Du wurdest bezahlt, um mit mir Zeit zu verbringen.«

Ich verdrehe die Augen. »Du weißt doch, dass...«

»Bla, bla, bla. Ja, ich weiß.« Sie winkt ungeduldig ab. »Aber ich hatte nun mal das Gefühl.«

»Und was wolltest du mich fragen?«

Sie spitzt die Lippen. »Warum willst du Brautjungfer sein?

Das verstehe ich nicht! Ich kann nachvollziehen, warum Leute eine Brautjungfer *wollen*, aber dass man selbst eine sein will?«

»Ich liebe meinen Beruf!«

»Das glaube ich dir nicht«, erwidert sie überzeugt. »Du bist die ganze Zeit mit Bräuten zusammen, die alle denken, ihre Hochzeit wäre die wichtigste von allen. Du musst ihr Gejammer, ihr Genörgel und ihre Wünsche ertragen, und wenn der große Tag da ist, kannst du ihn nicht genießen, weil du dafür sorgen musst, dass alle glücklich sind. Du verschreibst dein Leben einem Haufen Schwachsinn.«

»Immer nur weiter so, Cordelia! Mannomann!« Ich lache über ihren leidenschaftlichen Ausbruch. »Aber du vergisst einen wesentlichen Punkt.«

»Na gut.« Sie nippt erneut am Wein. »Dann klär mich auf.«

»Hochzeiten machen Spaß«, erkläre ich. »Jeder Gast hat irgendeine Bedeutung für das Paar, und alle wollen das Paar feiern und es dabei unterstützen, das gemeinsame Glück zu finden. Sie wollen tanzen und lachen. Das ist für mich das Schönste an einer Hochzeit. Das Leben ist ein einziges Chaos, und die Welt ist oft scheiße, aber auf einer Hochzeit sind alle happy. Jeder kann seinem Alltag für ein paar Stunden entfliehen. Welche Events können das sonst von sich behaupten?«

Sie mustert mich nachdenklich. »Dann genießt du deine Arbeit? Es gefällt dir, die Babysitterin zu spielen?«

»Ich bin keine Babysitterin, ich unterstütze die Braut. Und ja, ich genieße es«, erwidere ich, bevor ich hinzufüge: »Außer die Braut gießt mir ihren Smoothie über die Klamotten und verlangt, dass ich der Königin schreibe.«

Sie schließt die Augen und nickt langsam. »Jaja, tut mir leid.«

»Zwei Entschuldigungen an einem Tag. Ich weiß zwar nicht, womit ich das verdient habe, aber gern weiter so.«

»Ich wollte immerhin, dass du kündigst.« Sie seufzt.

»Was du nicht sagst.«

Sie hebt die Hände. »Ich habe doch schon gesagt, dass es

falsch war. Ich bin es nicht gewöhnt... Freunde zu haben. Ich mag es auch gar nicht. Ich meine, ich bin lieber für mich. Das war schon immer so. Jonathan ist einer dieser Leute, die Hunderte Freunde haben. Er ist immer unterwegs, immer unter Menschen. Er nimmt sich für jeden Zeit, und alle lieben ihn. Als wir uns kennenlernten, dachte ich nicht, dass er sich für jemanden wie mich interessieren könnte. Ich bin nicht gerade sein Typ. Aber unerklärlicherweise hat es gefunkt.«

»Manchmal passiert das. Man kann es nicht erklären.«

Sie verdreht die Augen. »Bäh.«

»Warum?« Ich lache. »Warum fühlst du dich unwohl, sobald es um Gefühle geht?«

»Tue ich doch gar nicht! Das war einfach kitschig.«

»Na ja, ich bin nun mal eine professionelle Brautjungfer.«

Sie nimmt einen großen Schluck Wein und leert damit ihr Glas, dann hält sie es hoch. Ich nehme ein paar kleine Schlucke, um aufzuholen, und merke, dass es einfacher ist, den Wein schnell zu schlucken, bevor sich der Geschmack ausbreiten kann. »Die nächste Runde geht auf mich.«

»Nein, ich übernehme das«, beharrt Cordelia und winkt den Wirt heran. Er wirkt, als wäre er uns jetzt schon überdrüssig. »Noch zwei Gläser Ihres vorzüglichen Weins, Sir.«

Er trottet zum Kühlschrank, füllt ihr Glas und kümmert sich anschließend um meines.

Nachdem wir angestoßen haben, meint Cordelia: »Weißt du, was, das könnte mein Junggesellinnenabschied sein.«

»Was? Sei nicht albern.«

»Komm schon, es gibt doch keinen offiziellen Abschied, oder?«

»Du wolltest keinen.«

»Dann machen wir ihn heute!« Sie prostet dem Wirt zu, der wieder auf seinem Hocker sitzt und ihr einen ausdruckslosen Blick zuwirft. »Heute ist mein Junggesellinnenabschied!«

»Gratulation«, meint er an sein Handy gewandt.

»Du solltest dich glücklich schätzen, Sophie …«

»*Emily.*«

»Viele Leute würden sich geehrt fühlen, der einzige Gast auf Lady Cordelia Swanns Junggesellinnenabschied zu sein. Also komm schon. Was macht man da so?«

»Normalerweise habe ich etwas mehr Vorbereitungszeit.«

»Dann sei mal kreativ.«

»Okay, es gibt Trinkspiele, es werden peinliche Erlebnisse aus der Vergangenheit aufgedeckt, und die Braut wird wegen ihrer Ex-Freunde aufgezogen.«

»Ach herrje.« Sie verzieht das Gesicht. »Über wen willst du was wissen?«

»Über die berühmten natürlich.«

»Natürlich.« Sie seufzt. »Du bist wahrscheinlich ganz scharf auf Promi-Klatsch.«

»Das lässt sich nicht abstreiten. Warst du wirklich mit Prinz Harry aus?«

»Nein. Wir waren nur Freunde.«

»Was ist mit Justin Timberlake? Oh – und mit dem Kerl von *Westlife*?«

»Glaubst du alles, was du liest?«

»Wo Feuer ist, ist auch Rauch«, erwidere ich, und sie vergräbt lachend den Kopf in den Händen. »Du kannst dich doch nicht jetzt schon schämen. Wir haben gerade erst begonnen. Sobald wir die Ex-Freunde durchhaben, wenden wir uns deinem Verlobten zu.«

»Was ist mit ihm?«

»Du musst Farbe bekennen.«

»Aber wozu denn?«, fragt sie entsetzt.

»Zu eurem Sexleben – normalerweise spielen wir *Mr. and Mrs.*, aber leider habe ich heute nichts dabei, also werde ich dir Unmengen an Fragen stellen, die du beantworten musst.«

»Dann geht es also darum, mich zu blamieren? Das ist doch unfair. Sollte man die Braut nicht feiern, anstatt sie zu demütigen?« Sie grinst verschlagen. »Und gibt es nicht auch einen Stripper?«

»Normalerweise ja, aber ich weiß nicht, wer so kurzfristig noch zur Verfügung stünde.«

Wir brechen ab und beäugen den Wirt. Er hebt kurz den Blick, wird knallrot und wendet sich eilig ab. Wir kichern unkontrolliert los, und nachdem wir uns die Tränen aus den Augen gewischt haben, löchere ich Cordelia weiter zu ihrem Liebesleben.

Nach dem dritten Glas Wein im Pub und dem Champagner auf der Party bin ich ziemlich beschwipst und bitte den Wirt um zwei Gläser Wasser. Es macht richtig Spaß. Cordelia hat sich endlich geöffnet, und ich wünschte, sie wäre immer so entspannt, witzig, temperamentvoll. Eben eine großartige Gesellschaft. Zum ersten Mal sehe ich die Seite an ihr, von der mir Jonathan, Tom und Beth erzählt haben.

Ich bedanke mich für das Wasser und nehme ein paar große Schlucke. Der Wirt ist ebenfalls aufgetaut, und ich ertappe ihn dabei, wie er leise über einen unserer Scherze lacht.

Cordelia ignoriert das Wasser und holt tief Luft, als wolle sie mir etwas Wichtiges gestehen. »Habe ich dir schon erzählt, wie ich einmal…«

»Moment mal, Cordelia«, unterbreche ich sie lachend und stelle mein Glas ab. »Du hast mir überhaupt nichts über dich erzählt.«

»Jaja.« Sie verdreht die Augen. »Dann erzähle ich dir jetzt, wie ich an der Schule einen Origami-Club gegründet habe.«

»Du hast was?«

»Ich war acht, und Mum hatte mir beigebracht, einen Schwan zu falten. Du weißt schon, wegen des Namens und so. Ich fand es unendlich cool, kaufte mir ein Buch und übte. Irgendwann fragte ich meine Lehrerin, ob ich einen Origami-Club gründen dürfte, und sie war einverstanden. Ich erzählte es herum und plante das erste Treffen an einem Dienstag um die Mittagszeit. Was glaubst du, wie viele Leute kamen?«

»Niemand?«

»Falsch!«, lacht sie. »Eine! Es kam tatsächlich eine Schülerin.«

»Und diese Schülerin warst nicht zufällig du?«

Ihre Augen werden schmal. »Was, wenn es so wäre?«

Ich lache. »Wie lange gab es diesen beliebten Origami-Club?«

»Ein ganzes Semester«, antwortet sie triumphierend. »Ich habe durchgehalten und viele Kunstwerke erschaffen. Papierschwäne. Hasen, Tauben, Dinosaurier. Ich habe auch ein Abzeichen bekommen.«

»Du hast ein *Abzeichen* für die Gründung eines Clubs bekommen, der niemanden interessierte?«

»Ich habe ein Abzeichen bekommen, weil ich eine exzellente Vorsitzende war«, protestiert sie. »Leider konnte der Club sich nie zu seiner ganzen Schönheit entfalten.«

»Obwohl es durchaus möglich gewesen wäre.«

Sie nickt ernst.

»Aber es ist cool, dass deine Mum dir Origami beigebracht hat. Ich hätte nicht gedacht, dass Lady Meade so etwas kann.«

»Sie ist künstlerisch sehr begabt. Wir haben oft zusammen gemalt. Vor allem Pferde und Hunde und so, aber sie ist richtig gut. Wir saßen immer bei uns auf der kleinen Terrasse, und sie hat zwei Leinwände aufgestellt, eine für sich und eine für mich. Wir haben gemalt und uns unterhalten. Ich habe es geliebt.«

Sie bricht ab, greift nach ihrem Wasserglas und nimmt einige Schlucke.

»Mittlerweile geratet ihr oft aneinander, oder?«, frage ich sanft.

»Wie kommst du denn darauf?« Sie lächelt wissend. »Die Hochzeit hat unsere Beziehung noch einmal auf eine zusätzliche Probe gestellt.«

»Das ist normal. Da müssen die meisten Bräute durch.«

»Vielleicht gehört es zum Erwachsenwerden.« Cordelia seufzt schwer. »Wir haben viel gestritten, als ich ein Teenager war. Ich habe sie oft enttäuscht. In letzter Zeit ist es aber eher umgekehrt, und ich muss mich zusammennehmen, um nicht von ihr enttäuscht zu sein.«

»Wie meinst du das?«

»Ich wünschte, sie würde sich nicht so viele Gedanken über unwichtige Dinge machen.« Sie fährt sich mit der Hand durchs Haar. »Über die Society. Ich frage mich, ob es sie eigentlich interessiert, was *ich* mir von der Hochzeit wünsche. Es geht immer nur darum, wie es sein *sollte*. Verstehst du, was ich meine? Ich will, dass sie glücklich ist. Ich weiß, wie viel Arbeit sie hineingesteckt hat, aber ich will nicht, dass es zur Farce verkommt. Ich will nicht, dass es zu dem Spektakel wird, das alle von uns erwarten, weißt du?«

Ich nicke. »Ich verstehe, dass du dir Sorgen machst. Aber falls du einen Beweis dafür brauchst, was deiner Mum wirklich wichtig ist, dann sieh mich an.«

Sie runzelt die Stirn. »Dich?«

»Sie hat *mich* engagiert, Cordelia. Sie wusste, dass du unglaublich wütend auf sie sein würdest und dass du dich nach Kräften dagegen wehren würdest, aber sie hat es trotzdem getan. Sie wollte, dass jemand für dich da ist, und sie hat sich darum gekümmert. Egal, ob du es selbst für nötig gehalten hast oder nicht. Sie wollte nicht, dass du da allein durchmusst.«

Sie starrt mich an und lässt meine Worte auf sich wirken.

»So habe ich das noch nie gesehen«, meint sie schließlich. »Ich dachte, sie hätte es gemacht, weil sie mir die Planung nicht zutraut. Und weil sie sich schämt, dass ich keine Freunde habe, mit denen ich vor den Gästen angeben kann.«

»Ich glaube, die gesellschaftlichen Verpflichtungen interessieren sie weniger, als du denkst. Ich habe sie auf deiner Verlobungsparty unter den Gästen gesehen und im Stall bei ihren Hühnern, und eines kann ich dir sagen: Bei den Hühnern wirkte sie um einiges lebendiger.«

Cordelia lacht auf. »Sie liebt ihre Hühner sehr. Hat sie dir von Lord Pock Pock erzählt?«

»Ich durfte ihn sogar kennenlernen!«

»Er ist ihr Lieblingskind, nicht Tom oder ich. Er ist ihr Ein und Alles.«

»Er ist aber auch *prächtig*!«

Sie schüttelt kichernd den Kopf, rutscht vom Hocker und verkündet, Lust auf eine Zigarette zu haben. Ich warte auf sie und scrolle inzwischen durch meinen Instagram-Account. Als sie zurückkommt, wirkt sie fest entschlossen. Sie setzt sich und lehnt sich näher an mich heran.

»Wegen heute Abend«, beginnt sie. »Wegen dem, was Annabel gesagt hat. Und warum ich ihr Champagner ins Gesicht geschüttet habe.«

Das klingt nach einem ernsten Thema, also lege ich das Handy beiseite. »Du musst nicht darüber reden.«

»Ich will es aber«, erwidert sie langsam. »Ich will es dir erklären. Es ist ermüdend, ständig ein Geheimnis daraus zu machen. Ich weiß, ich hätte ihr den Champagner nicht ins Gesicht schütten sollen. Und ich hatte auch nichts in ihrem Zimmer verloren. Ich habe nicht herumgeschnüffelt, ich schwöre. Die ständigen Fragen zur Hochzeit wurden mir zu viel, und ich brauchte eine Auszeit. Ich kenne Annabels Zimmer noch aus der Zeit, als wir befreundet waren, und bin ohne zu überlegen hineingegangen. Das war natürlich dämlich. Ich werde mich bei ihr entschuldigen müssen, und es gibt nichts Schlimmeres.«

»Ich war dabei, Cordelia. Sie war auch nicht gerade nett.«

Sie nickt dankbar, dann beginnt sie zu erzählen. »Annabel und ich waren die besten Freundinnen. Wir kamen mit elf in dieselbe Klasse und blieben bis zur zehnten zusammen. Wir haben alles zusammen gemacht, einander alles erzählt. Annabel und ich waren unzertrennlich. Ich konnte nicht ohne sie leben. Wir waren wie Schwestern. Hast du auch so eine Freundin?«

»Meine Cousine und ich stehen uns sehr nahe.«

»Dann weißt du, wie das ist. Wir haben oft miteinander gefeiert. Wir standen beide im Scheinwerferlicht und wurden zu denselben Events, Nachtcluberöffnungen, Premieren und Dinnerpartys eingeladen.« Sie wischt ihre glamouröse Vergangenheit mit einer Handbewegung beiseite. »Es machte Spaß. Vor allem nach dem Abschluss. Am Anfang konnte ich nichts mit Drogen anfangen.« Sie sieht mich an, und ihre Augen glänzen. »Ich wusste, meine Eltern bringen mich um, wenn sie so etwas herausfinden würden. Aber Annabel und Georgia und die anderen Mädchen waren gerne in der Szene unterwegs, und irgendwann schloss ich mich Annabel an. Es wurde echt heftig.«

Sie hält inne und nimmt einen Schluck Wasser. Ich schweige und warte, dass sie weiterspricht. Ich habe Angst, wohin die Geschichte führen wird.

»Eines Abends war ich mit Annabel unterwegs, und ich erwischte zu viel.«

Ich blinzle die Tränen zurück. Ich hatte es bereits geahnt, aber es war schwer, es von ihr zu hören. »Schrecklich.«

»Das ist lange her und war ganz allein meine Schuld. Ich kam ins Krankenhaus und wäre beinahe gestorben.« Sie knabbert an ihrem Daumennagel. »Meine armen Eltern. Und Tom. Ich werde mir nie verzeihen, was sie in dieser Nacht meinetwegen durchmachen mussten.«

Ich schlucke den Kloß in meinem Hals hinunter und würde gerne die Hand ausstrecken, sie tröstend auf ihre legen. Doch sie lässt die Hände in den Schoß sinken, wo sie sie ineinander verschränkt, als wüsste sie, was ich vorhabe.

»Als ich wieder zu mir kam, waren sie da. Aber sonst kam niemand. Keiner meiner Freunde besuchte mich im Krankenhaus. Nicht einmal Annabel.« Sie runzelt nachdenklich die Stirn, als hätte sie immer noch Schwierigkeiten, es zu verstehen, obwohl es Jahre her ist. »Sie schämte sich und ließ mich fallen. Einfach so.«

»Aber warum?«

»Ich war plötzlich eine Ausgestoßene«, erklärt Cordelia. »Annabel wollte nicht mehr in meiner Nähe gesehen werden.

Die Gerüchteküche brodelte. Die Presse hat nur deshalb nie davon Wind bekommen, weil Mum und Dad bei Annabels Eltern waren und sie angefleht haben, niemandem davon zu erzählen. Sie waren wie eine zweite Familie für mich und wollten mir nur Gutes. Zumindest wussten wir, dass Annabel es nicht der Presse stecken würde. Ihr Dad hätte sie umgebracht.« Sie lächelt traurig. »Das war immerhin etwas.«

»Und Annabel und du?«

»Unsere Freundschaft war vorbei. Ich wollte mit ihr reden und habe verzweifelt versucht, unsere Beziehung zu retten.« Sie hält kurz inne. »Offenbar hat ihr damaliger Freund an jenem Abend versucht, bei mir zu landen. Ich hätte ihr so etwas niemals angetan, aber er erzählte was anderes. Angeblich gerieten Annabel und ich deshalb in Streit, aber ich kann mich nicht daran erinnern.«

»Und sie hat ihm geglaubt?«

»Ja. Ein paar Monate später trennten sie sich, weil er sie mit einer anderen Freundin betrogen hat. Aber da spielte es schon keine Rolle mehr, dass er in der Sache mit mir gelogen hatte. Annabel hasste mich. Und ich fühlte mich von ihr verraten.«

»Ich verstehe nicht, warum deine Freunde nicht für dich da waren. Das ist doch herzlos.«

»Weil sie keine *Freunde* waren. Sie mochten meinen Titel und meine Bekanntheit, nicht mich. Es war eine einzige Lüge.« Sie greift nach ihrem Wasser und stürzt es hinunter. »Damals beschloss ich, dass Freunde reine Zeitverschwendung sind. Ich konnte mich nur auf meine Familie und auf mich selbst verlassen. Ich habe mich aus der Öffentlichkeit zurückgezogen und mich auf die wirklich wichtigen Dinge konzentriert. Ich habe alle fortgeschoben. Ich dachte, wenn mich alle hassen, muss ich niemanden mögen.« Sie lächelt in sich hinein. »Jahre später, als ich dachte, ich wäre auch für mich allein glücklich, tauchte Jonathan auf. Ich habe versucht, mich nicht in ihn zu verlieben, aber ich konnte nicht anders. Ich hatte keine andere Wahl.«

»Er ist verrückt nach dir.«

»Keine Ahnung, warum. Vielleicht findet er meine seltsamen Kommentare witzig.«

»Er hat einen tollen Sinn für Humor.«

»Also, das war's. Das war die ganze Geschichte.« Sie dreht gedankenverloren ihren Bierdeckel im Kreis. »Die Wahrheit ist, dass Annabel mir das Herz gebrochen hat. Es hat genauso wehgetan, als wären wir ein Paar gewesen.«

»Kein Wunder, dass du sie nicht auf deiner Hochzeit haben willst. Ich würde ihr am liebsten auch einen Drink ins Gesicht schütten.«

Cordelia lacht. »Ich werde sicher noch dafür büßen. Jetzt habe ich die Stimmung vermiest. So traurige Geschichten haben auf einem Junggesellinnenabschied sicher nichts verloren.«

»Ich bin froh, dass du es mir erzählt hast.«

»Ich weiß, das ist nicht nötig, aber ich sage es trotzdem: Du erzählst doch niemandem davon, oder? Nicht einmal Jonathan weiß Bescheid. Ich muss es ihm irgendwann sagen, aber der richtige Zeitpunkt war noch nicht da. Ich schäme mich so dafür.«

»Ich habe ja eine Geheimhaltungsvereinbarung unterzeichnet.« Ich grinse. »Und du musst dich nicht schämen. Ich bin einfach froh, dass es dir wieder gut geht. Du solltest stolz darauf sein, dass du es überwunden hast. Dein Geheimnis ist bei mir sicher. Ich verspreche, ich werde niemandem etwas sagen.«

Sie hält den kleinen Finger in die Höhe, und ich hake meinen lachend bei ihrem ein.

»Großes Ehrenwort.«

Kapitel 28

Jetzt verstehe ich es. Ich verstehe, warum Cordelia so schwierig ist und warum sie mich immer wieder abgewiesen hat. Ich sehe die verworrene und verdorbene Beziehung zwischen Annabel und ihr in ihrer Gesamtheit.

Nachdem Cordelia mir ihre Geschichte erzählt hatte, redeten wir noch ein wenig, und dann wurde es Zeit, nach Hause zu fahren und für ihr Verhalten geradezustehen. Sie dankte mir für den witzigen Abend, und als Joe kam, um sie abzuholen, umarmte sie mich zum Abschied.

Sie hat mich *umarmt*.

Es war echt schräg. Sie umarmt offenbar selten jemanden, und ich wollte keine Grenze überschreiten und sie wie eine alte Freundin an mich drücken, also lachten wir nervös, klopften uns eilig auf den Rücken und fuhren wieder auseinander.

Auf dem Nachhauseweg war ich vollkommen durcheinander von den durchlebten Gefühlen und dem billigen Rotwein. Cordelia hatte mir von einem äußerst schmerzhaften Teil ihres Lebens erzählt, über den nicht einmal ihr Verlobter Bescheid wusste. Ich fühlte mich ihr nun in hohem Maße verpflichtet – und das zusätzlich zu der Verpflichtung, die ich schon als ihre Brautjungfer verspürte. Sie hatte sich mir endlich anvertraut.

Ich machte mich bettfertig und kochte noch eine Tasse Pfefferminztee, während ich über den Abend nachdachte. Hoffentlich hatte sie sich nicht verpflichtet gefühlt, mir die Geschichte zu erzählen, nachdem ich Annabels Kommentar auf der Treppe gehört und auch den Rest des Dramas mitbekommen hatte. Andererseits war Cordelia niemand, der sich irgendjemandem gegenüber zu etwas verpflichtet fühlte.

Vermutlich war es eine Erleichterung für sie, jemandem davon zu erzählen, den sie noch nicht so lange kannte. Sie hatte dieses traurige Geheimnis jahrelang mit sich herumgeschleppt, hatte all ihre Freunde verloren und war nicht fähig gewesen, neue Freundschaften zu schließen, weil sie Angst davor hatte, was die Leute über sie denken würden, wenn sie von ihrer Vergangenheit erfuhren – oder schlimmer noch: Was passieren würde, wenn sie es der Presse steckten. Sie war wohl davon ausgegangen, dass alle so reagieren würden wie Annabel und sich entsetzt von ihr abwandten.

Ich hasste Annabel mittlerweile genauso sehr wie Graham Slater.

Ich legte mich mit meinem Pfefferminztee ins Bett und fragte mich, wie Cordelia vor dem Vorfall gewesen war. Das Bild einer fröhlichen, sorglosen, verwöhnten und starrköpfigen jungen Frau tauchte auf. So hatte Beth sie kennengelernt. Als junge Frau, die für bunte Blumensträuße schwärmte und im nächsten Moment Eimer durch den Laden schleuderte, weil jemand ihre Freundin beleidigt hatte. Doch wegen eines einzigen dummen Fehlers war alles anders geworden – und die Freunde, die sie früher verteidigt hatte, ließen sie einfach fallen.

Als ich schließlich das Licht ausmachte und mich in mein Bett kuschelte, beschloss ich, Lady Cordelia Swann zu verzeihen, was sie mir angetan hatte, und schwor, ihr die Art Freundin zu sein, nach der sie sich sehnte. Auch wenn unsere Freundschaft ein Ablaufdatum hatte.

Hallo, ich hoffe, du bist gut nach Hause gekommen. Danke für den Abend, es war ein großartiger Junggesellinnenabschied. Und danke fürs Zuhören. Das bedeutet mir viel.

»O mein Gott, sieh dich bloß mal an!«, meint Cara am nächsten Tag, nachdem ich ihr eine etwas abgeänderte Version der Geschichte erzählt habe. »Du bist mehr als zufrieden mit dir selbst. Sieht aus, als wäre es ein unglaubliches erstes Freundinnen-Date gewesen.«

»Gibt es so etwas überhaupt? Ein Freundinnen-Date?«, frage ich und fasse die Haare zu einem losen Knoten zusammen.

»In unserem Alter wäre es vielleicht nicht schlecht.« Cara zuckt mit den Schultern. »Man sieht, ob es klick macht und ob es sinnvoll ist, weiter in die Freundschaft zu investieren. Wir sind an den Wochenenden ständig auf Hochzeiten oder Babypartys, da bleibt kaum Zeit für neue Freunde. Die Leute müssen es schon wert sein.«

»Jedenfalls glaube ich, dass es ab jetzt um einiges runder laufen wird.« Ich bin mit den Haaren fertig und stemme mir die Hände in die Hüften, bevor ich mich in dem Raum voller Frauen umsehe, die gerade ihre Yogamatten auslegen. »Und jetzt erzähl mir von dem Kurs. Die anderen hier sehen total sportlich aus und scheinen zu wissen, was sie tun.«

»Es ist eine Yoga- und Meditationseinheit für Anfängerinnen. Du willst doch etwas Neues ausprobieren. Zwei Stunden Ruhe und Frieden, in denen du dich nur auf dich konzentrierst.«

»Zwei Stunden. Ist das nicht zu lange für einen Anfängerkurs?«

»Nicht, wenn es in einem Teil auch um Meditation geht.« Cara atmet ein und geräuschvoll wieder aus. »Ich bin mehr als bereit, meine innere Ruhe zu finden. Ich wollte Yoga schon immer ausprobieren.«

»Bist du sicher, dass hier nur Anfängerinnen sind?«, frage ich und sehe zu, wie die Frau vor mir sich nach oben streckt und anschließend nach unten beugt, um mühelos ihre Zehen zu berühren. »Wir sind die Einzigen in T-Shirts und Leggins. Alle anderen tragen trendige Sport-BHs.«

»Sophie, du bist so oberflächlich!« Sie schüttelt missbilligend den Kopf. »Du musst darüber hinwegsehen, was die Leute anhaben.«

»Aber sie reden auch so vertraut miteinander«, gebe ich zu bedenken, als sich zwei Frauen freundschaftlich begrüßen. »So, als würden sie oft hierherkommen.«

»Vielleicht sind sie einfach nur befreundet? Hör auf, dir Sorgen zu machen«, sagt sie, wirkt aber auch ein wenig unsicher. »Vertraust du mir nicht? Das ist ein Anfängerinnenkurs. Ich habe nachgesehen. Verlass dich auf mich.«

Die Kursleiterin betritt den Raum, und alle setzen sich mit überkreuzten Beinen auf die Matten.

»Willkommen zu unserem Yoga- und Meditationskurs für Fortgeschrittene«, begrüßt uns die Kursleiterin mit beruhigender Stimme. »Fangen wir am besten gleich an.«

»Oh«, haucht Cara. »Verdammt.«

»Bist du bald fertig?«, ruft mir Carolyn aus dem Wohnzimmer zu. »Ich will dich nicht stressen, aber ich bin so gespannt!«

»Nur noch eine Minute.« Ich ziehe mir die Maske mit den langen Haaren über den Kopf, trete vor den Spiegel und betrachte mich lachend von allen Seiten. Es ist genial.

»Ich komme!«, rufe ich und stolziere ins Wohnzimmer.

Carolyn kreischt auf und klatscht begeistert in die Hände.

»Du siehst unglaublich aus!«, ruft sie, und Tränen steigen in ihre Augen. »Der beste Chewbacca *aller Zeiten*!«

»Meinst du?«, frage ich mit durch die Maske gedämpfter Stimme und drehe mich einmal im Kreis. »Es ist sehr realistisch.«

»Ich kann dir gar nicht sagen, wie begeistert ich bin.« Sie fächelt sich mit den Händen Luft zu. »Du siehst perfekt aus. Absolut perfekt. Wie fühlt es sich an? Zu warm?«

»Es ist überraschend bequem.« Ich schwinge die Hüften, damit sie sieht, wie gut ich mich in dem Kostüm bewegen kann.

Carolyn kichert schrill, und da wird mir klar, wie seltsam ich aussehen muss. Chewbacca, der in ihrem Wohnzimmer mit dem Hintern wackelt.

»Soll ich versuchen, den Brautstrauß zu halten?«, frage ich und hebe meine behandschuhten Hände. »Die Finger sind etwas zu lang, das macht es vielleicht knifflig. Aber das kann ich vor dem großen Tag ja noch ändern.«

»Gute Idee!« Sie eilt durchs Zimmer und verschwindet aus meinem Sichtfeld. Die Gucklöcher sind ziemlich klein, vor allem, weil sie von Haarbüscheln umrahmt werden.

»Bitte sehr!« Carolyn taucht so unerwartet vor mir auf, dass ich zusammenzucke. Sie hat ein paar Stifte mit einem Haarband zusammengebunden. »Ich habe leider keine Blumen, aber die Stifte sind wie Stängel.«

Sie drückt sie in meine riesigen Hände. Ich umklammere sie und bewege mich langsam durchs Zimmer, als würde ich den Mittelgang zum Altar durchschreiten.

»Wie fühlt es sich an?«, fragt sie.

»Super«, schwärme ich und gebe ihr die Stifte zurück. »Die Blumen sollten kein Problem sein.«

»Ich will dich nicht stressen«, meint sie zögernd, »aber wie kommst du mit dem Chewbacca-Brüllen voran? Es wäre toll, wenn du brüllst, nachdem wir zu Mann und Frau erklärt wurden.«

»Das klingt super! Dann sehe ich zu, dass es perfekt wird!«

»Du machst das sicher toll!«

»Ich habe schon geübt. Es gibt sogar Chewbacca-Tutorials auf YouTube. Aber ich muss noch daran feilen.«

Sie sieht mich erwartungsvoll an. »Meinst du, ich könnte vielleicht mal eine Hörprobe bekommen?«

»Ach, ich weiß nicht.« Ich trete von einem haarigen Fuß auf den anderen. »Ich bin vermutlich noch echt mies.«

»Du machst das!«, muntert sie mich auf.

»Okay. Der erste Schritt ist das Einrollen der Zunge«, erkläre ich und freue mich, dass ich ihr beweisen kann, wie gut ich vorbereitet bin. »Denn legt man die Zunge hinten an den Gaumen, entspannt den Kiefer und versucht, den richtigen Ton zu treffen. Der Trick ist, dass er zuerst rein und klar klingt und man am Ende die Zunge entrollt, sodass der Ton mit einem Trällern endet.«

»Wow!« Sie sieht mich mit großen Augen an. »Du hast deine Hausaufgaben gemacht.«

»Bist du bereit?« Ich räuspere mich und bin seltsam nervös. Immerhin ist sie ein gigantischer *Star Wars*-Fan. Ich lege den Kopf in den Nacken und gebe mein Bestes. »RWWWAAAGGGHHH!«

Carolyn schnappt nach Luft und schreit auf, aber Gott sei Dank ist es ein Glücksschrei und kein Du-ruinierst-mir-meine-Traumhochzeit-Schrei.

»*Das war unglaublich!*«, ruft sie und klatscht mit mir ab. »Wie kann ich dir jemals dafür danken? Ich fange gleich an zu heulen. Du hast den Spirit von Chewie genau getroffen!«

Ich rücke die Maske gerade. »Wirklich?«

»Ja! Und weißt du, was?«

»Was?«

Sie nimmt meine behaarte Hand in ihre Hände. »Du vereinst Chewbaccas gute Eigenschaften in dir, Sophie.«

»Cool. Danke!«

Mein Handy auf Carolyns Couchtisch vibriert. Ich habe eine Nachricht bekommen. Und noch eine. Und noch eine. Es gleicht einem Hagelschauer.

»Entschuldige bitte.« Ich schlurfe zum Tisch. »Ich muss nur mal nachsehen, wer hier schreibt.«

Ich versuche, das Handy hochzuheben, doch es gelingt mir

nicht. Carolyn springt ein, ich verrate ihr das Sperrmuster, und sie öffnet die Nachrichten und legt mir das Handy in die haarige Tatze.

»Ich rufe inzwischen Darren an«, meint sie aufgeregt. »Er *stirbt*, wenn ich ihm sage, wie unglaublich du bist.«

Ich höre kaum noch hin, denn ich lese gerade Cordelias letzte Nachrichtensalve.

DAS IST EIN NOTFALL!!

Wo bist du?

Kannst du kommen?

[Google Standort wurde eingefügt]

Hallo?

Hallo, Sophie!

Sophie, kannst du kommen?!

SOFORT, SOPHIE!!!

Es ist wichtig!

Ich brauche dich!!

ES IST EIN NOTFALL!!!!!!

Bitte komm!!!

»Carolyn, ich muss gehen«, rufe ich atemlos. Gott sei Dank bin ich in Westlondon und Cordelia in Notting Hill, das ist nicht allzu weit. »Es gibt einen Notfall!«

Carolyn unterbricht ihr Gespräch mit Darren und sieht mich erstaunt an. »Ist alles okay?«

»Es tut mir leid, ich muss schnell weg!«

Ich stürze ins Schlafzimmer, stopfe meine Klamotten in meine Tasche und schwinge sie mir über die Schulter.

»Ich hoffe, es ist nichts passiert!«, meint Carolyn besorgt, als ich zur Wohnungstür eile. »Pass auf das Kostüm auf!«

Ich ignoriere die seltsamen Blicke, die ausgestreckten Zeigefinger, das Lachen und die Zurufe »Lauf, Chewie, lauf!« und sprinte die Holland Park Avenue hinunter in Richtung Notting Hill.

Ich halte kurz an, um nach Luft zu schnappen und die Maske abzunehmen, dann folge ich weiter der Karte auf dem Handy. Kurz darauf stehe ich keuchend und schnaufend vor der Adresse und verspüre einen neu erwachten Respekt vor den Irren, die in voller Kostümierung einen Marathon laufen. Ich halte mich nicht damit auf nachzusehen, um welches Geschäft es sich handelt, sondern drücke die Tür auf und trete ein.

Es ist eine Luxusboutique. Cordelia sitzt in einem opulenten Samtstuhl und hält eine hübsche Teetasse mit Untersetzer in der Hand, während die Verkäuferin ein Brautjungfernkleid in sanftem Rosa in die Höhe hält.

Sie fahren zu mir herum, als ich mit Chewies Kopf unter dem Arm in den Laden stürze.

»O mein Gott!« Cordelias Mund klappt auf.

Die Verkäuferin verzieht entsetzt das Gesicht und entschuldigt sich hektisch. »Es tut mir so leid, Lady Cordelia, wie peinlich.« Sie will mich nach draußen schieben.

»Moment!«, ruft Cordelia, bevor ich mit dem Hintern auf der Straße lande. »Das ist meine Brautjungfer!«

Die Verkäuferin bleibt wie angewurzelt stehen und starrt mich an. Sie hat gerade Cordelias Freundin brüskiert, aber sie bringt es über sich, Chewbacca in ihrem Laden willkommen zu heißen.

Cordelia lacht mittlerweile lauthals. Sie steht auf und deutet auf mein Kostüm. »Was soll das denn?«, presst sie zwischen Lachanfällen hervor. »Du siehst aus wie Big Foot!«

»Du hast gesagt, es ist ein Notfall!«, rufe ich entrüstet. Schweißnasse Strähnen kleben in meinem Gesicht.

Cordelia schnappt nach Luft. »Warum bist du als Yeti verkleidet?«

»Ich bin kein Yeti, sondern Chewbacca«, erkläre ich und halte den Kopf in die Höhe, damit sie ihn sich ansehen kann.

»Was ist ein Chew-Barka?«, fragt sie glucksend.

»Nicht *Chewbarka*«, korrigiere ich genervt und äffe ihre versnobte Aussprache nach. »Chewbacca!«

»Aus *Star Wars*«, kommt mir die Verkäuferin zu Hilfe.

»Ganz genau. Vielen Dank«, sage ich höflich und fahre dann aufgebracht zu Cordelia herum. »Du hast mir tausend Nachrichten geschickt und von einem Notfall gesprochen! Du hast geschrieben, dass ich sofort kommen soll! Ich war gerade in Holland Park bei der Anprobe meines Brautjungfernkostüms für eine *Star Wars*-Hochzeit. Deshalb der Aufzug.«

»Bist du hierhergerannt? In dem Ding?« Cordelia wischt sich die Tränen von den Wangen. »Es müssen dich Unmengen an Leuten gesehen haben! Das ist ja zum Schreien!«

»Cordelia!« Ich brülle beinahe. »Du hast gesagt, es wäre ein *Notfall*! Ich dachte, es wäre etwas passiert!«

»Es ist auch etwas passiert«, gibt sie zurück, und die Verkäuferin nickt zustimmend. »Zeigen Sie es ihr, Beryl.«

Beryl stöckelt davon und nimmt zwei Kleider von der Stange. Eines in Marineblau, das andere in dem sanften Rosa von vorhin. Sie hält sie beide hoch.

»Der Schnitt ist wundervoll«, erklärt Cordelia und streicht über den seidigen Stoff. »Der würde dir super stehen. Aber es gibt das Kleid nur noch in diesen beiden Farben, und die passen nicht zum Hochzeitsthema. Das Blau ist nicht stimmig, und du weißt ja, dass mir Rosa nicht gefällt. Ich dachte an ein tiefes Rot, das zu den Blumen und zur Jahreszeit passt. Was meinst du?«

Ich starre sie an. »*Das* ist der Notfall?«

»Ich dachte ja nicht, dass du gleich als Big Foot einen Langstreckenlauf hinlegst. Obwohl mich deine Hingabe als Brautjungfer begeistert.«

»Ja«, meint auch Beryl nickend. »Das ist süß. Möchten Sie vielleicht ein Glas Wasser?«

»Danke, Beryl«, keuche ich und presse mir die Hände in die Seite. »Das wäre nett.«

Sie hängt die Kleider zurück und verschwindet durch eine Tür.

Cordelia beginnt erneut zu kichern.

»Das ist nicht witzig«, zische ich. »Ich habe mir Sorgen gemacht! Ich dachte, etwas Schlimmes wäre passiert!«

»Warum hast du nicht angerufen?«

»Dafür blieb keine Zeit! Ich war damit beschäftigt, hierher zu sprinten. Weil du geschrieben hast, dass es ein Notfall ist!«

»Zugegeben, meine Nachrichten waren etwas übertrieben, aber ich hatte echt Panik«, erklärt sie. »Bis zur Hochzeit sind es nicht einmal mehr zwei Wochen, und mir ist gerade erst eingefallen, dass ich kein Kleid für dich habe.«

»Bitte sehr.« Beryl reicht mir ein Glas Wasser. »Wollen Sie sich setzen und ein wenig abkühlen?«

»Könnte ich mich vielleicht umziehen, Beryl?«, frage ich und deute mit dem Kopf auf die Umkleidekabine. »Das Fell ist doch etwas warm.«

»Selbstverständlich«, erwidert sie fröhlich. »Und ich habe gute Nachrichten! Ich habe gerade eine E-Mail von einer Kundin bekommen, die ihre Reservierung für dieses Kleid stornieren möchte.« Sie eilt in ihr Büro und kommt kurz darauf mit einem ähnlich geschnittenen Satinkleid in Dunkelrot zurück.

»Damit wäre der Notfall vorüber«, meint Beryl.

Ich werfe Cordelia einen zornerfüllten Blick zu.

Hast du heute Zeit, um mit uns zu Abend zu essen? Es ist ein Notfall! War nur ein WITZ! Zu früh?

Sehr witzig.

Es WAR witzig. Die anderen sind enttäuscht, dass ich keinen Film oder zumindest ein Foto habe.

Welche anderen?
Wem hast du davon erzählt???

Nur Jonathan! Und meiner Mum.
Und Dad, Tom, meiner Yogalehrerin und meiner Masseurin. Aber das war's. Nein, Moment. Meine Friseurin weiß es auch.
Sie fanden es witzig! Dad hat laut gelacht.

Er meinte, du erinnerst ihn eher an R2-D2. Wer auch immer das ist. Also, hast du Zeit?

Nein

Tom kocht. Er ist ein SCHRECKLICHER Koch. Der schlimmste. Normalerweise ist es ungenießbar. Aber amüsant.

Ich habe schon eine Verabredung.

Mit den anderen Yetis?

WOOKIES. Chewbacca ist ein Wookie.

Dann lade die Wookies auch ein. Es wird eine super Party. Okay, na gut, ich bitte dich, als Brautjungfer zum Abendessen zu erscheinen. In meiner Funktion als Braut. Es ist ein Vorhochzeitsessen, bevor wir nach Dashwell aufbrechen. Dort wird es sicher hektisch. Also planen wir ein nettes, entspanntes Familientreffen. Dazu kannst du doch nicht Nein sagen, oder? Sagst du nicht immer, dass die Braut an erster Stelle steht? Ist es nicht dein Job, zu Vorhochzeitsessen zu gehen, wenn die Braut dich bittet?

Das war jetzt ziemlich schlau.

Ich weiß. Ich bin ein manipulatives Miststück. Dachte, das wüsstest du bereits. Alsooooo, heißt das ja?

Von mir aus. Aber keine Wookie-Scherze.

Versprochen.
Wann und wo treffen wir uns?

Um 19 Uhr bei Mum und Dad. Und komm nicht mit leerem Magen.

Kapitel 29

»Ich möchte einen Toast ausbringen«, erklärt Lord Meade, steht auf und hebt sein Glas.

Cordelia und Tom stöhnen, während Lady Meade nachsichtig lächelt. Jonathan stößt ein enthusiastisches »Hört, hört« aus, obwohl Lord Meade noch kein Wort gesagt hat.

»Trinken wir zuerst auf unseren Koch Thomas«, beginnt er, und leises Lachen erklingt. »Was für ein Erfolg! Wir hatten unsere Bedenken, aber die Vorspeise aus Mozzarella und Tomaten war hübsch angerichtet, das Pilzrisotto war genießbar, und die gekaufte Zitronentorte als Nachtisch hat alles übertroffen. Es war ein schöner Abend, danke, Tom.«

Alle jubeln, und Tom verbeugt sich. Er fängt meinen Blick von der anderen Seite des Tisches auf und grinst verlegen. Zumindest glaube ich, dass es verlegen ist. Es wirkt verlegen.

Wie auch immer. Er ist bezaubernd.

»Dann auf meine wunderschöne Frau, die Großes für die Hochzeit und für ein schönes Weihnachtsfest auf Dashwell Hall geleistet hat. Ich hatte noch nie so viel Angst vor ihr wie in den letzten Wochen. Sie ist wie ein Bulldozer durch die Aufgabenliste gepflügt, und es gab keine Kompromisse. Gut gemacht, Liebling. Und dann natürlich auf Jonathan und Cordelia. Der große Tag rückt näher. Nur keine Panik! Ich arbeite mit Hochdruck an meiner Rede, und ich verspreche, euch nicht in Verlegenheit zu bringen. Zumindest nicht mehr als nötig. Aber im

Ernst: Jonathan, du bist bereits Teil unserer Familie, und nun freue ich mich darauf, es offiziell zu machen.«

»Jetzt kannst du es dir noch anders überlegen«, murmelt Tom, was ihm einen bösen Blick von Cordelia einbringt.

»Und zuletzt auf Emily«, meint Lord Meade. Alle Augen richten sich auf mich.

Ich werde rot. Die geballte Aufmerksamkeit behagt mir nicht. Normalerweise sitze ich aufrecht und lächle, wenn die Eltern der Braut der Frau danken, in deren Rolle ich für die Hochzeit geschlüpft bin. Ich nehme den Dank huldvoll und ohne schlechtes Gewissen entgegen. Es ist Teil des Jobs.

Aber bei dieser verrückten, vielschichtigen, dramatischen, albernen und wundervollen Familie ist es anders.

»Emily, ich weiß nicht, wo Cordelia Sie bis jetzt versteckt hat, aber ich bin froh, dass die Hochzeit sie gezwungen hat, Sie mit uns zu teilen.«

Jonathan unterbricht ihn mit einem weiteren herzhaften »Hört, hört!«.

»Es war eine stressige Zeit, und all der Hochzeitsunsinn ...«

»Danke, Dad!«

»Tut mir leid, Cordelia. Es ist kein Unsinn. Aber du weißt, was ich meine. Es war stressig, aber ich weiß, dass Cordelia sich auf Sie verlassen konnte, und das macht eine wahre Freundschaft aus. Kaum jemand würde als Chewbacca verkleidet durch Notting Hill laufen, um rechtzeitig zu einer Kleideranprobe zu kommen.« Er lacht, während ich den Kopf in den Händen vergrabe. »Sie waren gestern Abend nicht hier, Emily, aber vielleicht haben Sie etwas gespürt. Cordelia gestand uns, wie glücklich sie sich schätzt, Sie an ihrer Seite zu haben.«

Ich hebe schockiert den Kopf und kann meine wahren Gefühle nicht mehr verbergen.

»Ich weiß«, lacht Lord Meade. »So nett redet sie normalerweise nicht über jemanden. Nicht einmal über Jonathan.«

»Okay, komm mal zum Ende, Dad«, drängt Cordelia, zeigt auf

ihren Vater und gibt ihrer Mutter mit einer Geste zu verstehen, dass er wohl zu viel getrunken hat.

»Und zum Abschluss trinken wir auf uns alle. Auf diese Familie. Es liegen aufregende Zeiten vor uns. Cheers!«

Die Stühle kratzen über den Boden, als wir uns alle erheben und anstoßen. Nachdem das formelle Abendessen vorüber ist, bittet uns Lord Meade ins Wohnzimmer, und auch wenn ich gerne bleiben würde, habe ich das Gefühl, ich sollte gehen. Während die anderen langsam das Wohnzimmer verlassen, tappe ich in den Flur und greife nach meinem Handy in der Manteltasche, um mir ein Uber zu bestellen.

»Ist alles in Ordnung?«, fragt Cordelia plötzlich hinter mir, und ich zucke erschrocken zusammen.

»Ja, danke. Ich sollte nach Hause fahren. Ich habe viel zu tun. Aber trotzdem danke«, füge ich hinzu, öffne die App und bestelle einen Wagen. »Es war ein schöner Abend.«

»Dad liebt Tischreden.« Sie lehnt sich ans Treppengeländer. »Auch wenn wir nur zu zweit sind, beendet er das Essen gerne mit einem Toast.«

»Das ist süß. Es war wirklich nett, was er gesagt hat – und was du seinen Erzählungen nach gesagt hast.«

»Im Original klang es nicht so herzerweichend.«

»Hast du gerade *herzerweichend* gesagt?«

»Du weißt, was ich meine.«

»Du hast herzerweichend gesagt!«

»Warum ist das so eine große Sache?«

»Weil es dich nervt, wenn ich das Wort magisch verwende. Dabei ist herzerweichend noch schlimmer. Es passt nicht zu dir.«

»Woher willst du das wissen? Vielleicht verwende ich es andauernd.«

»Tust du das?«

»Ist dein Uber bald da?«

Ich werfe grinsend einen Blick aufs Handy. »In ein paar Minuten. Ich sollte mich verabschieden.«

Sie nickt und lässt mich voran ins Wohnzimmer gehen. Es herrscht großes Getöse, weil ich so früh aufbreche, und Jonathan versucht, mich zum Bleiben zu überreden, indem er mir einen Abend voller alberner Gesellschaftsspiele verspricht, während Lord Meade vorschlägt, doch wenigstens noch einen Kaffee zu trinken. Doch ich bleibe hart.

»Wir sehen uns auf Dashwell Hall, Emily«, meint Cordelia grinsend. »Fröhliche Weihnachten.«

»Fröhliche Weihnachten!«

»Ich bringe dich hinaus«, erklärt Tom plötzlich. »Dann musst du nicht allein auf dein Uber warten.«

»Danke.« Meine Hände zittern, als er mir meinen Mantel reicht.

Er schließt die Tür und begleitet mich mit den Händen in den Hosentaschen die Treppe nach unten.

»Du solltest wieder reingehen«, sage ich und schlinge den Mantel enger um mich. »Der Wagen ist gleich um die Ecke, und du hast keine Jacke an. Es ist eiskalt.«

»Ich wollte noch etwas besprechen«, beginnt er und tritt von einem Fuß auf den anderen. »Ich habe mich gefragt, ob du Lust hast, dich einmal auf einen Drink zu treffen. Mit mir, meine ich. Nach Weihnachten. Und nach der Hochzeit. Also im neuen Jahr.«

Ich bin so überrascht, dass mir die Worte fehlen. Ich starre ihn an wie ein Hase das Scheinwerferlicht eines herannahenden Autos.

»Hör mal«, fährt er fort. »Ich habe Mona nur zu der Weihnachtsparty mitgenommen, weil Mum meinte, du würdest kommen, und ich fürchtete, dass George dabei ist. Ich kam mir vor wie ein Idiot, eigentlich wollte ich mit dir zusammen sein.«

»Oh.«

»Es ist okay, wenn du keine Lust auf einen Drink hast. Das verstehe ich. So kurz nach der Sache mit George und allem anderen. Aber ich bin froh, dich kennengelernt zu haben. Ich bin gerne mit dir zusammen. Also dachte ich, ich frage mal.«

Nein. Es tut mir leid, Tom, aber ich kann mich nicht mit dir treffen. Du denkst, ich heiße Emily Taylor und würde Cordelia schon seit ein paar Jahren kennen. Du hast keine Ahnung, wer ich wirklich bin. Und das ist scheiße, weil ich dich mag. Sehr sogar. Aber ich kann mich nicht mit dir treffen, denn das wäre unfair. Und eine Lüge.

Es tut mir leid, Tom, aber ich bin die Freundin deiner Schwester, und die Hochzeit verlangt uns allen viel ab. Das wäre einfach unpassend.

Es tut mir leid, Tom, aber es ist zu kurz nach der Trennung von George. Ich hoffe, wir können trotzdem Freunde bleiben.

Das ist die richtige Antwort! Er hat mir selbst die beste Ausrede geliefert. So mache ich es!

Sag es. Sag Nein.

»Ja, sehr gern. Das wird sicher lustig.«

Sein Gesicht hellt sich auf. »Super!«

Ich werde rot und sehe ihn prüfend an.

Er ist sich erst nicht sicher und zögert einen Moment, bevor er langsam die Hand hebt und mit den Fingern so sanft über meine Wange streicht, dass ich sie kaum spüre. Dennoch durchläuft mich ein Schaudern. Und als sein Blick prüfend über mein Gesicht huscht, hebe ich auffordernd das Kinn und sehe einen Moment hinunter auf seine Lippen, bevor ich ihm erneut in die Augen schaue. Wir küssen uns. Zuerst sanft, dann leidenschaftlicher. Er zieht mich an sich, und seine Hände gleiten über meinen Rücken, bis ich mich behutsam von ihm löse. Ich hole Luft und kann nicht aufhören zu lächeln.

»Ich ... ich muss jetzt gehen«, erkläre ich leise.

»Fröhliche Weihnachten, Emily«, sagt er, und unsere Stirnen berühren sich. Fältchen tanzen um seine Augen, als er grinst.

»Fröhliche Weihnachten.«

Er tritt zurück. Ich wende mich benommen von ihm ab und gehe zu dem Uber, das mit Warnblinker in der Mitte der Fahrbahn steht und dessen Fahrer gerade gähnt. Tom sieht vom Bürgersteig aus zu, wie das Auto sich entfernt, dann steigt er die Treppe hoch und kehrt zurück ins Haus.

Ich lasse mich in den Sitz zurücksinken und schließe die Augen.

Die ganze Geschichte ist gerade um einiges komplizierter geworden.

Das Adrenalin, das nach dem Kuss durch meine Adern schießt, hält mich lange wach. Ich kann nicht aufhören, an Tom zu denken. An seinen Geruch. An seine Augen. An seinen warmen Körper, der sich in der Kälte an mich presste. Ich fühle mich aufgedreht und hibbelig, rolle mich im Bett von einer Seite auf die andere, schüttle das Kissen auf und ziehe die Decke bis zum Kinn hoch, als würde es einen Unterschied machen. Doch dann packt mich die Angst.

Ich höre seine Stimme, als er mich *Emily* nannte. Er klang so liebevoll.

Wie konnte ich es so weit kommen lassen? Ich starre an die Decke und presse den Handrücken gegen die Stirn wie eine verzweifelte Schauspielerin in einem Stück von Shakespeare.

Nach der Hochzeit muss ich ihm die Wahrheit sagen. Ich kann mich nicht als Emily mit ihm treffen. Ich muss ihm alles erklären, ihm erzählen, wer ich wirklich bin, und hoffen, dass er es versteht. Aber das kann ich nur, wenn Cordelia und Lady Meade es erlauben. Sie wollen nicht, dass er es erfährt. Niemand soll davon erfahren. Ich habe eine Geheimhaltungsvereinbarung unterzeichnet, um Himmels willen!

Warum habe ich dem Date bloß zugestimmt? Ich hätte einfach ablehnen sollen.

Ich bin derart aufgewühlt, und mein Herz klopft unerträglich schnell, sodass ich Ewigkeiten brauche, um einzuschlafen, und als am Morgen der Wecker läutet, bin ich wie gerädert. Ich schleppe mich benommen ins Badezimmer und schnaube beim

Anblick meines Spiegelbilds. Meine Augen sind verquollen, die Haare nach der ruhelosen Nacht zerzaust.

Ich dusche, ziehe mich an und versuche, Tom aus meinen Gedanken zu verbannen und mich auf die Arbeit zu konzentrieren. Ich gehe E-Mails durch und überprüfe die Zeitpläne der anderen Hochzeiten. Immer wieder ertappe ich mich dabei, wie ich bei dem Gedanken an den letzten Abend versonnen lächle.

Ich stehe seit etwa fünf Minuten in der Küche und rühre in meinem Kaffee, als mein Handy klingelt. Es ist Lady Meade.

»Guten Morgen, Lady Meade«, begrüße ich sie. »Wie ist die Fahrt nach Dashwell? Ich hoffe, der Verkehr ist nicht zu stark?«

»Wir sind noch in London«, erklärt sie knapp. »Sie müssen vorbeikommen. Es dringend.«

Ihre Stimme klingt seltsam. Scharf und ohne eine Spur Wärme.

»Ist alles in Ordnung?«

»Bitte kommen Sie so schnell wie möglich. Nehmen Sie einen Schal oder eine Sonnenbrille mit. Um Ihr Gesicht zu bedecken.«

Sie legt auf. Kein »Auf Wiedersehen«, kein »Danke«, keine Vertrautheiten. Unnahbar, schneidend, kalt. Das knappe Gespräch und ihr Tonfall verwirren mich. Und warum soll ich mein Gesicht bedecken?

Während ich durch die Wohnung eile und alles zusammenpacke, macht sich Angst in mir breit. Hat jemand herausgefunden, wer ich bin? Vielleicht Annabel, die sich nach der Weihnachtsparty an Cordelia rächen will?

Bittere Galle steigt meine Kehle hoch, und meine Finger zittern, als ich meinen Schlüssel vom Couchtisch nehme, aus der Wohnung eile und die Tür hinter mir verschließe.

Werde ich gleich gefeuert?

Ich wurde noch nie gefeuert. Ich gerate selten in Schwierigkeiten. Ich bin kein Mensch, der Regeln bricht. Ich bin stolz darauf, dass ich meinen Job gut mache. Solche Situationen bin ich nicht gewöhnt.

Ich überlege, ein Uber zu bestellen, doch dann laufe ich lieber zur U-Bahn. Der Verkehr ist stark, da bin ich so schneller. Am Bahnsteig ist viel los, und der Zug ist überfüllt. Ich hasse die Rushhour. Ich werde an den Rucksack des Vordermanns gedrückt und versuche, nicht allzu offensichtlich zusammenzuzucken, als der Atem des Passagiers hinter mir über meinen Nacken streicht.

Ich bin so mit meinen Gedanken beschäftigt und krank vor Sorge, dass ich nicht merke, wie wir an einer stark frequentierten Station halten und sich die Leute aus dem Waggon drängen. Ich stehe im Weg, und eine Frau boxt sich an mir vorbei, schnaubt verächtlich und murmelt etwas von »selbstsüchtigen Idioten«.

»Tut mir leid«, erwidere ich hastig, obwohl ich ihr viel lieber »Lassen Sie mich bloß in Frieden, Lady. Ich werde gleich gefeuert!« hinterherrufen würde.

Ich rede mir ein, dass alles gut werden wird. Es verliert ständig jemand seinen Job, ich bin nicht die Einzige. Wenn die anderen damit zurechtkommen, kann ich es auch. Jeder scheitert irgendwann. Ich habe meine Spuren, so gut es ging, verwischt, und wenn Annabel etwas herausgefunden haben sollte, ist es sicher nicht alleine meine Schuld.

Die Fahrt zum Grosvenor Crescent dauert eine Ewigkeit. Und jetzt verstehe ich auch Lady Meades Rat, mein Gesicht zu bedecken. *Überall* stehen Reporter. Verdammt noch mal. Haben vergangene Nacht ebenfalls Paparazzi vor dem Haus gelauert?

Hat jemand Tom und mich fotografiert?

Mir wird übel. Wie konnte ich so dämlich sein? Wir haben uns auf offener Straße geküsst! Wo jeder uns sehen konnte! Das ist allein meine Schuld. Warum habe ich auf dem Weg hierher nicht die Promi-News gecheckt? Dann wüsste ich wenigstens, wie viel sie wissen. Ich habe mir solche Sorgen gemacht, dass ich gefeuert werden würde, dass ich sogar zu abgelenkt für eine einfache Google-Suche war.

Ich gehe langsam auf die Menge zu, die vor der Eingangstür Aufstellung bezogen hat, und achte darauf, keine Aufmerksamkeit zu erregen. Ich trage eine alte Baseballkappe, die Mum mir als Souvenir aus Wimbledon mitgebracht hat, nachdem sie vor Jahren einmal Karten ergattern konnte, und habe mir einen langen, dicken Schal um Hals und Mund gewickelt. Ich hole meine Sonnenbrille hervor, während ich mich durch die Menge schiebe. Vermutlich ist jeder, der an einem Wintertag Sonnenbrille trägt, sofort verdächtig, deshalb warte ich mit dem Aufsetzen bis zum letzten Augenblick.

Wenn die Lage nicht so ernst wäre, wäre mein Auftritt urkomisch.

Sobald ich auf die Treppe steige, erwachen die Reporter zum Leben. Es gibt ein Blitzlichtgewitter, Mikrofone werden mir ins Gesicht gehalten, und ich werde brüllend gefragt, wer ich bin und was ich hier mache. Ich halte den Schal fest, sodass er nicht verrutschen kann, und als ich die Hand hebe, um zu klopfen, schwingt die Tür auf. Ich eile ins Haus, dabei stolpere ich über die Schwelle. Eine Sekunde später knallt die Tür hinter mir zu. Ich wende mich an Lady Meade, die mit ernstem Gesicht an der Tür steht. Im Gegensatz zu dem Rummel vor dem Haus ist es im Inneren unheimlich still.

»Gehen Sie gleich ins Wohnzimmer«, weist sie mich an. Ich folge ihren klappernden Jimmy Choos über den polierten Holzboden.

Ich trete ins Zimmer und bleibe wie angewurzelt stehen. Wir sind nicht allein. Lord Meade, Cordelia und Tom sind ebenfalls da. Lord Meade lehnt am Kaminsims und massiert sich die Schläfen. Tom steht mit verschränkten Armen am Fenster, den Blick zu Boden gerichtet. Cordelia sitzt auf dem Sofa, hat die Knie hochgezogen und mit den Armen umschlungen.

Ihre Haut ist fleckig, ihre Augen rot und verquollen. Sie sieht klein und verwundbar aus, wie ein Kind.

»Cordelia«, sage ich leise. Ihr Zustand erschreckt mich.

»Ich nehme an, Sie haben die Nachrichten verfolgt?«, meint Lady Meade und wendet sich zu mir um. Lord Meade sieht mich immer noch nicht an.

»Nein«, antworte ich wahrheitsgemäß. »Was ist passiert?«

Sie antwortet nicht, sondern gibt etwas in ihr Handy ein und wartet, dass sich der Bildschirm öffnet. Die anderen schweigen. Mein Blick huscht zu Tom, doch er starrt immer noch zu Boden.

Ich schließe resigniert die Augen. Sicher hat uns ein Reporter gesehen. Irgendwo hat ein Paparazzo gelauert – vielleicht hinter den parkenden Autos auf der gegenüberliegenden Straßenseite – und geduldig gewartet, bis der bekannten Familie ein Fehler passiert und er jede Menge Geld für ein Foto einstreifen kann. Und dann hatte er es geschafft. Er hatte ein Foto der Brautjungfer, die mit dem Bruder der Braut herummacht.

Lady Meade hält mir das Handy entgegen, damit ich die Schlagzeilen lesen kann.

DER SWANN-SKANDAL!
Wie die ganze Familie das Fehlverhalten der drogensüchtigen Tochter Lady Cordelia vertuschte.

ADEL IST (K)EINE TUGEND
Neusten Berichten zufolge gerieten die ehemals besten Freundinnen Lady Cordelia und Lady Annabel kürzlich erneut in Streit über Lady Cordelias angebliche Drogensucht und die Nacht, in der sie es zu weit trieb.

DROGEN-DRAMA UM LADY CORDELIA
Das steckte wirklich hinter ihrem Abschied vom roten Teppich.

Mein Magen zieht sich zusammen. Ich bin so entsetzt, dass mir die Worte fehlen. Ich lese die Schlagzeilen immer und immer wieder. Mir wird klar, warum ich kommen musste. Und warum sie mir nicht in die Augen sehen. Ich weiß, was sie denken, noch bevor Lady Meade das Wort ergreift.

»Sagen Sie uns, wem Sie davon erzählt haben«, erklärt sie ruhig.

»Ich habe niemandem davon erzählt«, erwidere ich zuerst leise, doch dann erhebe ich meine Stimme vor Wut und Enttäuschung darüber, dass sie so etwas über mich denken. »Ich habe *niemandem* davon erzählt.«

»Aber es muss von dir kommen«, murmelt Cordelia.

»Cordelia, ich habe keiner Menschenseele davon erzählt! Das würde ich dir niemals antun! Ich weiß nicht, wie sie es herausgefunden haben, aber ich schwöre dir, nicht durch mich. Es muss doch erwähnt werden, woher sie die Information haben«, wende ich ein, und meine Stimme zittert, so ungerecht ist das alles. »Es muss irgendwo stehen, wer ...«

»Es ist von einer Quelle aus Lady Cordelias Umfeld die Rede«, erklärt Lady Meade.

»Aber ich war es nicht!«

»Wer soll es denn sonst gewesen sein!«, ruft Cordelia und steht auf, um mich anzusehen. Ihre Augen sind blutunterlaufen, und eine Träne rollt über ihre Wange. Der Schmerz des Verrats trübt ihren Verstand. »Niemand sonst weiß Bescheid!«

»Annabel weiß es«, krächze ich und suche verzweifelt nach einer Lösung. »Vielleicht hat jemand aus ihrer Familie ...«

»Warum jetzt? Nachdem sie jahrelang geschwiegen haben?«

»Das würde Ned niemals erlauben«, knurrt Lord Meade kopfschüttelnd. »Sie waren es nicht.«

»Ich habe es niemandem erzählt«, erkläre ich erneut mit fester Stimme und balle die Fäuste. »Cordelia, du kannst doch nicht wirklich glauben, dass ich ...«

»Schon seltsam, dass ich dir davon erzähle, und ein paar Tage später weiß es die ganze Welt.« Sie fährt sich mit der Hand durch die Haare, und ihre Augen wirken irr. »Mein Gott, ich bin so dämlich! Ich bin so dämlich, dass ich dir vertraut habe. Ich wusste, dass so etwas passieren würde. Das tut es doch immer.«

»Cordelia«, flehe ich sie an und mache einen Schritt auf sie zu, woraufhin sie zurückweicht. »Ich schwöre, ich war es nicht! Du musst mir glauben!«

»Warum sollte ich? Warum sollte ich *dir* glauben?«

»Weil du weißt, dass ich so etwas niemals tun würde!«

»Ich dachte, wir wären Freundinnen«, sagt sie leise. Einen Moment lang ist die Wut verschwunden, und da ist nur noch Schmerz.

»Das sind wir. Wir sind Freundinnen.«

Sie schüttelt den Kopf. »Jonathan redet nicht mehr mit mir. Er ist einfach fort, und ich weiß nicht, wo er ist. Er geht nichts ans Handy. Er meinte, er könne mich im Moment nicht einmal ansehen.«

»Bitte...«

»Er fragt sich, wie er mir noch vertrauen soll, wenn ich ein derartiges Geheimnis so ohne Weiteres vor ihm verbergen konnte. Wie kann er annehmen, mich zu kennen, wenn er keine Ahnung davon hatte?« Sie sieht mich an, und ihre Lippe zittert. »Er war so wütend.«

»Er wird es verstehen«, erkläre ich sanft und versuche, sie zu trösten. »Er braucht Zeit, aber er wird es verstehen. Wenn er sich erst beruhigt hat...«

»Das ist alles deine Schuld«, zischt sie hasserfüllt. »Ich habe ihn verloren, und du bist schuld.« Sie mustert mich angewidert. »Und ich hielt dich für ein schüchternes Mauerblümchen, das niemandem etwas Schlechtes will. Aber du hast es faustdick hinter den Ohren!«

»Hör mir doch zu – du musst mir glauben«, flehe ich verzweifelt und wende mich auch an die anderen Familienmitglieder. »Ich würde Cordelia so etwas niemals antun!«

»Ich glaube dir«, sagt Tom und gibt mir endlich neue Hoffnung. Ich bin ihm so dankbar, dass ich ihn am liebsten umarmen würde (obwohl das alles nur noch schlimmer machen würde).

»Ach, Tom!« Cordelia wirft den Kopf in den Nacken. »Du bist total durch den Wind. Liebe macht wirklich blind.«

»Ich weiß, dass du verletzt bist, Cordelia«, erwidert er und wird rot. Er hebt die Hände, als würde er sich der Wahrheit ergeben. »Aber wir kennen Emily doch. Glaubst du wirklich, sie wäre zu so etwas fähig? Sie ist deine Brautjungfer.«

»Sie heißt nicht Emily«, erklärt Cordelia mit eisiger Stimme und sieht mir fest in die Augen. »Sie heißt Sophie.«

Nein. Bitte tu das nicht. Nicht jetzt. Nicht so.

»Cordelia«, hauche ich warnend, aber es ist zu spät.

»Sie ist nicht meine Freundin«, erklärt Cordelia. »Sie ist eine professionelle Brautjungfer. Mum hat sie engagiert, um mir mit der Hochzeit zu helfen. Ihr Name ist nicht Emily Taylor, sondern Sophie Breeze. Sie lebt davon, so zu tun, als wäre sie die beste Freundin der Braut. Alles, was du über sie weißt, ist eine Lüge. Sie ist eine Fantasiegestalt.« Sie wendet sich an Tom und treibt das Messer noch tiefer in seine Brust. »Du kennst sie nicht. Du weißt absolut nichts über sie.«

Überraschtes Schweigen senkt sich über das Zimmer. Tom ist fassungslos und runzelt verwirrt und schockiert die Stirn. Ich bin zu schockiert, um etwas zu sagen.

Lord Meade richtet sich auf. »Wie bitte? Sie sind nicht Emily?«

Seine Frau stößt die Luft aus und lässt sich auf einen Stuhl sinken. So habe ich sie noch nie gesehen. Ich sehe sie Hilfe suchend an, aber sie scheint genauso entsetzt wie ich.

»Na los«, drängt Cordelia bissig. »Erzähl ihnen die Wahrheit. Die Geheimhaltungserklärung ist ohnehin nichtig.«

»Ja, ich heiße nicht Emily«, gestehe ich. »Mein Name ist Sophie.«

»Sie wurden als Brautjungfer *engagiert*?«, fragt Lord Meade bestürzt.

Ich nicke.

»Dann hast du also gelogen«, meint Tom mit leerer Stimme.

»Nein, nicht alles.« Ich weiß nicht, an wen ich mich wenden soll.

Ich will ihm sagen, dass meine Gefühle echt waren. Die wundervollen, mühelosen Gespräche waren echt. Nur mein Name und mein Beruf waren erfunden. Gleichzeitig muss ich allerdings auch Cordelia dazu bringen, mir zu glauben, dass ich niemals ihre Geheimnisse ausplaudern würde. Denn auch unsere Freundschaft war keine Lüge.

»Meinst du nicht, du hättest es mir sagen müssen?«, fragt Lord Meade seine Frau und wirkt eher verwirrt als wütend. »Ich hielt sie für Cordelias Freundin, und jetzt stellt sich heraus, dass ich eine Wildfremde in mein Haus eingeladen habe.«

»Ich dachte, dass Cordelia Unterstützung braucht, Nicholas«, erwidert Lady Meade müde. »Es ist Sophies Beruf, sie hat beste Referenzen. Wir haben einen Hintergrundcheck veranlasst, und sie hat eine Geheimhaltungsvereinbarung unterzeichnet.«

Verdammt noch mal. Von dem Hintergrundcheck wusste ich nichts. Andererseits sollte es mich nicht überraschen. Natürlich muss eine derart prominente Familie jeden überprüfen, der in ihren inneren Kreis eintritt. Trotzdem ärgert es mich. Ich hätte ihnen auch freiwillig alles über mich erzählt. Ich denke, ich bin eine sehr vernünftige und vertrauenswürdige Person. Wobei die derzeitige Situation einen anderen Eindruck vermittelt.

»Ich verstehe, dass das schwer zu begreifen ist«, beginne ich und werfe Tom einen Blick zu, dessen Verwirrung Wut Platz gemacht hat. Er beißt die Zähne aufeinander und starrt derart angestrengt zu Boden, als wollte er ein Loch in die Dielen brennen. »Aber das Wichtigste ist, dass ich die Geschichte nicht an die Öffentlichkeit gebracht habe. Cordelia, ich habe damit nichts zu tun. Ich habe es keiner Menschenseele erzählt. Niemandem. Wer auch immer es war – ich war es nicht.«

Ich sehe ihr tief in die Augen und versuche, sie dazu zu bringen, mir zu glauben. Und ich sehe es. Sie will mir glauben. Ich sehe kurzen Zweifel aufblitzen. Verwirrung, als sie überlegt, wer es sonst gewesen sein könnte. Aber das Timing spricht gegen mich, und ihre Erfahrungen mit falschen Freunden gewinnen die Oberhand.

»Ich will dich nie wieder sehen«, zischt sie schließlich und stürmt an mir vorbei durch die Tür und die Treppe hoch. Kurz darauf knallt ihre Zimmertür hinter ihr zu. Lady Meade seufzt ergeben.

»Ich denke, Sie sollten jetzt gehen, Emily, oder Sophie oder wie auch immer Sie heißen«, meint Lord Meade düster. »Und falls Sie mit der Presse gesprochen haben, sollten Sie es lieber früher als später zugeben.«

»Lord Meade, bitte! Sie glauben doch nicht wirklich, dass ich es war. Wenn Sie mir persönlich schon nicht vertrauen, betrachten Sie es bitte logisch. Was hätte ich denn davon?«

»Geld«, erwidert er. »Es geht immer ums Geld.«

»Das würde ich niemals tun.«

»Wir wissen nicht, was du tun würdest«, meldet sich Tom zu Wort. »Wir kennen dich nicht.«

»Tom ...«

»Sophie, es wird Zeit, dass Sie gehen.« Lady Meade stemmt sich hoch und deutet auf die Tür. »Das kommt jetzt sicher nicht überraschend, aber ich fürchte, wir werden in Zukunft auf Ihre Dienste verzichten. Der Vertrag zwischen uns ist hiermit hinfällig. Die Details können wir ein anderes Mal klären. Wenn Sie möchten, können Sie wieder zur Presse gehen und alles erzählen, auch wenn ich hoffe, dass Sie etwas Mitleid zeigen und sich dagegen entscheiden.«

»Ich würde niemals mit der Presse sprechen, Geheimhaltungserklärung hin oder her«, presse ich hervor. »So etwas würde ich niemandem antun.«

»Sie finden selbst hinaus«, erklärt Lord Meade und setzt dem Gespräch damit ein Ende.

Ich bin zu benommen, um zu widersprechen. Ich kann nichts tun. Ich habe keine Beweise, dass ich es nicht war. Und in ihren Augen bin ich die Einzige, die zu einem solchen Verrat fähig ist. Ich greife mit zitternden Händen nach meinem Mantel, wickle mir den Schal ums Gesicht und setze die Kappe und die Sonnenbrille auf. Als ich die Tür öffne, bricht ein Blitzlichtgewitter über mich herein.

Die Tür knallt hinter mir ins Schloss, und ich bin allein.

Kapitel 30

Ich bahne mir den Weg durch die Reporter, und meine Gedanken rasen, während ich zu begreifen versuche, was gerade passiert ist. Sie glauben, ich hätte die Geschichte an die Presse verkauft. *Ich.* Wie kommen sie auf die Idee, ich wäre derart skrupellos?

Und Toms Gesicht. Er war so enttäuscht, so wütend. Was denkt er jetzt über mich? Ich war eine Idiotin, als ich dachte, das mit uns könnte vielleicht irgendwie klappen.

Ich schaffe es, ein Taxi heranzuwinken und auch die letzten Reporter abzuschütteln, die mir bis ans Ende der Straße gefolgt sind. Ich bitte den Fahrer, mich an der nächsten U-Bahn-Station rauszulassen.

Das ist eine Katastrophe. Und nicht nur für mich. Auch für Cordelia, Jonathan und die ganze Familie. Die Hochzeit wird von Schlagzeilen überschattet sein, die die Wahrheit ans Licht zerren und scheußliche Erinnerungen wachrütteln, als hätten die Beteiligten keine Gefühle. Mir wird übel, wenn ich daran denke, was der Familie in den nächsten Tagen bevorsteht, und ich wünschte, ich könnte etwas daran ändern.

Aber ich kann nichts tun. Ich kann die Reporter nicht davon abhalten, weitere Artikel zu schreiben, und ich habe keine Ahnung, wer die Quelle ist. Denn um ehrlich zu sein, bin ich selbst die wahrscheinlichste Verdächtige. Und ich kann auch nicht die Vergangenheit ungeschehen machen. Ich kann Cordelia nicht vor Dingen schützen, die bereits passiert sind. Ich kann nur als Freundin für sie da sein – aber auch das wird mir verwehrt.

Ich habe mich noch nie so hilflos gefühlt. Mein ganzes Leben dreht sich darum, Lösungen zu finden. Wenn eine Braut und ein Bräutigam Hilfe brauchen, bin ich für sie da. Das ist mein Beruf.

Aber dieses Mal muss ich mich zurückziehen und sie sich selbst überlassen. Denn ihrer Meinung nach bin ich der Ursprung aller Probleme.

Ich bezahle das Taxi und stapfe niedergeschlagen in die U-Bahn-Station. Vor dem Drehkreuz halte ich inne, krame in meiner Tasche nach dem Fahrschein und denke daran, wie Jonathan sich fühlen muss. Verraten, gedemütigt und ratlos, warum Cordelia ihm etwas so Wichtiges vorenthalten hat. Ich wünschte, ich könnte ihn daran erinnern, wie viel er ihr bedeutet. Wenn es Probleme gibt, ist es gut, so etwas von einem Außenstehenden zu hören. Ich hoffe, er kommt aus seinem Versteck und kehrt bald zurück. Es muss schrecklich für ihn sein, ganz allein nach dem Sinn zu suchen – und noch schlimmer für Cordelia, die ihn sicher verzweifelt trösten möchte und nicht weiß, wo er ist.

Moment! Aber *ich* weiß es!

»Entschuldigen Sie!«, meint eine wütende Männerstimme hinter mir, und mir wird klar, dass ich das Drehkreuz blockiere.

»Tut mir leid«, murmle ich, trete beiseite und lasse den Mann vorbei. Der Gedanke, den ich gerade hatte, geht mir nicht mehr aus dem Kopf, und so kümmere ich mich nicht um das genervte Gemurmel der Leute, die hinter mir in der Schlange stehen.

Es ist weit hergeholt. Vielleicht ist er zu einem Freund gefahren oder nach Hause nach Norfolk. Aber vielleicht wollte er auch nur alleine sein und bei einem Pint nachdenken …

Ich laufe los und überlege fieberhaft, wie ich am schnellsten in die Chancery Lane komme. Ich verlasse die U-Bahn-Station auf der anderen Seite und schiebe mich durch Weihnachtseinkäufer und Touristen, bis ich vor dem *Ye Olde Mitre* stehe. Ich drücke atemlos die Tür auf und schnappe nach Luft, als die Eiseskälte von der wohligen Wärme des kleinen Pubs abgelöst wird.

Er sitzt über sein Pint gebeugt an der Bar.

Ich nehme mir einen Moment Zeit, um mich zu sammeln, wische mir den Schweiß von der Stirn und schlüpfe aus meinem Mantel. Er zuckt zusammen, als ich mich neben ihn setze.

»Emily!«, ruft er erstaunt. »Was machst du denn hier?«

»Ich dachte mir, dass du hier bist«, erkläre ich. »Und keine Sorge, ich bin allein. Ich habe niemandem erzählt, wo du bist.«

Er nickt und wartet, während ich dem Barkeeper versichere, dass ich nichts will.

»Wie geht es dir?«, frage ich und sehe zu, wie er an einem Untersetzer herumnestelt.

Er zuckt mit den Schultern. »Es ging mir schon mal besser.«

»Mir auch.«

Er sieht mich an. »Du wusstest es auch nicht?«

»Ich habe erst vor Kurzem davon erfahren. Und es gibt einige Dinge, die ich dir erklären muss, Jonathan. Ich war nicht ehrlich.«

»Da bist du offenbar nicht die Einzige.« Er seufzt.

»Mein Name ist nicht Emily.«

»Wie bitte?«

»Mein Name ist nicht Emily«, wiederhole ich ruhig. »Ich heiße Sophie Breeze. Ich bin eine professionelle Brautjungfer, und Lady Meade hat mich engagiert, um Cordelia zu helfen, besser mit dem Hochzeitsstress klarzukommen. Deshalb hattest du vor der Verlobungsparty noch nie etwas von mir gehört.«

Er blinzelt, sagt aber nichts. Also fahre ich fort: »Mir ist klar, dass das viel auf einmal …«

»Was ist eine professionelle Brautjungfer?«, unterbricht er mich stirnrunzelnd.

»Ich werde von Bräuten, manchmal auch von Brautpaaren

und in diesem Fall von der Brautmutter engagiert, um bei der Planung zu helfen und sicherzustellen, dass sie auch die Zeit vor der Hochzeit genießen können. Meistens arbeite ich undercover und denke mir zusammen mit der Braut eine glaubwürdige Geschichte aus. Ich nehme einen anderen Namen an und spiele eine Freundin oder entfernte Verwandte.«

»Du bist also nicht... Emily?«

»Nein, ich bin Sophie.«

»Eine professionelle Brautjungfer«, murmelt er.

»Genau.«

»Cordelia hat dich engagiert.«

»Nein, ihre Mutter. Cordelia war anfangs dagegen, aber sie freundete sich mit der Vorstellung an. Und mit mir. Wie auch immer, ich erzähle es dir, weil der Rest der Familie mittlerweile Bescheid weiß, und ich dachte, du solltest es auch wissen.«

»Sie wussten nichts davon?«

»Nein, nur Lady Meade und Cordelia. Ihr Vater und Tom nicht.«

»Okay.« Er stößt die Luft aus, stürzt den Rest seines Biers hinunter und bestellt ein neues. »Das sind ja Informationen... Offenbar lerne ich meine Verlobte heute von einer ganz neuen Seite kennen.«

»Die meisten Bräute erzählen ihren zukünftigen Ehemännern und Eltern nichts von mir«, erkläre ich. »Das erleichtert die Abwicklung. Je weniger Leute Bescheid wissen, desto besser kann ich meinen Job machen. Das hat nichts mit mangelndem Vertrauen zu tun.«

Er schnaubt, greift nach seinem vollen Glas und nimmt einen großen Schluck. »Ich bin mir nicht sicher, ob zwischen Cordelia und mir jemals Vertrauen herrschte.«

»Ich werde mich nicht dafür entschuldigen, dass ich dich angelogen habe, Jonathan. Ich habe nur meinen Job gemacht.«

Er zuckt mit den Schultern und starrt in sein Glas. »Okay.«

»Okay.« Ich beuge mich vor, sodass er mich ansehen muss.

»Und jetzt reden wir über Cordelia und dich und darüber, was du in den Nachrichten gehört und gelesen hast.«

»Was gibt es da zu reden? Ich bin der Einzige, der im Dunkeln gelassen wurde. Der Mann, den sie heiraten wird. Der ist ja nicht so wichtig.«

»Du bist der wichtigste Mensch auf der ganzen Welt für sie. Und deshalb hat sie es dir nicht erzählt.«

»Das verstehe ich nicht.« Er schüttelt traurig den Kopf.

»Du kennst sie besser als irgendjemand sonst. Ich kann mir vorstellen, dass du verletzt und wütend bist, dass sie etwas so Wichtiges nicht mit dir geteilt hat. Aber du musst versuchen, dich in ihre Lage zu versetzen. Und dann solltest du dich fragen, warum sie es getan hat.«

Er schweigt.

»Es ist nicht leicht, jemandem, den man liebt, etwas zu gestehen, wofür man sich schämt«, fahre ich leise fort, obwohl er das sicher schon weiß. »Du redest dir ein, du würdest ihn enttäuschen. Und wenn du ohnehin schon das Gefühl hast, nicht gut genug zu sein, ist es noch schwieriger, etwas zuzugeben, das den Zauber brechen könnte. Ich weiß nicht, wie es bei dir ist, aber ich habe das schon erlebt. Es ist einfacher, es immer wieder hinauszuschieben und auf den richtigen Moment zu warten. Aber diesen Moment gibt es nicht. Und normalerweise erkennt man das erst, wenn es zu spät ist.«

»Ja«, murmelt er düster. »Ich denke, ich weiß, was du meinst.«

»In meinem Beruf habe ich gelernt, dass der kitschigste Mist, den die Leute über die Liebe erzählen, am ehesten der Wahrheit entspricht. Deshalb wird ständig davon geredet. In jedem Lied, in jedem Film, in jedem Buch. Und ein absoluter Klassiker ist, dass die Liebe das Wichtigste im Leben ist. *Bäh.*« Ich verziehe das Gesicht, und er muss unwillkürlich lächeln.

»Was ich damit sagen will…«, fahre ich fort. »Ich verstehe, dass du verletzt bist, weil sie es dir verschwiegen hat, und es tut mir leid, dass du es auf so hässliche Art erfahren musstest. Aber sie liebt es, wie du sie ansiehst und was du in ihr siehst, und sie will nicht, dass sich daran etwas ändert. Deshalb hat sie es dir nicht gesagt.«

Er seufzt ergeben. »Ich weiß.«

Wir sitzen eine Weile schweigend an der Bar.

»Danke, Sophie«, meint er schließlich. »Danke, dass du gekommen bist. Ich werde jetzt zu ihr fahren und mit ihr reden.«

»Danke, dass du zugehört hast.« Ich rutsche von meinem Hocker. »Ich sollte jetzt gehen.«

»Könntest du noch bleiben, bis ich ausgetrunken habe, und wir fahren gemeinsam zu den Meades? Vielleicht brauchen wir deine Hilfe, um…«, er sucht nach den richtigen Worten, »…in den Tagen vor der Hochzeit nicht vom Weg abzukommen.«

»Das lassen wir lieber.« Ich zögere. Soll ich ihm sagen, was vorgefallen ist? Er wird es sowieso bald erfahren, dann kann ich es genauso gleich hinter mich bringen. »Ehrlich gesagt bin ich die Letzte, die die Familie jetzt gerade sehen will.«

»Warum? Sind die anderen wütend, weil Victoria dich heimlich engagiert hat?«

»Ja, das auch. Aber vor allem glauben sie, ich hätte mit der Presse geredet.«

Jonathan sieht mich entsetzt an. »Und hast du?«

»Nein, habe ich nicht!«

»Hast du ihnen das auch gesagt?«

»Ja.«

»Aber sie haben dir nicht geglaubt?«

»Das Timing spricht nicht gerade für mich. Cordelia begann gerade, mir zu vertrauen, und ein paar Tage später steht die Geschichte in jeder Zeitung. Ich bin mir nicht einmal sicher, ob *ich* mir glauben würde.«

»Aber du hast ganz sicher niemandem davon erzählt?«

Ich schüttle den Kopf. »Keiner Menschenseele.«

»Diskretion gehört zu deinem Job.«

»Genau.«

»Und du hättest auch nichts davon, es der Presse zu stecken.«

»Es wäre mein beruflicher Ruin. Außerdem...« Ich verstumme.

»Ja?«

Ich sehe ihm in die Augen. »Ich würde so etwas einer Freundin niemals antun.«

Er nickt verständnisvoll. »Ich glaube dir. Und außer dir hat sie niemandem davon erzählt?«

»Nein, wir waren allein. Wir waren in dieser Bar, und niemand sonst... *O mein Gott!*«

Ich schnappe nach Luft.

Ich war nicht die Einzige, die die Geschichte an dem Abend gehört hat. Wir waren nicht allein.

»Was denn?«, fragt Jonathan besorgt, als er mein entsetztes Gesicht sieht. »Was ist los?«

»Ich muss gehen«, erkläre ich und schnappe meine Handtasche. »Ich wünsche dir alles Gute!«

»Warte, Sophie! Was ist denn los? Ist alles in Ordnung?«

Aber ich habe keine Zeit für Erklärungen. Ich stürze bereits zur Tür hinaus und laufe in Richtung U-Bahn.

Ich stoße die schwere Tür ins Pub mit solcher Kraft auf, dass sie gegen die dahinterliegende Wand kracht. Die wenigen Gäste zucken zusammen und mustern mich verwirrt.

Ich stapfe entschlossen wie noch nie zuvor in meinem Leben auf den Tresen zu. Dahinter sitzt derselbe Kerl wie beim letzten Mal. Als er mein zornerfülltes Gesicht sieht, weiten sich seine Augen. Gut. Soll er ruhig Angst haben.

»Du!«, schreie ich und deute mit dem ausgestreckten Finger auf ihn. Dann lehne ich mich über den Tresen. »Du hast alles mit angehört! Du hast es der Presse gesteckt! Gib es zu!«

Er hebt abwehrend die Hände, weicht zurück und stößt gegen die Flaschen auf dem Regal hinter ihm. Ich bin überrascht, wie Furcht einflößend ich offenbar bin, aber ich bleibe hart.

»Ich … ich …«

»Wie konntest du nur?«, zische ich, und meine Wangen glühen vor Zorn. »Hast du eine *Ahnung*, was du angerichtet hast? Hast du eine Ahnung, wie viel Schmerz und Leid du verursacht hast?«

Ich stampfe um den Tresen herum, sodass ich ihm direkt gegenüberstehe.

»Mo-Moment. Es ist nicht meine Sch-Schuld!«, stottert er, und sein Blick huscht zu den anderen Gästen, die das Drama interessiert verfolgen. »Sie hätte vorsichtiger sein sollen. Kommt einfach hier an und erzählt von ihren Drogeneskapaden und ihren Ex-Freunden. Das ganze Pub hat es gehört!«

»Du bist *widerwärtig*!«, fauche ich so hasserfüllt, dass er zusammenzuckt. »Wenn ich auch nur noch eine Geschichte über meine Freundin in der Presse lese …«

»Du kannst mir nicht drohen«, unterbricht er mich und stemmt die Hände in die Hüften. Offenbar will er Selbstvertrauen vortäuschen, das er nicht hat. Ein deutlich sichtbares Schlucken verrät ihn. »Die Familie kann mir nichts tun. Das haben die Leute von der Zeitung mir versichert.«

»Die Familie wird dir nichts tun. Das haben sie nicht nötig. Sie wissen, dass du es nicht wert bist.« Meine Augen werden schmal. »Aber *ich* bin keine Swann.«

Er schluckt erneut.

»Ich weiß, wo ich dich finde«, erinnerte ich ihn. »Wenn ich noch eine Geschichte über Cordelia Swann höre – *eine einzige Geschichte* –, weiß ich ganz genau, wer schuld ist.«

Ehrlich gesagt habe ich keine Ahnung, was ich mit der Information anfangen soll, dass er die Quelle ist. Aber er hat Angst, und mehr kann ich mir nicht erwarten.

»Also«, fahre ich fort, baue mich vor ihm auf und recke das Kinn nach vorne. »Wenn du nicht willst, dass ich regelmäßig hierherkomme, würde ich dir dringend raten, Dinge, die du im Job hörst, in Zukunft nicht mehr der Presse zu stecken.«

Ich lasse meine Worte wirken. Er öffnet den Mund, überlegt es sich dann aber anders.

»Was für ein Mensch verkauft eine derartige Geschichte an die Presse?«, frage ich vorwurfsvoll und laut genug, dass es auch die anderen Gäste hören. »Du hast keine Ahnung, wie viel Schaden du mit deiner Geldgier angerichtet hast. Stell dir vor, jemand würde dasselbe einer Person antun, die du liebst!«

Er senkt den Blick.

»Weißt du«, fahre ich etwas sanfter fort, denn vielleicht dringt die Botschaft so besser durch. »Cordelia ist ein guter Mensch und eine starke Frau. Sie kommt darüber hinweg. Sie wird sich selbst verzeihen. Aber kannst du das auch?«

Und damit mache ich auf dem Absatz kehrt und marschiere unter den Blicken der anderen Gäste mit hocherhobenem Kopf zu Tür, während er mit roten Wangen und auf den Boden gerichtetem Blick zurückbleibt.

Liebe Sophie,
diese Blumen sind ein kleines Dankeschön an dich. Unser Hochzeitstag war der schönste Tag meines Lebens, und das ist in vielerlei Hinsicht dein Verdienst! Danke, dass du mich auf jedem Schritt des Weges begleitet hast. Du bist eine echte Freundin.
Alles Liebe,
Scarlett
PS: Treffen wir uns doch mal auf einen Drink, dann kannst du mir erzählen, was vor der Kirche passiert ist. Offenbar ist Adam in ein offenes Grab gefallen???

Kapitel 31

Ich versuche, Weihnachten zu genießen. Mache alles, was man zur schönsten Zeit des Jahres so macht. Ich lasse Alexa Weihnachtslieder spielen, während ich den Abwasch erledige. Ich kaufe Kaffee mit Zimtgeschmack, auch wenn er viel zu süß und unglaublich teuer ist. Und ich arbeite vor dem Fernseher, auf dem *Tatsächlich... Liebe* und *Liebe braucht keine Ferien* laufen.

Ich schicke Weihnachts-E-Mails an meine Klientinnen und erhalte eine Flut an Antworten, in denen von dem aufregenden neuen Jahr und den Vorbereitungen auf ihre Hochzeiten die Rede ist. Ich mache eine Liste der Personen, die ich in der ersten Januarwoche kontaktieren muss. Ich kaufe eine Großpackung Pralinen, um sie Mum und Dad mitzubringen, doch es dauert nur ein paar Stunden, bis ich sie öffne und alles aufesse.

Cara und ich besuchen Jen und den neugeborenen Harry, und ich halte ihn im Arm, während Jen uns von der Geburt erzählt. Auch Ollie meldet sich ab und zu mit seiner Sicht der Dinge zu Wort, doch ich höre nicht richtig hin, denn ich bin wie verzaubert von diesem kleinen Lebewesen. Er hat so winzige Fingernägel und eine süße kleine Nase. Wie kann ein Mensch so klein sein? Er quiekt leise, wenn er sich bewegt, und ich halte ihn unheimlich gerne, auch wenn ich Angst um ihn habe, weil er so klein und zerbrechlich ist. Jen merkt liebevoll an, dass ich viel ruhiger bin als sonst, und ich erwidere, dass ich hingerissen von ihrem Sohn bin. Die tiefe Traurigkeit in mir erwähne ich nicht.

Cara merkt natürlich, dass etwas nicht stimmt, fragt allerdings erst auf dem Weg zur U-Bahn nach. Wir haben bereits besprochen, wie bezaubernd Harry ist, dass Jen und Ollie alles wunderbar hinbekommen und dass es nervt, um diese Zeit im Jahr Geburtstag zu haben, weil ihm viele Leute sicher nur ein Geschenk machen werden.

»Und wie geht es dir sonst so?«, fragt sie schließlich fröhlich, als wäre ihr nichts aufgefallen.

»Gut, danke. Und dir?«, erwidere ich, als wäre alles wie immer.

»Ich habe neulich mit deiner Mum telefoniert. Sie hat gesagt, du würdest ihre Anrufe ignorieren.«

»Wirklich? Das war keine Absicht. Ich hatte viel zu tun.«

»Du wirkst erschöpft.«

Ich lächle. »Ist das die nette Art, mir zu sagen, dass ich scheiße aussehe?«

»Nein, wenn du scheiße aussiehst, sage ich dir das«, erklärt sie, und ich muss ihr zustimmen. »Du arbeitest zu viel.«

»Hey, wenn hier jemand zu viel arbeitet, dann ja wohl du. Deine Arbeitszeiten in letzter Zeit waren irre.«

»*Ich* ignoriere hier nicht die Anrufe meiner Mutter«, erwidert sie und lässt sich nicht ablenken. »Was ist los?«

»Na gut, ich erzähle es dir. Aber ich will nicht, dass du eine große Sache daraus machst, okay?«

»Okay.«

»Miranda Priestly hat mich gefeuert.«

Sie versucht, nicht zu schockiert auszusehen. »Was ist passiert?«

»Ich will dich nicht mit Einzelheiten langweilen.« Ich bin zu müde und zu verletzt, um es ihr jetzt schon zu erzählen. »Aber die Familie denkt, ich hätte etwas gemacht, obwohl ich es nicht war. Sie glauben meinen Beteuerungen nicht, also wurde ich gefeuert.«

Sie schnaubt und bemüht sich, sich nicht zu sehr für mich zu ärgern. »Und das nach allem, was du für sie getan hast!«

Ich ziehe mir die Mütze über die Ohren. Meine Nase hat in der Kälte zu rinnen begonnen. »Schon gut«, versichere ich Cara. »Ich sage es Mum, wenn ich morgen nach Hause komme. Ich war nur ein wenig durch den Wind.«

»Okay.« Cara mustert mich. »Ich bin da, falls du reden willst.«

»Danke, aber ich komme wirklich klar.«

»Was ist mit dem Bruder? Jetzt, da du nicht mehr für Miranda arbeitest, könntest du ihn doch um ein Date bitten? Dann hat es auch etwas Gutes«, meint sie hoffnungsvoll.

Ich schüttle den Kopf und ziehe mir den Schal über den Mund. »Er gibt mir auch die Schuld. Er hasst mich. Das ist vorbei.«

Ich blinzle die Tränen zurück und hasse mich dafür, so sentimental zu werden. Tom und ich hatten nicht einmal ein Date. Wir haben uns nur einmal geküsst. Es gibt nichts, dem ich nachtrauern könnte.

Trotzdem habe ich das Gefühl, ich hätte alles verloren.

»Deine Mum glaubt, dass Daniel dahintersteckt«, erklärt Cara amüsiert.

»Wie bitte? Warum denn das?« Ich erkenne überrascht, dass ich in letzter Zeit kaum an Daniel gedacht habe. Vielleicht brachte das Zusammentreffen mit Rebecca und ihm den nötigen Abschluss. Vielleicht war es der notwendige Beweis, dass er jemanden Besonderen gefunden hat und ich der Vergangenheit nicht mehr hinterhertrauern darf.

»Das Jahr ist bald zu Ende, und sie glaubt, du grübelst darüber nach. Dass er dich zur Hochzeit eingeladen hat und so.«

»Darüber bin ich hinweg. Ich freue mich für ihn.«

»Ja, das habe ich ihr auch gesagt.« Cara grinst. »Außerdem gehst du an dem Tag zum Fallschirmspringen.«

»Man sollte keine Leute aufziehen, die gerade gefeuert wurden.«

»Du wirst das Ding rocken. Ganz sicher.«

Ich fahre nach Hause, mache den Fernseher an und packe für

den Besuch bei Mum und Dad. Ich denke über meine Gefühle nach und muss mir kläglich eingestehen, dass mich die Sache mit Tom zwar traurig macht, dass mich die Entzweiung von Cordelia aber mehr belastet.

Als wäre ich wieder in der Schule, und das beliebte Mädchen, dem ich das ganze Semester hinterhergerannt bin, will auf einmal nicht mehr an meinem Tisch sitzen. Ich habe jede Menge Zeit und Gedanken investiert, damit ich ihr Vertrauen gewinne. Es entwickelte sich eine seltsame, zarte Freundschaft, die mir am Ende wirklich etwas bedeutete, ob ich nun wollte oder nicht.

Mit der Zeit wird mir klar, wie wütend ich darauf bin, dass sie mir nicht mehr vertraut. Wir kennen einander noch nicht lange, aber es schmerzt, dass sie mir einen solchen Verrat zutraut.

Ich tröste mich damit, dass sich mein Leben an sich nicht geändert hat. Meine Freunde haben sich nicht von mir abgewandt, ich habe immer noch die wundervollen Bräute und Bräutigame, die mir vertrauen, und es ist unwahrscheinlich, dass meine Karriere leiden wird. Lady Meade wird nicht herumposaunen, was passiert ist, denn solange ich nicht mit meiner Geschichte zur Presse gehe, werden sie meine Rolle bei der Hochzeitsplanung lieber verschweigen.

Sie wird mich zwar nicht an andere Bräute der High Society weiterempfehlen, wie ich es erhofft hatte, aber das ist okay. Ich *brauche* die Unsummen nicht, die sie mir bezahlt hat. Ich mache lieber mehr Hochzeiten und verdiene damit dasselbe. Es ist grauenhaft, dass der Marquess und die Marquise von Meade, Cordelia und Tom mir so etwas zutrauen, aber hat es einen Einfluss auf mein tägliches Leben? Spielt es überhaupt eine Rolle? Cordelia meinte, ich mache mir zu viele Gedanken, was andere denken. Also werde ich mich bemühen, es nicht zu tun.

Es geht mir gut.

Am Weihnachtsabend mache ich mich mit dem Vorsatz zu meinen Eltern auf, dass ich mir durch die beruflichen Probleme nicht das Weihnachtsfest verderben lassen werde. Ich trete mit einem breiten Lächeln durch die Tür, werfe meine Tasche in mein altes Zimmer, lege die Päckchen unter den Baum, hole die Gesellschaftsspiele aus dem Schrank unter der Treppe und koche Glühwein für alle. So bleibt keine Zeit, um mich im Schmerz zu suhlen.

»Wie schön, dich zu sehen, Liebling!« Mum schlingt die Arme um mich, während ich den Wein im Topf rühre. Sie riecht so vertraut, dass ich beinahe auf der Stelle zu weinen beginne. Ich kann ihr noch nicht sagen, dass ich gefeuert wurde. Sie wird mich trösten und sagen, dass die Swanns mehr verloren haben als ich, und das wäre im Moment zu viel für mich. Ich werde es ihr nach Weihnachten sagen, wenn es ruhiger ist.

»Schön, wieder zu Hause zu sein«, presse ich hervor und meine es auch so.

Sie drückt meine Schultern, gibt mir einen Kuss auf die Schläfe und eilt davon, um Dad Anweisungen zu erteilen, der ihr bei den Vorbereitungen auf den morgigen Besuch von Cara und ihrer Familie hilft. Er murmelt grummelig, dass er seine Weihnachten damit verbringt, wie ein Dienstbote herumkommandiert zu werden, doch dann zwinkert er mir hinter Mums Rücken zu, und ich muss lachen.

Siehst du?, sage ich mir selbst. *Dir geht es gut. Es ist alles wie immer. Warum lässt du dich so runterziehen?*

Der erste Weihnachtsfeiertag im Kreise der Verwandtschaft ist laut und chaotisch. Er beginnt mit einem Gottesdienst in der Kirche, den Onkel Fred mit seinen Sangeskünsten versüßt, und am Ende der Messe beben Dad und ich vor unterdrücktem Lachen, und Tränen laufen über unsere Wangen, während Fred lautstark »Hark! The Herald Angels Sing!« mindestens eine Oktave zu hoch zum Besten gibt. Überraschenderweise gibt es keinen Streit, und wir lauschen der Rede unserer Königin respektvoll schweigend, während Dad jeden Satz mit einem Nicken kommentiert und Cara sich wie jedes Jahr darüber wundert, wie unglaublich die Monarchin in diesem Alter noch beieinander ist.

Meiner Meinung nach verhalte ich mich vollkommen normal,

versuche Mum zu helfen und zu lächeln, wann immer ich kann, aber Mütter merken nun mal alles.

»Du bist so ruhig«, meint Mum, nachdem sich mich allein in der Küche erwischt hat.

»Wirklich?«

»Du wirkst traurig.«

»Ich bin nicht traurig. Mir geht es super!«

Sie nimmt es mir nicht ab, lässt es aber dabei bewenden. Am Nachmittag checke ich mein Handy und bin enttäuscht, dass ich keine Nachrichten bekommen habe. Ich weiß nicht, warum ich erwartet habe, dass Cordelia oder Tom sich melden, aber vermutlich dachte ich, dass die Gedanken an Frieden und Vergebung an Weihnachten sie vielleicht unterbewusst dazu bringen würden. Als Cara sich schließlich an Mike schmiegt, damit wir uns *Paddington 2* ansehen können, fällt es mir schwer, mich nicht einsam zu fühlen.

Ich beschließe, im kommenden Jahr öfter auszugehen. Ich werde mich wieder hinauswagen. Mutig und unerschrocken sein, auf Dates gehen, den Funken spüren. So wie bei Tom. Nur mit jemand anderem.

»Du kannst dich glücklich schätzen, dass du dich nicht darüber streiten musst, wo die Weihnachtsfeiertage verbracht werden«, meinte Cara einmal, während sie sich auf den Besuch bei Mikes Eltern vorbereitete. »In Mikes Familie gibt es die seltsamsten Traditionen, aber keinen Räucherlachs und keinen Champagner am Weihnachtsmorgen. Dabei weiß doch jeder, dass das dazugehört. Weißt du, was sie essen? Oliven! Wie irre muss man sein, um am Weihnachtsmorgen Oliven zu essen?«

Dabei klingt die Vorstellung, darüber zu diskutieren, bei welcher Familie man Weihnachten verbringt, in meinen Ohren sehr schön. Ich stelle mir kurz vor, wie Tom und ich darüber zanken, ob wir hier oder auf Dashwell Hall feiern, und muss unwillkürlich lächeln. Weihnachten auf Dashwell Hall – das wäre ein unvergessliches Erlebnis gewesen.

Genau wie die Hochzeit.

Die Wogen gehen hoch, seit die Wahrheit über Cordelia herausgekommen ist, und ich habe Mitleid mit ihr. Die Vorstellung, dass sie von Fotografen gejagt wird und Reporter ihr ständig Fragen zu längst Vergangenem stellen, ist schrecklich. Aber das öffentliche Interesse hat auch etwas Gutes, denn gestern sah ich auf Twitter ein Foto von Cordelia und Jonathan, die lachend die Paxton High Street entlangspazieren.

Sie haben sich also vertragen. Die Hochzeit wird stattfinden. Sie sind glücklich. Das ist alles, was zählt.

Aber das ist nicht alles, oder? Du willst auch glücklich sein. Du willst zu dieser Hochzeit. Du willst für deine Freundin da sein.

Ich befehle der Stimme in meinem Kopf, die Klappe zu halten.

Ich schlafe schlecht, und am nächsten Morgen versuche ich, länger im Bett zu bleiben. Ich kuschle mich in meine Decke aus Kindertagen, die viel weicher ist als meine Decke in London, doch ich bin zu aufgewühlt, und nachdem ich zehn Minuten vergeblich versucht habe, an nichts zu denken, stehe ich auf.

Ich werde im kommenden Jahr nicht nur auf Dates gehen, sondern auch zum Meditations-Yoga, um zu lernen, wie ich mein verrücktes, überängstliches Gehirn dazu bringen kann, endlich *die Klappe zu halten.*

Bis ich zurück nach London fahre, sind nur Mum, Dad und ich im Haus, doch nachdem ich die Zähne geputzt habe, schreibe ich Cara und frage, ob sie auf eine Tasse Tee vorbeikommen könnte.

»Ist alles in Ordnung, Sophie?«, fragt Mum, nachdem Cara in Hausschuhen in die Küche geschlurft ist, die sie offenbar auch auf der Autofahrt anhatte.

Ihre und meine Familie standen sich von Anfang an so nahe, dass wir uns gegenseitig voll und ganz zu Hause fühlen. Das sage ich auch Mum immer wieder, wenn sie das Haus an Weihnachten auf Hochglanz bringt und dekoriert, als käme die Queen persönlich zu Besuch, aber sie ignoriert mich.

»Ja, klar«, erwidere ich und sehe zu, wie Cara sich auf direktem Weg zum Kühlschrank macht und ihn nach Essbarem durchsucht. »Wollt ihr Tee? Ich mache Wasser heiß.«

Wir setzen uns ins Wohnzimmer und reden darüber, wie amüsant es gestern war. Ich beschließe, dass ich es genauso gut gleich hinter mich bringen kann.

»Mum, Dad, könnt ihr euch noch an die super-aufmerksamkeitsintensive Braut erinnern? Wo ich zuerst kündigen wollte und mich dann nur noch härter ins Zeug gelegt habe? Sie hat mich gefeuert.«

Dad senkt seine Teetasse und runzelt besorgt die Stirn.

»Das ist ja schäbig. Warum um alles in der Welt hat sie das getan?«, ruft Mum, und ich sehe beinahe, wie ihr Gehirn auf Hochtouren arbeitet. »Was ist passiert?«

»Die Familie glaubt, ich hätte eine vertrauliche Geschichte an die Presse verkauft.«

»Wie bitte?« Cara richtet sich fasziniert auf. »Das wusste ich ja noch gar nicht.«

Ich zucke mit den Schultern. »Ich habe darüber nachgedacht, und ehrlich gesagt besteht kein Grund, es euch nicht zu erzählen. Ich wurde gefeuert. Der Vertrag wurde gelöst, und ich bin nicht mehr verpflichtet, ihre Identität geheim zu halten.«

»Du sagst uns, wer sie ist?«, fragt Cara.

»Nur euch dreien. Sonst sollte es niemand erfahren, also behaltet es bitte für euch«, erwidere ich bestimmt. »Ich kämpfe sehr mit der Situation, und wenn ihr erfahrt, um wen es sich handelt, werdet ihr besser verstehen, warum es mich so tief getroffen hat. Ich weiß, dass ich euch vertrauen kann.«

»Wer ist es?«, fragt Cara begierig, und ich kann es ihr nicht verübeln. Nachdem ich angeblich etwas an die Presse verkauft habe, kann es sich nur um einen Promi handeln.

Ich atme tief durch. »Lady Cordelia Swann.«

Alle drei starren mich an. Mums Mund steht offen, Cara schüttelt ungläubig den Kopf, und Dad wirkt so nachdenklich, dass ich lächeln muss. Vermutlich überlegt er, von wem ich rede und wo er den Namen schon einmal gehört hat.

»Du willst mich verarschen«, meint Cara und erntet einen scharfen Blick von meiner Mutter, weil sie geflucht hat. »*Lady Cordelia Swann?*«

»Jep.«

»Miranda Priestly ist in Wirklichkeit Lady Cordelia Swann?«

»Ja.«

»O mein Gott, das ist unglaublich!«, kreischt Cara, doch dann erinnert sie sich offenbar an den Grund, warum ich es ihr erzählt habe, und wird wieder ernst.

»Diese Geschichte über den Drogenmissbrauch«, sagt Mum. »Sie denken, du hättest es der Presse gesteckt?«

»Ja, genau.«

»Das ist lächerlich.«

»Ihrer Ansicht nach nicht.«

»Lady Cordelia Swann«, murmelt Cara leise. »Verdammte Scheiße.«

»Gehört denen nicht ein riesiges Anwesen in Derbyshire? Dashwell Hall?«, fragt Dad und schnippt mit den Fingern.

Ich nicke, und er scheint zufrieden, dass er das Rätsel allein gelöst hat.

»Kaum zu glauben, dass du die ganze Zeit mit Lady Cordelia Swann unterwegs warst. Und mit ihrem Bruder! Lord Dashwell ...« Caras Augen werden groß. »Ooooh.«

»Also, jetzt wisst ihr es.« Ich stoße die Luft aus. »Ich hatte die Gelegenheit, an der Hochzeit des Jahrzehnts teilzunehmen, und ich habe sie vertan.«

»Ach, Sophie«, meint Mum so liebevoll, dass mir heiße Tränen in die Augen schießen.

»Nichts davon ist deine Schuld«, merkt Dad an. »Es ist ein Irrtum. Sie werfen dir etwas vor, was du nicht getan hast.«

»Ich habe versucht, es ihnen zu erklären, aber sie haben nicht zugehört. Und ich verstehe es irgendwie auch. Ich war die einzige neue Person in ihrem inneren Kreis und habe erst vor Kurzem von Cordelias Vergangenheit erfahren.« Ich bleibe vage, denn ich will die Gerüchte in den Medien nicht bestätigen. »Das Timing war unglaublich schlecht. Aber ich dachte ... ich dachte, zumindest Cordelia würde mich besser kennen. Ich habe mich geirrt, und im Grunde ist es egal. Sie sind jetzt in Derbyshire. Die Hochzeit ist am letzten Tag des Jahres.«

»Weißt du, was? Sei froh, dass du sie los bist«, sagt Mum und richtet sich mit neuer Energie auf. »Wenn sie so etwas von dir denken und keine Rechtfertigung deinerseits zulassen, dann ist es ihr Problem.«

»Ja«, ruft Cara zustimmend. »Du hast ohnehin nicht gerne für sie gearbeitet. Sie war eine Katastrophe. Denk doch mal, was sie dir alles angetan hat. Sie hat dich nicht verdient.«

»Ich weiß nicht. Ich glaube, es war eine dämliche Abwehrreaktion ihrerseits. Sie wollte mich zur Kündigung zwingen, weil sie Angst hat, neue Leute in ihr Leben zu lassen. Ihre alten Freunde haben sie im Stich gelassen, seitdem will sie niemanden an sich heranlassen. Aber nachdem sie beschlossen hatte, mir zu vertrauen, machte es wirklich Spaß mit ihr. Sie hat einen tollen Sinn für Humor – du würdest sie mögen, Cara! –, und sie hat mich aus meiner Komfortzone herausgeholt.« Ich halte kurz inne, dann sage ich leise: »Sie fehlt mir.«

Mum und Cara wechseln einen Blick. Dad lehnt sich zurück und nippt an seinem Tee.

»Aber egal«, erkläre ich um einiges unbekümmerter. »Ich wollte es euch erzählen, um es mir von der Seele zu reden. Jetzt denke ich nicht mehr daran. Ich habe im kommenden Jahr mehr als genug Hochzeiten, auf die ich mich freuen kann.«

Cara lächelt aufmunternd. »Du hast recht. Es wird ein wundervolles Jahr. Das spüre ich. So ist es viel besser für dich. Wer braucht schon Lady Cordelia Swann und ihre Familie?«

»Genau«, sage ich. »Wer braucht die schon.«

Kapitel 32

Mum versucht, mich zu überreden, bis ins neue Jahr zu bleiben, aber ich möchte unbedingt zurück in meine Wohnung und meine aufregenden neuen Pläne in die Tat umsetzen. Ich werde mich zum Yoga anmelden. Ich werde ein Dating-Profil erstellen. Ich will mich positiv, frisch und glücklich fühlen.

Das totale Klischee.

Ich kehre am Dreißigsten nach London zurück, und da ich die Orientierung verloren habe, welchen Tag wir haben, muss ich zuerst auf mein Handy schauen, um zu wissen, dass heute Donnerstag ist. Leider habe ich vergessen, den Eintrag *Hochzeit Cordelia und Jonathan* aus meinem Kalender zu löschen, und er springt mir in großen Lettern entgegen.

Ich erlaube mir, einen Moment lang darüber nachzugrübeln, was sie jetzt wohl gerade machen. Ich lächle, als ich mir Dashwell Hall im weihnachtlichen Glanz vorstelle, für den keine Kosten und Mühen gescheut wurden. Ich sehe die Lichterketten vor mir, die Bühne für die Band im Ballsaal, die langen Tische im Speisesaal. Ich höre Lady Meades Stöckelschuhe über den Holzboden klappern, während sie durchs Haus marschiert und nachsieht, ob alles seine Ordnung hat. Tom wurde sicher zum Helfen eingeteilt und gibt trockene Sprüche über Cordelia und ihre königlichen Anforderungen zum Besten, obwohl er insgeheim unheimlich stolz auf seine kleine Schwester ist. Jonathan hingegen wird immer wieder von Panik geplagt – *Was müssen wir noch tun? Kann ich noch etwas erledigen? Mein Gott, wer hätte gedacht, dass so viel Arbeit dahintersteckt! Ich übe lieber zum achtundzwanzigsten Mal meine Rede!* Und Lord Meade versteckt sich in der Zwischenzeit in der Bibliothek, brütet über Unterlagen und tut so, als hätte er alles im Griff, obwohl seine Frau in Wahrheit die Zügel in der Hand hält.

Cordelia ist vermutlich im Stall, weg von dem Irrsinn, wo sie die Ruhe mit ihrem Pferd genießt. Dem einzigen Gefährten, auf den sie sich wirklich verlassen kann.

Ich scrolle durch unsere WhatsApp-Unterhaltung. In der letzten Nachricht überredet sie mich, zum Familienessen zu kommen, bei dem ich nicht fehlen darf.

Vielleicht sollte ich ihr eine Nachricht schreiben. Ich könnte ihr die Wahrheit sagen. Ich könnte ihr sagen, dass ich den wahren Übeltäter gefunden habe. Vielleicht entschuldigt sie sich dann, fleht mich an, ihr zu vergeben, und bittet mich, in den nächsten Zug nach Derbyshire zu steigen.

Ich beginne zu tippen, lösche die Nachricht aber wieder. Ich tippe erneut und lösche sie wieder. Ich fange noch einmal an…

VERDAMMT NOCH MAL. Was soll das? Ich schreibe lieber Cara…

Ich brauche deine Hilfe.

Geht es um die Party morgen? Dann ist die Antwort Ja. Mikes heißer Arbeitskollege wird kommen, und ich hänge überall an strategischen Punkten Mistelzweige auf.

Was für eine Party?

Die Silvesterparty.

Was für eine Silvesterparty?

Verdammt, ich habe vergessen, dich einzuladen! Hey, hast du morgen Zeit? Wir geben eine Party – und du bist eingeladen!

Wow, danke! Ich fühle mich geehrt!

Zu meiner Verteidigung: Du wärst eigentlich auf einer Hochzeit gewesen.

Stimmt. Ich verzeihe dir, wenn du mir hilfst. Du musst mir verbieten, Cordelia zu schreiben.

Okay. Ich verbiete es dir.

Ich wollte ihr alles Gute wünschen und dass ich hoffe, es läuft alles glatt. So etwas. Es wird sicher überwältigend für sie, und es tut mir leid, dass ihr keine Freundin zur Seite steht. Es werden viele verlogene Leute auf der Hochzeit sein, die sie gar nicht mag, und sie braucht eine Verbündete. Aber ich sollte ihr nicht schreiben, oder?

NEIN. Du sollst ihr natürlich nicht schreiben, bist du irre? SIE HAT DICH GEFEUERT! Solchen Leuten schreibt man nicht! DU MUSST JETZT MUTIG UND STARK SEIN.

Ja. Du hast recht. Ich bin mutig und stark. Ich achte auf mich.

Ganz genau. Sie ist eine grauenhafte Person.

Sie ist eigentlich gar nicht grauenhaft, sondern unsicher. Sie mag es nicht, wenn ihr jemand zu nahe kommt.

Du musstest ihre Sachen von der Reinigung holen.

Ja, aber das hat sie nicht persönlich gemeint.

Sophie, du machst es mir echt schwer. Hör auf, sie zu verteidigen. Du brauchst sie nicht. Du hast genug Freunde.

Ja! Das stimmt!

Gut, ihr Bruder war heiß, na und? Viele Kerle sind heiß. Und klug und witzig. Und in dich verliebt. Und besitzen ein Anwesen in Derbyshire. Es ist vollkommen egal, dass die Sache vom Tisch ist. Schreib ihr nicht und ihm auch nicht.

Du hast recht. Werde ich nicht.

Denk dran, du hast nichts falsch gemacht.
Sie haben DIR unrecht getan.

Ja, das haben sie.

Also schreibst du ihr nicht?

Nein, versprochen.

Und wir sehen dich morgen bei der Party?

Ich bringe Pink Gin mit.

Ich lege mein Handy beiseite. Cara hat recht. Ich muss aufhören, mich schuldig zu fühlen und mir Sorgen um Cordelia zu machen. Ich sollte vielmehr wütend sein. Immerhin haben sie mich der Verleumdung beschuldigt. Ich könnte sie verklagen. Vielleicht tue ich das. Vielleicht verklage ich sie.

Ich suche auf Google nach »Personen verklagen, die dich beschuldigen, ihre Geschichte an die Presse verkauft zu haben«, und da wird mir klar, dass ich den Verstand verliere.

Ich schließe die Augen und schleudere mein Handy aufs Sofa.

Es war ein Fehler, den heutigen Tag allein in der Wohnung zu verbringen. Ich hätte bei Mum und Dad bleiben sollen. Dort habe ich wenigstens Gesellschaft und bin mit meinem verrückten Ich nicht allein. Die Wohnung ist so still. Ich kann mich nicht einmal aufraffen, in mein Schrankbüro zu gehen und zu arbeiten. Dazu bin ich nicht in der richtigen Stimmung.

Ich freue mich auf Caras Party. Das wird sicher lustig. Vielleicht lerne ich jemanden kennen. Vielleicht küssen wir uns um Mitternacht. Ob Tom wohl jemanden um Mitternacht küsst? O mein Gott, natürlich wird er das! Er ist auf einer Hochzeit, und es ist Silvester. Jeder küsst irgendjemanden um Mitternacht, wenn er auf einer Silvesterhochzeit ist. Romantischer geht nicht. Georgia ist sicher auch dort. Sie wird bestimmt versuchen, ihn zu küssen. Er wird betrunken und glücklich sein, weil seine kleine Schwester geheiratet hat. Sie wird in ihrem Designerkleid und den hohen Schuhen umwerfend aussehen! Warum sollte er sie nicht küssen? Ich meine, man muss sie sich bloß ansehen! Sie ist bezaubernd! Jeder würde Georgia küssen.

Ich vergrabe das Gesicht in den Händen und flehe mein Gehirn an, *DIE KLAPPE ZU HALTEN*. Das habe ich nicht nötig. Ich werde nicht hier rumsitzen, mir selbst leidtun und mich mit Bildern quälen, die ausschließlich meiner Fantasie entspringen.

Ich stemme mich vom Sofa hoch und beschließe, meine Trainingsklamotten anzuziehen. Keine Ahnung, was ich dann tun werde, aber es ist ein Anfang.

Ich schlüpfe in meine Leggins und ein weites T-Shirt, fasse die Haare zusammen und greife zum Spaß nach einem neongrünen Stirnband, das in meiner Sockenschublade liegt und das ich auf der Uni für ein Achtziger-Kostümfest gekauft habe. Ich sehe in den Spiegel und boxe in die Luft.

»*Boom*«, rufe ich, hüpfe von einem Fuß auf den anderen und boxe weiter. »*Boom! Boom!*«

Ja! Ich spüre es schon. Ich bin bereit für einen Neustart. Neue Klientinnen. Neue Männer in meinem Leben. Das neue Jahr wird fantastisch! Ich werde fitter und ernähre mich gesünder. Ich stehe dem Leben positiv gegenüber und freue mich für andere. Ich freue mich für meinen Ex, der die perfekte Frau heiratet. Ich freue mich für Tom und Georgia… Ich freue mich, dass ich Cordelia nie mehr sehen muss… Ich freue mich…

Ich halte inne.

Nein! Woher kommen diese Gedanken schon wieder? Fort mit euch!

Ich mache den Fernseher an, starte YouTube und gebe den Suchbegriff »Fun Work-out« ein. Es gibt jede Menge Videos, und ich entscheide mich für einen Vorturner in Neonklamotten. Das ist ein Zeichen, denke ich. Das ist das richtige Video für mich. Ich starte es, und funkige Musik mit einem wummernden Bass erfüllt meine Wohnung. Ein Dance-Work-out. Perfekt.

Ich stelle die Lautstärke so hoch es geht und kümmere mich zur Abwechslung nicht darum, was meine Nachbarn denken. Ich kümmere mich nicht darum, was irgendjemand denkt. Im kommenden Jahr geht es darum, was *ich* denke.

Ich beginne zu tanzen. Der Vorturner ist herrlich enthusiastisch, und seine Aufmachung ist supermotivierend.

»Wir werden so viel Spaß haben«, brüllt er.

»Ja, das werden wir«, brülle ich zurück.

»Ich werde euch zeigen, wie hip Bewegung ist!«

»Yeah!«

»Seid ihr breit zu brennen?«

»Bereit!«

»Dann los!«

»LOOOOS!«

Zum Aufwärmen geht er eine Zeit lang auf der Stelle. Das kann ich. Kein Problem. Es macht Spaß. Ich gehe auf der Stelle und wackle mit dem Hintern, während »Jump (For This Love)« aus den Boxen dröhnt. Ein Klassiker. Als Nächstes sind Ausfallschritte an der Reihe. Ebenfalls kein Problem. Ich rocke dieses Work-out! Jetzt nehmen wir auch die Arme dazu und strecken sie in die entgegengesetzte Richtung, in die wir steigen.

»Das ist super!«, brülle ich dem Vorturner zu, aber er ist zu sehr damit beschäftigt, mich anzufeuern. »Und Arme! Und Arme! Und hoch! Und hoch!«

Außerdem ist er im Fernseher und kann mich ohnehin nicht hören.

Das nächste Lied ist »Flashdance (What A Feeling)«.

»Ein Klassiker, yeah!«, juble ich.

Die Ausfallschritte werden langsamer und dann im Rhythmus der Musik wieder schneller, und beim Refrain beginnen wir zu springen, als gäbe es kein Morgen. Ich gehe in den Freestyle-Modus und tanze durchs Zimmer, schwenke die Arme durch die Luft, wackle mit den Hintern, um zu zeigen, wie verwegen ich bin (Vielen lieben Dank, Cara) und drehe mich hüpfend im Kreis.

In diesem Moment bemerke ich, dass mich jemand von der Tür aus beobachtet.

»AAAAH«, kreische ich, taumle zurück und presse mir die Hand auf die Brust.

»Ich bin's«, schreit Cordelia, die mein Gekreische offenbar auch erschreckt hat. »Ich bin's doch nur!«

»WAS ZUM TEUFEL SOLL DAS?«, keuche ich. Mein Herz pocht so laut, dass es in meinen Ohren dröhnt. Ich greife nach der Fernbedienung und schalte den Fernseher aus. »*Was machst du hier?*«

Cordelia lacht auf. »Das sollte ich dich fragen!«

»Das ist meine Wohnung!«

»Das Work-out sieht lustig aus. Vielleicht kündige ich mein Fitness-Abo und komme zukünftig hierher. Gibst du Unterricht?«

»Cordelia!«

»Das Stirnband gibt deinem Outfit einen tollen Touch.«

»Wie lange bist du schon hier?«

»Seit dem Ende von ›Jump‹. Und du hast übrigens recht. ›Flashdance‹ ist ein Klassiker.«

Sie verschränkt die Arme und lehnt sich an den Türrahmen. Sie sollte in ihrem Herrenhaus in Derbyshire sein und sich auf das große Abendessen vor der Hochzeit vorbereiten. Sich schminken und frisieren lassen und in ihr Abendkleid schlüpfen. Stattdessen steht sie in einem alten Hoodie mit dem Logo ihrer Schule und einer Trainingshose in meiner kleinen, engen Wohnung.

Ich versuche, wieder zu Atem zu kommen, stemme die Hände in die Hüften und starre sie an. »Wie bist du hier reingekommen?«

»Ich habe eine Zeit lang geklingelt. Dann ist ein Nachbar aus dem Haus gekommen und hat mich reingelassen, und deine Tür war nicht versperrt. Hübsche Wohnung übrigens.« Sie sieht sich um. »Nur das Büro ist etwas klein. War es mal ein Schrank?«

»Was machst du hier?«

»Ich möchte mich entschuldigen«, sagt sie, als wäre das offensichtlich. »Du weißt ja, dass ich das gerne persönlich mache.«

»Aber… du solltest doch in Derbyshire sein!«

»War ich auch. Aber ich bin noch mal zurück.«

Ich fahre mir mit der Hand durch die Haare und bleibe im Stirnband hängen. Ich nehme es ab und tue so, als hätte ich das ohnehin vorgehabt.

»Ich weiß nicht… ich will…« Ich kann keinen klaren Gedanken fassen. »Ich bin verwirrt.«

»Ich weiß von dem Wirt.«

»Wirklich? Woher?«

Sie streckt mir ihr Handy entgegen. »Der Zauber von Social Media. Er hat mir eine PN geschickt und sich entschuldigt.«

»Oh.«

»Offenbar hat ihn kürzlich eine Freundin von mir zur Schnecke gemacht und dabei einen Nerv getroffen. Er hatte ein schlechtes Gewissen, weil ich wegen ihm leiden musste.« Sie mustert mich eingehend. »Warum hast du es mir nicht gesagt?«

Ich zucke mit den Schultern. »Ich war mir nicht sicher, ob du mir glaubst. Und der Schaden war bereits angerichtet. Es spielte keine Rolle mehr.«

»Für mich spielt es eine Rolle.«

Ich fahre mir unruhig mit der Hand über die Stirn und überlege, was das bedeutet. Mein Name ist reingewaschen. Sie wissen, dass ich es nicht war.

Aber mittlerweile ist so viel passiert.

»Was machst du hier, Cordelia?«, frage ich müde.

»Ich sagte ja, dass ich mich entschuldigen möchte«, erwidert sie und tritt auf mich zu. »Es tut mir leid, Sophie, dass ich dir nicht vertraut habe. Und es tut mir leid, dass ich dein Geheimnis verraten und die Arbeit zunichtegemacht habe, die du in meine Hochzeit investiert hast. Ich war verletzt und nicht bei Trost. Ich hätte besser nachdenken sollen, bevor ich dich beschuldige.«

Sie kaut nervös am Daumennagel, merkt es und lässt die Hand hastig sinken. Als ich nichts erwidere, fährt sie fort: »Jonathan hat mir erzählt, dass du bei ihm warst, nachdem er abgehauen ist. Wir haben dich einer Sache beschuldigt, an der dich keine Schuld traf, haben dich gefeuert und aus dem Haus geworfen, doch du gehst als Erstes zu Jonathan, damit er und ich uns wieder versöhnen. Ich weiß gar nicht, was ich dazu sagen soll, Sophie. Außer, dass du vermutlich der beste Mensch bist, den ich jemals kennengelernt habe.«

Ich verschränke trotzig die Arme. Das war eine gute Entschuldigung. Und sie war mehrere Stunden unterwegs, um sie persönlich zu überbringen.

Aber die letzten Tage waren hart. Ich habe versucht, für sie da zu sein, aber sie hat mich zurückgewiesen. Ich weiß, dass ich egoistisch bin. Für sie war es viel schlimmer. Die schlimmste Erfahrung ihres Lebens ist plötzlich wieder in den Vordergrund gerückt, und abgesehen davon, dass sie all den Schmerz noch einmal erleben musste, erfuhr der Mann, den sie heiraten würde, aus dem Internet davon. Gemeinsam mit der restlichen Welt, die sie seitdem auf Schritt und Tritt beobachtet.

»Okay«, sage ich schließlich kühl. »Abbitte angenommen.«

»Die ganze Familie ist fertig deswegen«, fährt sie fort. »Vor allem Mum. Sie fühlt sich schrecklich, weil wir so mit dir geredet und dich auch noch hinausgeworfen haben. Sie wollte heute mitkommen, aber ich wollte alleine mit dir reden. Dad ist es unglaublich peinlich. Ich soll dir auch von ihm eine Entschuldigung überbringen.«

Ich nicke knapp. »Wie geht es dir und Jonathan?«, frage ich, weil es mich wirklich interessiert und ich mit ihm fühle. Seine Welt geriet in den letzten Tagen ebenfalls aus den Fugen.

»Gut.« Sie muss unwillkürlich lächeln. »Am Anfang war es hart, aber ich bin froh, dass er es jetzt weiß. Ich hatte immer Angst davor, dass er es herausfindet und was er dann von mir hält. Aber er war nur wütend, weil ich es ihm verheimlicht habe.«

»Das klingt nachvollziehbar. Ich bin froh, dass es ihm gut geht.«

»Er hält unglaublich viel von dir.« Sie zögert. »Es tut mir leid, dass ich Tom von dir erzählt habe. Auf diese Art, meine ich.«

Die Hitze des Work-outs hat gerade etwas nachgelassen, doch jetzt steigt sie zurück in mein Gesicht. Ich zerre am Kragen meines T-Shirts, obwohl es von einer einstmaligen Junggesellinnenparty stammt, zu der nur T-Shirts in Übergröße geliefert wurden.

»Schon gut«, meine ich eilig.

»Es tut mir leid, dass ich deine Tarnung habe auffliegen lassen. Er war ziemlich durcheinander.«

»Ich hätte ohnehin nicht für immer Emily sein können.«

Sie nickt, und wir schweigen beide. Ich frage mich, wie viel sie über Tom und mich weiß. Ich kann mir nicht vorstellen, dass er ihr etwas erzählt hat. Vor allem nicht, nachdem er herausgefunden hat, dass ich ihn von Anfang an belogen habe.

Ich massiere mir die Stirn. Kopfschmerzen kündigen sich an. »Cordelia, ich weiß deine Entschuldigung wirklich zu schätzen. Es ist schön, dass du gekommen bist. Aber du solltest jetzt gehen.«

Sie runzelt die Stirn. »Warum?«

»*Warum?* Weil du morgen heiratest! In Derbyshire! Vor vierhundert Gästen! Morgen ist deine Hochzeit!« Ich werfe entnervt die Arme hoch. »Ich weiß, wie viel noch zu tun ist. Du solltest dich auf den schönsten Tag deines Lebens vorbereiten.«

»Aber deshalb bin ich ja hier!«

»Wie bitte?«

»Ich bin hier bei dir, weil ich mich auf den schönsten Tag in meinem Leben vorbereite.« Sie sieht mich erwartungsvoll an. Als ich nichts erwidere, verdreht sie die Augen und fährt fort: »Mein Gott, du nervst! Du willst unbedingt, dass ich es ausspreche, oder? Es ist peinlich, aber du willst es hören.« Sie seufzt. »Ich will dich auf meiner Hochzeit dabeihaben, Sophie. Ich bin hier, um dich abzuholen. Ich will, dass du meine Brautjungfer bist. Keine professionelle Brautjungfer, sondern eine echte.« Sie nestelt an ihrem Autoschlüssel herum. »Wir sind Freundinnen. Glaube ich jedenfalls. Mein Gott… ich hasse das!«

»Moment.« Ich hebe die Hände. »*Du* bittest mich, deine… *Brautjungfer* zu sein?«

»Ja, Sherlock. Genau darum bitte ich dich.«

»Eine echte Brautjungfer, keine professionelle.«

»Das waren meine Worte.«

»Ernsthaft?«

»JA! Falls du mir verzeihen kannst.« Sie beißt sich auf die Lippe und wartet auf meine Antwort. »Also? Willst du meine Brautjungfer sein?«

Ich kann es nicht glauben. Cordelia wünscht sich, dass ich für sie da bin. Und sie meint es ernst. Sie sieht mich besorgt an, als wäre sie sich nicht sicher, was ich antworten werde. Ich lasse sie noch einen Moment schmoren.

»Wow«, beginne ich und lächle, als die Traurigkeit der letzten Tage langsam verblasst und sich Aufregung in mir breitmacht. »Das war ein sehr *herzerweichender* Antrag. Danke. Sehr schöne Worte, Cordelia. Es ist total erwachsen, mir zu sagen, wie viel ich dir bedeute. Und so emotional.«

»Wie bitte?« Sie erschaudert. »Das war doch nicht herzerweichend. Und was meinst du mit Antrag? Das klingt ja gruselig. Dabei ist es keine große Sache.«

»Es ist sehr wohl eine große Sache! Du fragst mich, ob ich deine Brautjungfer sein will. Du solltest dich niederknien! Nur so hat es die richtige Wirkung.«

»Ich wusste, dass du eine große Sache daraus machen wirst.«

»Lady Cordelia Swann, ja, ich will. Ich nehme deinen herzerweichenden Antrag an und werde deine Brautjungfer.«

»Ich glaube, ich nehme es wieder zurück.«

»Das geht nicht, sobald der Antrag angenommen wurde. Das sind die Regeln.«

»Es gibt keine Regeln. Du bist albern.«

»Wir werden glücklich bis ans Ende unserer Tage.« Ich werfe ihr einen schmachtenden Blick zu, dann brechen wir beide in Gelächter aus.

»Warte!«, meine ich plötzlich. »Ich habe mein Kleid doch gar nicht abgeholt. Wie soll ich bis morgen ein neues finden?«

»Es wurde nach Dashwell geliefert. Du brauchst nur Schuhe, dann können wir los.«

»Super.« Ich grinse. »Wir können die ganze Fahrt lang über unsere Gefühle sprechen.«

»O mein Gott, die Fahrt wird unerträglich. Apropos…« Sie wirft einen Blick auf die Uhr auf ihrem Handy. »Wir sollten los. Ich komme sicher viel zu spät zum Abendessen, und außerdem sollte ich früh ins Bett. Morgen ist ein großer Tag.«

»Wie wahr.« Ich lege ihr die Hände auf die Schultern. Sie wirkt dankbar, dass ich sie nicht umarme. »Bereit?«

»Ja.« Sie lächelt nervös. »Jetzt schon.«

Findest du Punschschüsseln seltsam? Mike meint, Leute über dreißig haben keine Punschschüssel auf ihren Partys.

Ich finde sie nicht seltsam. Ich mag Punsch. Außerdem ist es witzig, Getränke mit einem Schöpflöffel auszuschenken.

Ganz genau! Okay, super. Ich habe ihm gesagt, dass ich eine will. Er meinte, da darfst du dann Hand anlegen. Das klingt irgendwie anrüchig, wenn ich es ins Handy tippe. Flirtet mein Mann etwa mit meiner Cousine? Ist ja widerlich.

Moment, Cara, ich habe vergessen zu sagen, dass ich morgen nicht kommen kann! Tut mir leid, aber danke noch mal für die Einladung. Und Hand anlegen klingt wirklich anrüchig.

WIE BITTE? Ich habe schon einigen Kerlen gesagt, dass sie sich zusammenreißen sollen, weil meine scharfe Cousine kommt. Ich habe dir sogar einen Hut mit einem aufgeklebten Mistelzweig gebastelt! Was machst du denn sonst? Du schaust dir doch nicht wieder diese abartigen Chewbacca-Tutorials an? Ich habe dir doch schon gesagt, dass das nicht gut für dich ist.

Nein, keine Sorge. Ich gehe auf eine Hochzeit.

Auf welche Hochzeit?

Rate.

Aber doch nicht... Doch nicht auf Lady Cordelias?

Doch.

AAAAAH!!!! Was ist passiert?

Sie hat herausgefunden, wer die Story weitergegeben hat. Sie hat sich entschuldigt. Und mich gefragt, ob ich ihre Brautjungfer sein will. Ihre ECHTE Brautjungfer.

Das ist die beste Nachricht ever. Die Gerechtigkeit hat gesiegt. O mein Gott! Was ist mit dem heißen Bruder???

O Gott!

Was?

Nichts. Cordelia hat nur gerade rübergeschaut. Sie fährt, aber die Großbuchstaben kann sie lesen. Die Sache mit dem heißen Bruder. Jetzt lacht sie wie verrückt. Das ist so PEINLICH!

Na und? DEIN BRUDER IST HEISS, CORDELIA – FALLS DU DAS LESEN KANNST. Wird der auch da sein?

Wäre seltsam, wenn nicht.

Wie kannst du so ruhig sein?

Ich bin nicht ruhig! Ich habe es vermasselt. Es ist vorbei.

Ist es nicht! Nicht, solange ich es nicht sage.

Ich muss es cool angehen. Vielleicht können wir wenigstens Freunde sein.

Mehr als Freunde! Freunde mit gewissen Vorzügen.

Was soll ich sagen? Wenn ich ihn sehe, meine ich.

Sag ganz sexy… Hey, Mr Lord, ich habe dich vermisst.

O mein Gott, Cara. Das ist nicht sexy!

Stell es dir mit aufreizender Stimme vor.

Deine Ratschläge sind furchtbar.

Ich habe dich vermisst, Babyyyyy. So musst du es sagen. Total aufreizend. Mike sagt immer: Sag nicht Baby.

Sophie? Super, jetzt bist du fort. Auf und davon mit deiner neuen berühmten Freundin. Von mir aus.

O mein Gott, VERGISS NICHT, IHN UM MITTERNACHT ZU KÜSSEN!

Kapitel 33

Wir lassen das Abendessen ausfallen. Wir sind ohnehin zu spät dran, und auch wenn Cordelia noch kurz vorbeischaut, um alle zu begrüßen, ist mir wohler, wenn ich die Familie nicht ausgerechnet bei einem derart vertrauten Beisammensein zum ersten Mal wiedersehe. Ich will Lord und Lady Meade vor ihren Gästen nicht in Verlegenheit bringen, und ich habe Angst davor, Tom gegenüberzutreten. Es ist das Beste für alle, wenn ich mich in meinem Zimmer verstecke.

Auf der Fahrt haben Cordelia und ich besprochen, wie wir die Situation mit meinen beiden Vornamen lösen werden, und sie hat vorgeschlagen, nur diejenigen einzuweihen, die Bescheid wissen müssen. Es schien ihr nichts auszumachen, den Leuten meine Funktion zu erklären, und sie meinte, dass sich die meisten ohnehin nicht an meinen Namen erinnern werden.

»Wir stellen dich als Sophie vor, und es wird ihnen peinlich sein, dass sie dich als Emily in Erinnerung hatten.«

»Die meisten kennen mich eh nur als Brautjungfer/Callgirl.«

»Ein ziemlich cooles Alter Ego, wenn du mich fragst. Sehr geheimnisvoll. Gern geschehen übrigens.«

»Danke vielmals. Was ist mit Annabel? Und ihrer Familie?«

»Darüber musst du dir keine Gedanken machen«, sagte sie. »Denen habe ich es schon gesagt.«

»Wirklich?«

»Ja. Sie haben Weihnachten in Derbyshire verbracht und

waren einmal zum Abendessen bei uns. Da habe ich ihnen die Geschichte erzählt. Sie haben schon einmal ein Geheimnis gehütet, also dachte ich, dass auch dieses bei ihnen sicher ist. Annabel war begeistert. Du hättest ihre gehässigen Kommentare hören sollen. Genial.«

»Hast du keine Angst, dass sie es ausplaudert?«

»Ich hoffe, sie wird nicht so weit gehen.« Sie zuckte mit den Schultern, dann lächelte sie verschlagen. »Außerdem weiß ich auch einiges über Annabel, und ihr ist klar, dass ich den Mund nicht halten werde, falls sie etwas herumerzählt.«

Ich weiß zwar, dass Cordelia so etwas niemals tun würde, aber es ist gut, dass Annabel sich dessen nicht ganz so sicher ist.

Es ist herrlich und seltsam zugleich, wieder auf Dashwell Hall zu sein. Als wir vorhin an den mit funkelnden Lichtern geschmückten Bäumen vorbei die Einfahrt zu dem eindrucksvollen Haus hochfuhren, durchfuhr mich ein Schaudern. Es war alles so eindrucksvoll und Ehrfurcht gebietend. Doch als ich das Zimmer betrat, in dem ich letztes Mal übernachtet hatte, fühlte ich mich seltsam zu Hause.

Ich bügle gerade mein Brautjungfernkleid, als es an der Tür klopft. O nein! Ich trage meinen Winterschlafanzug aus neongrünem Flanell mit leuchtenden Karotten! Was dachte ich mir dabei, so früh schon den Schlafanzug anzuziehen?

Das Klopfen wird lauter. Ich stelle zögernd das Bügeleisen ab und gehe zur Tür. *Bitte, lass es nicht Tom sein. Bitte nicht Tom.*

»Jonathan!«

»Hey, Sophie!« Er grinst, und ich stoße erleichtert die Luft aus.

Er tritt auf mich zu und umarmt mich innig. Dann schiebt er sich an mir vorbei ins Zimmer, und hinter ihm erscheint Lady Meade.

»Hallo, Sophie.« Ihr Blick huscht über meinen Schlafanzug, und sie bemüht sich, sich nichts anmerken zu lassen. Es ist wirklich ein *sehr* auffälliger Schlafanzug.

»Hi, Lady Meade.«

»Darf ich reinkommen?«

»Natürlich!« Ich trete zurück, und sie gesellt sich zu Jonathan, der vor dem Spiegel steht und sich von allen Seiten betrachtet, während er den Bauch mal einzieht und mal wölbt.

»Ich habe zu viel gegessen.« Er seufzt. »Hätte ich bloß die Finger von Cordelias Kuchen gelassen.«

»Wie war die Fahrt, Sophie?«, fragt Lady Meade höflich und wirft Jonathan einen strengen Blick zu, der sich sofort vom Spiegel abwendet. »Ich hoffe, der Verkehr war nicht zu stark.«

»Die Fahrt war angenehm. Wie war das Abendessen?«

»Sehr amüsant«, antwortet Jonathan. »Nicholas hat bis jetzt fünf Reden gehalten. Ich glaube aber, da kommt noch was.«

»Sie sollten sich zu uns gesellen«, meint Lady Meade. »Sie sind herzlich willkommen.«

»Danke, das ist sehr nett, aber ich muss noch einiges vorbereiten.« Ich deute auf das Bügeleisen.

»Sophie«, sagt sie, faltet die Hände und sieht mich an. »Ich möchte mich allerherzlichst bei Ihnen entschuldigen. Ich hätte Sie niemals beschuldigen sollen, die Geschichte an die Presse verkauft zu haben. Ich schäme mich für mein Verhalten und hoffe, Sie finden einen Weg, mir zu vergeben.«

»Ähm... klar.« Ich bin hin und weg von ihrem ernsten Tonfall. Würde ich nur nicht in einem Karottenschlafanzug vor ihr stehen. »Schwamm drüber.«

Sie lächelt warmherzig. »Ich danke Ihnen. Sie haben so viel für Cordelia getan. Das werde ich Ihnen nie vergessen.«

»Ach, na ja.« Ich wische ihr Kompliment mit einer Handbewegung beiseite. »Ich bin nur froh, dass sich letzten Endes alles zum Guten gewendet hat. Das Wichtigste ist, dass Cordelia und du glücklich seid, Jonathan.«

»Wir schulden dir beide sehr viel«, erklärt Jonathan mit einem strahlenden Lächeln. »Danke, dass du hier bist.«

»Das kann ich mir doch nicht entgehen lassen.«

»Damit ich es nicht vergesse – darf ich dir das hier geben?« Er zieht einen Umschlag aus der Innentasche seines Jacketts. »Das ist für Cordelia. Vielleicht könntest du ihn ihr morgen Früh geben. Es ist ihr Hochzeitsgeschenk.«

Ich schnappe aufgeregt nach Luft. »Hast du das bekommen, worüber wir gesprochen haben?«

»Ja. Ich hoffe, es gefällt ihr.«

»Machst du Witze? Sie wird außer sich sein.«

»Danke, Sophie. Wirklich. Für alles.«

Ich werfe einen Blick auf die Uhr und täusche Überraschung vor. In Wirklichkeit kann ich nicht eine Minute länger in meinem Karottenschlafanzug vor der Marquise von Meade stehen.

»Ist es wirklich schon so spät? Mein Gott, ihr solltet zurück zu den Gästen.« Ich trete an die Tür. »Ihr werdet sicher schon vermisst. Aber danke für den Besuch. Das bedeutet mir viel.«

»Haben Sie denn schon gegessen?«, fragt Lady Meade, während sie Jonathan aus dem Zimmer folgt, und mustert mich besorgt. »Sie müssen unbedingt noch etwas zu sich nehmen.«

»Mir geht es gut, wirklich. Ich brauche nichts...«

»Sie kennen doch die kleinere Küche im Privatflügel, oder? Der Kühlschrank dort ist randvoll. Schleichen Sie sich hinunter und bedienen Sie sich. Die Caterer benutzen die Hauptküche, Sie müssen also nicht fürchten, jemandem zu begegnen.«

Sie lächelt verschmitzt, und ich weiß, dass sie auf meinen Schlafanzug anspielt. Okay. Ab jetzt *hasse* ich Karotten.

»Wir sehen uns morgen, Sophie!«, ruft Jonathan und tanzt den Flur entlang davon. »An meinem Hochzeitstag!«

Ich lache und warte, bis sie verschwunden sind, dann schließe ich die Tür und greife erneut nach dem Bügeleisen. Als ich fertig bin, knurrt mein Magen. Lady Meade hat recht, ich sollte etwas essen. Ich habe gar nicht bemerkt, wie hungrig ich bin.

Lady Meade meinte zwar, ich würde niemandem begegnen, aber ich gehe kein Risiko ein und ziehe einen flauschigen weißen Morgenmantel über den Schlafanzug. Dann trete ich aus dem Zimmer und versuche, mich an den Weg in die Küche zu erinnern. Ich habe vergessen, was für ein Labyrinth Dashwell Hall ist. Irgendwann komme ich endlich in einen Flur, der mir bekannt vorkommt, und entdecke erleichtert die Tür zur Küche. Ich werde mir schnell etwas schnappen und dann wieder in mein sicheres Zimmer zurückkehren.

Als ich näher komme, merke ich, dass die Tür offen steht, und ich höre Stimmen. Ich mache einen Satz zurück und drücke mich an die Wand, wo mich niemand sehen kann. Sollten die Caterer nicht die andere Küche benutzen?

»Das ist widerlich, Tom! Man trinkt nicht aus dem Karton, du elendes Ferkel.«

»Beruhige dich, Braut des Schreckens. Ich trinke alles aus und stelle ihn nicht wieder zurück.«

Ich erstarre, als ich Toms Stimme höre. Was machen die beiden hier? Sie sollten im Speisezimmer bei ihren Gästen sein! Warum muss Tom *während einer Dinnerveranstaltung* billigen Fruchtsaft trinken? Hätte ich mein Zimmer bloß nicht verlassen! Wenn ich mich ganz leise aus dem Staub mache, merken sie vielleicht nichts. Solange er nicht an der Tür steht, kann er mich von der Küche aus nicht sehen.

Ich will gerade den ersten Schritt machen, als er weiterspricht. »Dann ist sie also mitgekommen?«

Mir stockt der Atem.

»Ja«, erwidert Cordelia. »Kannst du mir ein Twix geben? Es liegt im obersten Fach, ganz hinten.«

»War der Kuchen beim Abendessen denn nicht nach Eurem Geschmack, Eure Hoheit?«

»Jonathan hat mein Stück gegessen, während ich die Gäste begrüßt habe«, erwidert sie missmutig. »Ich schleiche mich wenigstens nicht davon, um wie ein Halbwüchsiger aus dem Saftkarton zu trinken.«

»*Ich* habe meine Gäste nicht versetzt.«

»Ach, halt die Klappe.«

»Halt du doch die Klappe.«

Oje, Geschwister sind das Letzte! Die beiden sind über dreißig!

Ich höre, wie die Kühlschranktür aufgeht und wieder geschlossen wird. Dann ertönt das Rascheln von Papier.

»Wie geht es ihr?«, fragt Tom.

»Wem?«

Er seufzt genervt. »Na, Sophie.«

»Gut. Ich bin froh, dass sie hier ist.«

Es folgt eine lange Pause.

»Es war allein meine Schuld«, gesteht Cordelia schließlich. »Sie hat nur ihren Job gemacht. Sie durfte niemandem ihren Namen verraten. Sie hat einen Vertrag unterschrieben.«

»Jaja.«

»Und sie ist eine schreckliche Schauspielerin.«

Wie kann sie es wagen? Ich bin sehr überzeugend, was meine Brautjungfernrollen angeht. Abgesehen davon war ich mal die Zweitbesetzung für die Rolle des Knuckles in *Bugsy Malone.* Ich hatte zwar keinen Auftritt, aber es wäre gut möglich gewesen.

»Sie war ganz und gar sie selbst«, fährt Cordelia fort. »Sie hat einen falschen Namen verwendet und behauptet, wir hätten uns in einer Kunstgalerie kennengelernt, aber alles andere war echt. Ich will dich nicht bevormunden ...«

»Klar, das machst du ja sonst auch nie ...«

»... aber du solltest ihr vergeben. Komm schon, Tom, sei kein Idiot. Mit ihr kannst du endlich du selbst sein. Du bist entspannt und albern, wenn sie im Zimmer ist. Das ist schön zu sehen. Und glaub ja nicht, ich hätte nicht bemerkt, dass du sie beeindrucken willst. Du hast angeboten, sie von London nach Dashwell mitzunehmen, obwohl du sie kaum kanntest.«

»Ich war nur nett zu deiner Freundin.«

»Du warst ein verliebter Gockel, du Loser. Und dann auch noch die Führung durch Paxton. Das hast du noch nie gemacht.«

»Quatsch, ich habe schon einigen Leuten das Dorf gezeigt!«

»Ja, aber nicht so! Du hast ihnen den einen oder anderen Laden gezeigt, aber nicht den Ort, an dem du aufgewachsen bist! Du hast sie herumgeführt und ihr alles Mögliche erzählt. Du hast sie an deinem Leben teilhaben lassen. Nein, nur nicht rot werden. Mum und ich finden das bezaubernd«, neckt sie ihn.

»Nervensäge.«

»Ich will dir damit doch nur sagen, dass dein dämliches Loser-Gesicht jedes Mal strahlt, wenn du sie siehst. Also lass sie dir nicht entgehen. Vertrau mir, du findest keine wie sie.«

Ich höre, wie Cordelia das Schokoladenpapier zerknüllt. Sie wirft es in Richtung Mülleimer, der neben der Tür steht, und es landet nicht weit von mir entfernt.

»Mieser Wurf«, erklärt Tom.

Sein Arm erscheint. Ich halte die Luft an und drücke mich an die Wand. Er hebt das Papier auf und wirft es in den Eimer.

Der Arm verschwindet, und ich atme leise aus, während mein Herz gegen die Rippen trommelt.

»Wir sollten zurückgehen«, sagt Tom.

»Ja. Neben wem sitzt du?«

»Großonkel Edward, der mich ständig mit Dad verwechselt und mich als Nichtsnutz beschimpft«, murrt Tom. »Aber ich bin selbst schuld. Ich habe heute Morgen im Scherz gemeint, dass Lord Pock Pock außerordentlich dämlich ist, und Mum hatte den Sitzplan noch nicht fertig. Das ist ihre Strafe.«

Cordelia lacht auf. »Zumindest sitzt du und kannst dich auch mit anderen unterhalten. Ich wandere von einem zum anderen, seit ich angekommen bin. Keine Ahnung, wie Jonathan das den ganzen Abend ausgehalten hat. Mein Kiefer schmerzt vom Lächeln. Dabei ist heute noch nicht mal unser Hochzeitstag. Ich bin mir nicht sicher, ob ich das durchhalte.«

»Klar hältst du durch! Morgen wird unglaublich toll. Ich weiß, das ist nichts Neues, aber ich bin stolz auf dich, Schwesterchen.«

»Halt die Klappe.«

»Halt du doch die Klappe.«

Ich höre, wie sich ihre Schritte entfernen, als sie die Küche durch die Tür auf der anderen Seite verlassen.

Ich lächle, während ich ihrem weitergehenden Gezanke lausche. Ich nehme alles zurück. Geschwister sind doch *das Beste.*

Einladung zur Hochzeit von

Lady Cordelia Swann und Jonathan Farlow

31. Dezember 2021

Ich versuche, nicht zu weinen, als sie in ihr Kleid schlüpft. Sie würde nur wieder die Augen verdrehen, wenn ich jetzt weine.

»Weinst du etwa?«

»Nein!«, krächze ich.

»Du machst schon wieder dieses Puppengesicht.«

»Nein, tue ich nicht.«

»Das ist unheimlich.«

»Ich tue doch gar nichts. Das ist mein normales Gesicht.«

Sie lächelt. »Also? Was hältst du davon?«

Es stimmt tatsächlich, dass jede Braut an ihrem Hochzeitstag wunderschön ist. Die scheinbar überstrapazierten Begriffe werden aus gutem Grund so oft verwendet. Strahlend. Atemberaubend. Umwerfend. Es ist vermutlich deshalb, weil man an seinem Hochzeitstag ungeniert glücklich sein darf.

»Wunderschön!« Ich schnappe mir ein Taschentuch von der Stylistin und tupfe mir die Augen trocken. »So *wunderschön.*«

Lady Meade, die neben mir sitzt, gibt ein seltsames Geräusch von sich, und die Stylistin streckt ihr ebenfalls ein Taschentuch entgegen. Clio Vaughn bewegt sich so elegant und leise durchs Zimmer, dass wir sie und ihre Kamera kaum bemerken.

Es ist ein erlesenes Kleid, das (in Windeseile) vom Team von Alexander McQueen entworfen wurde. Ein Halterneck mit einem anliegenden Oberteil, das Cordelias zarte Schultern zur Geltung bringt, und ein sanft ausladender A-Linien-Rock mit einem Overlay aus zarter, handgefertigter Spitze und einer Schärpe. Es ist elegant, gediegen und romantisch. Es ist perfekt.

Cordelia dreht sich, um mir die riesige Schleife am unteren Rücken zu zeigen, in deren Mitte die hufeisenförmige Diamant- und Saphirbrosche prangt, die ich für sie gefunden habe.

Beth tritt mit unseren Sträußen auf uns zu. Da sie keine freie Hand hat, laufen ihr die Tränen ungehindert über die Wangen. Es gab am Morgen einen peinlichen Moment des Schweigens, als Beth ins Zimmer kam und mich mit »Emily! Hi!« begrüßte. Doch Cordelia erzählte die Geschichte mit derartigem Fingerspitzengefühl, dass Beth meinen Job nicht nur unglaublich toll fand, sondern auch Tränen in den Augen hatte, als Cordelia erzählte, wie sie mich bat, ihre richtige Brautjungfer zu werden.

»Was für eine wunderbare Geschichte über das Entstehen einer Freundschaft«, schniefte Beth. »Das ist … Schicksal.«

»O Gott«, seufzte Cordelia und deutete mit dem Kopf auf mich. »Bring sie ja nicht auf dumme Gedanken.«

Nun reicht Beth mir meinen Strauß und drückt Cordelia immer noch heulend den Brautstrauß in die Hand. Unter Schniefen erklärt sie Cordelia schließlich, wie wunderschön sie ist und dass sie nicht glauben kann, dass eine so erwachsene und elegante Frau aus ihr geworden ist. »Es ist, als wäre es gestern gewesen, dass du mit dem Fuß in der Toilette stecken geblieben bist«, meint sie und schnäuzt sich.

»Ähm, Entschuldigung…«, mische ich mich ein und hebe die freie Hand. »Die Geschichte kenne ich ja noch gar nicht!«

»Ach, das war, als Cordelia bei mir gearbeitet hat und…«

»Das erzähle ich dir ein anderes Mal«, unterbricht Cordelia Beth und wirft mir einen warnenden Blick zu, während ich ein Lachen unterdrücke. »Wir sollten Dad reinholen, meint ihr nicht auch? Wir müssen bald los.«

»Warte, bevor wir gehen, habe ich noch etwas für dich«, unterbreche ich eilig und hole den Umschlag vom Frisiertisch. »Von Jonathan.«

Ihre Augen leuchten. »Er hat mir eine Karte geschrieben?«

Ich nicke und gebe ihr den Umschlag. Wir warten geduldig, bis sie ihn geöffnet hat. Sie liest die Karte, und ein Lächeln breitet sich auf ihrem Gesicht aus. Als sie an der Stelle mit dem Geschenk angekommen ist, schlägt sie sich eine Hand vor den Mund. Sie hebt den Blick und sieht mich an. »Ist das wahr? *Das* ist mein Hochzeitsgeschenk…?«

»Ja, ganz genau.«

»O mein Gott!«

»Was ist es denn?«, fragt Lady Meade neugierig.

»Er schenkt mir einen Welpen!«, jubelt Cordelia. »Einen Labrador! Das ist das beste Geschenk aller Zeiten!«

Sie ist so glücklich, dass ich auflache, und ich freue mich schon darauf, wenn wir Clios Bilder in den Händen halten und Jonathan ihre Reaktion sieht. Als ich damals mit ihm in dem Pub saß, wurde mir mit einem Mal klar, was Cordelia fehlte. Jonathans Geschichte über ihre Liebe zu Gus, dem Familienhund, zeigte, wie sie sich im Moment psychischer Anspannung – was ein erster Besuch bei den zukünftigen Schwiegereltern definitiv ist – Trost von einem Labrador holte. Genau wie Lady Meade fühlt sie sich in Gegenwart von Tieren am wohlsten. Sie kümmern sich nicht um Titel, Berühmtheit oder Status – sie lieben dich so, wie du bist.

»Ich kann es nicht glauben, ich bin so aufgeregt«, sagt sie und liest die Karte noch einmal. »Ich wünsche mir schon so lange einen Hund. Jonathan schreibt, dass wir ihn nach unserer Hochzeitsreise abholen können!«

»Bis dahin wird er schon sehnsüchtig auf dich warten«, bestätige ich. Sie strahlt mich an und umklammert die Karte. Ich löse sie sanft aus ihren Fingern und erinnere sie, dass wir einem ziemlich straffen Zeitplan haben.

Lord Meade wird ins Zimmer geführt. Seine Augen weiten sich, als er seine Tochter sieht. Seine Unterlippe zittert, und er bemüht sich redlich, nicht emotional zu werden. Er drückt Cordelia einen Kuss auf die Wange und murmelt immerzu »Sehr schön. Sehr schön«.

Lord Meade und ich haben uns am Morgen lange unterhalten, und er hat sich in aller Form entschuldigt. Ich habe ihm versichert, dass alles vergessen ist und ich einfach glücklich bin, dass sich alles geklärt hat. Ich entschuldigte mich auch dafür, dass ich ihn angelogen habe, doch er winkte ab. Anschließend machte er ein paar Scherze darüber, dass Emily wirklich nett war, er aber erst noch sehen müsste, ob das auch auf Sophie zuträfe, bis Lady Meade ihm sanft, aber bestimmt erklärte, dass solche Dinge nur beim ersten Mal witzig seien.

Während Lord Meade beinahe sprachlos seine Tochter bewundert, erfahren Lady Meade und ich, dass unser Wagen wartet. Wir verabschieden uns von Cordelia, die wir erst in der Kirche wiedersehen werden, und stöckeln vorsichtig in unseren High Heels die gebogene Treppe von Dashwell Hall hinunter.

Ich steige zuerst ein, um Lady Meade zu helfen, die ihren Kopf dank ihres gigantischen blauen Huts seltsam zur Seite neigen muss, um überhaupt durch die Autotür zu passen. Sie ist mit ihrem Outfit wirklich aufs Ganze gegangen, und ich finde es *toll.*

Wir füllen die kurze Fahrt zur Kirche mit Small Talk darüber, wie schön alles aussieht und wie froh wir über das Wetter sind. Es ist natürlich kalt, aber die Sonne strahlt, was bedeutet, dass die Gäste nicht nur das prunkvolle Innere von Dashwell Hall genießen können, sondern auch den Ausblick auf die Felder, die sich bis zum Horizont erstrecken. Ich gestehe Lady Meade, dass ich noch nie eine herrlichere Hochzeitslocation gesehen habe. Überall, wo man hinschaut, funkeln Lichterketten, und das Haus ist mit den schönsten Blumenarrangements in dunklem Rot, Orange und dem einen oder anderen Akzent in Dunkelblau und Pink geschmückt. Beth hat sich selbst übertroffen.

Lady Meade stimmt mir zu und meint scherzhaft, dass sie überlegt, das Haus das ganze Jahr über so zu dekorieren. Ich bestätige, dass das vielleicht eine gute Idee wäre.

Der Wagen hält vor der Kirche, und ich werde plötzlich nervös.

Allerdings nicht, weil ich vor unzähligen prominenten Gästen den Mittelgang entlangschreiten werde – obwohl das natürlich Furcht einflößend ist –, sondern weil ich bald Tom wiedersehen werde. Trotz des Gesprächs, das ich gestern Abend belauscht habe, lässt sich schwer sagen, wie er zu mir steht. Er hat nicht viel gesagt. Was vermutlich bedeutet, dass die Sache für ihn gegessen ist, er es aber nicht zugeben wollte, weil ich die Freundin seiner Schwester bin. Falls es so sein sollte, ist es okay. Damit komme ich schon klar. Ich hatte gehofft, ihn heute Morgen zu anzutreffen, damit wir reinen Tisch machen können, aber er war nirgendwo zu sehen. Wobei mir im Nachhinein klar wurde, dass er als Trauzeuge des Bräutigams vermutlich im selben Hotel schlief wie Jonathan.

Lady Meade begibt sich in die Kirche, während ich nervös vor der Tür warte. Der Pfarrer tritt neben mich, und Clio und ihre Armee an Assistenten machen einige spontane Fotos von mir, wie ich mein Kleid glatt streiche und versuche, die sorgsam frisierten Haarsträhnen wieder an die richtige Stelle zu stecken.

Der Brautwagen fährt vor, als Clio gerade ein sehr kunstvolles Foto von meinem Blumenstrauß schießt, und die Fotografen bringen sich eilig in Stellung. Einige Einheimische haben sich vor der Kirche versammelt, um einen Blick auf die Braut zu erhaschen. Sie jubeln und winken, während Lord Meade Cordelia aus dem Auto hilft. Sie winkt ihnen zu, und es wirkt wie eine royale Hochzeit.

Der Pfarrer heißt sie willkommen und fragt, ob er dem Organisten das Zeichen geben kann, dass die Messe beginnt.

»Ja«, haucht Cordelia, während ich ihren Schleier zurechtzupfe und Lord Meade ein Staubkorn von seinem Cutaway streicht. »Danke, Sophie.«

»Sehr gerne.«

»Ich bin nervös.«

»Konzentriere dich einfach auf Jonathan.«

»Was, wenn ich das Ehegelübde nicht hinbekomme?«

»Lass dir Zeit, der Pfarrer wird dich hindurchführen. Und falls du es vermasselst, ist das halb so schlimm. Die Gäste finden es bezaubernd, und ich werde dich lauthals auslachen.«

»Solange du nicht grunzt.« Sie lächelt verschmitzt. »Das tust du sicher, wenn du so richtig loslachst, oder?«

»Wie kam es eigentlich dazu, dass du mit dem Fuß in der Toilette stecken geblieben bist?«

»Gut, gut«, unterbricht uns der Pfarrer fröhlich und tritt erneut zu uns. »Dann nehmen wir Aufstellung.«

Ich überprüfe ein letztes Mal Cordelias Schleppe, reihe mich hinter dem Pfarrer ein und versuche nicht zu grinsen, als ich höre, wie er murmelnd noch einmal seine Predigt durchgeht. Lord Meade und Cordelia treten hinter mich, die Orgel beginnt zu spielen, die Gäste erheben sich. Dann geht es endlich los.

Kapitel 34

»Wir werden niemals auch nur ein Wort darüber verlieren.«

»Ich weiß gar nicht, warum du so eine große Sache daraus machst.« Ich seufze und halte den Blick an die Decke gerichtet, während ich ihre Schleppe hochhebe. »Ich habe das schon Tausende Male gemacht. Jede Braut braucht Hilfe dabei. Was glaubst du, wie die Bräute mit den Reifröcken pinkeln? Du hast Glück, dass die Toilette groß ist. Stell dir vor, wir wären in einem mobilen Toilettenhäuschen. Da ist einiges an Geschick nötig.«

»Hör auf zu reden«, faucht Cordelia. »Sonst geht gar nichts.«

Ich halte den Mund und warte geduldig auf das Plätschern.

»Erinnerst du dich an unser Gespräch auf deiner Verlobungsparty?«, frage ich, als es endlich losgeht. »Ich war auf der Toilette, und du bist reingekracht.«

»O ja. Ich war so wütend, weil du noch immer nicht gekündigt hattest.«

»Ich habe vor Schreck mitten im Pinkeln aufgehört.«

»Ehrlich?«

»Du warst so Furcht einflößend, dass nichts mehr ging.«

»Ich hatte keine Ahnung, wie viel Macht ich besitze.« Sie reißt Toilettenpapier ab.

»Alles erledigt«, verkündet sie schließlich und erhebt sich mit geröteten Wangen. Sie gleitet vor den Spiegel, und ich breite die Schleppe wieder aus. »Also, wie machen die das?«

»Was macht wer?«

»Die Bräute mit den Reifröcken.« Sie wäscht sich die Hände.

»Man kann sich auch verkehrt auf eine Toilette setzen, sodass der Rücken zur Tür zeigt. Also rittlings«, informiere ich sie und öffne meine Clutch, in der sich ihr Make-up befindet. »Oder man verwendet eine riesige blaue Ikea-Tasche. Das klappt super.«

»Du machst Witze.« Sie greift nach dem Eyeliner.

»Man schneidet ein Loch in den Boden, die Braut klettert hinein und zieht die Tasche an den Henkeln nach oben. Der Rock befindet sich in der Tasche, und es kann nichts passieren.«

»Willst du damit sagen, dass jede Braut eine Ikea-Tasche mit sich rumtragen soll?«

»Nein. Ich sorge dafür, dass eine passend zugeschnittene in der Toilette vorrätig ist.«

»Das ist unheimlich... schlau.«

»Ich weiß.«

Sie legt die Make-up-Utensilien wieder zurück in meine Tasche, und ich halte ihr die Tür auf, dann machen wir uns auf den Weg nach unten, um uns zu den Gästen zu gesellen.

»Was sagst du zum Essen?«, fragt sie und greift nach meiner Hand, damit ich sie stützen kann. Das Treppengeländer ist mit opulenten Blumengirlanden geschmückt.

»Es ist vermutlich das Beste, was ich je gegessen habe.«

»Und die Reden?«

»Die waren brillant! Die Leute waren begeistert. Es war genau die richtige Mischung aus witzig und emotional. Wobei deine natürlich die beste war. Die Geschichte über Jonathans Hose bei eurem Trip in die Toskana war super. Und als du mir gedankt hast, hätte ich beinahe losgeheult.«

»Das war mir klar. Deine Tränendrüsen sind hyperaktiv.«

»Bist du glücklich mit allem?«

Sie lächelt. »Ich war noch nie glücklicher.«

Und ich glaube ihr. Sie strahlt bereits den ganzen Tag und wirkt ungeheuer entspannt, und jeder, der Jonathan und sie gemeinsam sieht, weiß sofort, dass sie zusammengehören.

Ich achte immer auf die kleinen, kaum sichtbaren, scheinbar unwichtigen Details – wie Jonathans Fingerspitzen sanft über ihre glitten, als der Pfarrer die Gäste begrüßte; wie er ihr stolz die Hand entgegenstreckte, um sie die Treppe hinunterzugeleiten, damit sie im Park von Dashwell Hall Fotos machen konnten; wie sie ihm auf dem Weg zum Hochzeitsmahl einen schnellen Kuss auf die Wange drückte, als sie dachte, niemand würde es sehen, und danach sanft den Lippenstift abwischte.

Cordelia hat mir erzählt, dass sie sich Jonathan jetzt, wo es keine Geheimnisse mehr gibt, noch näher fühlt als jemals zuvor. Sie haben stundenlang über alles geredet. Jonathan ist überzeugt, dass es unglaublich mutig war, so etwas als Teenager zu bewältigen, und langsam glaubt sie es auch.

Die beiden werden einander tatsächlich bis an ihr Lebensende lieben und füreinander da sein.

Cordelia hält am Ende der Treppe inne. »Zahnkontrolle«, erklärt sie und sieht sich um, bevor sie die Lippen zurückzieht.

»Alles okay.«

»Was kommt jetzt?«

Ich schaue auf die Uhr. »Brauttanz in sechs Minuten. Halt still.« Ich gehe in die Hocke, lege die Bänder zurecht und kürze die Schleppe. Ein Hochzeitsgast kommt auf dem Weg zur Toilette an uns vorbei und nutzt die Gelegenheit, Cordelia zu sagen, wie herrlich die Hochzeit ist. Cordelias Kleid schwingt hin und her, während sie gestikulierend antwortet, und ich krabble inzwischen auf dem Boden um das Kleid herum und versuche, die inneren und äußeren Bänder richtig zuzuordnen.

»Ladys und Gentleman, bitte begrüßen Sie das glückliche Brautpaar zu seinem ersten Tanz«, ruft der Conférencier.

Cordelia vergisst, was ich gerade mache, und gleitet glücklich in Richtung Tanzfläche, während ich in seltsamer Stellung auf dem Boden hocke und in meinem engen Satinkleid kaum hochkomme. Zumindest habe ich die letzten beiden Bänder verknotet. Ich hoffe nur, dass alles hält.

»Ich weiß, wer du wirklich bist«, ertönt plötzlich eine höhnische Stimme.

Ich hebe den Blick und sehe Annabel, die mit in die Hüften gestemmten Händen auf mich herabsieht und mich anfunkelt.

»Annabel, es ist mir wie immer eine Freude.« Ich richte mich auf und bete, dass mein Kleid nicht reißt. Gottlob bleibt alles heil.

»Cordelia und du... ihr seid erbärmlich«, verkündet sie, sobald wir uns auf Augenhöhe gegenüberstehen.

»Würde es dir etwas ausmachen, das draußen zu besprechen?«, frage ich und führe sie mit einem gewinnenden Lächeln von den Gästen fort. »Es wäre mir lieber, wenn niemand zuhört.«

»Na gut.« Sie seufzt. »Noch eine Vertuschungsaktion, die ich selbstlos unterstütze.«

Ich führe sie nach draußen, wo wir ungestört sind. »Also gut, Annabel«, beginne ich, bereit für alles, was sie mir sagen möchte. »Sprich dich aus.«

»Diese Familie platzt vor Geheimnissen und Lügen. Und du bist um nichts besser. Eine professionelle Brautjungfer? Wie peinlich! Sie musste eine *Freundin* engagieren. Mein Gott, ich glaube, ich würde auswandern, wenn jemand so etwas über mich behaupten würde.«

»Es ist nicht peinlich, Annabel. Es ist mein Job. Und eine Brautjungfer ist nicht dasselbe wie eine Freundin.«

»Warum sollte ich Cordelias Geheimnis für mich behalten?« Sie grinst und scheint den Moment zu genießen. »Vielleicht verdienen es die Leute, die Wahrheit zu erfahren.«

»Welche Wahrheit denn?«, frage ich gereizt. »Jeder, der eine Hochzeit für vierhundert Gäste plant, braucht ein wenig Hilfe.«

»Der Presse würde das sicher gefallen. Lady Cordelia Swann ist so erbärmlich, dass sie Leute dafür bezahlen muss, um Zeit mit ihr zu verbringen.« Sie lacht lauthals. »Das ist göttlich!«

»Cordelia ist nicht erbärmlich«, verteidige ich Cordelia aufgebracht. »Im Gegensatz zu dir.«

Sie zuckt zurück. »Wie bitte?«

»Du hast mich schon verstanden«, erwidere ich selbstbewusst. Wut kocht in mir hoch und vertreibt die Furcht. »Du bist die Einzige, die hier erbärmlich ist, Annabel. Du warst einmal mit Cordelia befreundet, und sie hätte alles für dich getan – ich glaube sogar, dass das immer noch der Fall ist, auch wenn sie es nicht zugibt –, aber du hast sie nicht verdient. Dir war ihr gesellschaftlicher Status wichtiger. Es zählt das Bild, das die Welt von dir bekommt, wenn sie die Leute sehen, mit denen du dich umgibst. Das ist ein schlimmer Fehler.«

Sie sieht mich hasserfüllt an. »Wie kannst du es wagen! Ich bin hier nicht die böse Freundin! Ich habe ihr nicht den Freund ausgespannt.«

»Ach du meine Güte«, stoße ich entnervt hervor. »Annabel, glaubst du wirklich, dass der Kerl, der dich am Ende mit mehreren deiner Freundinnen betrogen hat, es nicht auch bei Cordelia versucht hat? Glaubst du wirklich, *sie* hat damit angefangen? Ich kenne sie erst seit ein paar Monaten, aber ich würde eine Menge Geld darauf verwetten, dass sie so etwas nie jemandem antun würde. Sie ist unglaublich loyal. Bis zu dem Grad, dass sie mittlerweile Angst hat, Freundschaften zu schließen, weil sie nicht mehr die Energie hat, mit einem derartigen Schmerz fertigzuwerden.«

Annabel wirkt plötzlich durcheinander und unsicher. Ihr Blick huscht hin und her, während sie überlegt, was sie mir noch an den Kopf werfen kann. »Sie war... sie war dumm. Sie hatte einen miesen Einfluss auf mich. *Sie* hat zu viel genommen, nicht ich.«

»Weißt du, was ich glaube, Annabel? Du bist immer noch wütend auf Cordelia, weil du wütend auf dich selbst bist. Sie ist ein guter Mensch und eine gute Freundin.«

»Ach, wirklich?«, schnaubt sie. »Wenn sie so eine gute Freundin ist, warum muss sie dich dann bezahlen, dass du für sie da bist?«

»Das tut sie nicht«, erwidere ich. »Sie hat mich vor einiger

Zeit gefeuert. Ich bin als ihre *Freundin* hier, nicht beruflich. Wie steht es denn mit deinen Brautjungfern, Annabel?«

»Wie bitte?«

»Du hast deine Brautjungfern auf Social Media vorgestellt. Darunter natürlich deine Schwester Georgia, aber die anderen beiden haben mich überrascht. Wie waren die Namen noch mal? Ach ja, Ella und Madison. Ihr habt euch vor ein paar Monaten kennengelernt, nicht wahr? Bei der Eröffnung des Restaurants von Ellas Dad. Madison arbeitet als Model in New York, richtig?«

»Und weiter?«, fragt sie hochmütig.

»Wie man hört, kann Madison nicht kommen, weil sie ihre Schauspielkarriere vorantreiben möchte?«

»Sie hat im Mai bereits andere Verpflichtungen«, erklärt Annabel. »Was ich total verstehe. Das spielt auch keine Rolle.«

Ich nicke. »Tut mir echt leid für dich. Es ist hart, wenn dich Freunde im Stich lassen. Vor allem an einem so wichtigen Tag.«

Ihre Augen werden schmal. »Was soll das? Dieser Schwachsinn mit der professionellen Brautjungfer hat doch nichts mit mir zu tun. Hier geht es um Cordelia.«

»Ich war bereits auf sehr vielen Hochzeiten, Annabel, und glaube mir eines…« Ich trete einen Schritt auf sie zu und spreche mit seriöser, freundlicher Stimme, damit sie weiß, dass ich es ernst meine. Ich will nicht bevormundend klingen. »Gerade an deinem Hochzeitstag hast du Leute an deiner Seite verdient, denen du vertraust. Du wirst sie brauchen. Mach nur weiter so und umgib dich den Rest deines Lebens mit Leuten, die dir mehr Ansehen und Berühmtheit bringen, aber wenn schließlich der Tag da ist, der dir wirklich etwas bedeutet, solltest du zusehen, dass du Menschen um dich hast, die dich tatsächlich mögen.« Ich schenke ihr ein Lächeln. »Menschen, die dir an deinem Hochzeitstag den Rücken freihalten, sollte dich jemand als erbärmlich bezeichnen, wenn du gerade nicht hinhörst. Genau dafür sind Brautjungfern da.«

Sie starrt mich sprachlos an.

»Wie auch immer«, erkläre ich fröhlich und trete wieder zurück. »Es war nett, mit dir zu plaudern. Wir sollten jetzt zurück und die Party genießen. Wir haben zwar den Brauttanz verpasst, aber die Band soll echt gut sein. Außerdem wird es Zeit für einen Flying Hirsch, findest du nicht auch?«

Sie reißt sich zusammen, wirft die Haare über die Schulter, mustert mich angewidert und meint hämisch lächelnd: »Ich muss jetzt gehen.«

Dann macht sie auf dem Absatz kehrt, stapft zurück ins Haus und knallt die Tür hinter sich zu. Na ja, ich habe es versucht. Ich nutze die Gelegenheit, um einen Moment für mich zu sein, die Aussicht zu genießen und der gedämpften Musik zu lauschen.

»Das war heftig.«

Ich schnappe nach Luft und fahre herum, als Toms Stimme aus dem Schatten hinter einer Säule dringt. »*Was zum*... Warst du die ganze Zeit hier?«

Er hebt die Hände. »Tut mir leid, ich wollte nicht lauschen.«

»Was machst du hier draußen?«, frage ich, und mein Herz pocht nach dem Schrecken, den er mir eingejagt hat, immer noch so laut, dass es in meinen Ohren klingelt.

»Rauchen.«

»Du rauchst doch nicht!«

»Früher schon. Ich dachte, ich gönne mir eine Zigarette zur Feier der Hochzeit. Nach ein paar Drinks ist die Versuchung noch immer groß.«

»Okay, aber hier ist kein ausgewiesener Raucherbereich.«

»Ja, aber es ist ruhiger, und ich dachte, ich komme vielleicht damit durch, weil es... du weißt schon..., weil es immerhin mein Haus ist und so.«

Ich schlucke, dann stehen wir uns in unangenehmes Schweigen gehüllt gegenüber und lauschen dem Bass, der aus dem Haus dröhnt. Ich habe den ganzen Tag jeglichen Augenkontakt mit ihm vermieden und so getan, als würde ich nicht ständig auf seinen Hinterkopf starren, wenn er sich umdrehte. Zu Beginn waren seine Haare sorgfältig frisiert – ich war beeindruckt, als ich in der Kirche einen Blick riskierte –, aber jetzt stehen sie in alle Richtungen. Er hat die Jacke seines Cutaways ausgezogen, sich jedoch leider noch nicht die Ärmel hochgekrempelt. Ich hoffe, das macht er später, wenn ihm beim Tanzen heiß wird.

Er tritt lächelnd auf mich zu und streckt die Hand aus. »Sophie, nicht wahr?«

Ich nehme seine Hand, schüttle sie und muss lachen, weil es so übertrieben wirkt. »Ja, genau. Sophie. Schön, dich nun richtig kennenzulernen.«

»Ebenfalls. Du hast da einige sehr nette Dinge über meine Schwester gesagt. Danke, dass du sie in Schutz genommen hast. Tut mir leid, wie Annabel mit dir geredet hat.«

»Schon gut. Damit kann ich umgehen.«

»Ja, das ist mir klar.« Er wirkt beeindruckt. »Ich dachte, ich muss einschreiten, aber du hattest alles im Griff. Ich habe das Gefühl, dass du nach diesem Showdown bald einen neuen Auftrag bekommen wirst.«

Ich mustere ihn stirnrunzelnd. »Brauchst du eine Brautjungfer?«

»Nach allem, was ich bis jetzt gehört habe, glaube ich, dass jeder eine Brautjungfer in seinem Leben braucht.« Er grinst. »Aber ich habe Annabel gemeint. Ein Wunder, dass sie dich nicht um deine Karte gebeten hat.«

»Annabel würde mich nie und nimmer engagieren. Ich habe ihr vermutlich nur noch mehr Grund gegeben, meine wahre Identität auszuplaudern. Wahrscheinlich weiß es morgen jeder.«

»Da wäre ich mir nicht so sicher. Als Cordelia Annabels Eltern die Wahrheit erzählt hat, hielten sie es im Prinzip für eine sehr gute Idee. Offenbar steht Annabel gewaltig unter Druck, und sie haben Angst, dass sie es nicht schafft. Mich würde nicht wundern, wenn du bald einen Anruf von Lord und Lady Derrington bekommst.« Er verzieht das Gesicht. »Was allerdings heißen würde, dass du dich monatelang mit Annabel und ihren Wünschen herumschlagen musst.«

»Nach Cordelia stehe ich alles durch«, sage ich, und er nickt zustimmend. »Ich werde mir morgen über Annabel Gedanken machen. Heute sollten wir die Hochzeit genießen.«

»Guter Plan.«

»Tom«, beginne ich und steuere auf ein ernsteres Thema zu. »Es tut mir leid. Alles. Es ging mir sehr nahe.«

»Schon okay.« Er senkt den Blick. »Ich verstehe es ja. Du hast deinen Job gemacht und hattest einen Vertrag unterzeichnet. Und du wurdest zu einer richtigen Freundin für Cordelia. Du warst und bist für sie da. Dir muss nichts leidtun.«

»Das tut es aber. Es tut mir schrecklich leid, dass ich dich angelogen habe.« Ich zögere und versuche, seinen Gesichtsausdruck zu deuten. »Es war nicht alles eine Lüge.«

»Nicht?« Er hebt den Blick, sieht mich an und erlaubt sich ein leises Lächeln. Vielleicht sind Cordelias Argumente gestern Abend zu ihm durchgedrungen. Ich wage noch einmal zu hoffen.

»Jaaaa. Als du mich gefragt hast, ob ich Zeit und Lust auf einen Drink hätte und ich Ja gesagt habe – das war nicht gelogen.«

O mein Gott, wie verwegen war denn das gerade?

»Wirklich? Interessant!«

»Also, wenn du immer noch willst, dann können wir uns verabreden. Willst du mit mir ausgehen?«

Unglaublich verwegen.

»Ja, das klingt gut. Das würde ich sehr gerne«, sagt er, und mein Herz schlägt Purzelbäume, während ich so breit grinse, dass mein Kiefer schmerzt.

»Cool! Super«, rufe ich vollkommen unverwegen und viel zu schwärmerisch. »Was möchtest du unternehmen? Wohin möchtest du gehen?«

»Mit dir, Sophie?« Er grinst. »Überallhin.«

»Du hast sexy Arme.«

»Was?«, schreit Tom über die Musik hinweg.

»Deine Arme!«

»Was ist damit?«

Moment! O Gott, was rede ich da? Warum schwärme ich von seinen Armen, während wir mit Hunderten anderer Gäste auf der Tanzfläche zu den Proclaimers abgehen? Die Flying Hirsch sind mir wohl zu Kopf gestiegen. Oder es ist Tom.

»Was ist mit meinen Armen?«, fragt er erneut und unterbricht sein wildes Getanze, um mir näher zu kommen.

Ich gerate in Panik.

»Du hast sie!«, brülle ich.

Er wirft mir einen seltsamen Blick zu. »Ja?«

»Das ist cool!«

Er lacht los. »Sophie ist schräger als Emily.«

»Dein Dad hat heute Morgen einen ähnlichen Scherz gemacht.«

»Dad und ich machen dieselben Scherze? Oje. Nicht gut.«

Ich lächle, während er wieder zu tanzen beginnt, und frage mich, wie viel ich der Band zahlen muss, dass sie für immer weiterspielt und der Abend nie zu Ende geht. Seit unserem Gespräch vor dem Haus mussten wir uns unter die Gäste mischen (er), der Braut erneut beim Pinkeln helfen (ich) und Lord Meade das Mikrofon abnehmen, bevor er eine weitere Ansprache halten konnte (wir beide). Aber irgendwie fanden wir nach jeder Unterbrechung wieder zueinander, und mittlerweile ist es endlich spät genug, dass alle glücklich und zufrieden tanzen und wir ohne Verpflichtungen zusammen sein können.

Das Lied neigt sich dem Ende zu. Wir brüllen die letzte Zeile lautstark im Chor mit den anderen und klatschen lachend in die Hände. Tom sieht zur Bühne, und ich nutze die Gelegenheit, um ihn zu mustern. Sein Hals ist toll.

Oh-oh, eine neue Schwäche.

»Ladys und Gentleman«, ruft Cordelia ins Mikrofon. Sie lallt ein wenig, und Jonathan steht neben ihr und legt ihr einen Arm um die Schultern, um sie zu stützen, obwohl er ebenfalls wackelig auf den Beinen ist. »In ein paar Minuten ist es Mitternacht, der Countdown ins neue Jahr startet also in Kürze!«

Die Menge jubelt. Sie schwankt die Treppe von der Bühne nach unten, packt Jonathans Hand und steuert winkend und laut rufend direkt auf Tom und mich zu. »Juhuuuu!«

»Ist dir bewusst, dass du gerade *Juhuuu* gerufen hast, als du auf uns zugelaufen bist?« Ich lache, als sie mir in die Arme fällt. Die unzähligen Gläser Champagner haben sie zu einer Meisterin im Umarmen gemacht.

»Jaaaa, keine Ahnung, woher das kam. Wie auch immer, ich habe ein Geschenk für dich. – Jonathan!« Sie knufft ihn in den Arm und unterbricht sein Gespräch mit Tom. »Jonathan! Konzentration! Gib Sophie ihr Geschenk!«

»Okay, okay. Gleich.« Er lacht, greift in seine Tasche und zieht ein kleines schwarzes Kästchen heraus.

Sie nimmt es und streckt es mir eifrig entgegen. »Ich habe gelesen, dass es eine nette Geste ist, der Brautjungfern ein Anerkennungsgeschenk zu machen. Ich wollte es dir heute Morgen geben, aber die Sache mit dem Welpen hat mich abgelenkt. Mach es auf.«

»Das muss doch nicht sein.«

»Mach es auf!«, beharrt sie.

Peinlich berührt von ihrer Großzügigkeit öffne ich schüchtern den Deckel des Kästchens mit der Aufschrift *Swann & Co.* Es ist eine Kette aus Cordelias Schmuckkollektion, die ich allerdings noch nie gesehen habe. Der Anhänger ist ein silberner Schwan.

»Gefällt er dir?«, fragt sie unsicher.

Ich umklammere das Kästchen. »Er ist wunderschön. Danke.«

»Ich weiß, du magst es, wenn Leute sagen, was Sache ist, also erkläre ich dir jetzt, was dieser Anhänger zu bedeuten hat«, verkündet sie theatralisch.

»Na ja, es ist … ein Schwan.«

»Ja, du Klugscheißerin. Klar ist es ein Schwan. Aber ich sage dir jetzt, was er zu *bedeuten* hat.« Sie verdreht die Augen. »Du bist meine beste Freundin. Damit gehörst du zur Familie. Und der Schwan steht für meine Familie.«

»Cordelia«, krächze ich und blinzle die Tränen fort.

»Außerdem bist du *die* Schwanen-Flüsterin. Ich habe ein Beweisvideo, falls es irgendjemand bezweifelt.« Sie grinst. »Du hast mich inspiriert. Die Kette ist ein Teil meiner nächsten Kollektion. Ich nenne sie *Sophie Swan*. Süß, oder?«

Ich lache laut auf und nehme die zarte Kette aus dem Kästchen.

»Moment.« Tom nimmt sie mir ab. »Lass mich das machen.«

Ich halte die Haare hoch. Er schließt die Kette im Nacken, und ich lasse die Haare nach unten gleiten und bewundere den Anhänger. Cordelia umarmt mich erneut, dann löst sie sich lächelnd von mir. Sie sagt nichts. Das muss sie auch nicht.

»Da du jetzt sichergestellt hast, dass die Braut glücklich ist«, meint Tom, nachdem Cordelia und Jonathan sich auf den Weg zur Tanzfläche gemacht haben, um dort auf den Jahreswechsel zu warten. »Was hat die Brautjungfer als Nächstes vor?«

»Ladys und Gentleman«, ruft der Sänger der Band ins Mikrofon. »Machen Sie sich bereit für den letzten Countdown des Jahres!«

Die Menge jubelt erneut. Scheinwerferlicht fällt auf Cordelia und Jonathan. Ich lächle, als Cordelia die Arme um Jonathans Mitte schlingt und zu ihrem Mann hochsieht.

»Eine Brautjungfernregel besagt…«, beginne ich.

»ZEHN«, hallt die Stimme des Sängers durch den Saal.

»…wenn die Braut glücklich ist…«

»NEUN!«, stimmen die Gäste mit ein.

»…bin ich auch glücklich.«

»ACHT!«

»Und wenn du glücklich bist…« Tom lächelt, legt eine Hand auf meinen unteren Rücken und zieht mich an sich.

»SIEBEN!«

»…bin ich auch glücklich.« Er streicht mir sanft eine Haarsträhne aus dem Gesicht.

»SECHS!«

Ich schlinge meine Arme um seinen Nacken.

»FÜNF!«

Ich stelle mich auf die Zehenspitzen und küsse ihn. Er küsst mich zurück.

»VIER!«

Ich weiß, dass man bis Mitternacht warten sollte.

»DREI!«

Aber das ist mir egal.

»ZWEI!«

Es ist, wie Cordelia immer sagt.

»EINS!«

Manchmal macht es Spaß, die Regeln zu brechen.

Von: Dwayne@extremfallschirmsprungUK.com
An: Sophie.Breeze@zapmail.co.uk
Betreff: Reservierungsbestätigung

Liebe Sophie,
Gratulation, die Reservierung eines TANDEM-FALLSCHIRMSPRUNG-ABENTEUERS am Samstag, 12. Februar 2022, war erfolgreich!
Die Details Ihrer Buchung entnehmen Sie bitte dem Anhang, und zögern Sie nicht, uns bei etwaigen Fragen zu kontaktieren. Wir freuen uns auf ein baldiges Kennenlernen.
Beste Grüße Dwayne

Extrem-Fallschirmsprung UK
Bist du bereit, den Sprung zu wagen?

Danksagung

Vielen Dank an das unglaublich talentierte Team von Hodder & Stoughton, das diese Geschichte zum Leben erweckt hat. Vor allem aber an Kim, meine geniale Lektorin in Großbritannien, die von Anfang an an Sophie geglaubt hat, und an das fabelhafte Trio Amy, Hazel und Jo. Ein riesiger Dank geht auch an Sarah, meine Lektorin in den USA, und an das fantastische Team von St. Martin's Press. Ich habe solches Glück, mit euch zu arbeiten, und fühle mich sehr geehrt.

Danke, danke, danke an meine Freundin und Agentin Lauren G. Ohne deine Führung und Unterstützung hätte ich das nicht geschafft. Danke auch an Lauren F, meine Kinderbuchlektorin, für ihre Ermunterung. Ich werde nie den Tag vergessen, als wir zu Mittag zusammen dieses herrliche Sushi aßen und ich euch beiden von der Idee zu einem ersten Erwachsenenroman erzählte. Ihr habt mir zugehört und mir am Ende gesagt, dass ich ihn schreiben soll. Es ist also den beiden wundervollen Laurens zu verdanken, dass Sophies Geschichte existiert!

Danke an meine Familie und Freunde, die mich in diesem aufregenden und Furcht einflößenden Prozess unterstützt haben, und besonders an alle, die mir die große Ehre erwiesen, als Brautjungfer auf ihrer Hochzeit zu erscheinen. Dank euch habe ich meine Liebe zu Hochzeiten entdeckt und die Inspiration für dieses Buch gefunden. Ein spezieller Dank geht an Mekhla und John, die geduldig meinen Fragen beantwortet haben und mich an den wunderbaren Details ihrer Hochzeitsplanung teilhaben ließen.

An meine Brautjungfern – Chloe, Lizzie, Alex, Abi, Katie, Susie, Liv und Annie – ihr seid die Besten, danke für alles!

An Mum, Dad, Rob, Nat, Charlie, Jess, Sam, Lukey, Thomas, Lily und Ted – danke, dass ihr mich aufmuntert, mich ständig zum Lachen bringt und immer für mich da seid. Wir sind ein wunderbarer Haufen. Danke auch an meine Hundefreunde Dougie, Archie, Lara, West und an meinen kleinen Tierschutzhund Bono, meinen perfekten Handlanger.

Und schließlich ein besonderes Danke an Ben… 2020 mag alles verzögert haben, aber ich kann unseren großen Tag kaum noch erwarten – wann immer er stattfinden wird.